Tobias O. Meißner

Der Mann, der nicht geboren wurde

Zu diesem Buch

Tobias O. Meißner führt in eine düstere und bizarre Welt, in der Magie und Terror regieren: Im fünften Band des Fantasy-Zyklus »Im Zeichen des Mammuts« gerät die Gruppe der Verschwörer in höchste Not. Ein geheimnisvoller Gegner verfolgt Rodraeg und seine Gefährten bis in ihre Heimatstadt Warchaim, den vermeintlich sicheren Unterschlupf. Dort wird ein reicher Stadtratssohn ermordet, neben seiner Leiche findet sich eine Skizze des Mammut-Emblems. Die Schuldigen scheinen schnell gefunden. Doch der Stadtgardehauptmann Endreasis hält zu Rodraeg und seinen Verbündeten. Der Versuch, den wahren Täter zu finden, ist ein Wettlauf gegen die Zeit – denn der unheimliche Widersacher, der sich DMDNGW nennt, ist ihnen näher, als sie befürchtet haben …

Tobias O. Meißner, geboren 1967, studierte Kommunikations- und Theaterwissenschaften und lebt als freier Schriftsteller in Berlin. Seine Romane »Starfish Rules«, »Neverwake«, »Hiobs Spiel« und »Das Paradies der Schwerter« wurden von der Kritik hoch gelobt. Im Jahr 2006 wurde Tobias O. Meißner von der Zeitschrift »Bücher« als einer der »10 wichtigsten Autoren von morgen« ausgezeichnet. Bei Piper liegt Meißners hochkarätiger Fantasy-Zyklus »Im Zeichen des Mammuts« vor. Zuletzt erschien von ihm »Die Dämonen«.

Tobias O. Meißner

Der Mann, der nicht geboren wurde

IM ZEICHEN DES MAMMUTS 5

Piper München Zürich

Von Tobias O. Meißner liegen bei Piper vor:
Die Dämonen
Die dunkle Quelle. Im Zeichen des Mammuts 1
Die letzten Worte des Wolfs. Im Zeichen des Mammuts 2
Das vergessene Zepter. Im Zeichen des Mammuts 3
Brücke der brennenden Blumen. Im Zeichen des Mammuts 4
Der Mann, der nicht geboren wurde. Im Zeichen des Mammuts 5

FSC
Mix
Produktgruppe aus vorbildlich bewirtschafteten Wäldern und anderen kontrollierten Herkünften
www.fsc.org Zert.-Nr. GFA-COC-001223
© 1996 Forest Stewardship Council

Originalausgabe
Mai 2009

Umschlagkonzeption: Büro Hamburg
Umschlaggestaltung: HildenDesign, München – www.hildendesign.de
Umschlagabbildungen: Sven Dännert und Eigenarchiv HildenDesign
Karte: Erhard Ringer
Autorenfoto: Carsten Belz via Eichborn AG, Frankfurt
Satz: Satz für Satz. Barbara Reischmann, Leutkirch
Papier: Munken Print von Arctic Paper Munkedals AB, Schweden
Druck und Bindung: CPI – Clausen & Bosse, Leck
Printed in Germany ISBN 978-3-492-26665-9

Inhalt

Sei blutig, kühn und frech; lach aller Toren,
Dir schadet keiner, den ein Weib geboren.

(William Shakespeare: Macbeth)

Der Kontinent

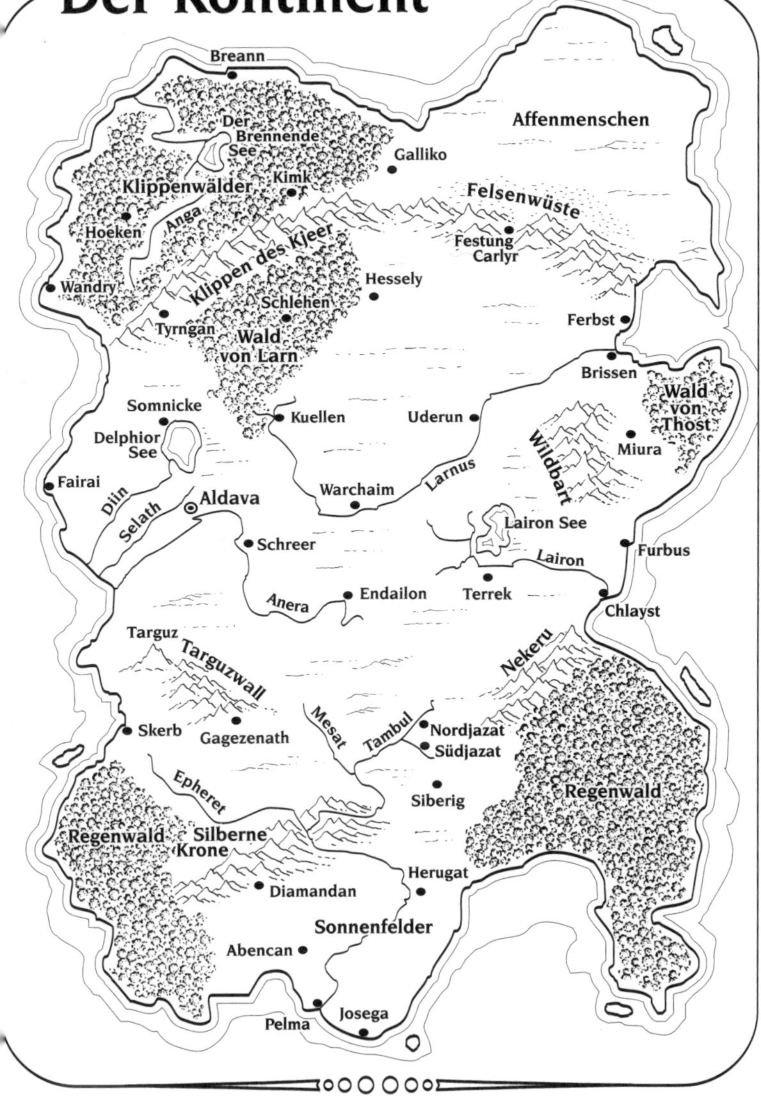

Prolog

Am letzten Morgen seines Lebens fühlte Eljazokad sich so gut wie schon lange nicht mehr.

Man schrieb den 22. Blättermond, und der Herbst zeigte sich in seiner buntesten Pracht. Der Bauernjunge Taulle aus Anfest schlief noch auf einem Lager aus Herbstlaub.

Eljazokad setzte sich auf, streckte die Arme von sich, um den Schlaf aus den Gliedern zu drängen, und dachte zurück an das Bachmufest, das er in dem Dorf verbracht hatte. Da war er erst wenige Tage in Anfest gewesen, hatte die Fürsorglichkeit der hübschen Heilerin Maeredi genossen und sich überwiegend seinem zerstörten Bein gewidmet. Seine neuen heilmagischen Fähigkeiten, die er im Geweihwasserdorf von der Weisen Zetaete beigebracht bekommen hatte, unterstützen den Genesungsprozess ganz entscheidend. Ohne Magie wäre das Bein nicht mehr zu retten gewesen, aber indem er aus seinen eigenen Händen Energie in die Wunden flutete, aus seinem Leib einen sich selbst versorgenden Kreislauf machte, trieb er die Heilung voran. Und als draußen die Flöten zu spielen begannen, die laubbekränzten Mädchen in goldfarbenen Gewändern tanzten und Bratenduft sich mit Kartoffelschalenrauch und würzigem Schaumbier zu einer unwiderstehlichen Mischung vereinte, da hatte es Eljazokad nicht mehr ausgehalten auf seinem Krankenlager und sich zumindest bis zum Fenster geschleppt. Maeredi hatte zuerst ein empörtes Gesicht gemacht, doch dann hatte sie ihn untergehakt und ihm ins Freie geholfen, zu einer Bank, die dort stand, nicht viel mehr als ein der Länge nach halbierter Baumstamm, und dennoch ein Nistplatz der Sonnenstrahlen.

Eljazokad hatte gebadet in diesem Licht.

Die Sonne des Kontinents konnte seine magische Energie nicht so auftanken, wie die künstlich erzeugte Sonne Melronias das vermocht hatte, aber dennoch hatte Eljazokad das Gefühl, dass seine Lichtmagie nun überwiegend darin bestand, Licht aufzunehmen und dann in heilende Wärme zu überführen. Es war schwer zu beschreiben, also bereute er nicht, dass er all sein Schreibzeug Bestar und Tjarka mitgegeben hatte.

Maeredi hatte ihm ein winziges Bier, eine köstlich dampfende Backkartoffel mit Kräuterquark und einen Ast voller Stockbrot besorgt, die Jungen hatten aufgespielt, die Mädchen waren im Ringelreihen durchs Dorf getanzt und hatten überall goldenes Laub gestreut. Gebetet hatte niemand. Auf dem Kontinent waren die Götter eher durch ihre Festlichkeiten geläufig geblieben, außerhalb von Tempeln spielte der Glaube nur noch eine kleine Rolle.

Auf dem Bachmufest wie heute auch hatte Eljazokad nachgedacht über seine vier Jahre unter den mandeläugigen, freundlichen Menschen des Geweihwasserdorfes. Wie seltsam es eigentlich gewesen war, dass er sich in diesen vier Jahren nicht eine einzige Frau erwählt hatte. Die Frauen waren ausgesprochen hübsch mit ihren langen, mattschwarzen Haaren und der Haut, deren Farbe ein wenig dunkler war als seine. Aber er hatte den Großteil seiner Zeit mit der Weisen Zetaete verbracht, einer runzligen Großmutter mit einem ganz kleinen, niedlichen Gesicht. Sie war seine Lehrerin gewesen. Seine Mutter, bei seiner neuen Geburt als Heilmagier. Seine Vertraute, denn mit ihr konnte er über alles sprechen, was ihn bedrückte.

Sie lebte nicht mehr. Der Wolf hatte sie gerissen.

Damals auf dem Bachmufest wie heute Morgen auch faltete Eljazokad seine Hände ineinander und sprach ein kurzes Gebet für Zetaete. Wenn ein Tag so sonnenreich und mild war wie dieser, sollte ihre jäh aus dem Leben gerissene, gute, alte Seele daran teilhaben.

Schon am fünften Tag seines Aufenthaltes in Anfest konnte Eljazokad aus eigener Kraft erste Gehversuche machen. Maeredi hatte sich gleichzeitig erfreut und besorgt gezeigt über die schnellen Fortschritte. »Bestar und Tjarka sind jetzt wahrscheinlich in Brissen angekommen«, hatte Eljazokad sich immer wieder vorgerechnet. »Sie haben fünf Tage Vorsprung. Aber wenn ich ihnen jetzt schon hinterherreisen könnte, würde ich vielleicht noch rechtzeitig zu Naenns Niederkunft in Warchaim sein. Mit meinen neuen Fähigkeiten kann ich ihr beistehen, falls es schwierig wird. Sie ist ja noch so jung, und es ist ihr erstes Kind.« Darüber hinaus hatte er das Gefühl, dass es ein bedeutsamer Moment wäre, wenn ein *Wolfsschmetterling* das Licht der Welt erblickte. Zu gerne hätte er das miterlebt.

Maeredi hatte ihn gebremst. Dem Bein ging es immer besser, aber Eljazokads ebenfalls verwundeter Unterleib erlitt einen leichten Rückschlag. Maeredi wusch und pflegte ihn mit großer Geduld, aber zwei weitere Tage strengster Bettruhe waren ihre Bedingung für all ihre zusätzlichen Mühen. Zähneknirschend fügte Eljazokad sich drein. *Bestar und Tjarka fahren jetzt den Larnus hinauf, den Larnus hinauf, den Larnus hinauf…*

Am achten Tag hatte er begonnen, eine Fahrgelegenheit zu

organisieren. Niemand in Anfest fuhr in den nächsten Tagen mit einem Wagen weiter als bis nach Stoerig. Aber ein fünfzehnjähriger Junge namens Taulle hatte sich bereiterklärt, ihn für zehn glänzende Rinwetaler auf seinem Maulesel nach Clellach zu bringen. Von Clellach aus kam man gut nach Miura. Von dort aus nach Brissen. Oder durch den Wildbart zu den Riesen, damit sie dasselbe Wunder noch einmal vollbrachten, mit dem sie ihn, Bestar und den ohnmächtigen Rodraeg schon einmal direkt ins *Haus des Mammuts* verpflanzt hatten, ohne jeglichen Zeitverlust. Wenn alles glückte, konnte Eljazokad es immer noch schaffen. Er würde Bestar und Tjarka nicht mehr einholen, aber – wenn das Kind sich ein wenig Zeit ließ – immer noch rechtzeitig zur Geburt in Warchaim ankommen.

Maeredi war dagegen gewesen.

»Lass dein sinnloses Geld stecken und hör mir zu«, hatte sie gesagt. »Was du als Heilung wahrnimmst, ist nichts weiter als ein Spuk. Du gibst deinem Körper keine Gelegenheit, sich tatsächlich zu erneuern. Er weiß nicht, wie ihm geschieht, und deshalb wird er immer wieder überfordert reagieren.«

Mein Körper. Eljazokad hatte gar nicht die Zeit, ihr ausführlich auseinanderzusetzen, wie unbeträchtlich so ein Körper eigentlich war. Sein ursprünglicher Leib war in der *Höhle des Alten Königs* gestorben, ermordet von einem magischen Doppelgänger. Diesen zweiten Spiegelkörper hatte Eljazokad dann übernommen, und er hatte sich besser angefühlt als der alte, denn der alte war im Laufe der Strapazen der Höhlendurchquerung zuschanden gegangen. Kurze Zeit später hatte ein Wahnsinniger namens Rugerion Siusan Eljazokads Leib in seinen Besitz gebracht. Er hatte ihn gebunden, betäubt und gefoltert, und Eljazokad hatte all dies genutzt, um die weiteste, phantastischste und längste Reise seines Lebens zu machen. *Ein Körper ist gar nicht so wichtig, wie alle Menschen glauben. Ein Körper kann enden, und die Geschichte geht dennoch weiter.* Maeredi glaubte an das gute alte Heilen aus Fleisch und Blut. Eljazokad jedoch glaubte inzwischen an etwas ganz anderes.

Die Tage der Bettruhe hatten ihm reichlich Gelegenheit zum Nachdenken gegeben. Nachdem er im Geweihwasserdorf seinen Traum von der Heilung eines Kindes vollendet hatte, nachdem er auf den Kontinent zurückgekehrt und ihm sogar ein rotes Schneekaninchen in diesen von Kaninchen entvölkerten Wald gefolgt war, hatte er die sichere Empfindung gehabt, all seine Lebenskreise geschlossen und vollendet zu haben.

Doch inzwischen waren ihm schon wieder ein paar Zweifel gekommen. Die uralte Prophezeiung seines Vaters – *Unser Sohn ist für das Stadtschiff von Tengan bestimmt* – hatte sich im Schreienden Meer erfüllt. Mithilfe der Tsekoh war es Eljazokad sogar gelungen, das Stadtschiff zu versenken.

Aber der andere Traum, der, der ihn so zielstrebig zu dem vom Wolf verwundeten Mädchen geführt hatte, war keine Erinnerung aus fernster Kindheit gewesen. Diesen Traum hatte er erst vor wenigen Monden gehabt, in Skerb. Er war ihm gefolgt, zum *Mammut* nach Warchaim, mit dem *Mammut* nach Wandry und in die *Höhle des Alten Königs*, und schließlich in den Thost und jene andere Welt, die keinen Namen kannte und keine Kartografie, und die dennoch kein Traum war und keine Schmerzensillusion, weil blauhaarige Krieger und rote Kaninchen aus ihr hervorgingen und ihre Echtheit bezeugten. Dieser Traum war neu gewesen.

War es möglich, dass jemand ihm diesen Traum *geschickt* hatte? Sein leiblicher Vater vielleicht, Zarvuer? Oder der Wolf, der womöglich der Vater seiner Magie war und zu dem der nach dem Traum befolgte Weg ihn zweimal hingeführt hatte?

War es möglich, dass der große, übergeordnete Kreis für ihn erst dann vollendet war, wenn er den Traumbringer gefunden und ihn nach seinen Motiven befragt hatte?

Neuer Eifer hatte Eljazokad erfasst. Die Lethargie des Abgeschlossenhabens war einer neuen Sehnsucht gewichen.

So war er mit Taulle aufgebrochen. Er hatte auch Maeredi zehn Taler gegeben. Das ließ ihm nur noch neun, die konnten aber knapp genügen, um sich von Clellach aus bis zu den Riesen durchzuschlagen. Taulle hatte ihm auf den Esel geholfen, den Taulles Eltern, die in Anfest einen kleinen Hof führten, dem Jungen als Fohlen geschenkt hatten, als er zehn Jahre alt wurde. Der Esel hieß Yawak und war eher anhänglich als störrisch.

Eljazokad ritt und Taulle ging nebenher und führte. Yawaks Gangart war ruhiger und gleichmäßiger als die eines Pferdes, dennoch schmerzte Eljazokads Unterleib schon nach wenigen Sandstrichen. Nach einer Stunde musste Taulle ihm zum ersten Mal hinunterhelfen, damit Eljazokad sich kurz hinlegen und ausstrecken konnte. Zum Laufen waren beide Beine noch zu wackelig, aber die Entlastung des Hinlegens half, den Schmerz wieder abebben zu lassen.

So mühten sie sich voran, viel, viel langsamer als gedacht.

Immerhin hatte Taulle erfreuliche Neuigkeiten verlauten lassen. »Ich kann Euch ruhig zum selben Preis auch bis Miura bringen, nicht nur bis Clellach. Aber meine Eltern sollten davon nichts wissen. Clellach ist Thostrand und in Ordnung, Miura ist voller Fremder und ohne Bäume, das gilt als gefährlich. Ich war aber schon öfters dort und kenne mich ganz gut aus.«

»Was führt dich immer wieder nach Miura?«

Taulle hatte breit gegrinst. »Die vielen tollen angemalten Mädchen und die Süßigkeiten, die man überall kaufen kann.«

Früh hatten sie sich dann ein Lager bereitet. Taulle hatte Laub zusammengetragen, und dann hatten sie sich beide in die Decken, die Taulles Eltern ihnen mitgegeben hatten, gerollt und geschlafen. Wachehalten, wie wenn das *Mammut* sich im Einsatz befand, hielt Eljazokad für überflüssig.

Früh war er erwacht. Dies war der Morgen. Eljazokad fühlte sich so gut wie schon lange nicht mehr. Nach mehrtägigem Krankenlager – und davor mehrtägiger Folterhaft in einem stinkenden Loch – hatte diese erste Nacht im Freien seit Langem seinen Leib durchgepustet und erfrischt. Er dachte an Bachmu und betete für Zetaete. Er beobachtete einen Igel, der sich am Rande des Lagers schnaufend durchs Laub wühlte, und hoffte im Stillen auf Kaninchen. Dass sie wieder Fuß fassen würden. Aber es gab deutliche Zeichen, dass der gemarterte Wald wieder zu sich selbst zurückfand. Zumindest hier flatterten schwarze Vögel durchs Geäst. Zumindest hier streichelte der Wind das Leben. Die vier wahnsinnigen Männer, die den Thost mit ihrer Gewalt beherrscht hatten, gab es nicht mehr.

Voller Zuneigung dachte Eljazokad auch an Bestar, Tjarka und Rodraeg. Dann, als auch Taulle endlich erwacht war, schwang er sich aus eigener Kraft auf den Rücken Yawaks und ritt mehrere Stunden, ohne eine Pause einlegen zu müssen.

Das Unglück begann kurz vor Mittag. Yawak wurde von einem Insekt gestochen, das völlig lautlos von hinten herangeflogen sein musste, und kickte aus, so dass Eljazokad ungelenk auf den weichen Waldboden aufschlug. Die Schmerzen waren auszuhalten, aber die Beine versagten dem Magier dennoch den Dienst. Er wälzte sich ächzend auf den Rücken und konnte noch einen kurzen Blick auf das Insekt erhaschen, das trudelnd wieder davonflog: Es besaß mehrere Stachel und überhaupt keine Beine.

Taulle mühte sich, den sonst so genügsamen Yawak wieder unter Kontrolle zu bekommen, doch der Esel kickte und biss, hatte panisch verdrehte Augen und wollte sich nicht mehr beruhigen. Eljazokad benutzte seine Arme, um sich auf dem Gesäß weiter wegzuschleppen, um nicht von den umhertanzenden Hufen getroffen zu werden.

Plötzlich stand hinter Taulle ein entsetzlicher Mann. Eljazokad hatte ihn gar nicht sich nähern gesehen. Unter einem breitkrempigen Hut hatte er ein Gesicht wie schmelzendes, triefendes Wachs, und seine Körperhaltung war die eines mehrfach Verkrüppelten. Bevor Eljazokad noch ein »Vorsicht!« ausstoßen konnte, hob der Fremde mit einer schlierigen, nebelhaften Bewegung einen großen Hammer und drosch ihn Taulle auf den Hinterkopf. Knochen knackten matschig. Der Junge fiel zu Boden, und Eljazokad brauchte ihn nicht zu berühren, um zu wissen, dass er tot war.

Nun machte das Ungeheuer auch Anstalten, den Esel mit dem Hammer zu erschlagen. Eljazokad riss beide Arme nach vorne und feuerte alles, was er an magischer Energie nicht für seinen eigenen Genesungsprozess verpulvert hatte, auf den Fremden ab. Das Licht entstand auch und löste sich, kam aber nie bei dem Mörder an. Ein Schwarm von Insekten fing es ab und fraß es. Es waren keine Fliegen. Eher Spinnen mit Flügeln.

Ein zweiter Mann war hinter Eljazokad aufgetaucht. Er stank

nach Honig, Harn und Ameisensäure. Eljazokad wandte den Kopf und konnte bernsteinfarbene Haare sehen, die wirr ein möglicherweise ebenmäßiges Gesicht verdeckten. Immerhin ging schreiend der Esel durch, die Insekten trieben ihn in die Flucht. Ziellos brach er in den Wald ein.

»Der hier ist es, Raukar«, sagte der zweite Mann. »Nicht der Junge.«

»Das weiß ich doch«, antwortete der Mörder. Eljazokad blickte zurück. Die Insekten lagen alle am Boden und verendeten auf dem Rücken wie Eintagsfliegen. Der Mörder sah jetzt seltsamerweise gar nicht mehr deformiert und entstellt aus, sondern war groß, dünn und mit ausgemergelt fanatischen Zügen. Er schüttelte seinen Unterarm aus, gegen den der Esel wohl getreten war. »Aber ich habe noch so viele Nägel übrig, warum soll ich die immer nutzlos mit mir herumschleppen?«

Eljazokad wollte irgendetwas sagen oder tun. Er war zwar waffenlos, hatte aber das Gefühl, in den Beinen nun wieder ausreichend Gefühl zu haben, um um sich treten und schlagen zu können. War Taulle gerade eben *seinetwegen* umgebracht worden?

Der Magier kam aber nicht mehr dazu, etwas zu unternehmen. Er wurde in die auf dem Boden aufgestützte rechte Hand gebissen. Er wollte sie wegziehen und hielt sich plötzlich seinen eigenen blutpulsenden Stumpf vors Gesicht. Seine Hand lag immer noch, sauber abgetrennt, auf dem Boden, umwimmelt von blinden, asymmetrischen Termiten.

Eljazokad kreischte hoch und schrill, wie einer, der den Verstand verloren hat, bis der Honigmann ihn sanft anhauchte und klebrige Flügel ihm durch Nase und Mund hoch ins Bewusstsein schlüpften.

Er kam wieder zu sich, als er irgendwo hart aufschlug. Für einen Moment glaubte er, vom Kontinent heruntergefallen zu sein wie ein Schlafender von seinem Bett, doch dann gelang es ihm, das Oben vom Unten zu unterscheiden. Er lag in einem trockenen Brunnenschacht. Nicht besonders tief. Alt und dreckig. Er glaubte diese Gegend sogar zu kennen. Dies war einer der Blindbrunnen, die die Menschen in den Boden des Thost getrieben hatten, um die Einzigartigkeit des Niemalsbrunnens nachzuäffen.

Eljazokad konnte zwei Stimmen hören. Die beiden Mörder unterhielten sich, oben am Brunnenrand, knapp außer Sicht.

»Meinst du, dass eine einzelne Hand ausreicht?«

»Aber sicher doch.« Eljazokad erkannte die knarzige Stimme des Mannes wieder, den der andere Raukar genannt hatte. Raukar klang guter Dinge und bestimmt. Die zweite Stimme, die dem Bernsteinblonden gehörte, klang entrückter und weniger zielgerichtet. »Die haben ein Schmetterlingsmädchen in ihrer Gruppe«, fuhr Raukar fort. »Wahrscheinlich würde ein Haar ihr schon genügen, den Magier darin zu lesen wie in einer Erinnerung. Sehr heikle Wesen, diese Schmetterlinge. Flittflatt, flittflatt, immer um die Flamm' herum. Aber eine Hand ist weit, weit tiefer drunten als ein Haar.«

»Und der Kurier? Wird er nicht einen Blick werfen auf die Hand?«

»Was machst du dir so viel Gedanken wegen einer Hand? Bei einem Kopf vielleicht. Nicht bei einer Hand. Ich werde noch einen netten kleinen Brief dazulegen, mit den wahrhaftigen Buchstaben des Meisters. Lass mich nachdenken, mein Freund. Wie wäre es mit:

Dieser Magier dachte, niemand ginge weg.
Doch mittels dieser Nachricht gewinnt Wirklichkeit.
Denn Magier dürften niemals getrennt werden!
Was hältst du davon?«

»Das halte ich für zu verwirrend. Dreimal die Buchstaben? Dreimal sechs. Achtzehn ergibt keinen Sinn. Nimm sie nur einmal. Mach es kurz und eindeutig.«

»Na schön. Wie wäre es damit:
Der Magier darf nun Geisel winseln?«

»Beinahe.«

»Beinahe! Hast du denn eine bessere Idee?«

Ich würde vorschlagen:
Der Magier duldet. Nun gewinnen wir.«

»He, das ist nicht schlecht. Gar nicht schlecht! Das macht bange und setzt unter Druck das hochfahrende Gemüt. Du hast Talent, Bienenmann! Das ist gut! Dabei ist dies dein erstes Mal unter den Flügeln des Meisters. Gut, also dies. Der Eilkurier soll in vier Tagen dort sein, das ist zu schaffen für einen von diesen herrlich gewandeten königlichen Postreitern. Ich könnte unser Geschenk zwar rascher liefern, aber um Warchaim soll ich mich nicht kümmern. Für diese Stadt hat der Meister sich eine andere rechte Hand erkoren, einen Gaukler und Taschendieb. Wir werden ja sehen, wie weit der Meister ihn zu führen versteht. Am 26. wird unser auf dem Bachmufest begonnenes Warchaimer Gaukelspiel um diese Hand bereichert. Am 30. wird es dann pünktlich enden.«

»Fünfzehn Tage für den Fall eines einzigen Mammuts.«

»Mehr als ausreichend, das finde ich auch, mein Freund. Mehr als ausreichend.«

»Und was machen wir beide in diesen Tagen?«

»Du bleibst hier, bewachst die Geisel und trinkst Nektar, oder was ihr Bienenmänner sonst so tut, um euch die lange Zeit in kurze Stückchen zu zerhacken. Ich gehe unterdessen: in die Hauptstadt, um etwas Rundes zu zerbrechen.«

»Und dann?«

»Kehre ich zurück und hole dich ab. Zwölf Jahre Ruhe. Zwölf Jahre Frieden. Keine Bäume. Kein Gewimmel. Nur die sanfte Ehrlichkeit der Nägel.«

Die Stimmen schienen sich entfernt zu haben. Vielleicht war es auch Eljazokad, der weggedriftet war. Dann aber tauchte Raukar noch einmal auf. Spähte als zotteliger Umriss in das Loch hinab.

»Heil dich selber, Magier. Uns war nicht danach. Deine Freunde sind so gute Menschen, die werden dich nicht einfach hier verrotten lassen. Also halte durch. Hoffe. Beiße. Friss Sand. Trink Regen und ledrigen Tau. Wenn man dich herausholt, willst du doch sicher erzählen können von Ungerechtigkeit und hoher Wut.«

Lachte der Mörder ihn aus? Eljazokad konnte es nicht deuten.

Aus seinem Unterarm pulste träge das Blut. Nicht abgebunden. Das Fleisch nicht ausgebrannt. Er würde mehr Energie brauchen, als er überhaupt aufbauen konnte, um gegen Blutverlust und Wundentzündung anzaubern zu können.

Zuerst glaubte er noch, dies den beiden Wahnsinnigen mitteilen zu müssen, bevor sie sich außer Rufweite entfernten. Aber dann winkte er innerlich ab.

Was sollte es?

Sie wollten ihn als Geisel benutzen, um das *Mammut* in

die Knie zu zwingen. Eljazokad kannte den Drohbrief von *DMDNGW*.

Genau genommen gab es für ihn jetzt nur noch eine einzige Möglichkeit, den Plan der Mörder zu durchkreuzen.

Es war seltsam.

Er hatte eigentlich schon abgeschlossen gehabt mit seinem Leben, im Geweihwasserdorf, und auch hinterher, in Anfest, als er Bestar all seine Papiere mitgab.

Er hatte gewusst und akzeptiert, dass sein Kreis geschlossen war.

Doch dann hatten ein paar Tage der Ruhe genügt, um Zweifel aufkeimen zu lassen. Nach neuen Kreisen zu suchen. Sie zu öffnen, damit es weiterhin etwas zu tun und zu sehnen gab.

War so sein Charakter? So einfach zu beschreiben? Niemals vollendet? Selbst wenn vollendet – dann niemals zufrieden? Konnte dies jemals zu etwas anderem führen als zu Unruhe und Verwundung?

Das Abschneiden heilender Hände.

Eine Warnung.

Und ein Hilferuf zugleich.

Eljazokad betrachtete sein ausströmendes Blut. Es machte ihn schläfrig. Geduldiger. Er erinnerte sich an das, was der Dreimagier ihm in Warchaim erzählt hatte: *Ein jeder trägt ein Licht in sich. Es ist das Licht, das man auch Leben nennt. Du kannst die Energie dieses Lichtes nutzen, um deine Magie daraus hervorzuholen, aber vergiss nicht: Es ist nur logisch, dass dies dein Leben kostet.*

Einzuschlafen war zu langsam. Vielleicht warfen die beiden ab und zu einen Blick hinab. Vielleicht unterbanden sie dann seine Flucht, indem sie ihn doch versorgten.

Würde er die andere Welt wiedersehen? Das rote Himmelsschloss, das Geweihwasserdorf, die Felder, auf denen Schädel blühten?

Wahrscheinlich nicht. Wahrscheinlich litt er zu wenig Schmerzen, um die Brücke der brennenden Blumen ein weiteres Mal zu überqueren. Er war ganz ruhig, beinahe im Reinen mit sich selbst.

Er fühlte hinein in sein Licht. Dachte nach über das *Mammut.* Wie kurz die Zeit seines Lebens gewesen war, die durch das *Mammut* geprägt wurde, und wie wenig angenehm eigentlich. Nur in Wandry hatte es ab und zu Spaß gemacht. Ronith und das Zusammentragen von Spuren. In der *Höhle des Alten Königs* war es auch stellenweise sehr interessant gewesen. Das Riesenwerden. Der grauenerregende Weg der Tsekoh. Aber ansonsten: die andauernde Gewalt, das Ertragen von Strapazen und sogar Folter. Das *Mammut* war kein schönes Leben. Eljazokad fragte sich ernsthaft, wer so ein Leben lange aushalten sollte.

Ob die schöne Frau mit den silbernen Augen, der er bereits dreimal begegnet war, nun wieder auftauchte? Sie war die schönste von allen. Überirdisch. Göttlich geradezu.

Ob sie der Tod war? *Sein* Tod?

Mit der einen ihm verbliebenen Hand fasste er sein Licht und holte es nach draußen. Der Magier begann zu leuchten, fast wie der Kopf der Schicksalskarte zwölf: der Gehängte.

Oben rief der Bienenmann seinem Kumpanen eine Warnung zu.

Doch es war zu spät.

Das Herz der Geisel hörte auf zu schlagen.

Das Licht erlosch.

1 Zusammensetzen

Fünfzehn Tage vorher. Der 7. Blättermond.

Glutpunkte lagen auf seinem Gesicht. Zehn. Dann zwanzig.

Die Glutpunkte bewirkten Eigenartiges. Wie Sonnen erhellten sie ein ansonsten dunkles Firmament. Leuchteten zu ihm her. Strahlten ihn an wie zwanzigmal wohlmeinendes Lächeln.

Er setzte sich zusammen in diesem Lächellicht.

La. Del. Sa. Ba. Ta. Ne. Draeg. Ro. Ves.

Ro. Draeg. Ta. La. Ves. Sa. Del. Ba. Ne.

Es klang fast wie ein Kinderlied. Die Melodie dazu überreichte ihm eine längst vergangene Zeit.

Rodraeg schlug die Augen auf. Sah vier Hände, die symmetrisch auf seinem Gesicht lagen. Vier Hände mit zwanzig warmen Fingerkuppen. Zwei der Hände waren jung und zart, zwei waren alt, aber alle vier waren schmal und feingliedrig.

»Sieh ihn an«, raunte die Stimme eines alten Mannes. »Hat er die Augen aufgeschlagen?«

»Ja. Oh, ihr Götter. Das hat er!«, bebte die Stimme von Naenn.

»Naenn«, hauchte Rodraeg, so leise, dass er glaubte, niemand würde es hören können, doch er irrte sich.

»Rodraeg«, sagte Naenn eindringlich. »Lass dir Zeit. Du bist zu Hause. Dies ist Estéron vom *Kreis.* Sicherheit umgibt dich.«

Rodraeg ließ diese sehr beruhigenden Worte auf sich einwirken. Die zwanzig Sonnen waren von seinem Gesicht genommen, die zehn Naenns glaubte er immer noch warm spüren zu können. Rodraeg dachte nach über die Worte *Sicherheit umgibt dich.* Wem sagte man so etwas, wenn nicht einem, der gewöhnlicherweise *nicht* von Sicherheit umgeben war? Dann fiel es ihm wieder ein: Hellas! Der Pfeil! Der Pfeil!

Ein Ruck durchlief ihn wie am Ende eines Albtraums. »Schhhhhhhhh«, machte Naenn. Ihre zehn Sonnen schienen wieder auf, an seinen Schultern, seinen Schläfen, seiner Stirn. Er verspürte eine Sehnsucht nach Schlaf und Vergessen, nach einem Verbleiben in der Wärme, nach einer Zukunft mit den Sonnen. Aber dann siegte seine Neugier. Er wollte Estéron sehen und kennenlernen, das einzige Mitglied vom *Kreis*, dem er noch nie begegnet war.

Rodraeg schlug dauerhaft die Augen auf. Naenn war noch schöner, noch sinnlicher, als er sie in Erinnerung hatte. Ihr Bauch wölbte ihr einfaches Kleid unübersehbar. Estéron dagegen war sehr schmal, sehr pergamenten. Er schien hundert Jahre alt zu sein und hatte dennoch ein glattes Gesicht mit tief eingegrabenen Charakterkerben, sehr fein geschnitten, beinahe weiblich. Er hatte dunkelgraue Haare, die in einem rasierpinselartigen Zopf mündeten. Gekleidet war er in ein taubengraues Gewand mit kurzen, breiten Ärmeln. Seine Pupillen hatten die Farbe von leichtem Nebel.

»Es ist mir eine Ehre«, brachte Rodraeg mühsam hervor. Die Art, wie Estéron leicht an ihm vorbeisah, um ihm eher ein Ohr als den Blick zuzuwenden, bestätigte ihm, dass der alte Schmetterlingsmann blind war.

»Mir ebenfalls«, lächelte Estéron. »Es freut mich, dass unsere Bemühungen erfolgreich waren.«

»Wie lange ... war ich ... weg?«

»Heute ist der 7. Blättermond«, erläuterte Naenn. »Als Eljazokad und Bestar dich hierher brachten, schrieb man den 15. Rauchmond.«

»Ihr Götter! Ich war … fast einen Mond lang … bewusstlos?«

Naenn schüttelte den Kopf. »Nicht bewusstlos. Bewusstlos warst du wohl nur kurz, bei den Riesen. Dann haben sie dich … in einen Zustand versetzt, der ihnen erlaubte, dich und die anderen magisch in unser Haus zu transportieren. Hier konnte ich dann … dein Licht aufschließen und dich in einen Heilschlaf überführen. Du hast bis eben geschlafen, Rodraeg. Die Wunde ist gut verheilt. Es ist ausgestanden.«

»Dein Kind? Wann ist es so weit? Ich kann mich im Moment nicht erinnern.«

»Es ist noch Zeit. Noch anderthalb Wochen.«

»Und die anderen? Wo sind sie?«

»Cajin ist unten und wäscht ab. Eljazokad und Bestar sind aufgebrochen zu einer neuen Mission. Eigentlich erwarten wir sie bald zurück.«

»Eljazokad«, fiel es Rodraeg jetzt wieder ein. »Ich bin ihm begegnet. Auf der Brücke, die aus Blumen war und brannte. Ich hatte … den Weg verloren. Er schickte mich hierher.«

»Es ist, wie ich vermutet hatte«, sagte Estéron zu Naenn. »Unsere Lakritze, unsere Gesänge und unsere Fingerfertigkeiten hätten nicht ausgereicht, um ihn zurückzuholen. Wir sollten ausführlich über alles sprechen und beratschlagen.«

»Ja«, nickte das Schmetterlingsmädchen. »Sobald du wieder bei Kräften bist, Rodraeg.«

»Ich fühle mich erstaunlich gut.« Rodraeg schaute sich um. »Ist das nicht *dein* Zimmer?«

»Ja.« Sie wurde ein wenig rot.

»Sie hat dich Tag und Nacht gepflegt«, lächelte Estéron. »Warum gehen wir nicht alle zusammen runter, setzen uns an euren schönen Tisch und löffeln diese leckere Kerbelsuppe zu Ende, die Naenn gestern zubereitet hat? Ein wenig Bewegung ist, glaube ich, das Nötigste, was dir jetzt noch fehlt, Rodraeg Delbane.«

Cajin ließ sich nicht überrumpeln. Schon am Geräusch auf der Treppe konnte er hören, dass es nicht Naenn und Estéron alleine waren, die da herabkamen. Er lief hinzu und half mit, den klapperigen Rodraeg die steile Stiege hinunterzuführen und zu stützen.

Dann gab es heiße Suppe und anschließend blaue Weintrauben. Da es draußen schon dunkelte, entzündete Cajin Kerzen und Öllämpchen. Der größte Raum im *Haus des Mammuts* glühte warm in einem vielfältigen Licht.

Rodraeg erzählte in langsamen, ausgewählten Worten von seinem Traum, der wahrscheinlich kein Traum gewesen war. Wie er auf einer schwelenden Blumenbrücke stand, nackt, umzingelt von Wasserfällen, und älter wurde, älter, bis hin zum Greis, der sich nur noch ängstlich am Geländer festhalten konnte, weil er wusste, eine der beiden Brückenrichtungen bedeutete den Tod. Nach einer Zeit, die Jahrzehnte gewesen sein müssen, an die Rodraeg aber auch nicht mehr Erinnerungen hatte als an eine oder zwei Wochen, war Eljazokad aufgetaucht, ebenfalls vollkommen unbekleidet, und hatte ihn in die richtige Richtung geführt, »nach Hause, wo Naenn auf dich wartet«.

»Und dann«, schloss Rodraeg, »hat er noch etwas sehr Trauriges zu mir gesagt. Er sagte, seine Lage sei ziemlich hoffnungslos, und ihr Auftrag war schon gescheitert, bevor sie überhaupt am Ort des Geschehens ankamen. Und ich soll euch ausrichten, dass es im Thostwald keine Kaninchen mehr gibt. Dass man wohl welche aus dem Larnwald übersiedeln müsse. Und die ganze Zeit wusste ich, ehrlich gesagt, überhaupt nicht, worum es eigentlich geht.«

»Bist du denn überhaupt schon bereit für so etwas?«, fragte Naenn ihn besorgt, doch Estéron schlug vor: »Zeig ihm einfach den Auftragsbrief. Je weniger er erfährt, desto mehr Sorgen macht er sich jetzt.«

Cajin holte den Brief aus Rodraegs Schreibzimmer. Rodraeg las laut vor:

An das Mammuthaus Warchaim
C. Cajumery

Ein gutes Leben allen Teilen des Kontinents!

Möglicherweise ist die Gruppe noch nicht von ihrem Einsatz für die Riesen zurückgekehrt, aber vielleicht könnt Ihr, Cajin und Naenn, von Warchaim aus bereits erste Vorforschungen tätigen in Hinsicht eines sehr eigenartigen Problems, sodass die Gruppe dann nach ihrem Eintreffen unverzüglich in Aktion treten kann.

Im Thostwald ist die Kaninchenpopulation nahezu zu einhundert Prozent verschwunden.

Da, wie es bei einer Seuche der Fall wäre, auch keine Kadaver zu finden sind, scheint uns dies ein Fall für das Mammut zu sein. Welche weitreichenden Folgen für Nahrungskette und lebendiges Gleichgewicht eines Landstriches das Verschwinden einer gesamten, vormals sehr zahlreichen Spezies bedeutet, brauchen wir Euch ja wohl nicht weitschweifig zu erklären. Von Estérons Freunden im Schmetterlingshain erfuhren wir auf Anfrage, dass sich im Larnwald nichts an der Kaninchenpopulation geändert hat. Umso unerklärlicher also das Phänomen im witterungsbedingt sehr ähnlichen Thostwald.

Wir haben in Erfahrung gebracht, dass es in dem Dorf Clellach, eine Tagesreise östlich von Miura, einen Waldführer namens Forker Munsen gibt, der Euch im Wald begleiten und zur Seite stehen kann. Ihr solltet Euch nicht ohne fachkundige Unterstützung dem Thost überantworten.

Viel Erfolg!

Unterzeichnet war der Brief mit dem nicht ganz geschlossenen Kreis, der üblichen Signatur des *Kreises.*

»Und Eljazokad und Bestar sind nur zu zweit losgegangen?«, fragte Rodraeg mit belegter Stimme.

»Ja«, nickte Naenn betreten. »Zu zweit. Wir wussten nicht, wann du wieder einsatzfähig sein würdest. Ich konnte nicht, in meinem Zustand. Und wir gingen davon aus, dass sie im Thost dann immerhin zu dritt sein würden, mit diesem Waldführer.«

»Oh, Mann. Na ja. Ich hätte wahrscheinlich ebenso gehandelt. Ich hätte auch nicht auf mich gewartet, den alten Trottel, der immer nur schläft. Leider scheinen die zwei oder drei im Thost in die Klemme geraten zu sein.«

»Wann war das, als Eljazokad dir auf der Brücke begegnete?«, fragte Estéron.

Rodraeg musste einen Moment nachdenken. »Ziemlich kurz, bevor ich aufgewacht bin. So kam es mir zumindest vor.«

»Also heute. Wann sind die beiden aufgebrochen?« Diese Frage galt Naenn.

»Vor siebzehn Tagen«, antwortete sie, ohne lange nachrechnen zu müssen.

»In siebzehn Tagen kann sich das Schicksal ganzer Länder entscheiden«, brummte der alte Schmetterlingsmann. Seine Pupillen spiegelten das Kerzenlicht wider, als bestünden sie aus Milch.

»Was tun wir?«, fragte Rodraeg niemanden Bestimmtes. »Sollen wir den beiden hinterherreisen?«

»Das ist keine gute Idee«, sagte Naenn. »Aus mehreren Gründen. Du kennst dies noch nicht.« Sie schob Rodraeg einen zweiten Brief zu, deutlich kürzer, in eigenartig verkanteten Buchstaben verfasst:

Das Mammut wird fallen noch vorm Nebelmond,
und keiner, der's hegte, wird von mir verschont.
DMDNGW

»Ist das denn ernst zu nehmen?«, fragte Rodraeg die anderen.

»Laut Riban Leribin auf jeden Fall«, gab Estéron Auskunft. »Genau genommen ist diese Drohung einer von zwei Gründen, weshalb Riban mich hierher geschickt hat. Der zweite Grund ist, dass ich Naenn bei ihrer Niederkunft behilflich sein kann. Trotz meines fehlenden Augenlichts besitze ich Kenntnisse und Fähigkeiten, die eben nur Schmetterlingsmenschen besitzen. Insofern wäre ich hier mehr von Nutzen als – sagen wir – eine Heleleschwester.« Der alte Schmetterlingsmann und das Schmetterlingsmädchen nickten sich zu. »Was allerdings diesen Drohbrief angeht, so hält Riban ihn für echt. Er ist sich ziemlich sicher, von *DMDNGW* schon früher gehört zu haben, möglicherweise schon sehr viel früher, als Riban selbst noch ein junger Mann war. Das Problem ist, dass Riban zusehends verfällt. Er ist jetzt zwölf oder sogar nur noch elf Jahre alt, und mit jedem Lebensjahr, welches ihm schwindet, scheint er Bestandteile seines Gedächtnisses einzubüßen. Er leidet sehr unter diesem Zustand, und ihr könnt euch vorstellen, dass es für einen alten Wegbegleiter wie mich äußerst schmerzlich ist, ihn so erleben zu müssen. Er kann uns also nicht deutlich sagen, worum es sich bei *DMDNGW* handelt, aber er rät uns, uns nicht in alle Winde zu zerstreuen. Wenn wenigstens zwei von uns beieinander sind, sagt er, hätten wir eine größere Chance, der Bedrohung zu begegnen.«

»Mit anderen Worten« – Rodraeg massierte sich die Schläfen – »Riban bezieht die Drohung auch auf den *Kreis.*«

»Ja. *Keiner, der's hegte, wird von mir verschont.* Der *Kreis* hegt das *Mammut.*«

»Du warst vorher im Larnwald?«

»Zuerst im Larnwald wegen der dortigen Kaninchen. Anschließend wollte ich Richtung Hessely, als Ribans Ruf mich erreichte, doch lieber jetzt schon nach Warchaim zu gehen. Vorgestern traf ich hier ein.«

»Und Ribans Ruf erreichte dich, nachdem Naenn und Cajin den *Kreis* über den Drohbrief unterrichtet haben?«

»So wird es wohl gewesen sein. Weshalb fragst du?«

»Weil ich wissen wollte, ob der *Kreis* selbst einen Drohbrief erhalten hat.«

»Ah.« Estéron machte eine anerkennende Geste in Rodraegs Richtung. »Riban hat keinen zweiten Drohbrief erwähnt. Aber ich werde nachher, wenn ich Ruhe finde, noch mal nachfragen. Wir stehen laufend in Kontakt, zumindest theoretisch. In der Praxis kann es sein, dass die Verbindung nicht zustande kommt.«

»Gut zu wissen.«

Als Nächstes begann Cajin mit seinem Referat über *DMDNGW*. Er berichtete Rodraeg, dass er bereits im vergangenen Mond einige Nachforschungen in der Bibliothek betrieben hatte und dabei auf Berichte über eine Frau gestoßen war, die vor rund zweihundert Jahren in Jazat gelebt hatte. »Sie spürte gegen Bezahlung verborgene Brunnen, Quellen und Wasseradern auf. Der wirkliche Name dieser Frau ist nicht überliefert, aber sie wurde bekannt als: *Die Mittlerin des niemals gefundenen Wassers* oder auch *Die Mutter des noch geheimen Weges* oder auch *Die Melodie des nicht getrunkenen Wissens.* Das schien uns zuerst eine ganz vielversprechende Fährte zu sein. Eljazokad suchte die Dreimagier auf, und sie sagten über *DMDNGW: ›Er tötet solche wie uns‹*, was wiederum eher auf einen Mann schließen lässt, möglicherweise jemanden, der Magier tötet. Dies wiederum würde zur magiefeindlichen *Dämmerung* passen. *DM* könnte für *Dämmerung* stehen. Schließlich haben wir dem Landspurenführer Vetz Brendo fünfzehn Taler gegeben, damit er für uns nachforscht. Bislang hat er uns noch nichts geliefert, und es ist schon beinahe zwei Wochen her. Er arbeitet aber auch noch an anderen Fällen.« Jetzt erzählte Cajin vom gegenüber wohnenden Mirilo von Heyden, der das *Mammut* um Hilfe gebeten hatte, weil er sich von drei Banditen bedroht fühlte. Vetz Brendo hatte auch für von Heyden nachgeforscht und dabei einen der drei Banditen aufgespürt, einen gewissen Cruath Airoc Arevaun aus den Klippenwäldern.

Rodraegs Schädel begann nun tatsächlich zu brummen. »Ich fürchte, ich kann mir nicht noch mal eine so lange Auszeit gönnen. Ich habe das Gefühl, völlig den Anschluss verloren zu haben.«

Naenn berührte seine Hand. »Das gibt sich wieder. Wenn erst mal Eljazokad und Bestar wieder hier sind, verteilt sich die Last wieder auf ganz viele Schultern.«

»Ja, aber genau das ist eines der Probleme. Eljazokad. Als er mich von der Brücke leitete, ging er anschließend in der anderen Richtung weiter. In der Richtung also, in der der Tod liegt. Möglicherweise … hat *DMDNGW* bereits zugeschlagen. Eljazokad ist tot, und wir wissen nicht, was aus Bestar geworden ist. Wenn er nun auch ganz alleine dort draußen …«

Naenn stand auf, um beide Hände Rodraegs einfangen und umfassen zu können. »Rodraeg! Welchen Sinn hat es, das Schlimmste anzunehmen? Solange Eljazokad noch in der Lage war, mit dir zu reden und dir den richtigen Weg zu weisen, solange ist er nicht verloren. Und Bestar ist, denke ich, auch dann nicht hilflos, wenn er ganz alleine ist. Als ihr damals in der Höhle von Terrek gefangen wart, wurdet ihr auch nicht aufgegeben. Erinnerst du dich noch an die Abfolge? Ilde Hagelfels brachte in Erfahrung, dass ihr gefangen wurdet, Estéron schickte euch dann *Erdbeben* zu Hilfe. Riban koordinierte das Ganze und erwartete euch hier in Warchaim. Niemand ging verloren.«

»Du hast recht. Aber dann müssen wir trotzdem jemanden hinschicken. Steht *Erdbeben* wieder zur Verfügung?«

»Es sind zehn Tage bis zum Thostwald, Rodraeg Delbane«, sagte Estéron. »*Erdbeben* zu finden und zu überzeugen braucht mindestens zehn weitere Tage. Meinst du nicht auch, dass sich bis dahin das Schicksal deiner Männer ohnehin entschieden hat? Zum Guten oder zum Schlechten?«

»In Terrek war das nicht so. Wir waren einundvierzig Tage lang gefangen und haben verzweifelt auf Hilfe gehofft.«

Trotz seiner blinden Augen schien der alte Schmetterlingsmann Rodraeg scharf anzusehen. »Bist du denn, im Lichte der letzten Entwicklungen beim *Mammut*, unumstößlich der Meinung, dass deine Männer es wert sind, sich ihretwegen in große Gefahr zu begeben?«

Rodraegs Blick wurde ebenso hart. »Eljazokad und Bestar sind das Rückgrat des *Mammuts*. In Wandry und der Riesenhöhle war *ich* das schwächste Glied. Das ... mit Hellas war ein Unfall. Möglicherweise meine eigene Schuld.«

»Dann werde ich selbst gehen, um deine Männer zu suchen«, sagte Estéron überraschend. »Möglicherweise können die Riesen mir helfen. Dank Gerimmir und euch kann ich so schneller zu *Erdbeben* reisen.«

»Wieso willst *du* gehen?«, fragte Rodraeg verblüfft.

»Weil *du* noch nicht kannst. Naenn in ihrem Zustand ohnehin nicht. Cajin alleine wäre genau das, wovor Riban uns gewarnt hat. Ich jedoch bin alt genug, mich gegen *DMDNGW* zu behaupten, wer immer das auch sein mag.«

»Nein.« Naenns Stimme war leise, aber bestimmt. Das Schmetterlingsmädchen, das die ganze Zeit neben Rodraeg gestanden hatte wie eine Stütze, setzte sich nun wieder auf seinen Stuhl. »Tut mir leid, Rodraeg, aber ich bin Ribans Stellvertreterin im *Mammut*. Riban wollte verhindern, dass Estéron alleine dort draußen umherwandert, deshalb hat er ihn hierher geschickt. Falls Eljazokad und Bestar ohne uns zurechtkommen, wäre das eine vollkommen sinnlose und unnötig gefährliche Aktion. Außerdem brauche ich Estéron in anderthalb Wochen hier, um das Leben und Überleben meines Sohnes zu gewährleisten. So leid es mir tut, aber wenn uns nichts Besseres einfällt, als einen von uns zu opfern, müssen wir Eljazokad und Bestar sich selbst überlassen. Ich habe sie nicht gezwungen, zu zweit loszuziehen. Es war Eljazokads Idee.«

»Aber ich kann nicht einfach hier rumsitzen und gar nichts tun, während Eljazokad und Bestar im Totenreich umherwandeln. Verstehst du denn nicht? Ich bin verantwortlich dafür, dass sie beim *Mammut* sind!«

»Das stimmt nicht«, blieb Naenn unnachgiebig. »Eljazokad hat sich selbst eingeladen, weil er einem Traum gefolgt ist. Und Bestar war im Schlepptau Migals, bevor er dich kennenlernte, und ist sicherlich auch im Schlepptau Migals zur Arbeitssuche nach Warchaim gekommen. Du bist nicht verantwortlich für alles, was die beiden tun und lassen. Außerdem …« – sie blickte Cajin und Estéron an – »würde ich gerne kurz mit dir unter vier Augen sprechen. Ich denke, du bist kräftig genug dafür.«

Rodraeg wurde bleich. Das letzte Mal, als Naenn so dringlich mit ihm unter vier Augen hatte sprechen wollen, hatte sie ihm mit dem Eingeständnis ihrer Schwangerschaft einen Schock versetzt, der heute noch nachwirkte. Was hatte sie nun auf dem Herzen? In den mehr als zwei Wochen seiner Ohnmacht konnte alles Mögliche geschehen sein.

»Also entschuldigt uns, bitte«, ächzte Rodraeg, als er sich erhob und sich beinahe auf allen vieren die Stiege hinaufquälte, um Naenn in ihr Zimmer zu folgen.

Sie schloss die Tür hinter ihnen. Unten fing Cajin diskret

mit Estéron zu plaudern an. Das Fenster zum Hof versorgte sie mit einem dezenten Mondesschimmer, sodass sie sich ein wenig sehen konnten.

»Rodraeg, du musst mir helfen«, begann sie ohne große Umschweife. »Ich mache mir Sorgen um Cajin, aber ich weiß nicht, wie ich ihm verbieten kann, das Haus zu verlassen. Du musst mich unterstützen.«

»Warum Cajin?«

»*Keiner, der's hegte, wird von mir verschont.* Wenn man einen von uns als ›Heger‹ bezeichnen kann, dann Cajin, dessen Aufgabe es ist, das *Haus des Mammuts* zu hegen und instand zu halten.«

»Verstehe. Dieser Gedanke war mir nicht gekommen.«

»Ich habe auch zwei Wochen länger Zeit gehabt als du, um über alles nachzudenken. Anfangs habe ich das Geschreibsel auch nicht richtig ernst genommen. Eljazokad nahm es ernst. Stimmt es übrigens, dass du ihn in Wandry zu deinem Stellvertreter ernannt hast?«

Rodraeg musste nachdenken, um sich zu erinnern. »Ja. Als das mit meinen Anfällen anfing. Ich musste fürchten, nicht durchzuhalten. Eljazokad schien mir der … Besonnenste von allen zu sein.«

»Das ist er wohl. Obwohl auch Bestar sich sehr zum Guten verändert hat. Jedenfalls habe ich es erst ernst genommen, als Riban Estéron hierher geschickt hat. Und jetzt nehme ich es sehr ernst. Ich fürchte um jeden von uns, selbst um Riban. Und ich fürchte auch … um mein Kind. Eljazokad hatte einen Gedanken in dieser Richtung. Er hat ihn nicht geäußert, aber du weißt, dass ich manchmal in der Lage bin, Stimmungen und Empfindungen zu erkennen. Er fürchtete – und ich denke, dass er recht haben könnte –, dass es kein Zufall ist. Die Drohung zielt auf die Zeit der Geburt.«

»Kann ich mich kurz auf dein Bett setzen?«

»Aber sicher.«

Rodraeg setzte sich. Er konnte jetzt wieder wahrnehmen, wie körperlich Naenn nach Wildrosen duftete. Ein Duft, der ihn selbst auf der Brücke der brennenden Blumen noch umschmeichelt hatte. Schwelende Wildrosenranken. Langsam rieb er sich wieder die Schläfen. »Du bist ein Schmetterlingsmädchen. Oder müsste man nicht jetzt sagen: eine Schmetterlingsfrau? Bald Schmetterlingsmutter. Hm. Ihr seid etwas Besonderes. Besonders mit der Natur verbunden. Aber selbst ihr Schmetterlingsmenschen könnt, wenn ich mich nicht irre, kein kleines Mammut zur Welt bringen, oder?«

»N … nein.«

»Dann gilt die Drohung nicht dem Kind. Dort steht nicht, *das Kind* wird fallen. Dort steht *das Mammut.*«

»Stimmt.«

»Vielleicht ist der Zeitpunkt kein Zufall. Vielleicht steckt der Vater des Kindes dahinter. Ich weiß es nicht. Das *Mammut* ist inzwischen vielen Menschen auf die Füße getreten. Unseretwegen musste die Königin in Terrek eine Schwarzwachsmine schließen. Unseretwegen gibt es keine Kruhnskrieger mehr. Unseretwegen ist der Stadtkapitän von Wandry mitsamt seiner Familie in einer … gewaltigen Stichflamme ums Leben gekommen. Unseretwegen besitzen die Riesen nun wieder mehr magische Macht als in allen Jahrhunderten seit König Rinwes glorreicher Zeit. Wir haben womöglich Feinde ohne Zahl. Aber dein Kind hat noch keine Feinde und ist deshalb nicht unmittelbar bedroht. Wenn du in die Sicherheit des

Schmetterlingshaines gehen möchtest, um es dort zur Welt zu bringen, kannst du das gerne tun. Noch ist Zeit genug. Estéron könnte dich begleiten, dann seid ihr zu zweit.«

Naenn setzte sich neben ihn. Ihre Beine berührten sich beinahe. »Darüber habe ich auch schon nachgedacht. Aber ich habe es verworfen. Riban will, dass das Kind unter Menschen zur Welt kommt. Mein Sohn wird ein Halb-Mensch sein.«

»Riban! Riban! Du solltest nicht alles tun, was dieser Riban von dir verlangt. Hast du Estéron nicht gehört? Riban wird immer kindischer und vergisst, was er einst wusste. Mich hat er mit dem Schwarzwachs voll ins offene Messer laufen lassen. Die ganze Zeit über in der *Höhle des Alten Königs* habe ich geglaubt, dass meine Vergiftung zu etwas nütze sein würde, dass sie vielleicht eine Bedingung sei, um in der Höhle irgendetwas Erdverbundenes aufschließen zu können. Aber dem war gar nicht so. Die Vergiftung war nichts als eine Belastung. Wenn die Riesen – und die *Höhle* – nicht gewesen wären, hätte Hellas gar nicht auf mich zu schießen brauchen. Ich wäre schon vorher verreckt.«

»Du bist wütend auf Riban?«

»Ich … bin viel zu kaputt, um wütend zu sein. Mir gefällt nur nicht, wie er uns alle manipuliert. Jetzt darf plötzlich keiner mehr das Haus verlassen. Wie lange denn? Bis wir mit Sicherheit wissen, dass Bestar und Eljazokad nicht mehr am Leben sind?«

»Nein. Sondern bis sie wohlbehalten zu uns zurückgekehrt sind und wir wieder eine vollständige, einsatzfähige Gruppe haben. Rodraeg! Als die Riesen euch drei aus dem Wildbart hierher gesandt haben und ihr auf magische Art und Weise unten im großen Zimmer einfach aus der Luft getreten seid –

da war ich gerade oben in deiner Kammer und habe für eure baldige und erfolgreiche Rückkehr gebetet! In den letzten Tagen habe ich an deinem Bett gesessen und für dein Erwachen gebetet. Beides hat gewirkt! Nun kann ich mit ganzer Kraft für Eljazokad und Bestar beten, und glaube mir, es wird helfen!«

»Mein ... Glauben ... ist nicht ... stark genug.«

»Das ist nicht wahr. Ohne Glauben hättest du deine Pfeilwunde nicht überleben können. Der Pfeil war mitten im Herzen, Rodraeg. Mitten im Herzen. Aber du hast an das Leben geglaubt. Und an mich. Nichts weiter verlange ich nun von dir.« Sie stieß ein tiefes Seufzen aus. »Ich möchte über noch etwas mit dir sprechen. Ich ... habe dein Licht gesehen. Die Rolle, die ich in deinem Herzen und deiner Seele spiele. Nein, lass mich ausreden, ich bitte dich! Mir ist vollkommen bewusst, dass man einen Menschen nicht danach beurteilen kann, was er empfindet, sondern nur danach, wie er sich verhält. Du hast dich mir gegenüber immer untadelig verhalten, dafür bin ich dir mehr als dankbar. Ich wusste nicht, dass ich dir dermaßen wichtig bin. Vielleicht ahnte ich es, aber vielleicht wollte ich es auch nicht wahrhaben. Ich hatte in deinem Inneren Bilder erwartet ... von deinen Eltern vielleicht, von deiner großen Jugendliebe, die deinen besten Freund geheiratet hat, von diesem besten Freund, vielleicht sogar von Bestar oder Eljazokad. Aber da war nur ich. Das hat mich erstaunt und ... erschreckt. Du hast lange in der Hauptstadt gelebt, Tausende von Menschen getroffen. Und dennoch bin da nur ich? Aber ich habe nicht das Recht, dich dazu zu befragen. Dieses Wissen war nicht für mich bestimmt, es gab nur keinen anderen Weg, dich am Leben zu erhalten. Und nun, wo ich es weiß, habe ich das Gefühl, dass für mich eine große Verantwortung damit einhergeht, in deinem Leben eine dermaßen große Rolle zu spielen …«

»Ich könnte dir vielleicht alles erklären … wenn ich nur nicht so erschöpft wäre …«

»Du brauchst mir nichts zu erklären, das will ich dir nur sagen. Du sollst wissen, dass ich *weiß*. Alles andere wäre nicht gerecht. Und du darfst auch ruhig wissen, dass ich noch keine Entscheidung getroffen habe in meinem Herzen. Weder für noch gegen dich. Ich *kann* mich zurzeit gar nicht mit solchen Entscheidungen befassen, weil ich schwanger bin, in einem Alter, als ich eigentlich noch nicht einmal bereit war, mich küssen zu lassen. Alles rollt über mich hinweg und reißt mich mit sich fort. Meine Flügel schmerzen, als stünden sie in hellen Flammen! Aber … wenn irgendwann ein wenig Ruhe einkehrt … für mich und meinen Sohn … dann kann ich endlich nachdenken und in mein Herz schauen und sehen, wem es gehören möchte.«

»Nichts lag mir ferner, als dich unter Druck zu setzen. Götter, das ist alles so peinlich, Naenn! Uns ist Verantwortung übertragen worden für den gesamten Kontinent, und wir sitzen hier und schwatzen über *uns*. Ich bin doch kein … alter Geck auf Freiersfüßen! Vielleicht füllst du ja auch nur deshalb mein ganzes Herz aus, weil du mich zum *Mammut* hingeführt hast. Du bist wie dieses mandeläugige Kind in Eljazokads Traum. Du bist kein Mensch. Du bist schön. Du bist mehr als selten, denn du bist einzigartig. Und ich bin nur ein in seiner Schreibstube langsam närrisch gewordener Romantiker, der Einzigartigkeit zu lange entbehrt hatte.«

Erstmals lächelte sie jetzt. Das Mondlicht malte ihre Lippen dunkel, als wäre sie zu lange in kaltem Wasser geschwommen.

»Ich weiß. Deshalb habe ich dich ja ausgesucht. Niemand anders hätte ein *Mammut* zurückbringen können in diese Welt der Menschen.«

Sie schwiegen, nebeneinandersitzend wie zwei Kinder auf Schaukeln.

Schließlich räusperte sich Rodraeg. »Darf ich dir noch ... zwei Fragen stellen, die nichts mit dir, meinem Licht und meinen Narreteien zu tun haben?«

»Selbstverständlich.«

»Erstens: Was hat es mit der Lakritze auf sich?«

»Mit der Lakritze?«

»Ja – als ich erwachte, sagte Estéron, eure Lakritze hätte nicht ausgereicht, um mich zurückzuholen. Was meinte er damit?«

»Ach so. Na ja, als Estéron vorgestern hier ankam, fragte er mich, ob es irgendetwas gibt, was du besonders gerne isst. Er sagte, das könne helfen, dich ins Leben zurückzuholen. Also sind wir gestern alle drei auf den Markt gegangen, haben eine Handvoll Lakritze gekauft und haben sie dir abwechselnd lange auf einem Tellerchen unter die Nase gehalten. Wer weiß? Vielleicht hat das ja tatsächlich etwas bewirkt.«

»Habt ihr die Lakritze aufgegessen?«

»Nein, es gibt sie noch. Ich habe sie in deinem Zimmer auf dein Bett gelegt.«

»Dann werde ich mich unverzüglich dorthin auf den Weg machen. Aber noch zweitens: Was ... ist eigentlich aus Hellas geworden?«

Naenn seufzte wieder. »Wir wissen es nicht. Bestar gegenüber hat er geäußert, er wolle nach Endailon gehen, um eintausend königliche Heeressoldaten zu erschießen. Aber in Endailon gibt es gar keine eintausend Soldaten mehr, nicht nach dem Affenmenschenfeldzug. Wir wissen nicht, wohin Hellas tatsächlich gegangen ist. Cajin hatte die Idee, dass man sich im Gasthaus *Alte Kutsche*, das an der Straße nach Endailon liegt, herumtreiben könnte und die Reisenden von dort befragen, ob es in Endailon eine wahnwitzige Schießerei gegeben habe. Aber bislang habe ich ihn immer davon abgehalten, weil ich eben um ihn fürchte und nicht möchte, dass er alleine draußen herumläuft.«

»Verstehe.«

»Ich finde, es ist keine gute Idee, dass du in deine fensterlose Kammer zurückgehst. Du brauchst Licht, um wieder zu Kräften zu kommen. Kannst du dich nicht in Bestars oder Eljazokads Zimmer legen?«

»Nein, das ist nicht gut. Wir können nicht andauernd die Zimmer hin- und herschieben, wie es uns passt. Wir wollen doch unseren Leuten ein Zuhause bieten.«

»Dann gehe ich in deine Kammer, und du bleibst hier.«

»Das geht doch nicht! Du bist schwanger. Du bist Schmetterling. Du brauchst ein Fenster, um ...«

»Für zwei oder drei Nächte macht mir das nichts aus. Sieh es als eine raffinierte List an, dich möglichst schnell wieder auf die Beine zu bringen. Und mach dir keine Sorgen wegen der Lakritze. Ich bringe sie dir.«

Ächzend rollte Rodraeg sich auf dem Bett zusammen und war schon eingeschlafen, als sie das Tellerchen lautlos neben sein Kopfende stellte.

2 Die Straßen von Warchaim

Am 8. und 9. Blättermond lernte Rodraeg die unsichtbaren Helfer kennen, die ihn durch die lange Zeit seines Schlafes begleitet hatten: Hebezie aus dem Siechenhaus mit ihren silbern schimmernden Haaren, die täglich gekommen war, um ihn gegen das Wundliegen zu bewegen, die seinen Körper sauber gehalten hatte und die Heilung seiner Herzwunde mit Verbänden und Kenntnis unterstützte. Und Samistien Breklaris, der hoch aufgeschossene Kräuterhändler, der einmal die Woche vorbeigeschaut hatte, um mit Tinkturen auszuhelfen, mit Tee und der einen oder anderen Salbe.

Als Rodraeg Breklaris wiedersah, wurde ihm zum ersten Mal bewusst, wie großartig es eigentlich war, den Husten los zu sein. Auf der gesamten Rückreise von der *Höhle des Alten Königs* war keine Zeit gewesen, pausenlos hatte sich Bizarres und Furchterregendes ereignet, und außerdem hatten sie der Bande der Ritterin gegenüber mannhaft und unsentimental wirken müssen, um überhaupt respektiert zu werden. Rodraeg hatte sich über das Geschenk seines erneuerten Körpers nicht gebührend freuen können. Aber nun war es so weit. Die Schwarzwachsvergiftung war Vergangenheit. Der Herzschuss ebenfalls – so unglaublich das auch klang – ausgeheilt.

Ein Neuanfang. Eine neue Geburt. Nichts weniger als das war es.

Und mit dem Neuanfang kamen die Sorgen. Um Bestar und Eljazokad vor allem. Aber auch um Hebezie und Breklaris.

»*Keiner, der's hegte, wird von mir verschont*«, zitierte Rodraeg Naenn gegenüber. »Das trifft für diese beiden ganz besonders zu. Sie haben mich gehegt und gepflegt, mehrere Wochen lang. Ich fürchte um ihre Sicherheit.«

»Wir brauchen sie jetzt nicht mehr.«

»Ja. Wir können sie nach Hause schicken und sich selbst überlassen. Aber möglicherweise hat *DMDNGW* sie bereits ausgespäht und zu Mitgehangenen erklärt.«

»Mitgehangenen?«

»Mitgefangen, mitgehangen. Das ist ein alter, skrupelloser Menschenspruch. Ich möchte gerne mit den beiden sprechen.«

Naenn arrangierte, dass die Heleleschwester und der Kräuterhändler sich mit Rodraeg im Versammlungszimmer trafen. Der Kräuterhändler nahm sogar seinen federbehangenen hohen Hut ab und stellte ihn vor sich auf den Tisch.

»Zuerst einmal«, begann Rodraeg, »möchte ich Euch beiden für Eure Hilfe danken. Was ohne Euch aus mir geworden wäre, möchte ich mir lieber gar nicht erst vor Augen führen. Es ist jedoch ein kleines Problem aufgetaucht. Unser Haus hat einen Drohbrief erhalten, in dem auch jene, die uns unterstützen, ausdrücklich als gefährdet bezeichnet werden. Der Urheber dieses Briefes ist uns unbekannt; es handelt sich entweder um eine Verwechslung, eine falsche Anschuldigung oder um irgendjemanden, dem wir im Verlauf unserer Tätigkeiten auf die Zehen getreten sind. Wie jeder Besitzer eines kleinen Geschäftes verstehen wird, begegnet man Neidern und Missgünstigen, selbst wenn man sich selbst der Rechtschaffenheit verpflichtet sieht. Meine Sorge gilt nun Eurem und unserem Wohlergehen. Ich will, dass Ihr Euch darüber im Klaren seid, dass *möglicherweise* ein oder mehrere unbekannte Attentäter hinter Euch her sein könnten. Von heute an bis zum Beginn des Nebelmondes, denn bis dahin soll laut Drohbrief alles vorüber sein. Ich will auch, dass Ihr wisst, dass wir unser Bestes tun werden, Euch zu schützen. Wir würden Euch für die kommenden zwei Wochen gern kostenlose Unterkunft in unserem Gästezimmer anbieten, allerdings fürchte ich, dass Euch dies nur umso mehr in die Blickrichtung unserer Bedroher rücken würde. *Wir* werden nämlich auf jeden Fall bedroht, unser Haus ist also nicht vollständig sicher. Ob *Ihr* bedroht werdet, steht gar nicht fest, es steht lediglich zu befürchten. Mögen die Götter es verhüten.«

Hebezie war ein wenig bleich geworden und wand sich unbehaglich auf ihrem Stuhl. Samistien Breklaris betrachtete völlig ungerührt seinen Hut.

»Dann … dann sollten wir wohl besser nicht mehr herkommen«, sagte die Heleleschwester. »Ich kann mit Krankheiten umgehen, nicht jedoch mit Attentätern und Bedrohungen. So was macht mich ganz … hilflos.«

Rodraeg lächelte ihr zu. »Ihr habt dermaßen gute Arbeit geleistet, dass ich Eure Dienste ohnehin nicht mehr benötigen werde, Hebezie. Ich danke Euch noch mal, aber gebt bitte auf Euch acht.«

»Jedenfalls … weiß ich, dass Ihr nichts Unrechtes getan habt«, sagte Hebezie, wie, um es sich selbst klarzumachen. »Ihr habt zwei Schmetterlingsmenschen in Eurem Haus, also muss dies Haus den Göttern ein Wohlgefallen sein.«

»Werdet Ihr die Garde verständigen?«, fragte Breklaris.

»Nicht, bevor etwas geschehen ist.«

»Das verstehe ich gut. Die schnüffeln sonst nur herum und fahnden nach einem Motiv. So was wirbelt immer Staub auf, der einem selbst unangenehm in die Nase steigen kann. Tja. Wenn Ihr mich braucht, wisst Ihr, wo ich zu finden bin.«

»Ich weiß das zu schätzen. Und noch mal: Kommt zu uns, wenn Euch etwas nicht geheuer vorkommt. Zusammen werden wir mit allem fertig.«

»Möglicherweise. Kommt, Schwester.« Breklaris nahm seinen Hut, er und Hebezie erhoben sich und verließen das *Haus des Mammuts*. Es war kühler drinnen, nachdem Cajin die Haustür wieder geschlossen hatte.

»Sie waren nicht gerade begeistert«, konstatierte der Junge.

»Wie sollten sie auch?«, antwortete Rodraeg. »Das Problem ist, dass wir niemandem so richtig anvertrauen können, was *das Mammut* eigentlich tut. Mindestens einmal, in Terrek, haben wir direkt gegen die Interessen der Königin agiert. Das bringt jeden Mitwisser sofort in eine unangenehme Situation. Gegen die Königin sein heißt gegen die Stadtgarde sein. Dabei hat die Stadtgarde uns bislang tadellos in Ruhe gelassen. Im Gegenteil: Sie hat uns sogar unterstützt.« Rodraeg blickte zu dem Fenster hinüber, das von einem Stein zerstört worden war. Längst hatte Cajin das Glas erneuert. Aber etwas wie eine unsichtbare Narbe war geblieben. »Haben die beiden Steineschmeißer eigentlich inzwischen ihre Strafe gezahlt?«

»Noch nicht«, sagte Cajin. »Da stehen uns immer noch hundert Taler ins Haus. Ich wollte mich schon längst bei der Garde erkundigen gehen, welche Frist die beiden einhalten müssen – nicht, dass uns das Geld durch die Lappen geht, weil wir nicht genügend Druck machen –, aber in letzter Zeit hat Naenn mir Hausarrest verordnet oder so was.« Naenn gab ihm einen spielerischen Knuff mit dem Ellenbogen. Cajin rieb sich ebenso spielerisch den angestupsten Arm.

»Wie sieht überhaupt unsere finanzielle Situation aus?«, erkundigte sich Rodraeg.

»Ganz gut.« Cajin brauchte gar keine Aufzeichnungen zu bemühen, er hatte alles im Kopf. »Wir hatten noch 320 Taler, nachdem wir Eljazokad und Bestar mit Reisegeld versorgt und losgeschickt haben. Breklaris und Hebezie haben inzwischen mit weiteren vierzig Talern zu Buche geschlagen, was ich normalerweise hätte abfangen können, aber ohne das Haus zu verlassen, kann ich nur schwerlich etwas dazuverdienen.« Wieder erhielt er einen Knuff von Naenn, ließ sich aber nicht beirren. »Estéron hat uns kein Geld mitgebracht, weil er ja nicht offiziell vom *Kreis* zu uns kam, sondern von unterwegs hierher umgeleitet wurde. Abzüglich der schwangerschaftsbedingt leicht erhöhten Lebenskosten«, – knuff – »die wir in den letzten Wochen hatten, bleiben uns jetzt noch 250 Taler. Das sollte reichen, um sowohl Estérons exquisite Hebammendienste« – knuff, knuff – »als auch einen weiteren unentwegt schreienden, weil hungrigen Mitbewohner« – knuff, knuff, knuff – »mit Müh und Not zu finanzieren.«

»Großartig.« Rodraeg war sehr zufrieden. »Dann werde ich mich jetzt mal daranmachen, dem *Kreis* einen schriftlichen Bericht über die Riesenmission zu verfassen. Zumindest über das, woran ich mich überhaupt noch erinnern kann.«

»Eljazokad hat einen solchen Bericht bereits verfasst«, merkte Naenn an, ohne zu betonen, dass sie selbst aus Eljazokads teilweise wirren Notizen eine lesbare Reinschrift erstellt hatte. »Und da ich es für wichtig erachtete, dass nicht nur der *Kreis* in Aldava, sondern auch du hier vor Ort diesen Bericht zur Verfügung hast, habe ich eine Abschrift gemacht, bevor ich das Original nach Aldava geschickt habe.«

Rodraeg dachte einen Moment nach. »Das war eine gute Idee, aber nicht ganz ungefährlich. Falls die Stadtgarde eines Tages auf den Gedanken kommen würde, unsere Räumlichkeiten zu durchsuchen, wäre ein solcher Missionsbericht sicherlich eine ziemlich verfängliche Sache. Je nachdem, für wen und gegen wen das *Mammut* auf seiner letzten Mission gerade gearbeitet hat.«

»Ich weiß«, nickte Naenn. »Deshalb habe ich den Text auch gut versteckt. Er ist in meinem Garten vergraben. Ich habe ihn eigentlich auch wirklich nur angefertigt, weil überhaupt nicht abzusehen war, in welchem Zustand du wieder zu dir kommen würdest. Es hätte ja sein können, dass man deiner Erinnerung, wie und weshalb du mit einer Herzwunde darniederlagst, erst wieder auf die Sprünge helfen muss.«

»Das stimmt. Das stimmt sogar in jederlei Hinsicht. Ich glaube, ich habe tatsächlich die eine oder andere Gedächtnislücke zurückbehalten. Der Bericht wird eine interessante Nachtlektüre. Und danach sollten wir ihn irgendwie vernichten. Oder auch nach Aldava schicken. Vielleicht zu Baladesar Divon. Er ist Bibliothekar und absolut vertrauenswürdig. Er wäre theoretisch ein guter Aufbewahrer einer Chronik des *Mammuts.*«

»Das kannst du entscheiden.«

Eine Pause entstand, in der jeder seinen Gedanken nachzuhängen schien. Estéron, der die ganze Zeit oben im Gästezimmer gewesen war, kam herab und setzte sich zu ihnen.

»Könnt ihr mir«, fragte Rodraeg schließlich Naenn und Cajin, »noch mal genauer erläutern, was es mit dieser Von-Heyden-Sache auf sich hat?

»Ja, richtig.« Naenn beugte sich auch zu Estéron vor. »Bevor

Eljazokad und Bestar aufgebrochen sind, hat Mirilo von Heyden, der Stoffhändler, der unserem Haus gegenüber auf der anderen Straßenseite wohnt, uns um Hilfe gebeten. Er fühlte sich bedroht von drei Männern, die ihn ausrauben, vielleicht sogar ermorden wollten.«

»Bestar hat sich mit einem von ihnen getroffen«, setzte Cajin eifrig fort. »Ein Klippenwälder namens Cruath Airoc Arevaun, der in der Kaschemme *Leer das!* abgestiegen ist. Aber irgendwie war die ganze Angelegenheit ziemlich undurchsichtig. Möglicherweise ist von Heyden in krumme Geschäfte verwickelt gewesen, bei denen die notleidenden Bewohner von Chlayst übers Ohr gehauen wurden. In Endailon hatte es wohl diesbezüglich bereits einen Raubmord gegeben. Auch haben wir nicht herausbekommen, wer die beiden anderen Männer sind, mit denen Arevaun zusammenarbeitet. Eljazokad hat dann gesagt, dass das alles zu unwägbar sei und das *Mammut* da besser nicht mit hineingezogen werden sollte.«

»Diese Entscheidung habe ich unterstützt«, bemerkte Naenn. »Ohne dich, ohne Hellas waren wir zu wenig Leute, um uns auch noch mit drei Raubmördern anzulegen.«

»Ja. Und hat sich inzwischen etwas ereignet?«

»Nicht, dass wir wüssten. Von Heyden ist jedenfalls noch am Leben.«

»Hm. Und dieser Arevaun? Ist er noch in der Stadt?«

»Keine Ahnung«, antwortete Cajin. Naenn zuckte nur die Schultern.

»Es ist seltsam, dass von Heyden und wir gleichzeitig bedroht werden«, grübelte Rodraeg.

»Ja, aber wir glauben nicht, dass das eine mit dem anderen zu tun hat.«

»Hm.« Rodraeg ließ sich nicht abbringen. »*DMDNGW. Drei Männer, … die nur … Gerechtigkeit wollen.*«

»Diese Spiele haben wir auch schon gespielt«, seufzte Naenn. »Inzwischen haben wir ganz tolle Möglichkeiten herausbekommen. *Die Menschenfresser, die nachts gierig werden.* Oder: *Dient mir – dem neuen, großen Wunder!* Oder – was war noch mal dein Lieblingsvorschlag, Cajin?«

»*Deutlich mahnt die nun gesprochene Warnung*«, sagte Cajin düster.

»Es sind zwei unterschiedliche Angelegenheiten, die Stoffhändler und das *Mammut*«, sagte plötzlich Estéron. »Bei den Stoffen geht es um Dinge. Beim *Mammut* um Ideen. Um Ideen zu bekämpfen, braucht es mehr als drei gedungene Meuchelmörder.«

»Aber wer bekämpft unsere Idee?«, fragte Rodraeg.

»Das finden wir leider erst dann heraus, wenn der Gegner aus seiner Deckung tritt.« Der Schmetterlingsmann sprach ruhig und bedächtig.

Rodraeg war nicht ganz so ruhig. »Und gibt es irgendeine Möglichkeit für uns, den Gegner dazu zu zwingen, zu *unseren* Bedingungen aus seiner Deckung zu treten? Ich möchte ungern abwarten, bis der Erste von uns umgebracht wurde.«

»So einfach wird das nicht sein«, sagte Estéron und legte seine warme, faltige Hand auf Rodraegs Handrücken. »Wir sind vier. Bald fünf. Wenn eure beiden Thostreisenden wieder zurückkehren, werden wir zu siebt sein. Mächtige Strömungen werden fließen in diesem Haus. Durch das Kind. Durch die Mutter. Durch das Schwert aus Erz und den hölzernen Kopf auf deinem Schreibtisch, Rodraeg. Selbst der Quellenkiesel, den du in einer Schublade bewahrst, besitzt eine starke und ungewöhnliche Energie. Wasser. Stein. Holz. Erz. Fleisch und Blut. Das *Mammut* ist schon jetzt weit mehr als nur ein Tier von dieser Welt.«

»Es war von Anfang an … ein Traum«, sagte Rodraeg leise und sah Naenn an. Als sie wegschaute, blickte auch er woandershin. Ins Licht, und dann ins Dunkel.

In der Nacht, in seiner winzigen, fensterlosen Kammer, arbeitete Rodraeg sich durch den nach Beeterde riechenden Eljazokad-Naenn-Zepterbericht. Er war erstaunt und erschrocken zugleich darüber, wie wenig er von den Geschehnissen in der Höhle bewusst mitbekommen hatte. Den größten Teil der Treppenersteigung war er ohne Besinnung gewesen. Desgleichen im kreisenden Wasser. An den Kampf gegen die Doppelgänger erinnerte er sich nur noch dunkel, wie durch ein rußgeschwärztes Glas. Dafür waren ihm von der Rückreise mit der Ritterin und ihrer Bande noch viel mehr Kleinigkeiten im Gedächtnis geblieben als Eljazokad, der sich die meiste Zeit am Zepter festgeklammert hatte wie ein Fischer auf stürmischer See an seinen Mast. »Idealerweise sollte so ein Bericht von mehreren verfasst werden«, dachte sich Rodraeg. »Der eine hat dies nicht so ganz mitbekommen, der andere das. Wenn man wirklich so etwas wie die Wahrheit vermitteln will, muss man mehrere Sichtweisen berücksichtigen.«

Dass Hellas auf Rodraeg geschossen hatte, erschien im Bericht als vollkommen unerklärliches Rätsel. Als plötzlicher Wahnsinn. Wie Tollwut.

Doch das war es nicht.

Am nächsten Tag verbuddelte Rodraeg den Bericht wieder im Garten. Erst hatte er ihn zu Baladesar Divon nach Aldava schicken wollen, aber dann war ihm eingefallen, dass Bestar auf der gesamten Rückreise von der *Höhle des Alten Königs* bis zum Wildbart nicht dabei gewesen war und dass es sicherlich praktisch wäre, dem Klippenwälder den offiziellen Missionsbericht einmal vorlesen zu können. Also wollte Rodraeg den Bericht noch behalten, bis Bestar eintraf.

Bei einer sich bietenden Gelegenheit nahm Rodraeg noch Naenn beiseite und führte sie in Hellas' Zimmer. Es war genau so eine winzige, lichtlose Kammer, wie auch Rodraeg eine bewohnte.

»Ich wusste, dass er unter Angst vor engen Räumen litt. In der Höhle in Terrek wurde das schon klar. Auf unserer Kutschenfahrt nach Wandry fuhr er meistens auf dem Kutschbock mit, weil er es drinnen nicht aushielt, trotz Fenstern und Türen. Immer wieder habe ich ihn in Höhlen geschleift. Ihn unter Berge gezwungen. Und wohnen ließ ich ihn hier: in einem Sarg aus Wohnstubenholz. Ich glaube, selten zuvor ist ein Mensch so systematisch von jemandem gepeinigt worden wie Hellas von mir.«

»Du hast das doch nicht böse gemeint!«

»Natürlich nicht. Aber ich war gedankenlos. Achtlos. Das mag noch verwerflicher sein als Bosheit.«

»Du gibst dir selbst die Schuld, dass er auf dich geschossen hat?«

Rodraeg gab zuerst keine Antwort. Dann flüsterte er: »Ich will ihn wiederfinden.«

Schon am selben Nachmittag verließ Rodraeg zum ersten Mal seit Wochen wieder das Haus. Cajin begleitete ihn, während Estéron auf Naenn aufpasste. Niemand von ihnen sollte in dieser Zeit alleine bleiben.

Ziel von Rodraeg und Cajin war das Gasthaus *Alte Kutsche.* Cajins Idee, dass man dort am ehesten Neuigkeiten aus Endailon erfahren könnte, hatte Rodraeg eingeleuchtet, und er hatte darauf gedrängt, selbst mit hingehen zu dürfen.

Warchaim hatte schon wieder seine Farben geändert. Der Sommer war heiß, aber auch verhältnismäßig kurz gewesen. Früh hatten herbstliche Winde das Feuer in Rauch verwandelt, und die Menschen trugen nun schon wärmere Gewänder. Sogar der eine oder andere Schal war bereits zu sehen. In fünf Tagen würde das Bachmufest stattfinden, und schon jetzt konnte man in Gassen, die es gar nicht erwarten konnten, Girlanden sehen, die sich – aus buntem Herbstlaub gewunden – zwischen den oberen Stockwerken der Häuser über die Straße bogen.

Das Gehen fiel Rodraeg nicht leicht. Nach beinahe einem Mond Bettruhe schienen seine Schenkel, Knie, Waden und Fußgelenke gleichzeitig eingerostet und nachgiebig zu sein. Cajin stützte ihn und führte ihn über die nördliche Hälfte der großen Nord-Süd-Hauptstraße wie einen deutlich älteren Mann. Erst nachdem sie linkerhand den Marktplatz passiert hatten und vor ihnen links *Der eherne Habicht* und rechts die Ruine des Alten Tempels auftauchte, schien Rodraeg sich wieder zu erinnern, dass seine beiden Beine gleich lang waren und sie seinen durch die ganzen Krankheiten ohnehin abgemagerten Körper mühelos zu tragen vermochten. Wie immer, wenn er ihn sah, erschien Rodraeg der von Zeit und Wetter zerschmetterte Alte Tempel ein Quell der Zuversicht zu sein. Hier hatte sich die Erstbesetzung des *Mammuts* zusammengefunden. Dort drüben im *Habicht* hatten sich dann die ersten Ungeeigneten aussortiert. Wie war noch mal der Name gewesen von diesem kleinen, verschlagenen Kerl, der so überhaupt nicht gepasst hatte? Gorik, richtig. Gorik.

Die Straßen von Warchaim waren bereits jetzt, nach kaum mehr als einem halben Jahr, mit *Mammut*geschichte behaftet.

Rodraeg lenkte Cajin zu den geborstenen Säulen der Ruine hinüber. Er atmete, als sei nur an diesem Platz die mit vielfältigen Gerüchen durchsetzte Stadtluft wirklich sauber.

Auf diesen Säulenstumpf habe ich mich gestellt, damit die vier Bewerber mich hören und sehen konnten. Mit Cajins Hilfe stieg Rodraeg erneut auf die verwitterte Bruchstelle hinauf. Von hier aus war Warchaim wie mit zwei Armen zu umfassen. Der Tempelbezirk im Osten. Der ummauerte Adelspark im Nordwesten. Rathaus, Markt und Rinwelinde im Nordosten. Im Süden der Larnus mit dem Hafen. Im Norden, gut versteckt im Getümmel der Dächer, das kleine *Haus des Mammuts.*

»Hast du eigentlich das Buch durchgelesen?«, fragte Rodraeg.

»Ja. *Der Wal und andere Begegnungen. Von einem Irregeher.* Und ich muss ehrlich sagen: So etwas habe ich noch nie zuvor gelesen. Alle anderen Bücher, selbst die Abenteuer von Korengan, so ausgeschmückt sie auch immer sein mögen, wurzeln irgendwie in der Wirklichkeit. Haben mit dem eigenen Lebenslauf zu tun, oder zumindest mit der Zeit, in der der Autor lebte. Aber wenn in *Der Wal* am Schluss ein Schiff sinkt, hat man das Gefühl, dass eine ganze Welt sinkt. In diesem Buch scheint es noch eine andere Welt zu geben als nur den Kontinent. Eine Welt der Götter als Spiegelbild unserer Welt der geborstenen Tempel. Es ist irrsinnig und gleichzeitig durch und durch faszinierend. Ich kann es nicht in Worte fassen.«

»Ich werde es selbst lesen müssen. Dieses Buch ist der einzige Gegenstand, den die Gezeitenfrau aus ihrem gesamten Hausrat retten wollte. Und *mir* hat sie es geschenkt, obwohl wir uns gerade erst begegnet waren. Wenn es nicht so dick wäre und ich andauernd so … weggetreten, hätte ich mich schon längst angemessen damit auseinandergesetzt. Vielleicht sollte ich überhaupt mehr lesen, um verstehen zu können, was das *Mammut* tut und welche Auswirkungen das haben kann.«

Cajin half Rodraeg wieder von der Säule. Dann setzten sie ihren Weg nach Süden fort, vorbei an der Schmiede von Ulric und dem großen Stall namens *Straße nach Endailon.* Die meisten Reisenden, die hier ihr Pferd oder ihre Gefährt unterstellten, waren in der *Alten Kutsche* abgestiegen.

Im Zusammenhang mit Ställen und Karren fiel Rodraeg noch etwas ein, das in Eljazokads Missionsbericht gar nicht erwähnt worden war. »Auf unserer Rückreise von der *Höhle des Alten Königs* wurden wir von einem Rosenkohlhändler angegriffen. Ja, ich weiß, das klingt albern. Vieles auf dieser Rückreise war bizarr. Das Zepter verwandelte harmlose Reisende in torkelnde Verrückte. Jedenfalls haben wir uns den Wagen dieses Händlers genommen, um anschließend unbehelligter weiterreisen zu können, denn wir waren ja ursprünglich zu Fuß unterwegs. Das *Mammut* hat dadurch eine Grenze übertreten. Wir haben eine Privatperson bestohlen, um besser voranzukommen. Andererseits hätten wir ihn auch in Notwehr erschlagen können, schließlich war er es, der uns tätlich angegriffen hat. Es ist schwierig. Man versucht, das Gute und Richtige zu tun. Aber man ist dadurch draußen im offenen Feld. Wird zum Reagieren gezwungen. Selbst zur Gewalt.« Rodraeg seufzte. Eljazokad, der niemals eine Waffe trug, drängte sich in seine Gedanken. Eljazokad, der auf der Brücke an ihm vorbei Richtung Totenreich gegangen war. »Jedenfalls wollte ich eigentlich, dass dem Rosenkohlhändler sein Wagen samt Maultieren binnen Mondesfrist hier in Rigurds Stall wieder bereitgestellt wird. Weißt du, ob Eljazokad und Bestar das veranlassen konnten?«

Cajin schüttelte den Kopf. »Ich höre von dieser Geschichte zum ersten Mal.«

»Auf dem Rückweg müssen wir uns bei Rigurd mal erkundigen.«

Die *Alte Kutsche* war ein bisschen weniger komfortabel als der *Eherne Habicht*. Ein bisschen weniger sauber, ein bisschen weniger leise. Es roch nach Essen, nach Kohlsuppe und Hackfleischbällen, und obwohl es noch helllichter Tag war, war an einigen Tischen schon eine ausgiebige Zecherei samt weiblicher Begleitung zugange. Rodraeg fühlte sich noch zu klapperig, um lange am Tresen zu stehen, also setzte er sich auf einen freien Platz, bestellte für sich und Cajin Stachelbeersaftwasser und sah Cajin zu, wie dieser sich behutsam bei den Gästen erkundigte. Nach zehn Sandstrichen hatte der Junge tatsächlich eine Reisende gefunden, die eine interessante Geschichte zu erzählen hatte. Sie war noch jung, aber ungewöhnlich korpulent, und ruderte beim Gehen schnaufend mit den Armen. Cajin lud sie zu einem Getränk ihrer Wahl ein, und sie bestellte sich einen klaren Schnaps, als sie sich gegenüber von Rodraeg auf einen Stuhl zwängte.

»Euer junger Freund hier war interessiert an Geschichten aus Endailon, die mit Bogenschützen zu tun haben?«

»Wenn sie sich innerhalb des letzten Mondes ereignet haben.«

»Oh, ja, das ist der Fall. Liebe Güte! Ich war nicht dabei, muss ich dazusagen, das heißt, ich habe es nicht mit eigenen Augen gesehen, aber zwei Geschäftsfreunde von mir – in bin in Sachen Kleider für etwas beleibtere Menschen unterwegs – waren Zuschauer und konnten tagelang von nichts anderem mehr erzählen. Also, ich bin vor einer halben Woche aus Endailon hierher gefahren, und zwei oder drei Tage vorher ist dieser Typ ohne Namen in den Unterkünften der königlichen Soldaten aufgetaucht und hat den besten Bogenschützen zum Duell herausgefordert. So ein Duell ist Soldaten eigentlich nicht erlaubt, aber der Typ ist wohl schon einige Tage lang dort rumgeschlichen und hat sich einen ausgesucht, der hitzköpfig genug war, sich auf so einen Scheiß einzulassen. Wisst ihr, wie so ein Duell abläuft?«

»Man schießt abwechselnd aufeinander?«

»Nein, das wäre ja ungerecht. Dann würde der erste meistens gewinnen. Nein, beide Schützen stellen sich ungefähr vierzig Schritt voreinander auf. Dann bekommt jeder fünf Pfeile, aber nicht in die Hand, sondern die Pfeile werden im Abstand von etwa fünf Schritten in gerader Linie in den Boden gesteckt. Nach dem Anfangssignal spurten dann beide los zum ersten Pfeil, und danach ist alles offen. Man kann den Schüssen des Gegners natürlich ausweichen, aber wenn man selbst an einen Pfeil heranwill, muss man einen aus dem Boden ziehen, und genau dann kann einen der Gegner natürlich erwischen. Da gibt es viele verschiedene Möglichkeiten und

Taktiken. Einige sammeln erst rollend und duckend alle fünf Pfeile ein und schießen, wenn sie dann noch leben, fünf Mal hintereinander auf den Gegner. Andere bewegen sich vor zum Schießen und weit zurück, wenn der Gegner schießen will. Ich habe auch schon mal von einem gehört, der auf die Pfeile des Gegners zugelaufen ist, um diesem auch noch einen oder zwei wegzunehmen, sodass der Gegner nur drei oder vier hat und er selbst sechs oder sieben. Es gibt verrückte Varianten, aber keine so verrückt wie die, von der ich hier berichten kann. Krieg ich noch 'nen Schnaps?«

»Nur zu.«

Die Dicke orderte und erzählte mit schweißglänzender Oberlippe weiter. »Also. Der Soldat soll wirklich ziemlich gut gewesen sein, bekannt unter den Soldaten. Niemand wettete auf den Fremden. Das Signal ertönt – ich glaube, einer klatscht in die Hände oder schlägt einen Gong oder so. Der Fremde läuft zu seinem ersten Pfeil und hat ihn schon abgeschossen, da hat der Soldat den seinen noch gar nicht richtig in der Hand! Und der Pfeil trifft den Soldaten genau in die Handfläche, genau die Hand, die er gerade nach seinem im Boden steckenden Pfeil ausstreckte. Wahnsinn! Der Soldat streckt die andere Hand aus, da schlägt ihm der zweite Pfeil des Fremden durch die zweite Handfläche. Erst jetzt wird allen Zuschauern – unter ihnen meine beiden Geschäftsfreunde, die wie ich in Übergroßenwäsche machen – klar, dass der erste Treffer kein Glückstreffer war, sondern die voll-kom-me-ne Ü-ber-le-gen-heit. Der Soldat steht da wie der totale Verlierer, mit seinen zwei durchschossenen Händen – da erlöst ihn der Fremde. Zack! Der dritte Pfeil. Voll durch den Hals! Er hätte ihn auch schon mit dem ersten Pfeil töten können, aber er wollte ihn vorführen, ihm eine Lehrstunde erteilen, ihn demütigen. Na, den Soldatenfreunden vom Erschossenen hat das natürlich gar nicht geschmeckt. Ein Duell ist ein Duell, aber eine Hinrichtung ist eine Hinrichtung. Und wisst ihr, was dann passiert ist? Zwei von denen, die sich den Fremden greifen wollen, werden von ihm auch noch erschossen, mit den Pfeilen vier und fünf. Drei Tote! Dann sind die übrigen Soldaten endlich an dem Irren dran und prügeln ihn halb tot. Weil er keine weiteren Pfeile mehr hatte. Hätte er mehr als fünf Pfeile haben dürfen bei diesem Duell, hätte es mehr als drei tote Soldaten gegeben an diesem Tag in Endailon.«

»Was ist dann passiert?«

»Genau weiß ich das nicht. Er kam wohl in den Kerker, der Fremde. Aber die Rechtslage ist ein wenig verzwickt. Der erste Tote war kein Mord, sondern ein freiwilliges Duell. Die Toten zwei und drei können als Notwehr ausgelegt werden, als Selbstverteidigung. Andererseits kann Endailon nicht dulden, dass einer hingeht und Soldaten abmurkst wie nichts. Die werden ihn, wenn sie ihn nicht hinrichten, im tiefsten ihrer Kerker verrotten lassen.«

Rodraeg lief ein Schauer wie kaltes Wasser über den Rücken. »Dieser Fremde – hatte er weiße Haare?«

»Aber überhaupt nicht. Er hatte eine Glatze!«

Rodraeg und Cajin wechselten einen Blick. »Das passt«, sagte Rodraeg dann leise. »Seine Haare fingen seit der Höhle an, braun nachzuwachsen. Deshalb hat er sie sich abrasiert.« Laut fragte er die Händlerin: »Hatte er eine Zahnlücke? Fehlte ihm hier vorne ein Schneidezahn?«

»Keine Ahnung. Damit man das hätte sehen können, hätte er ja irgendetwas sagen müssen oder lächeln oder so was, aber das hat er nicht getan. Meine Geschäftsfreunde haben jedenfalls nichts von seinen Zähnen erzählt. Glatze und schmutzige Kleidung, wie von einem, der viel im Freien schläft. Der Bogen war sein eigener, kein Armeebogen. Aber ein guter Bogen, möchte man meinen.«

»Dankeschön. Ihr habt uns sehr geholfen. Hier, für einen dritten Schnaps wird's noch reichen.« Rodraeg hatte es plötzlich eilig, aus der *Alten Kutsche* auszusteigen. Das Gedränge hier drinnen machte ihm zu schaffen.

»Wo willst du hin?« Cajin hatte den Rest der Zeche bezahlt und rannte nun hinter Rodraeg her, um ihn auf der Straße einzuholen.

»Wir müssen hin und ihn da rausholen. Endailon ist nur sechs Tage von hier entfernt, wenn man mit jemandem mitfährt, sind es nur drei, wir sind also auf jeden Fall wieder zurück, bevor Naenns Kind kommt, aber wir dürfen keine Zeit verlieren, denn sie werden ihn hinrichten, wenn sie erst mal begriffen haben, dass er ohnehin schon gesucht wird, weil er desertiert ist.«

»Aber Rodraeg! Rodraeg! Rodraeg! Er sitzt in einem königlichen Garnisonsgefängnis! Was willst du denn da ausrichten? Willst du einen Ausbruch organisieren und die gesamte königliche Armee des Kontinents gegen dich aufbringen?«

»Ich weiß es nicht. Vielleicht kann man rechtliche Mittel bemühen. Einen Advokaten finden. Ich kenne mich ein wenig mit so etwas aus, ich war in der Hauptstadt bei einem Advokaten in der Lehre. Baladesar könnte uns ebenfalls helfen, von Aldava aus.«

»Aber was willst du in diesem Fall rechtlich erwirken? Hellas – wenn er es denn überhaupt ist, denn wenn er es nicht ist, fährst du ganz umsonst nach Endailon und setzt dich unterwegs der Gefahr durch *DMDNGW* aus – *hat* diese drei Soldaten erschossen. Er *ist* vor dem Affenmenschenfeldzug desertiert. Er *hat* dir einen Pfeil mitten ins Herz gejagt. Er ist kein Unschuldiger, der ungerechtfertigterweise festgehalten wird. Er ist schuldig – und möglicherweise völlig übergeschnappt und lebensmüde noch dazu.«

Sie blieben stehen. Die Straßen bewegten sich um sie her, weil sich Menschen in ihnen bewegten. Rodraeg rang um Worte. Er war der Älteste beim *Mammut* und stritt sich mit dem Jüngsten vom *Mammut*, und der Jüngste hatte recht mit jedem seiner Worte, aber so einfach und ungerührt konnte die Welt doch nicht sein.

Hellas war mehrmals sein Lebensretter gewesen, bevor er versucht hatte, sein Lebensbeender zu sein.

»Wir können es doch nicht einfach … auf sich beruhen lassen …«

»Aber du kannst nichts dagegen tun. Naenn wird es nie erlauben, nicht in der gegenwärtigen Situation, wo *DMDNGW* uns bedroht und wir nicht vollzählig sind. Endailon bedeutet eine weitere Aufsplitterung in dann bereits drei Teile. Vergiss Eljazokad und Bestar nicht. Auch die können wir nicht einfach auf sich beruhen lassen, aber auch für die vermögen wir nichts zu tun, weil wir uns nicht weiter aufteilen können und wegen Naenn hier nicht wegdürfen. Eljazokad und Bestar sind immerhin noch beim *Mammut*. Hellas *war* mal deiner Verantwortung unterstellt. Aber er hat deutlich seinen Abschied genommen, als er versucht hat, dich zu töten.«

»Wenn er mich hätte töten wollen, wäre ich jetzt tot.«

»Nach dem, was Bestar mir erzählt hat, *warst* du tot! Die

Riesen haben dich zurückgeholt, zum zweiten Mal übrigens nach dem Desaster mit den Doppelgängern in der *Höhle des Alten Königs*.«

Rodraeg blickte beinahe flehentlich nach Süden, dorthin, wo eine Straße begann, die auf einer massiven Steinbrücke den Larnus überquerte und dann direkt und ohne Umschweife nach Endailon führte.

Dann wandte er sich ab und ging wieder Richtung Norden, nach Hause.

»Wenn wir ... wenigstens mit Sicherheit wüssten, dass es sich wirklich um Hellas handelt«, grübelte er laut genug für Cajin.

»Vielleicht können wir uns in der hiesigen Garnison erkundigen. Möglicherweise ist ihnen der Vorfall aus Endailon gemeldet worden.«

»Ja. Aber das geht nicht. Die dürfen nicht den Eindruck erhalten, dass wir uns für diesen Mann interessieren. Möglicherweise findet sich dann noch jemand, der ihn einmal bei uns oder mit uns zusammen gesehen hat, und schon stecken wir in Schwierigkeiten. Hellas hasst uns. Wer weiß, was er in Gefangenschaft über uns erzählt?«

»Das ist wiederum ein ganz anderes Problem. Darüber solltest du dich mit Estéron unterhalten. Vielleicht ist es sinnvoll, Hellas zum Schweigen zu bringen, um die Interessen von *Mammut* und *Kreis* zu wahren.«

»Das ist nicht dein Ernst?«

Cajin, der Hausverwalter, hielt Rodraegs Blick nicht stand. Er schaute im Gehen zu Boden. »Hellas weiß viel über uns und unsere Missionen.«

»Ja. Du aber auch. Falls wir uns jemals komplett in skrupellose, gewissenlose Mistkerle verwandeln und Mitwisser mundtot machen, fange ich womöglich bei dir an, weil du hier bist und Hellas weit weg.«

»Ich bin aber doch kein Deserteur!«, quengelte Cajin noch, doch das Gespräch war dadurch nur umso endgültiger beendet.

Auf dem Rückweg erkundigten sie sich noch in Rigurds Stall, ob ein Maultierkarren, auf den Rodraegs ausführliche Beschreibung zutraf, in den letzten Wochen hier zur Abholung abgeliefert worden war. Erst Rigurds Stallknechte, dann auch Rigurd selbst verneinten.

Das *Mammut* hatte noch immer einen Karren gestohlen.

Einer vom *Mammut* saß höchstwahrscheinlich in Endailon in einer Zelle.

Zwei weitere waren im Thostwald verschollen.

Rodraeg kehrte von diesem kleinen Ausflug zurück und fühlte sich selbst wie einer, der mit nur fünf Pfeilen, die viel zu weit auseinander im Boden stecken, eine Übermacht aus Händen und Hälsen unter Kontrolle bekommen muss.

3 Wild wie ein Feuer

Am Nachmittag des nächsten Tages, dem 11. Blättermond, brannte es in Warchaim.

Schwarze Rauchschwaden rauschten durch die Straßen, vom Herbstwind hierhin und dorthin, sogar in Höfe und Fenster getrieben. Die Stadtgarde war auf den Beinen, löschte Hand in Hand mit den Anwohnern. Im Tempelbezirk läuteten Glocken zur Warnung. Sogar im Schloss Figelius bimmelte ein hektisches Glöckchen, denn dort in der Nähe war der Brand aufgelodert und drohte mit Funkenflug.

Auch im *Haus des Mammuts* herrschte Aufregung. Man bekam mit, dass draußen etwas vorging, aber Cajin, der loslaufen wollte, um sich zu informieren, wurde einmal mehr von Naenn daran gehindert, alleine aufzubrechen. Rodraeg ging in Bestars Zimmer und versuchte durch das Fenster in südlicher Richtung den Ursprung des Qualms zu erkennen, doch schon die Dächer der Häuser auf der anderen Straßenseite waren höher als das nur zweistöckige *Haus des Mammuts* und verwehrten jeglichen weiteren Einblick in die Stadt. Estéron kam die Treppe hinunter und raunte Naenn zu: »Holz brennt. Tier- und Menschenhaar.«

Naenns Bauch war inzwischen dermaßen umfangreich, dass sie kaum noch richtig laufen konnte. Noch zehn Tage etwa bis zur Niederkunft. Estéron war blind. Es blieben also wieder nur Rodraeg und Cajin, um draußen nach dem Rechten zu schauen. Rodraeg holte noch das Langschwert, das der Vater von Naenns Kind ihm vermacht hatte. Seite an Seite rannten Cajin und er los. Ruhig sitzen zu bleiben, während in der Stadt sich womöglich eine Feuersbrunst ausbreitete, kam ihnen nicht in den Sinn.

Warchaimer liefen mit ihnen in Richtung Brand, um zu sehen, ob für sie selbst und ihre Lieben Gefahr bestand oder ob man helfen musste. Andere kamen ihnen entgegen und riefen Widersprüchliches wie »Die Weststadt steht in Flammen!« und »Die Garde hat schon alles im Griff!«.

Wie sich schließlich herausstellte, brannte nur ein einziges Haus unweit der Straße nach Aldava. Rodraeg musste unwillkürlich an das *Sturmhaus* von Wandry denken, das regelrecht in die Luft geflogen war, nachdem das *Mammut* einen gefangenen Feuermagier entfesselt hatte. Auch diesmal handelte es sich um ein Gebäude, das alleine stand, das nicht an andere angrenzte, sondern von einem leicht ungepflegt wirkenden Stoppelgarten umgeben war. Rodraeg kannte diesen Teil der Stadt nur, weil sich das Volkstheater *Lachende Maske* hier befand, und er stellte nicht ohne Überraschung fest, dass sich in unmittelbarer Nähe des Brandes auch das *Drachen & Höhlen* befand, Warchaims einziges offizielles und gesetzlich legitimiertes Bordell. Stark geschminkte Frauen in knappen Korsagen waren dementsprechend zahlreich unter den Schaulustigen vertreten.

Rodraeg stand im Rauch und brauchte nicht zu husten.

Die Garde schien tatsächlich alles unter Kontrolle zu haben. Es gab nicht eine, sondern gleich zwei Eimerketten, die von nahe gelegenen Brunnen Wasser auf und in das zweistöckige Gebäude schütteten, das ein inzwischen rußschwarzer und halb eingestürzter Raub der Flammen geworden war. Es gab Gardisten, die bereits mit wassertriefenden Decken in das qualmende Innere vordrangen, um eventuelle Überlebende herauszuholen. Es gab Heleleschwestern – Hebezie war nicht darunter –, die bereitstanden, um Wundversorgungen zu übernehmen. Es wurde eine Seilabsperrung vorgenommen, die die Gaffer weiträumig zurückhielt und so auch vor trudelnden Trümmerteilen schützte. Es gab mehr als fünf Gardisten, die offensichtlich dazu eingeteilt waren, umliegende Häuser zu befeuchten und ganz allgemein den Funkenflug und Übersprung auflodernder Flammenzungen im Auge zu behalten. Es gab eine groß gewachsene Offizierin mit harten, entschlossenen Gesichtszügen, die alles leitete und stets mit mindestens drei Leuten gleichzeitig im Gespräch war. Sie hatte den Rang einer Hauptfrau, erfuhr Rodraeg von einem anderen Umstehenden, und ihr Name war Larza Durbas. Niemand wusste, wie das Feuer entstanden war. Niemand wusste mit Sicherheit, ob sich Menschen in dem Haus befunden hatten oder nicht.

Die Menge wogte schubsend und schnatternd in Rauch und Rußluft durcheinander. Da es helllichter Tag war, waren die Flammen nicht ganz so deutlich auszumachen, wie dies bei Nacht der Fall gewesen wäre. Die Eimerketten schütteten zischendes Nass und schleuderten Linderung bis über die glühenden Dachbalken.

Im Laufe der folgenden Sandstriche fanden sich unabhängig voneinander drei der fünf wichtigsten Bewohner Warchaims am Schauplatz des Brandes ein, um sich vor Ort von Hauptfrau Durbas mit dem Stand der Dinge vertraut machen zu lassen. Der Erste von ihnen war Stadtgardekommandant Gauden Endreasis, ein ziemlich kleiner Mann mit hängenden Augenlidern und einem dichten schwarzen Haarschopf, der eine große Gelassenheit ausstrahlte, seiner Hauptfrau Anerkennung aussprach und zusätzliche Ruhe ins Geschehen brachte. Kurz danach kam Bürgermeister Iddan Tommsen angetrippelt, ganz allein, zu Fuß und ohne jegliches Gefolge. Seine Nase war noch genauso rot und angeschwollen, wie Rodraeg sie von ihrem bislang einzigen Treffen vor einem halben Jahr in Erinnerung hatte, aber erneut machte der korpulente Stadtschulze einen umgänglichen und aufrichtig engagierten Eindruck. Ganz anders als der Bürgermeister von Kuellen, für den Rodraeg jahrelang gearbeitet hatte. Als Dritter erschien, umringt von einer Leibgarde aus schwarz gewandeten und gepanzerten Kämpfervisagen, Baron Ortric Figelius. Ihn hatte Rodraeg ebenso noch nie zu Gesicht bekommen wie den Stadtgardekommandanten, aber beim Baron brauchte Cajin ihm gar nicht zuzuraunen, wer das war. Figelius hatte eine dynamische Frisur mit ausufernden Koteletten, ein Profil wie ein Habicht und die stechenden Augen einer Raubkatze; er war groß, schlank und beweglich, nur unwesentlich älter als Rodraeg – und dieser musste anerkennen, dass all diese Merkmale zusammengenommen einen viel weniger bleichen, intriganten und maliziösen Theaterschurken ergaben, als Rodraeg sich bislang immer ausgemalt hatte. Figelius wirkte in seinen engen schwarzen Hosen und dem silberfarbenen Rüschenhemd eher wie ein agiler Fechtmeister als wie ein Aristokrat, der es gewohnt ist, andere für sich fechten zu lassen. Die Südwestecke der Schlossbezirksmauer war nur etwa einhundert Schritte von dem Brandherd entfernt, deshalb war der Baron gekommen, um sich ein Bild von Ausbreitung und Eindämmung des Feuers zu machen. Er stellte schließlich sogar zwei Mann aus seiner Leibgarde zur Verfügung, um mitzuhelfen, die hinderliche Menge der Schaulustigen zu zerstreuen.

Cajin und Rodraeg kehrten nach Hause zurück, bevor man sie eigens dazu auffordern musste. Dorthin zu laufen, wo in Warchaim ein Feuer ausbrach, war ihnen beiden ein Bedürfnis gewesen, über das sie nicht lange nachgedacht hatten, aber nun, als es dort nichts zu tun gegeben hatte, der Brand unter Kontrolle war und man der Garde bei der Bergung möglicher Opfer eher ein respektlos erscheinendes Hindernis war, fiel ihnen *DMDNGW* wieder ein und noch andere Gründe, schnell wieder nach Hause zu eilen. Naenn war erleichtert, sie wohlbehalten wiederzuhaben und zu hören, dass das Feuer nicht weiter schlimm gewesen war. Estéron bestand aber weiterhin darauf, dass es Tote gegeben hatte. »Mehr als drei«, sagte er.

Den Rest des Tages und auch noch in der folgenden Nacht lag der Geruch des Brandes über der Stadt wie eine dunkle Spitzendecke. Die Leute tuschelten und raunten und träumten schwer vom roten Hahn und den Schreien seiner Opfer, obwohl niemand welche vernommen hatte.

Am folgenden Tag zog es Rodraeg und Cajin wieder hinaus, zum Marktplatz diesmal. Hier würde das Stadtgespräch am lautesten zu vernehmen sein.

Ja, es hatte tatsächlich Tote gegeben. Zwei verkohlte Leichname hatte man bergen können sowie einen schwer verbrannten Überlebenden, der nun im Siechenhaus im Fieber lag und wirres Zeug faselte. Das Slessinghaus – so hieß das abgebrannte Gebäude, weil es seit jeher der Familie Slessing gehört hatte – war vermietet gewesen an einen gelehrten Magister und seine Gehilfen. Schon seit Wochen hatte man aus diesem Haus merkwürdige Geräusche gehört. Nächtliches Wimmern.

Gebell und Geheule. Poltern und Rummsen, als würde mit Mobiliar geworfen. »Kein Wunder, dass es da irgendwann anfängt zu brennen! Wir können von Glück sagen, dass die nicht noch die halbe Stadt abgefackelt haben.« Die Anwohner hatten es schon kommen sehen. Dass Warchaim Fremden gegenüber argwöhnisch war, hatten selbst Naenn und das *Haus des Mammuts* schon zu spüren bekommen.

Bestätigte Tatsachen waren kaum zu erfahren. Der Name des im Slessinghaus wohnenden Magisters war Seo Sahn oder so ähnlich gewesen. Er war wohl einer der Toten. Wilde Theorien schossen ins Kraut. Seo Sahn war ein Magier. Ein Verrückter. Ein Katzenquäler. Ein Frauenverschlepper. Ein Musiker. Ein Riese. Ein Untergrundmensch. Als gesichert wurde nur angesehen, dass kein Warchaimer für das Feuer verantwortlich war. In Warchaim hatte es schon seit über fünf Jahren nicht mehr gebrannt, und darauf war die Stadt nicht zu Unrecht stolz.

Rodraeg war nur zu bereit, den Vorfall einfach abzuhaken. »Das hatte nichts mit uns oder *DMDNGW* zu tun«, sagte er zu Cajin. »Vielleicht eher mit von Heyden. Hieß es nicht, dass es drei Männer waren, die hinter von Heyden her sind? Drei Fremde? Vielleicht war Sahn ihr Anführer.«

»*Dunkler … Magister, … dessen … Nähe … glühen … wird*«, murmelte Cajin nur.

»*Deine … Meinung … darf … nicht … geisteskranker … werden!*«, mahnte Rodraeg lächelnd und mit erhobenem Zeigefinger.

»*Danke schön. Mich dünkt, … niemand … genießt Wertschätzung.*«

»*Durchaus! … Mich … drangsalieren nur … Gespinstgehirne wirklich.*«

»Dann … meidest du … nützlich gemeinte Wahrheiten.«

»Das macht das Nachdenken … gewinnbringender, womöglich.«

So vertrieben sie sich die Zeit bis nach Hause.

Dort stellten sie fest, dass das *Haus des Mammuts* Besuch bekommen hatte. Vetz Brendo, der Landspurenführer aus der Schreibstube in der Nähe des Tempelbezirks, war vorbeigekommen, um seinem Auftraggeber Cajin Bericht zu erstatten über das, was er bislang über *DMDNGW* herausbekommen konnte.

Naenn hatte Brendo gebeten, doch im Versammlungsraum Platz zu nehmen und auf Rodraeg und Cajin zu warten. Sie hatte Tee gebrüht und ihm Gesellschaft geleistet. Nun setzten sich Rodraeg und Cajin dazu und ließen Kandiszucker in Tassen knistern.

Brendo war Mitte vierzig, hatte ein markantes, trotziges Gesicht und eine hohe Denkerstirn, die von schütterem Haar nur unzureichend kaschiert werden konnte. Seine Stimme war leise und etwas angeraut. »Es gibt ein finanzielles Problem«, begann er ohne Umschweife. »Ich habe etwas herausgefunden über die Abkürzung *DMDNGW*, aber die Informationen finden sich bedauerlicherweise nicht in Warchaim. Vor zwölf Jahren hat es im Dreieck Fairai-Aldava-Somnicke eine Reihe von Morden gegeben. Einfache Arbeiter, Hochrangige, Männer, Frauen, alles bunt durcheinander. Von mehr als vierzig Toten ist im Nachhinein die Rede, aber so richtig lässt sich das nicht aufklären, weil die Todesarten sehr unterschiedlich waren und man bei einigen Toten nicht mit Sicherheit feststellen konnte, ob sie zu dieser Tatserie gehörten oder nicht. Aber mindestens sechs der Ermordeten hatten vorher Drohbriefe bekommen, die mit den Buchstaben *DMDNGW* unterzeichnet waren. Die Morde wurden nie aufgeklärt, ein Täter nie gefasst.«

»Geht man von *einem* Täter aus oder von mehreren?«, fragte Rodraeg. Estéron kam wieder die Treppe herunter und blieb im Türrahmen stehen, um mitzuhören.

»Das ist schwer zu sagen, denn genau hier beginnt mein finanzielles Problem. Ich habe zwar die Möglichkeit, über Brieftauben Kontakt aufzunehmen mit Menschen in Aldava und Fairai, die ich gut kenne. Aber die Brieftauben können keine Dokumente zu mir schleppen. Dafür bedürfte es entweder einer Reise von mir in die Hauptstadt oder aber ich müsste Postreiter beauftragen. Das ist aber mit den mir in Aussicht gestellten fünfzehn Talern nicht zu leisten. Wir müssten uns also über einen neuen Geldmittelrahmen verständigen.«

»Ich verstehe.«

»Und es geht noch weiter. Darauf bin ich eigentlich nur durch Zufall gestoßen: Vor vierundzwanzig Jahren gab es in Uderun eine ähnliche Mordserie. Kleiner, überschaubarer, aber ebenso mit den Buchstaben *DMDNGW* verbunden. Uderun ist nicht weit weg. Hier könnte ich mit Nachforschungen als Erstes ansetzen.«

»Womit wir es also zu tun haben, ist eine Einzelperson oder Gruppe, die zwar seit mindestens vierundzwanzig Jahren aktiv ist, aber nur alle zwölf Jahre extrem effektiv in Erscheinung tritt«, fasste Rodraeg zusammen. »Jetzt sind wieder zwölf Jahre um. Die Gefahr ist also echt.«

»Ihr habt einen solchen Drohbrief erhalten?«

Rodraeg wechselte einen raschen Blick mit Cajin, der offensichtlich die Diskretion besessen hatte, Brendo zu beauftragen, ohne irgendwelche Details durchsickern zu lassen.

»Ja.« Kurz entschlossen holte Rodraeg den Brief hervor und zeigte ihn dem Landspurenführer. »Und genau da liegt *unser* Problem. So gerne ich Euch eine aufwendige, mit Reisen verbundene Nachforschung ermöglichen würde – der Brief spricht leider von einem Zeitraum von mittlerweile nur noch achtzehn Tagen, die uns noch bleiben sollen. Was nutzen uns Informationen, die uns zu spät erreichen?«

»Wenig«, gab Brendo Rodraeg recht, während er den Brief studierte. »Dieser Brief sollte tatsächlich nicht auf die leichte Schulter genommen werden.« Er lächelte ein merkwürdiges, humorloses Lächeln. »Ich könnte in einer solchen Angelegenheit selbstverständlich eine ganze Menge tun, aber dazu bräuchte ich vollen Informationszugang über alles, was die Bedrohten in ihrer Vergangenheit getan haben, und irgendetwas« – er blickte zu dem blinden Schmetterlingsmann hinüber – »verrät mir, dass ich dergleichen hier nicht erhalten werde. Was ich also noch anbieten könnte, wäre, mich umzuhorchen, ob noch andere Bewohner Warchaims in letzter Zeit solche Briefe erhalten haben. Bislang handelte es sich ja alle zwölf Jahre um Mord*serien.*«

»Das könnte uns tatsächlich weiterhelfen«, nickte Rodraeg. »Ihr habt uns schon jetzt weitergeholfen. Ihr sollt Eure fünfzehn Taler gleich erhalten. Fünfzehn mehr, wenn Ihr uns eine Liste anderer Drohungsempfänger besorgen könnt. Und fünf zusätzliche Taler gebe ich Euch gleich jetzt dafür, dass Ihr mir aus dem Stegreif erzählt, was Ihr über den gestrigen Brand wisst.«

Brendo lächelte, diesmal wärmer. Er sah Rodraeg und die

anderen kaum an, konzentrierte sich mehr auf seine eigenen Fingerspitzen. »Das Slessinghaus. Vermietet seit Mitteltau diesen Jahres an einen Gelehrten aus Furbus namens Magister Carmaron Siusan. Siusan rekrutiert ein paar Gehilfen aus dem etwas anrüchigen Südweststadtmilieu zwischen Hafen und *Drachen & Höhlen* und beginnt mit einer Forschung, für die ein leicht abseits stehendes Haus in städtischer Umgebung geeignet scheint. In den folgenden Monden verschwinden einige Hunde und Katzen aus der Weststadt, ich selbst bekam in dieser Zeit den Auftrag – eine meiner alltäglicheren Einkunftsquellen –, einem vermissten Hündchen hinterherzuspüren. Die Fährte – wenn man das so nennen will – verlor sich in der Nähe des Slessinghauses. Ich ersparte meiner Auftraggeberin eine Konfrontation mit der grausamen Wahrheit und erzählte ihr, ihr vierbeiniger Liebling hätte wohl in den umliegenden Hainen sein Glück in Gestalt einer Wildhündin gefunden. Jedenfalls brach gestern Nachmittag plötzlich ein Feuer im Slessinghaus aus. Art und Beschaffenheit der beinahe eruptiven Flammen und der sehr starken Rauchentwicklung lassen auf eine große Menge brennbaren, jedoch leicht flüchtigen Materials in diesem Gebäude schließen. Ich würde auf alkoholische Lösung zur Präparation von Tierkadavern tippen. Ähm, was noch? Ja: Magister Siusan ist einer der beiden gefundenen Toten, zweifelsfrei identifiziert vom Vermieter, dem alten Slessing. Der andere Tote ist ein namentlich noch unbekannter Mann, vermutlich einer der Gehilfen. Der Überlebende – wohl ebenfalls ein Gehilfe – hört auf den schönen Namen Briun Casceda und haucht in diesen Stunden im helelischen Krankenhaus sein arg verbranntes Leben aus. Falls Ihr von ihm noch etwas zu erfahren trachtet, müssten wir uns beeilen.

Ich könnte womöglich an ihn herankommen. Ansonsten sieht es jedoch nicht nach Brandstiftung aus, eher nach einem Unfall durch unsachgemäßen Umgang mit entzündlichen Substanzen. Die Ermittlungen unter Leitung von Hauptfrau Larza Durbas sind jedoch noch nicht abgeschlossen.«

Rodraeg ließ das alles auf sich wirken, dann entschied er, dass es nichts mit *DMDNGW* und auch in engerem Sinne nichts mit dem *Mammut* zu tun hätte und dass Brendo sich weitere Nachforschungen im Siechenhaus ersparen könne. Er dachte ernsthaft darüber nach, diesem fähigen Mann die durch Hellas frei gewordene Stelle im *Mammut* anzubieten. Aber das hieße nur, ihn jetzt in die Gefahr durch *DMDNGW* mit hineinzuzerren. Außerdem war ein Mann wie Vetz Brendo wahrscheinlich am effektivsten, wenn er unabhängig arbeiten konnte, als sein eigener Herr und ohne festgeschriebene Loyalität.

Naenn händigte dem Landspurenführer zwanzig Rinwetaler aus dem Haushaltstopf des *Mammuts* aus. Brendo versprach, sich innerhalb der kommenden Woche mit einer Liste der Bedrohten zurückzumelden, und verließ das Haus.

»Es hat mehr als zwei Tote gegeben bei diesem Brand«, raunte Estéron, als Rodraeg und Naenn die Tür geschlossen hatten. »Meine Nase täuscht sich nicht. Ich habe das dem Rauch entnommen.«

Rodraeg schürzte die Lippen. »Es wurden nur zweieinhalb geborgen. Vielleicht sind darüber hinaus noch Tierkadaver mit verbrannt.«

»Was will jemand mit toten Hunden und Katzen?«, fragte Naenn.

Rodraeg schüttelte den Kopf. »In Aldava habe ich vor zehn

Jahren einmal von so etwas gehört. Da folterte jemand Tiere zwecks angeblich medizinischer Forschung. Das wurde ihm allerdings glücklicherweise schnellstens untersagt. Ich wusste nicht, dass es mehrere gibt, die so etwas tun. Vielleicht war Siusan aber auch derselbe Mann.«

»Tierfolter klingt wie ein Auftrag für das *Mammut*«, bemerkte Cajin.

»Ja«, gab Rodraeg ihm recht. »Aber der springende Punkt ist: Es *ist* kein Auftrag.« Er setzte sich wieder an den Tisch. Naenn gesellte sich zu ihm, während Estéron wieder nach oben ging und Cajin in der Küche verschwand.

»Was machen wir eigentlich, wenn wir jetzt einen Auftrag erhalten?«, fragte Rodraeg nach ein paar Sandstrichen des Nachdenkens.

»Sehr unwahrscheinlich. Riban hat Estéron zu uns geschickt. Er weiß von dem Drohbrief, und er weiß auch, dass ich schwanger bin, du schwer verletzt und wir, was den Kaninchenauftrag angeht, noch keinen Vollzug gemeldet haben. Weshalb sollte er uns also einen weiteren Auftrag schicken? Und die anderen, Gerimmir, Ilde – selbst Eria – hat er jetzt wahrscheinlich in Aldava genauso um sich geschart, wie wir uns hier zusammenkauern, um angesichts der Bedrohung bis zum Nebelmond einfach die Köpfe unten zu halten.«

»Wahrscheinlich. Aber was ist, wenn jetzt irgendwo auf dem Kontinent etwas Entsetzliches passiert und das *Mammut* zu schwach und zu zersplittert ist, um zu helfen?«

Naenn sah Rodraeg lange an. Ihr Lächeln war voller Zuneigung und gleichzeitig mütterlich. »Es ist erst wenige Monde her, Rodraeg, da gab es noch gar kein *Mammut*. Als Chlayst letztes Jahr vergiftet wurde durch einen verschmutzten Sumpf, gab es kein *Mammut*, um den Sumpf rechtzeitig zu heilen wie den Lairon-See bei Terrek. Als die große Dürre die Sonnenfelder zur Landflucht zwang und auch den Wohlstand deiner Eltern gefährdete, gab es kein *Mammut*, um den Ursachen rechtzeitig nachzugehen. Während Timbares langjährigem Kampf um den Regenwald seiner Ahnen gab es kein *Mammut*, um ihm beizustehen. Vor und während des Affenmenschenfeldzuges gab es noch kein *Mammut*, um das sinnlose Sterben von eintausendfünfhundert Soldaten und das Verheeren eines gesamten von Affenmenschen bevölkerten Landstriches schon im Vorfeld abzuwenden. Wir sollten uns glücklich schätzen, dass es das *Mammut* nun gibt. Wie schwach und verwirrt es auch immer noch sein mag.«

Rodraeg schwieg nun genauso lange wie sie vorher. »Das mit dem Sumpf sehe ich ein. Aber was hätten wir gegen eine Dürre ausrichten können? Was haben Menschen mit dem Wetter zu tun und ob es stürmt oder schneit?«

Wieder lächelte Naenn. Sie schien jetzt älter zu sein als Rodraeg, und weiser. »Was können wenige Menschen dagegen ausrichten, dass das ganze Volk der Riesen vom Aussterben bedroht ist? Dass Wale in Wandry stranden werden und die Pfahlstadt ins Verderben reißen? Dass ein ganzer Fluss sich vergiftet windet, weil die Königin mehr Rüstzeug will? Was können nur zwei Männer dagegen tun, dass es im gesamten Thostwald keine Kaninchen mehr zu geben scheint? Das *Mammut* hat bislang Dinge zuwege gebracht, die menschliches Maß bei Weitem übersteigen. Es wird auch weiterhin Wunder wirken.« Mit einer eleganten Bewegung hatte sie das Gespräch von Rodraegs allgemeinen Zweifeln und Befürchtungen wieder auf die konkret vorliegende Situation zurückgeführt.

Bestar und Eljazokad. Allein. Zu zweit. An der Brücke des Todes.

»Meinst du, … dass es helfen könnte, für Bestar und Eljazokad zu beten?«, fragte Rodraeg zaghaft.

»Es wird helfen. Als ich betete, dass ihr von den Riesen zurückkehren möget, da erschient ihr in diesem Zimmer *während ich noch betete.* Als ich betete, du mögest die Augen wieder aufschlagen und lächeln können, da dauerte es zwei Wochen, dann eine Woche, dann mit jedem weiteren Gebet nur noch einen Tag weniger, und du schlugst die Augen auf und konntest lächeln. Komm mit mir.« Sie ging nirgendwohin. Sie schloss einfach nur die Augen und faltete die Hände voller Inbrunst vor der Brust. Rodraeg folgte ihr.

»Ihr Mütter und Väter der Welt«, hauchte Naenn. »Helft Bestar und Eljazokad, den richtigen Weg zu finden im Gestrüpp ferner Wälder. Helft ihnen, weil auch sie nur helfen wollen. Nehmt jedes einzelne fehlende Kaninchen und befragt es, ob es mit seiner Kraft die beiden Männer unterstützen würde. Nehmt die Kraft derer, die das möchten, und gebt sie den zwei Männern, von denen einer keine Waffe trägt und der andere eine, die ihm die Riesen in Freundschaft anvertraut haben. Wir bitten für das Wohl der Welt, für alles, was lebendig ist oder so alt wie ein Stein, so bewegt wie ein Wasser, so allgegenwärtig wie die Luft oder so wild wie ein Feuer. Wir bitten nicht für uns, sonder für andere, die uns am Herzen liegen.« Sie öffnete kurz die Augen und schaute nach, ob Rodraeg sie nach diesen Worten betrachtete, doch der war ganz versunken. Dann fuhr sie fort: »Wir bitten nicht, weil wir erwarten, dass ihr uns etwas schuldig seid. Ohne euch wären wir nicht und keine Welt, in der gebetet würde. Wir bitten, weil wir hoffen, euch eines Tages finden zu können – und mit euch den Frieden, der uns allen verlustig ging.«

Sie blieben noch eine Weile sitzen. Cajins Geschirrgeklapper, das innegehalten hatte während des Gebetes, setzte wieder ein und holte sie zurück in die Gegenwart.

Als sie am Abend zum Lüften die Fenster öffneten, roch es draußen immer noch ganz zart nach Rauch.

4 Ringelreihen der Mörder

Am nächsten Morgen wurde von draußen heftig gegen die Haustür gewummert. Es war noch sehr früh, selbst Cajin und der morgens im Allgemeinen unruhige Estéron hatten noch fest geschlafen. Cajin sprang senkrecht im Bett hoch und rannte im Nachtgewand zur Tür.

Draußen stand ein Gardist.

»Entschuldigt bitte die frühe Störung, aber in der Nacht hat es im Haus gegenüber einen Mord gegeben, und wir erkundigen uns nun, ob die Anwohner möglicherweise etwas Verdächtiges bemerkt haben.«

Cajin war wie vom Donner gerührt. Er blickte hinüber zum Haus von Mirilo von Heyden. Aus allen Fenstern und auch dem seitlich gelegenen Hofdurchgang strahlte das Licht von Laternen. Silhouetten bewegten sich in beinahe allen Lichtquellen wie übergroße Motten. Auch auf der Straße vor dem Haus standen zwei Gardisten. Für einen Moment dachte Cajin darüber nach, wie es hatte passieren können, dass niemand von ihnen etwas bemerkt hatte. Dann wusste er die Antwort: Die beiden Räume mit Fenster nach vorne heraus waren die Zimmer von Bestar und Eljazokad und somit zurzeit nicht belegt. Rodraeg und Cajin schliefen mitten im Haus, die Fenster von Naenn und dem Gästezimmer, in dem Estéron wohnte, gingen nach hinten hinaus auf den Hof. Von Heydens Haus lag während Bestars und Eljazokads Abwesenheit im toten Winkel des *Mammuts.*

»Ich … ich habe nichts bemerkt, aber vielleicht müsst Ihr

mit dem … Oberhaupt dieses Hauses sprechen, Rodraeg Delbane. Ich hole ihn.«

Der Gardist blieb halb in der Tür stehen, während Cajin nach oben wetzte und ohne anzuklopfen in Rodraegs Zimmer stürmte, um diesen wachzurütteln.

»Rodraeg, wach auf! Es ist passiert! Jemand hat von Heyden umgebracht! Die Garde steht an unserer Tür, ob wir etwas wissen!«

Rodraeg war erstaunlich schnell hellwach. Seit ihn sein Husten nicht mehr plagte, war sein Schlaf wieder tief und ununterbrochen, und somit erquickender als in den Monden zuvor. Er folgte Cajin nach unten. Estéron schob ebenfalls sein Gesicht aus seinem Raum, um zu lauschen. Nur Naenn schlief weiter. Ihre Schwangerschaft wühlte sie auf und schwächte sie zugleich.

»Wer ist denn ermordet worden?«, begann Rodraeg ein Gespräch mit dem altgedienten Gardisten, ohne erst umständlich zu grüßen.

»Mirilo von Heyden, das Haupt der Händlersippe im Haus gegenüber. Habt Ihr in der vergangenen Nacht seltsame Geräusche gehört oder sonst etwas Ungewöhnliches bemerkt?«

»Nein. Wir hatten am Abend sogar die Fenster offen, aber nach Einbruch der Dunkelheit haben wir sie wieder zugemacht. Weder vorher noch hinterher war etwas zu hören. Wie ist der Mörder denn ins Haus gekommen?«

»Das wissen wir noch nicht genau. Jedenfalls wurde kein Fenster eingeschlagen. Sind Euch in letzter Zeit Fremde aufgefallen, die das Haus von Heyden beobachtet haben?« Der Gardist zückte nun einen Zettel und einen Kohlestift, um seine Fragen abzuhaken und Antworten in verschlungenen Krakeln zu notieren.

»Nein. Ich muss aber dazusagen, dass ich selbst bis vor wenigen Tagen krank und bettlägerig war. Und meine Mitbewohner hatten viel mit mir zu tun und wenig Gelegenheit, die Straße zu beobachten.«

»Verstehe. Wie standet Ihr mit von Heyden?«

»Eine flüchtige, nachbarschaftliche Bekanntschaft. Ich war nie in seinem Haus, Cajin, glaube ich, einmal.«

»Verstehe. Wie viele Personen wohnen in Eurem Haus?«

»Ähm, eigentlich … fünf. Zwei sind allerdings zurzeit auf Reisen, dafür haben wir einen Gast hier aus der Hauptstadt. Wir sind momentan zu viert.«

»Und für diesen … Gast aus der Hauptstadt … würdet Ihr Euch verbürgen?«

»Was meint Ihr? Dass er etwas mit dem Mord zu tun hat? Ja, das kann ich wohl ausschließen. Er ist alt, ein Schmetterlingsmann und blind. Wie ist von Heyden denn ermordet worden?«

»Tut mir leid, das soll noch nicht nach außen dringen. Für den Fall, dass ein Verdächtiger sich verplappert.«

»Gibt es denn Verdächtige?«

»Tja. Jeder ist verdächtig, nicht wahr? Besonders diejenigen, die sich heute Nacht im Tathaus oder in unmittelbarer Nähe aufgehalten haben. Wir kommen gegebenenfalls auf Euch zurück. Haltet Euch bitte heute im Laufe des Tages zur Verfügung. Alle vier!«

»Selbstverständlich.«

Der Gardist ging weiter zum nächsten Haus, dem Krämer Nideon Hallick. Rodraeg schloss vorsichtig die Tür. Er schwitzte trotz der Nachtkühle.

»Warum hast du nichts gesagt?«, wisperte Cajin. »Wir *wissen* doch, wer von Heyden auf dem Gewissen hat!«

»Ich sah plötzlich lauter Schwierigkeiten auf uns zukommen. Was wissen wir denn schon? Wir kennen den Namen eines der drei Männer, die von Heyden bedroht haben. *Gesehen* hat diesen Arevaun aber nur Bestar, also könnte auch nur Bestar ihn wiedererkennen. Arevaun ist ein klippenwälder Krieger. Bestar ist ebenfalls ein klippenwälder Krieger. Was ist, wenn nun nach einem klippenwälder Krieger gefahndet wird und man Bestar, wenn er aus dem Thostwald zurückkommt, zum Verdächtigen erklärt? Von Heyden war hier in unserem Haus, oder nicht?«

»Ja, aber ... wenn von Heyden irgendjemandem erzählt hat, dass er zum *Mammut* geht, und wir das verschweigen, macht uns das doch nur umso verdächtiger!«

»Aber wem sollte er es erzählen? Verflucht noch mal, es ist wirklich zu dumm, dass ich bei diesen Unterredungen nicht dabei war – aber so, wie du mir davon berichtet hast, wollte von Heyden nicht, dass jemand davon weiß. Besonders die Garde nicht.«

Estéron kam von hinten herangeschlurft. »Je mehr das *Mammut* in gardistische Untersuchungen hineingezogen wird, desto größer wird die Wahrscheinlichkeit, dass aufgedeckt werden kann, wie das *Mammut* mindestens in Terrek, aber wahrscheinlich auch bei den Riesen den Interessen der Königin zuwiderhandelte.«

»Ja, das denke ich auch.« Rodraeg nickte.

Estéron lächelte milde. »Was ich damit sagen wollte, war: Ein Mord im Haus gegenüber schadet auch dem *Mammut.*«

»Meinst du etwa ... der Mord gehört zu *DMDNGW*? Arevaun ist Teil des Drohbrief-Mysteriums?«

»*Der Mörder, der nachts gegenüber wütete*«, raunte Cajin. »Oder: *Drei Männer den Nachbarn gewissenhaft warnten.*«

»Hör endlich auf damit!«, rief Rodraeg und verpasste Cajin eine scherzhafte Kopfnuss, unter der dieser aber bequem durchtauchen konnte.

»Man sollte es nicht ausschließen«, sagte der Schmetterlingsmann. »Etwas geht vor sich in Warchaim. Ein Haus geht in Flammen auf. Ein Mord wird angekündigt und geschieht. Dem *Mammut* wird ein baldiges Ende prophezeit. Möglicherweise ist ja gar nicht das *Mammut* das Hauptziel der Anschläge, sondern das *Mammut* ist nur Teil der Gesamtstruktur, so wie das Slessinghaus und der Händler von Heyden. Das Ziel jedoch – ist Warchaim selbst.«

»Dann wäre niemand hier mehr sicher, der irgendeine Funktion innehat.« Rodraeg kratzte sich nervös das Kinn. »Kannst du mit den Mitteln eines Schmetterlingsmenschen nicht etwas herausfinden über den heutigen Mord? Es ist noch nicht lange her, und es geschah nur wenige Schritte von uns entfernt …«

Estéron lächelte wieder sein milde tadelndes Lächeln. »Wenn Riban Leribin etwas zustieße, könnte ich das sicher spüren, auch wenn ich einen halben Kontinent entfernt bin. Doch ich hatte keinerlei Verbindung zu diesem Stoffhändler. Und auch Naenn würde wohl nicht mehr schlafen, wenn sie im Traum etwas gesehen hätte, das …«

»Ihr Götter!«, entfuhr es Rodraeg. »Naenn!«

Übergangslos rannte er die Stiege hinauf. Cajin folgte ihm dichtauf, während der blinde Schmetterlingsmann verwirrt unten stehen blieb.

Die Tür zu Naenns Zimmer war nicht abgeschlossen. Rodraeg wollte nicht einen einzigen Sandstrichbruchteil mit Formalitäten vertun. Er riss die Tür auf und sprang auf Naenns Bett zu, ähnlich wie Cajin vorhin in Rodraegs Zimmer.

Das Schmetterlingsmädchen, das zusammengekrümmt auf der Seite lag, regte sich. Ein starker Wildrosenduft ging von ihrem kaum bekleideten Leib aus.

»Rodraeg? Cajin? Ist etwas passiert?«

»Den Göttern sei Dank, dir geht es gut. Für einen Augenblick dachte ich … dir wäre im Schlaf etwas zugestoßen.«

Müde zog Naenn ihre Decke hoch bis zum Kinn. »Warum?«

»Von Heyden ist heute Nacht ermordet worden.«

»O nein! Von Heyden! Und er hatte uns doch um Hilfe gebeten, Rodraeg!«

Das Frühstück fiel niedergeschlagener und stiller aus als sonst. Rodraegs Hauptargument gegen Naenns Betrübnis war: Wer hätte denn von Heyden schützen sollen? Eljazokad und Bestar mussten in den Thost, Rodraeg selbst lag in tiefem Heilschlaf, Naenn war hochschwanger. Bevor Estéron eintraf, hätte nur Cajin zur Verfügung gestanden, und was sollte Cajin ausrichten gegen drei Männer, von denen mindestens einer ein Krieger aus den Klippenwäldern war? Nein, von Heyden hätte die Garde informieren oder sich, so wie Baron Figelius, mit einer persönlichen Leibgarde umgeben müssen. Nun hatten sein Misstrauen, sein Geiz und seine an der königlichen Steuer vorbeimanövrierten, möglicherweise ungesetzlichen Geschäfte ihn das Leben gekostet. Es gab Menschen, um die man eher trauern musste. Hellas Borgondi zum Beispiel.

Was Naenn besonders zu schaffen machte, war die Tatsache, dass nur wenige Schritte vom *Haus des Mammuts* entfernt ein

Mord geschehen war. »Das ist, als hätte uns jemand von der anderen Straßenseite aus mit Blut besudelt. Und wie kann das *Mammut* sich anmaßen, sich um die Belange des Kontinents zu kümmern, wenn es nicht einmal eine Gewalttat in unmittelbarer Nachbarschaft verhindern kann?«

Obwohl ihnen von dem Gardisten eingeschärft worden war, sich den Tag über »zur Verfügung« zu halten, konnten Rodraeg und Cajin nicht im Haus still sitzen. Sie eilten auf den Marktplatz, nur für eine Drittelstunde, und hörten sich dort nach dem neuesten Stadtgespräch um. Dort stellten sie jedoch fest, dass ein Mord hinter verschlossenen Türen weit weniger Aufsehen erregte als ein weithin qualmendes Feuer. Die wenigsten hatten vom Tod von Heydens gehört. Noch weniger hatten von Heyden überhaupt gekannt. Über die Todesursache wurde nur spekuliert, die Bandbreite reichte vom abgeschlagenen Kopf bis zum Erdrosseln im Ehebett, während die Ehefrau daneben schnarchte.

Die Garde hatte tatsächlich gute Arbeit darin geleistet, die Angelegenheit bislang noch unter Verschluss zu halten.

Im weiteren Verlauf des Tages meldete sich kein Gardist mehr beim *Haus des Mammuts*. Vielleicht waren die Ermittlungen bereits abgeschlossen. Der Mörder gefasst. Oder aber das *Mammut* schien den Ermittlern nicht weiter von Belang zu sein. Nachbarn eben, wie andere auch. Wer beging denn schon einen Mord genau vor der eigenen Haustür?

Rodraeg schaute aus dem Fenster auf das nicht mehr von Gardisten wimmelnde und eigentlich ganz normal wirkende Haus von Heyden und dachte darüber nach, ob er und Naenn einen Beileidsbesuch unternehmen müssten. Cajin hatte angedeutet, dass so etwas in Warchaim durchaus erwartet wurde, ähnlich wie die Höflichkeitsbesuche in den Tagen ihres Einzugs. Dennoch war Rodraeg mulmig bei dem Gedanken. Je weniger sich das *Mammut* ins Bewusstsein der von Heydens drängte, umso unwahrscheinlicher war es, dass der Kontakt, den das Sippenoberhaupt mit dem *Mammut* gepflegt hatte, jemals zur Sprache kam. Konnte das *Mammut* eigentlich belangt werden, weil es dem Händler angesichts einer tatsächlichen Gefahr Unterstützung verweigert hatte? In Aldava hatten Rodraeg und Baladesar unter Advokat Hjandegraan einmal an einem Prozess als Gehilfen mitgewirkt, in dem es um »unterlassene Hilfeleistung« gegangen war. Aber was war »unterlassene Hilfeleistung« genau? Von Heyden hatte sich ja nicht in einem unmittelbaren Gefecht befunden, und das *Mammut* war achtlos vorübergegangen. Er hatte sie anheuern wollen, als Leibgarde, und sie hatten das abgelehnt. Das war jedermanns gutes Recht.

Dennoch: Etwas nagte an Rodraeg. Das Wissen um die Identität eines der drei gegen von Heyden Verschworenen. Wenn das *Mammut* sich mit diesem Wissen nicht an die Garde wandte, machte es sich mitschuldig, falls weitere Morde geschahen.

Rodraeg war froh, mit Estéron einen älteren, lebenserfahreneren Gesprächspartner im Haus zu haben. »Was sollen wir nur machen?«, fragte er ihn in der Stunde der Abenddämmerung. »Wir können nicht mit der Garde zusammenarbeiten. Das würde viel zu viel Licht werfen auf das, was wir tatsächlich tun. Aber wir können unser Wissen doch auch nicht hinunterschlucken, als hätte es nie existiert.«

Der blinde Schmetterlingsmann massierte sich nachdenklich den Nasenrücken. »Ich würde sagen, dir stehen zwei sehr unterschiedliche Möglichkeiten offen. Erstens: Das *Mammut* ermittelt selbst gegen diesen Verdächtigen namens Cruath Airoc Arevaun. Naenn sagte mir, dass ihr sogar wisst, wo in Warchaim er abgestiegen ist. Das ist aber natürlich sehr gefährlich, und da ihr zurzeit nicht einen einzigen wirklichen Kämpfer zur Verfügung habt, solltet ihr euch vielleicht besser nicht mit einem Krieger anlegen. Zweitens: Ihr lanciert eine anonyme Nachricht an die Garde, eine Denunziation, wenn man so will. Das hält euch zwar aus allem heraus und wirft ein Licht auf den Verdächtigen, aber es erzeugt auch ein weiteres Mysterium. Denn die Garde wird sich fragen: Von wem stammt diese Nachricht? Und sie wird in dieser Richtung womöglich genauso energisch nachforschen wie in Richtung des Verdächtigen.«

»Du nennst ihn immer ›den Verdächtigen‹. Hältst du es denn für möglich, dass er unschuldig ist?«

»Selbstverständlich.«

»Warum?«

»Ich sagte es doch heute Morgen schon. Dem *Mammut* wurde ein baldiges Ende angedroht. Im Haus gegenüber wurde jemand ermordet. Das Augenmerk der Garde fällt dann auch in Richtung *Mammut.* Sowohl von Heyden als auch Arevaun sind womöglich nichts weiter als Figuren in einem undurchsichtigen Spiel. Das *Mammut* könnte das Ziel dieses Spieles sein, aber auch lediglich eine weitere Figur. Wir müssen versuchen, das Muster zu entwirren, um weiteren Schaden von uns abzuwenden.«

»Aber wir haben nur einen einzigen Anhaltspunkt: Cruath Airoc Arevaun. Er ist womöglich von Heydens Mörder. Er ist womöglich *DMDNGW*. Er ist womöglich keines von beiden, weiß aber mehr als wir.«

»Dann suchen wir ihn auf. Du und ich. Ich kann dir im Falle eines Angriffs besser beistehen als Cajin. Cajin bleibt bei Naenn und passt auf das Haus auf.«

»Ist das … weise?«

»Wenn ein Haus brennt, Rodraeg – ist es weise, in die Flammen zu laufen, um Leben zu retten?«

Es war bereits dunkel, als Rodraeg und Estéron aufbrachen. Der Schmetterlingsmensch hatte Rodraeg am Oberarm gefasst und ließ sich so von ihm führen. Rodraeg hatte das lange Schwert Ryot Melrons gegürtet, für alle Fälle. Das *Leer das!* war nicht weit, einmal nach links ums Eck und dann noch fünfzig Schritte. Es war die dem *Haus des Mammuts* deutlich am nächsten gelegene Kaschemme Warchaims. Nachts konnte man bei offenem Fenster manchmal das Johlen und Singen der Besoffenen bis in Naenns Zimmer hören.

Heute Nacht war wieder besonders viel los im *Leer das!*. Es wurde gebechert und gerülpst, fettes Schweinefleisch verschlungen und dabei laut gefurzt, dreistimmig gesungen, leichten Mägden in die wogenden Ausschnitte gestiert, mit Messern auf Korkscheiben und auch weit daneben geschmissen, es wurde mit einer Fiedel aufgespielt, und zwei zahnlückige Paare wagten sogar ein Tänzchen in den Pfützen aus Bier, Erbrochenem und Bratensoße. Rodraeg war erst ein einziges Mal – zu Beginn des Jahres auf seiner Suche nach einem Bogenschützen – hier gewesen und fühlte sich sofort wieder in die Ausschweifungen von Skerb versetzt. Estéron brach schier zusammen in den Angriffswellen von Gestank, die auf seine feine Nase einstürmten. Glücklicherweise brauchten sie sich nicht lange hier aufzuhalten. »Cruath?«, fragte der speckige Wirt, als Rodraeg ihn sich griff. »Der ist vor fünf Tagen hier weg. Er ist ins Slessinghaus gezogen. Sagte, dort kann er umsonst wohnen.«

»Ins Slessinghaus? Das ist doch das, das vorgestern abgebrannt ist!«

»Kann man mal sehen, was? Wäre er bei mir geblieben, wäre er noch am Leben.«

»Moment mal – Cruath Airoc Arevaun war unter den Toten des Slessingbrandes?«

»Na – sie haben doch keinen lebend rausgeholt, oder etwa doch? Nur zwei Leichen und ein brabbelndes Brathähnchen.«

»Aber … Ihr habt ihn nicht identifiziert? Es kann doch sein, dass er gar nicht im Haus war, als es brannte?«

»Möglich ist natürlich alles. Bin ich ein Hellseher? Bestellt lieber was, anstatt mich hier vom Arbeiten abzuhalten!«

Rodraeg schaffte den hilflos herumeiernden Estéron aus diesem Verdauungsinferno hinaus. Draußen lehnten sie sich erst mal gegen eine Hauswand und atmeten sich den Ekel aus dem Leib.

»Die … Geschichte … verdichtet sich«, japste der Schmetterlingsmann. »Der Brand hat zu tun mit Arevaun, also auch mit von Heyden, und unter Umständen auch mit uns.«

»Das Siechenhaus. Wir sollten versuchen, an den Überlebenden heranzukommen, solange er noch ein Überlebender ist.«

»Wir dürfen nicht stundenlang wegbleiben, sonst fürchten Naenn und Cajin, Arevaun hat uns etwas angetan.«

»Das Siechenhaus ist nicht weit von hier. Dort drüben durch den Park des Badehauses, dann sind wir schon dort.«

Eiligen Schrittes durchquerten sie den schöngestutzten Park. Der Gesang aus dem *Leer das!* lallte ihnen noch eine ganze Weile hinterher wie ein unangenehmer Geruch. Schließlich waren sie allein mit sich und ein paar nächtlichen Vögeln auf den Wegen des Parks. Rodraeg merkte, wie er das Heft seines Schwertes umklammerte, doch niemand griff sie an.

Das Krankenhaus – neben dem Schloss Figelius das größte Gebäude der ganzen Stadt – mit seinen ausgedehnten Innenhöfen, Siechenbereichen, Schwesternkammern, Irrenzellen und Geburtenzimmern leuchtete sanft im Schein von Fackeln, Öllampen, Laternen und Kerzen. Die silbernen Schemen von Heleleschwestern huschten überall herum. Des Nachts gab es genauso viel zu tun wie tagsüber.

Um zwei Fliegen mit einer Klappe zu schlagen, erkundigte Rodraeg sich nach Schwester Hebezie. Es ging ihr gut, versicherte man ihm, aber sie ruhe sich gerade nach einer anstrengenden Tagschicht aus. Rodraeg ließ ihr Grüße bestellen. Anschließend gelang es ihm, eine schon sehr betagte Oberschwester abzupassen und mit ihr ins Gespräch zu kommen. »Besteht eine Möglichkeit für uns, Briun Casceda unsere Aufwartung zu machen? Wir erhoffen uns davon Aufschluss darüber, ob ein guter Freund von uns, Cruath Airoc Arevaun, bei dem Brand ums Leben gekommen ist oder nicht. Möglicherweise können wir so der Garde bei der Erkennung des unbekannten Toten behilflich sein.«

»Ihr seid leider zu spät gekommen. Casceda ist heute Morgen verstorben. Seine Verletzungen waren dermaßen tiefreichend – es war ein Wunder Heleles, dass er überhaupt noch am Leben war.«

»Hat er irgendetwas gesagt, das uns weiterhelfen könnte? Hat er den Namen Cruath Airoc Arevaun erwähnt? Oder den Namen Mirilo von Heyden?«

Die Schwester schüttelte den Kopf. »Wir haben der Garde bereits alles gesagt, was wir wissen. Vielleicht solltet Ihr Euch an das Stadtgardehaus wenden. Es liegt gleich dort drüben, hinter dem Totenhaus.«

Zum ersten Mal mischte sich Estéron in das Gespräch ein. »Manchmal gibt es Dinge, die man der Garde nicht erzählt, weil sie zu belanglos oder zu wirr scheinen. Uns könnte jedoch auch dergleichen weiterhelfen.«

Sie sah ihn an, schien in seinen mondfarbenen Augen zu forschen. »Seid Ihr … ein Schmetterlingsmensch?«, fragte sie mit einer ganz anderen, viel sanfteren Stimme als vorher.

Estéron nickte fast unmerklich und lächelte. »Und dies hier ist Rodraeg Delbane, einer der rechtschaffendsten Einwohner dieser Stadt.«

»Rodraeg … Delbane? Den Namen kenne ich doch. Seid Ihr nicht ein Schutzbefohlener von Schwester Hebezie?«

»So ist es. So *war* es, dank ihrer Hilfe. Wir haben uns gerade nach ihr erkundigt und ihr unsere Grüße bestellt.«

»Ich kann Euch nur … Verrücktes erzählen.«

»Wir wären Euch dennoch dankbar.«

Die Oberschwester holte tief Atem. »Der arme Mann erzählte immer wieder von dem Magister, dem Magister Siusan, der ihm und den anderen Geld gab für … Fleischfresser und ihnen noch mehr Geld geben wollte für Pflanzenfresser. Er erzählte von den Flammen, die aus Tieren schlagen. Von einem Pferd, glaube ich, dessen Fell und Mähne aus Feuer bestanden. Von Menschen mit der Kraft von zehn Menschen, die auf Libellen reiten und in roten Schlössern leben. Und von ... dem blauhaarigen Mann, der sich durch einen ... Bruder schneidet wie ein Wurm durch einen faulenden Apfel.«

»Ein blauhaariger Mann?« Rodraeg spürte, wie sich Gänsehaut auf seinen Armen bildete.

»Ja«, hauchte die Oberschwester. »Vor diesem hatte er am meisten Angst. Mehr noch als vor dem Feuer. Das Feuer sollte ein Vorhang sein, um sie alle vor dem Blauhaarigen zu verbergen.«

»Sie alle. Hat er die Namen aller Mitbeteiligten erwähnt?«

»Nein. Nur immer wieder seinen eigenen – Briun Casceda – und den des Magisters. Carmaron Siusan.«

»Hat er nie von einem Klippenwälder gesprochen? Einem Krieger?«

Sie schüttelte nur den Kopf.

Estéron gab ihr aus seinem Geldbeutel einige Münzen, um ihre Arbeit und das Krankenhaus damit zu unterstützen.

Auf dem Rückweg – linkerhand vom Park, auf einer Straße, die in gerader Richtung zum *Haus des Mammuts* zurückführte – sagte Rodraeg: »Ein blauhaariger Mann. Wir sind ihm zweimal begegnet. Im Larnwald, als er einen Werwolf umbrachte. Und in Wandry, als er hinter den Walen her war. Wir haben ihn und seine Männer bezwungen, aber sein Leichnam löste sich in Luft auf und verschwand einfach. Sein Name ist Udin Ganija. An dem Tag, an dem ich Naenn zum ersten Mal begegnete, habe ich von ihm geträumt, wie er auf ein junges Mammut Jagd macht. Deshalb heißen wir überhaupt *das Mammut.*«

»Du bist dir sicher, dass es derselbe Mann ist?«

»Wie viele Blauhaarige gibt es? Und wie viele von denen waten in Blut und Feuer, wo immer sie auch hintreten, und kreuzen immer wieder die Fährte des *Mammuts*?«

»Dann ist er in Warchaim?«

»Ich weiß es nicht. Ich hoffe nicht.«

DMDNGW. Der Mann, der nicht getötet wurde.

War es das? Steckte *er* hinter dem Drohbrief und den ganzen Brand- und Mordleichen, die das *Haus des Mammuts* zu umschweben schienen wie Schiffsbruchsplitter einen Mahlstrom?

Der folgende Tag, der 14. Blättermond, verlief ausgesprochen ruhig.

Rodraeg war dankbar, dass es nirgendwo brannte, nirgendwo jemand umgebracht wurde und kein blauhaariger Mörderkrieger sich durch Äpfel fraß.

Rodraeg machte mit Estéron noch einen Rundgang. Nachdem er gestern Abend das Wohl Hebezies überprüft hatte, wollte er heute noch nach Samistien Breklaris schauen. Zu diesem Zweck mussten sie den Kräuterladen im Häuserlabyrinth östlich des Marktplatzes nicht eigens betreten. Rodraeg spähte durchs Fenster und sah den hoch aufgeschossenen Händler mit einer Kundin sprechen. Da er sich gesundheitlich gut fühlte und auch in Bezug auf Breklaris' Sicherheit keine Pferde scheu machen wollte, kehrte er mit Estéron um, ohne ein Gespräch zu suchen.

Auf dem Rückweg stellte er dem Schmetterlingsmann gegenüber fest: »Du hast mir gar nicht erzählt, ob es dir gelungen ist, mit Riban Kontakt aufzunehmen.«

»Ich habe dir nichts erzählt, weil es nichts zu erzählen gibt. Riban befindet sich in einer eigenartigen Stimmung. Er ist verwirrt und furchtsam, fast wie ein noch viel kleineres Kind, als er mittlerweile eines ist. Er konnte mir nicht sagen, woher er *DMDNGW* kennt, aber zwischen seinen Worten spürte ich heraus, dass Riban sich wieder in den Turm zurückgezogen hat, in dem er das letzte Jahrzehnt vor der Gründung des *Kreises* überwiegend verbracht hat, und sich fühlt, als würde er einer Belagerung standhalten.«

»Bist du eigentlich auch einer von den *Zehn*?«

Estéron lachte auf. »Ich? Nein. Möglicherweise hätte es sich damals günstig auf das Unterfangen ausgewirkt, hätte man auch einen Schmetterlingsmenschen, einen Untergrundmenschen und einen Riesen hinzugezogen, aber die *Zehn* waren ausschließlich Menschen. Riban war damals noch nicht so weit, über den Rand der Schale hinauszudenken.«

»Aber du warst damals schon am Leben?«

»Nein. Auf wie alt schätzt du mich?«

»Ich weiß es nicht. Das ist wirklich sehr schwer zu sagen. Du könntest … hundert sein. Du wirkst so zeitlos, als wärst du schon immer da gewesen.«

»Ich bin nicht viel älter als du.«

Rodraeg blieb stehen. »Was?«

»Gut, zehn Jahre etwa. Aber das war es dann auch schon. Schmetterlingsmenschen werden in der Regel nicht älter als fünfzig Menschenjahre. Hat Naenn dir das nie erzählt?«

Rodraeg konnte gar nicht mehr weitergehen. Seine Beine versagten ihm tatsächlich den Dienst. »Wir haben nie über ihr Lebensalter gesprochen. Heißt das, dass sie noch jünger ist … als zwanzig?«

»Sie wurde vor fünfzehn Jahren eurer Zeitrechnung geboren. Aber du kannst das nicht vergleichen mit euch Menschen.

Schmetterlingsmenschen werden mit zwölf schon volljährig, beginnen mit dreißig rapide zu altern und werden kaum älter als fünfzig. Wir sind Schmetterlinge. Schön anzuschauen, aber kurzlebig in unserer Selbstvergessenheit.«

»Deshalb … deshalb also ist sie auch nur sieben Monde schwanger und nicht neun, wie wir.«

»Ja. Uns ist nicht so viel Zeit gegeben wie euch Glücklichen.«

»Ihr Götter. Ihr Götter!« Rodraeg wusste nicht, wohin mit seiner Aufgewühltheit. Er wusste so wenig, so wenig. Die ganze Zeit über versuchte er, ein Lenker und Hüter zu sein, aber er wusste die einfachsten Dinge nicht über diejenigen, die ihm nahestanden. Naenns Alter und ihre Lebenserwartung. Wie nahe Hellas am Abgrund gewesen war. Dass Migal Bestars Vater erschlagen hatte, um Bestar das Leben zu retten. Wie sehr oder wie wenig Eljazokad unter dem Verlust seiner Magie zu leiden hatte. Wie sich Cajin fühlte, der ohne Eltern in der Obhut von Priestern aufgewachsen war. Wusste Cajin wirklich gar nichts über seine blutige Herkunft? Und wie groß war der Anteil von simpler, unentrinnbarer Todesangst bei allem, was Riban Leribin entschied und tat?

Wie vergänglich war doch alles. Die Schmetterlingsmenschen. Die Mammuts. Selbst die Wale und Werwölfe und Riesen. All die aussterbenden Arten. Die viel zu kurze Jugend.

Rodraeg wollte sich zusammenreißen und einfach weitergehen, aber es gelang ihm nicht. Er wünschte sich, Naenn in die Arme schließen zu können, sie ganz fest zu halten und ihr von seiner Lebenszeit abgeben. All die Jahre, die er in Kuellen vergeudet hatte – Naenn hätte mehr mit ihnen angefangen. All die noch kommenden Jahre – wie viele davon würde Rodraeg in Ahnungslosigkeit und schwer verwundeter Niedergestrecktheit verschwenden?

Aber Naenn brauchte ihn überhaupt nicht. Weder ihn noch seine Zeit. Sie hatte ihren Sohn, ihren Schössling. Woher auch immer sie wusste, dass es ein Sohn sein würde. Sie brauchte keinen Kindsvater, um ein magisches Kind zur Welt zu bringen. Vielleicht brauchte sie eine schmetterlingsmenschliche Hebamme, mehr aber auch nicht. Sie war stark und lernfähig und steigerungsfähig ohne Grenzen und dabei erst fünfzehn Jahre jung. Sie war ein Kind, verdammt noch mal, ein Kind.

Sie erreichten das *Haus des Mammuts*, ein Floß in einem reißenden Fluss.

Rodraeg konnte Naenns Anblick, ihr offenes Lächeln kaum ertragen. Er trieb sich in ihrem Garten herum und vermochte die in verschlungenen Mustern angelegten Beete nicht zu entziffern. Er flüchtete sich in seine Grabkammer und dachte dort fieberhaft nach.

DMDNGW.

Die meisten Dinge nähren gefährliches Wissen.

Am Abend, als er dann schläfrig wurde und seine Gedankengänge schon mit einem Bein in Träumen standen, fiel ihm etwas auf, das zu gleichen Teilen sinnlos und tröstend war. Durch die kürzere Lebenserwartung der Schmetterlingsmenschen wurde der Altersunterschied zwischen ihm und Naenn bedeutungslos. In fünfzehn Jahren, wenn er knapp über fünfzig war und damit begann, ein rettungslos alter Sack zu werden, würde sie dreißig sein, und dann würde auch bei ihr die schnelle Alterung einsetzen. Dann hätten sie noch zwanzig gemeinsame Greisenjahre bis zum Ende. Wenn sie Glück hatten, starben sie dann gleichzeitig.

Das war idiotisch, aber dennoch schlief Rodraeg mit einem Lächeln ein.

Am folgenden Morgen tanzte Warchaim sie alle aus dem Schlaf. Draußen schmetterten Schalmeien und Kuhhörner. Golden gekleidete Mädchen rannten kichernd durch die Straßen und streuten buntes Laub, mit welken Blättern verzierte Jünglinge stellten ihnen spielerisch-grob nach, es wurde musiziert, gesungen, getrunken, gelacht, viel Selbstgebackenes angeboten und verzehrt. Im Bachmutempel wurden zu Ehren der Göttin Opfergaben dargereicht und Segnungen ausgesprochen. Erdäpfelfeuer gab es dieses Jahr wegen des Brandes vor wenigen Tagen nicht mehr so zahlreich wie sonst, aber auf großen, öffentlichen Plätzen versammelten sich dennoch die Warchaimer um steinbegrenzte Feuer herum, tanzten zu Sackpfeifen Ringelreihen und streuten Laub in die gierig leckenden Flammen.

Es war das erste Götterfest, das Rodraeg in Warchaim erlebte. Zum Arispfest im Frühling waren sie in einem kleinen Dorf auf dem Weg nach Terrek gewesen, Bestar hatte dort Erbsbier getrunken und Rodraeg still ein Gebet zur Frühlingsgottheit ersonnen. Das Lunfest im Sonnenmond hatte er völlig verpasst, denn an diesem Tag war das *Mammut* weit entfernt von jeglicher Sonne tiefer in die *Höhle des Alten Königs* vorgedrungen. Nun, zum Bachmufest, wurden sie von einem unbekannten Feind belagert, aber diesmal beschlossen sie, das Haus zu viert zu verlassen und sich den Trubel und Jubel wenigstens für ein Stündchen anzuschauen.

Selbst in den kleineren Gassen herrschte Gedrängel. Cajin strahlte und begrüßte Hunderte von Gesichtern, die er alle mit

Namen kannte. Naenn war eher angespannt, sie versuchte, im Gedrängel nicht geschubst zu werden, und hielt sich die Ohren zu, wenn eine Tröte in ihrer Nähe losging. Estéron quittierte das Treiben der Menschen mit dem gütigen Lächeln eines Lehrers, der tobende Kleinkinder zu betreuen hat. Rodraeg dagegen staunte, wie fröhlich und natürlich das Fest ablief. Die Bürger der Stadt schienen von sich aus viel dazu beizutragen. In Kuellen, obwohl ja nur wenige Tagesreisen von Warchaim entfernt, waren die vier jährlichen Götterfeste immer ganz anders aufgenommen worden – als von oben herab verordnete, unliebsame Störung des öffentlichen Betriebes und der Ordnung. Rodraeg hatte im Rathaus immer alle Hände voll damit zu tun gehabt, die städtischen Unkosten dieser Feste möglichst niedrig zu halten. Die Bürger jedoch hatten aus sich selbst heraus kaum mitgestaltet. Allen diesbezüglichen Komitees war aufgrund mangelnder Beteiligung ein kurzes und klägliches Dasein beschieden gewesen. Die Sternentage waren beliebt, weil sie die Dauer des Jahres und des Lebens verlängerten; die Götterfeste jedoch waren unbeliebt, weil sie Zeit kosteten, Geld und das Vortäuschen einer Religiosität, die in Kuellen schon längst nicht mehr gegeben war.

In Warchaim war das anders. Bachmupriester mit ihren goldenen Helmen und gelben Roben waren überall zu sehen, scherzend und gleichzeitig ordnend. Es waren viel mehr, als man in Warchaim erwartet hätte. Offensichtlich waren einige aus kleineren Klostern und Tempeln eigens in diese schöne Stadt gekommen, die als einzige außer der Hauptstadt noch einen florierenden Tempelbezirk für alle zehn Gottheiten besaß.

Vor dem Rathaus war ein golddurchwirkter, blätterstiebender Tanz im Gange. Eine Musikantengruppe spielte hier lautstark auf, Jongleure und Feuerschlucker zeigten ihre Kunst. Letztere wehten ihren heißen Atem über die Köpfe der Menge hin. Inmitten des Getümmels, zwei hübsche junge Frauen untergehakt, wild auf und ab springend und sich drehend beim Tanzen und dabei ausdauernd mit vollem Munde lachend: Iddan Tommsen, Warchaims rundlicher Bürgermeister.

Rodraeg klatschte den verzwickten Takt und schüttelte den Kopf. »Schade, dass Eljazokad und Bestar das nicht sehen können. Das wäre was für beide, aus unterschiedlichen Gründen.«

»Die beiden sind jetzt überfällig«, sagte Naenn. »Laut dem Zeitplan, den wir gemeinsam ausgearbeitet haben, wollten sie spätestens am 13. Blättermond wieder zurück sein. Das war vorgestern.«

Rodraeg wollte sich seine gute Laune bewahren, aber sie entglitt ihm in Teilen, als wäre sie spröde und gleichzeitig schlüpfrig geworden. »Bis zu fünf Tage mehr muss man immer einplanen, je nachdem, auf welche Schwierigkeiten sie gestoßen sind. Und wir wissen ja, dass sie auf Schwierigkeiten gestoßen sind. Wir wissen nur nicht, wie schlimm es um sie steht. Gib ihnen noch fünf bis zehn Tage. Zur Geburt werden sie da sein.« Was tat er da eigentlich? Warum beruhigte *er sie*? War es nicht am Anfang andersherum gewesen? Wie peinigend es war, nichts unternommen zu haben! Vor acht Tagen war Rodraeg erwacht. In diesen acht Tagen hätte man die Strecke bis zum Thost schon beinahe zurücklegen können. Rodraeg erinnerte sich noch an die Diskussion, die er deswegen mit Naenn, Estéron und Cajin am Versammlungstisch geführt hatte. Estéron war schon bereit gewesen, loszureisen. Wie hatte Naenn sie nur von allem abgebracht? Durch den Trick, mit Rodraeg unter vier Augen oben in ihrem Zimmer sprechen zu wollen? Mit ihrem Wildrosenduft, der seinen Tatendrang eingeschläfert hatte?

Acht Tage! In denen er für niemanden etwas getan hatte. Für Eljazokad und Bestar nicht, und auch nicht für Hellas.

»Ich fühle mich ein wenig unwohl, wenn wir das Haus so lange unbewacht zurücklassen«, sagte Cajin nach einer Weile.

»Lass uns zurückgehen«, nickte Rodraeg.

Das Fest wütete noch den ganzen Tag. Gegen Abend gab es eine gewaltige, aus vielen Hundert Menschen bestehende Ringelreihenschlange, die in Serpentinen durch die gesamte Stadt mäanderte und tanzend und lachend und von Trötenspielern begleitet auch zwischen dem *Haus des Mammuts* und dem frisch verwitweten Haus von Heyden hindurchjubelte. Hier wie dort verschanzte man sich eher vor dem Lärm, denn die Feierlaune fand in diesen beiden Häusern keine Nahrung mehr.

Noch bis tief in die Nacht war das Johlen und Krakeelen von Betrunkenen und Grüppchen zu hören, die den Weg nach Hause nicht mehr fanden und denen das auch herzlich egal war. Cajin vertrieb gegen Mitternacht einen, der schabend und rummsend gegen die Haustür pinkeln wollte, und legte sich dann grummelig wieder schlafen.

Es war noch dunkel, als ein Hämmern gegen die Tür sämtliche Schlafenden aus den Betten riss.

»Verdammt, was ist denn jetzt schon wieder?«, schimpfte Cajin, während er im Nachthemd die Tür öffnete. Diesmal war es nicht ein Gardist, sondern sechs. Diesmal blieben die Gardisten auch nicht höflich an der Tür stehen und trugen ihr Anliegen vor. Cajin wurde von einem Unteroffizier, der deutlich nach Alkohol roch, unsanft zur Seite geschoben, und alle sechs Uniformierten drangen in das Haus ein.

»Was ist denn …? Ich darf doch wohl bitten!«

Der Unteroffizier wandte dem Siebzehnjährigen sein ausdruckloses, längliches Gesicht zu. »Wenn ihr keine Gegenwehr leistet, geht das Ganze möglicherweise glimpflich für euch aus. Beim geringsten Anzeichen einer gewalttätigen Aktion von eurer Seite bin ich jedoch befugt, mit sofortiger Gegengewalt zu antworten. Ist das verstanden worden?«

»Jja … das ist verstanden worden.«

»Gut. Wir holen alle Bewohner dieses Hauses zu einer Gegenüberstellung ab.«

»Aber … was ist denn passiert? Geht es wieder um von Heyden?«

Der Unteroffizier antwortete ihm nicht, denn die sechs hatten eine rasche Durchsuchung der Erdgeschossräume begonnen. Versammlungsraum. Rodraegs Schreibzimmer. Einer öffnete die Schreibtischschubladen. Ein anderer trat in das Gärtchen hinaus. Einer ging über die Treppe, die zwischen Cajins Zimmer und der Abtrittkammer hinabführte, in den Keller und klopfte dort die Wände ab. Zwei weitere enterten die Stiege nach oben und trafen dort auf Rodraeg, Naenn und Estéron, die alle drei aus ihren Zimmertüren getreten waren. Der Unteroffizier blieb unten im Flur stehen und beobachtete aus müden Augen Cajins Reaktion.

»Was überziehen und mitkommen!«, war von oben zu hören. »Alle! Ja, auch du, Mädchen! Und keine Waffen anfassen, sonst müssen wir euch in Fesseln legen!«

»Darf man erfahren, was überhaupt los ist?«, fragte Rodraeg, hörbar um Höflichkeit bemüht.

»Das erfahrt ihr noch früh genug. Sind das alle, Unert?«

»Ja, in diesen Zimmern ist keiner mehr.«

»Hast du auch unter den Betten nachge…?«

»Klar, Mann. Mache ich doch immer als erstes.«

Wie verängstigte Schafe vor zwei Hütehunden kamen Rodraeg und die beiden Schmetterlingsmenschen die Treppe hinab. Naenn hatte nur ein leichtes Übergewand über dem Nachthemd und zitterte vor Furcht unter den rauen Kommandos der Uniformierten.

Der aus dem Garten kam wieder herein und nahm sich zusammen mit dem aus dem Schreibzimmer Cajins Raum und die Küche vor. Missbilligend registrierte der Siebzehnjährige, dass keiner der Gardisten sich die Mühe gemacht hatte, seine Schuhe vor Betreten des Hauses abzuklopfen.

»Sind das alle, Unert?«, fragte der Unteroffizier einen der beiden Hütehunde.

»Jawohl, Leutnant Adsar. Aber drei Zimmer mit Betten waren leer, die Betten unbenutzt.«

»So, so. Sind noch nicht vom Fest heimgekehrt, die drei?« Diese Frage richtete der Leutnant an Estéron, den er wohl für den Hausvorstand hielt.

Rodraeg drängelte sich vor ins Bewusstsein. »In diesem Haus wohnen normalerweise fünf Personen. Ich, das Mädchen, der Junge und noch zwei Mitarbeiter, die zurzeit auf Reisen sind. Eines der kleinen Zimmer ist unbewohnt. Die anderen beiden, die auf die Straße hinunterschauen, gehören den beiden, die auf Reisen sind. Dafür ist unser großes Gästezimmer von Estéron belegt.« Er legte dem Schmetterlingsmann die Hand auf die Schulter.

»Verstehe.« Leutnant Adsar sah nun voll und ganz Rodraeg

an. »Darf ich das als eidesstattliche Versicherung auffassen, dass kein weiterer Bewohner dieses Hauses sich in Warchaim aufhält?«

»Ja. Das ist die volle Wahrheit.« Rodraeg verwendete absichtlich einen juristischen Begriff, um anzudeuten, dass er in diesen Dingen ein wenig bewandert war.

»Na schön. Unert, Giffen – ihr beide bleibt hier und sichert das Haus von außen. Einer vorne, der andere hinten. Sobald jemand auftaucht, der das Haus betritt – verständigt uns, verstanden? Kein Zugriff ohne weiteren Befehl! Es könnten bis zu drei weitere Personen sein, Gefährlichkeit unbekannt!«

»Verstanden, Leutnant Adsar!«, versteiften sich Unert und Giffen im Gleichklang.

Leutnant Adsar zückte ein Notizpergament und einen sehr gut angespitzten Kohlestift aus der Hauptstadt. »Jetzt bitte eure vollen Namen. Auch die der beiden Fehlenden.«

Die Namen wurden von ihren Trägern genannt. Rodraeg Delbane. Naenn. Estéron. Cajin Cajumery. Rodraeg nannte auch noch Eljazokad und Bestar Meckin. Er kam sich dabei wie ein Denunziant vor, wusste jedoch, dass Wahrheit die einzige Möglichkeit war, weitere Scherereien zu vermeiden. Zumal das *Mammut* sich in dieser Nacht wirklich nichts hatte zuschulden kommen lassen.

Leutnant Adsar notierte und nickte dann. »Gut. Wir bringen euch nun zu einer Gegenüberstellung. Hauptfrau Durbas wird dort sein. Sie leitet die Untersuchung. Es ist nicht weit von hier. Wenn ich also bitten dürfte.« Er öffnete die Tür, und die vier Schafe wurden, von nun drei Hütehunden flankiert, nach draußen in die Nacht getrieben. Die Gardisten Unert und Giffen blieben zurück; Giffen drückte sich vor dem Haus in die Schatten des von-Heyden'schen Hinterhoftores, Unert schlich sich am Haus der Familie Stahlert vorbei zur Rückseite des kleinen *Mammut*-Geländes.

Die Nacht schien ungewöhnlich frostig zu sein. Die Morgendämmerung konnte nicht mehr weit entfernt sein, und die Stunden direkt davor waren immer die kältesten.

Naenn hörte gar nicht mehr auf zu zittern, sodass Rodraeg schließlich seinen Arm um sie legte, um sie zu wärmen und zu beruhigen. Sie hatte auch Schwierigkeiten mit dem Gehen, sodass er sie auch stützen musste. Cajin half auf ihrer anderen Seite. Estéron wiederum wurde, nachdem er seine Blindheit offenbart hatte, von einem der Gardisten geführt.

»Was hat das zu bedeuten, Rodraeg?«, bibberte Naenn. »Was ist nur passiert?«

»Ich habe nicht die leiseste Ahnung. Aber wir werden es bald erfahren.«

Die Gardisten führten sie von sämtlichen Straßen weg, zwischen den Häusern der gegenüberliegenden Straßenseite hindurch in südwestlicher Richtung, bis sie die die Adelsbezirkmauer umgebenden Busch- und Baumbepflanzungen erreichten. Durch diese marschierten sie quer hindurch, bis sie den kalt aufragenden Schatten der Adelsmauer erreichten und dieser folgten, um die Nordostecke mit ihrem Wachturm herum und weiter nach Süden, bis hin zur großen östlichen Eingangsdurchfahrt. Die meiste Zeit über bewegten sie sich abseits der gängigen Gassen und Pfade – Rodraeg wusste nicht, ob aus Rücksicht auf den Ruf der Bewohner des *Mammuthauses* oder als Vorsichtsmaßnahme vor eventuellen Angriffen durch Bestar, Eljazokad oder Hellas.

Schließlich durchquerten sie die von finster dreinblickenden Figelius-Söldnern gesäumte Eingangsdurchfahrt und bewegten sich über fein gerechte Kieswege an munter plätschernden Springbrunnen und Buntkarpfenteichen vorüber auf das von Nebengebäuden umstandene Schloss zu. Fackeln erleuchteten die Nacht zu erstaunlich gleichmäßiger Helligkeit. Keiner der vier Festgenommenen war jemals innerhalb der Schlossparkmauern gewesen. Bis auf Estéron staunten sie alle über die helle, ziselierte Architektur des weitläufigen Schlosses, die geometrisch in sich verschlungene Anlage der Gärten, Innenparks und Pfade und die unnatürliche, abgezirkelte Gestutztheit der Bäume, Rasenflächen und Hecken.

Unweit des Schlossgebäudes, auf einer von Fackeln erhellten Rasenfläche, standen etliche Personen. Die meisten waren Stadtgardisten und Figelius'sche Leibgarde, aber es gab auch Nichtuniformierte. Rodraeg erkannte die Hauptfrau Larza Durbas wieder, die schon den Brand des Slessinghauses in geordnete Bahnen gelenkt hatte. Die kleine Silhouette von Gauden Endreasis wie auch die markanten Züge des Barons waren nirgendwo auszumachen.

Als sie näher kamen, löste Leutnant Adsar sich von ihnen und erstattete der Hauptfrau Bericht. Sie hörte sich alles nickend an, nickte auch in Bezug auf Estéron und winkte die Festgenommenen dann zu sich. Erst jetzt konnte Rodraeg erkennen, dass auf dem Rasen ein Körper lag, von einem Laken verdeckt. Auf einen Wink der Hauptfrau wurde das Laken von einem Gardisten weggezogen wie bei einem Zaubertrick. Im matten Gras lag der Leichnam eines jungen Mannes in Rüschenhemd und edler Oberbekleidung. Er lag auf dem Rücken, die Augen und den Mund nur halb geschlossen. Nächtlich schwarzes Blut ummalte seinen Scheitel und die Halsgegend. Sein Oberlippenbartflaum schimmerte golden im Fackellicht. Rodraeg wusste sofort, dass es dieses goldene Flimmern der Unreife war, das ihm von dem Toten am tiefsten im Gedächtnis bleiben würde.

»Kennt ihr diesen Mann?«, fragte die Hauptfrau die vier Festgenommenen.

Rodraeg, Naenn und Cajin verneinten. Naenn zitterte angesichts des Leichnams am ganzen Leib wie Espenlaub. Rodraeg fürchtete, sie würde jeden Augenblick zusammensinken. Estéron äußerte sich nicht zur Frage der Hauptfrau und wandte dem Geschehen eher ein Ohr als sein Gesicht zu.

»Nie begegnet?«, hakte die Hauptfrau noch mal nach. Wieder nur Verneinen.

»Sein Name war Vinzev Traló. Ein weitläufiger Verwandter von Baron Figelius und Bewohner dieses Adelsbezirkes. Sagt euch der Name auch nichts?«

Kopfschütteln. Naenns Zittern. Larza Durbas betrachtete sie und ihren Bauch. Zum ersten Mal war im harten, unweiblichen Gesicht der Hauptfrau jetzt so etwas wie Missbilligung zu lesen.

»Nur der Nachname: Traló. Kennt ihr vielleicht den Vater oder den Onkel?«

Rodraeg fühlte sich bemüßigt, ausführlicher zu antworten. »Wir kennen ehrlich gesagt niemanden im Adelsbezirk außer den Baron selbst, und auch den nur dem Namen und seinem Ruf als Stadtrat nach. Wir sind einfache Leute. Keiner von uns war jemals auf diesem Gelände. Dürfte ich fragen, was die ganze Angelegenheit mit uns zu tun hat?«

»Was die ganze Angelegenheit mit euch zu tun hat? Das hier!« Die Hauptfrau reichte Rodraeg einen annähernd quadratischen Zettel mit einem winzigen, blutbefleckten Loch in der Mitte. Rodraeg nahm ihn und zeigte ihn auch Naenn und Cajin. Auf dem Zettel war mit schwarzer Tusche das Mammut gemalt, ziemlich genau so, wie Cajin es vor einem halben Jahr als Schattenriss an die Tür des *Hauses des Mammuts* gepinselt hatte. Das blutige Loch war mitten im Mammut. »Im Kopf des Toten steckte eine lange Nadel«, erläuterte die Hauptfrau. »Sie ist vom Gaumen aufwärts durchs Gehirn hochgestochen worden, bis sie oben am Schädel ein kleines Stückchen wieder austrat. Und auf dieses kleine blutige Stückchen Nadelspitze hat der Mörder, wie ein lustiges Hütchen oder ein Fähnchen, diesen Zettel gesteckt.«

Rodraeg schluckte, aber es gelang ihm, ruhig zu bleiben. *So also geht* DMDNGW *vor: Er hängt uns einen Mord an, anstatt uns direkt anzugreifen. Ich zumindest hatte etwas dermaßen Kompliziertes nicht erwartet.* »Das Mammut ist unser Symbol. Aber es ist außen an der Tür unseres Hauses angebracht. Jeder kann hingehen und es abzeichnen, wenn er möchte.«

»Das mag schon sein. Ich frage mich nur: Warum sollte das jemand tun? Dazu müsste er schon einen ziemlichen Groll auf euch hegen, oder? Warum sollte euch jemand in einen Mord mit hineinziehen wollen?«

Rodraeg zuckte die Schultern. »Findet den Mörder, Hauptfrau, und Ihr erhaltet auch die Antwort.«

»Und wenn ich den Mörder schon gefunden habe? Wenn es doch einer von euch war?«

»Nun, es wäre doch wohl ziemlich dumm, einen Mord zu begehen, diesen Mord mit dem Mammut zu signieren, dann nach Hause zu gehen, sich schlafen zu legen und seelenruhig abzuwarten, bis die Garde einen abholt.«

»Dumm – oder unglaublich kaltblütig! Wohl wissend, dass wir davon ausgehen würden, dass doch kaum jemand so dreist wäre. Aber was ist, wenn jemand so dreist *ist*? Mindestens zwei von euch sind keine Menschen. Was wissen wir über solche, die keine Menschen sind?«

»Schmetterlingsmenschen sind weit weniger zu einem Mord fähig als Menschen.« Rodraeg wirkte immer noch ruhig, doch in seinen Schläfen pochte das Blut.

»Aha.« Die Hauptfrau grinste herablassend. »Weißt du, was ich denke, was passiert ist? Ich glaube dir. Keiner von euch vieren hat etwas mit der Sache zu tun. So dreist seid ihr nicht. Das Mädchen kann ja kaum sein Wasser halten, und der Alte ist blind wie ein Blecheimer. Aber Leutnant Adsar hat mich darüber in Kenntnis gesetzt, dass drei Zimmer bei euch im Haus unbenutzt waren. Folgendes ist also passiert: Ihr habt einen von euren Leuten rausgeschmissen oder gedemütigt, bei was auch immer ihr so treibt, um euren Lebensunterhalt zu verdienen. Dieser Jemand hat eine Stinkwut auf euch und aus irgendwelchen Gründen auch auf das bedauernswerte Bürschlein hier. Eins und eins ergibt zwei. Und ich habe zwischen den ganzen Schnapsleichen dieser Festnacht plötzlich auch noch eine richtige wegzukarren. Also: Ich lasse euch jetzt wieder in eure Bettchen gehen und weiterträumen. Aber ich will, dass die drei Mitbewohner von euch sich bei mir persönlich melden, wenn sie wieder in der Stadt sind, und zwar innerhalb der kommenden Woche. Ansonsten nehme ich euer Häuschen Brett für Brett auseinander, bis ich etwas gefunden habe, was mir auch nur annähernd verdächtig aussieht. Haben wir uns da verstanden?«

Rodraeg antwortete nicht. Stattdessen entgegnete er: »Ich

hoffe nur, dass Ihr über all der Zeitverschwenderei nicht vergesst, den wirklichen Mörder zu suchen. Der läuft nämlich womöglich noch irgendwo in Warchaim herum und lacht sich ins Fäustchen.«

»Ich hab bisher noch jeden geschnappt. Jeden. Also, wenn euch nichts Erhellendes mehr zur Sachlage einfällt: gute Nacht.«

»Gute Nacht, Hauptfrau.«

Sie durften tatsächlich gehen und stützten die dem Erbrechen nahe Naenn den ganzen Weg zurück durch die dämmerungslose und girlandenzerfetzte Dunkelheit.

»Sie hätte uns auch in einen Kerker werfen können«, sagte Estéron, nachdem Naenn sich zu Bett geschleppt hatte. Die drei Männer saßen noch unten um den großen Tisch herum und brüteten. »In manchen Städten reicht ein Gegenstand wie dieser Zettel für eine Verurteilung aus.«

»Ich weiß«, gab Rodraeg ihm recht. Als sie das Haus betreten hatten, war auf der anderen Straßenseite immer noch der Gardist namens Giffen teilweise sichtbar gewesen. »Ich habe den Eindruck, dass sie ziemlich tüchtig ist. Tüchtig und beherrscht. Die Frage ist nur: Was können wir tun, um zu verhindern, dass wir über kurz oder lang im Kerker landen?«

»Warum sagen wir ihr nicht einfach, was wir wissen?«, fragte Cajin. »Wir zeigen ihr den Drohbrief, sagen, dass eine Person oder eine Gruppe namens *DMDNGW* dahintersteckt und dass wir genauso daran interessiert sind wie die Garde, dass *DMDNGW* das Handwerk gelegt wird. Wir könnten mit der Garde zusammenarbeiten, deren Leute und Netzwerke nutzen!«

»Das ging mir auch die ganze Zeit im Kopf herum. Aber das Problem ist, dass wir tatsächlich etwas zu verbergen haben. Und womöglich weiß *DMDNGW* Bescheid über uns und unsere Aktivitäten. Vielleicht gehört es zum Plan mit dazu, dass wir die Garde auf *DMDNGW* aufmerksam machen, damit *DMDNGW* uns dann durch ausgeplaudertes Wissen das Genick brechen kann. *Das Mammut wird fallen.* Ich habe das erst jetzt richtig verstanden. *DMDNGW* will uns nicht einfach nur umbringen. Das *Mammut* als solches soll unmöglich gemacht werden.«

»Wir haben es«, machte Estéron sich bemerkbar, »wahrlich mit einem ungewöhnlichen und skrupellosen Gegner zu tun. Ich vermute allerdings, dass Vinzev Traló kein willkürliches, zufälliges Opfer war. Ich würde schätzen, dass der Mörder zwei Fliegen mit einer Klappe schlägt. Er hakt die Opfer seiner Liste ab und schiebt uns alle diese Morde in die Schuhe.«

»Also hat Traló möglicherweise auch einen Drohbrief erhalten«, schlussfolgerte Rodraeg. »Die Hauptfrau kann auf *DMDNGW* aufmerksam werden, ohne dass wir ihr etwas verraten.«

»Aber umso verdächtiger ist es dann doch, wenn wir das verschwiegen haben«, gab Cajin zu bedenken.

Rodraeg seufzte. »Ich weiß nicht, ob das dann überhaupt noch eine Rolle spielt. Vetz Brendo ist jetzt unser bester Verbündeter. Wenn er eine Liste von Drohbriefen ermitteln kann, gelingt es uns vielleicht, einen Mord zu verhindern und die ganze Kette der Ereignisse zu sprengen.«

»Jetzt, wo wir wissen, wie hart unser Gegner zuschlägt, ist allerdings auch Vetz Brendo selbst in Gefahr«, sagte Cajin.

Rodraeg legte den Kopf schief. »Er ist sicher in der Lage, auf sich aufzupassen. Jemand, der verdeckt ermittelt, ist immer in Gefahr und hat überall Feinde. Noch mehr als wir womöglich. Fest steht, dass die Garde uns einen Gefallen tut, indem sie unser Haus überwachen lässt. Solange wir alle hier drinnen sind, wenn draußen ein weiterer Mord passiert, wäscht uns das rein.«

»Uns schon«, sagte Estéron, »aber nicht Bestar und Eljazokad. Ich fürchte, Rodraeg, dir ist die Gefährlichkeit der gesamten Situation noch nicht vollständig aufgegangen. Wenn der Mörder wirklich nur alle zwölf Jahre zuschlägt und danach für zwölf Jahre in der Versenkung verschwindet, werden wir die Blutflecken, die er auf unsere Kleidung spritzt, niemals vollständig verschwinden lassen können. Wir sitzen hier wie in einer Falle und warten ab, welches Verbrechen er als Nächstes begeht.«

»Aber was können wir tun? Wir können nicht ganz Warchaim schützen.«

»Wir müssten ihn dazu provozieren, einen Fehler zu begehen. Wir müssten ihm klarmachen, dass es ein Fehler war, sich mit *Mammut* und *Kreis* angelegt zu haben. Am naheliegendsten ist, dass wir Warchaim verlassen. Wir gehen mit Naenn in den Schmetterlingshain, wo sie ihr Kind zur Welt bringen kann. Dann fallen alle sich auf Warchaim beziehenden Pläne von *DMDNGW* in sich zusammen wie ein Kartenhaus.«

»Aber« – Rodraeg wechselte einen langen Blick mit Cajin – »das bedeutet, dass wir dieses Haus und Warchaim aufgeben. Das ist wie ein Schuldeingeständnis. Wir können dann möglicherweise nie mehr zurück. Dazu bin ich nicht bereit. Der *Kreis* hat uns nicht zufällig nach Warchaim geschickt. Hier geschehen bedeutsame Dinge. Der Brand des Slessinghauses.

Von Heyden und Arevaun. Auch, dass *DMDNGW* jetzt hier in Erscheinung tritt, ist von Bedeutung. Ich lasse mich nicht einfach so vertreiben.«

»Ich mich auch nicht«, stimmte Cajin Rodraeg zu. »Ich soll auf dieses Haus aufpassen. Das ist meine Aufgabe. Ich werde das Haus nicht im Stich lassen.«

»Dann … muss ich versuchen, mit Riban über die neue, veränderte Situation zu beraten«, sagte Estéron. »Warchaim war eine gute und einleuchtende Idee, aber wenn sie sich gegen uns wendet, ist sie es nicht wert, aufrechterhalten zu werden.«

»Wenn Riban sagt, wir sollen gehen, dann müssen wir wohl gehen«, lenkte Rodraeg widerwillig ein. »Aber es widerspricht jeder Faser meines Daseins, einem heimtückischen Mörder kampflos das Feld zu überlassen.«

Nach ein paar Stunden unruhigen und traumdurchlöcherten Schlafes besuchte Rodraeg Naenn in ihrem Zimmer. Die Sonne stand schon hell am Himmel. Die Schmetterlingsfrau lag bleich in ihrem Bett, zu schwach heute zum Aufstehen.

»Der Ausdruck auf seinem Gesicht, Rodraeg«, begann sie matt. »So entsetzlich verletzt und … unwiederbringlich. Ich habe noch nie zuvor einen Toten gesehen.«

Es war eigentlich seltsam, aber Rodraeg hatte schon viele Tote gesehen. In Aldava im Dienst des Advokats Hjandegraan. In Skerb, während der womöglich grauenvollsten Stunden seines Lebens, als er inmitten von Menschenkot und Blutlachen sich einen Weg hatte bahnen müssen zwischen halb verwesten und entstellten Hingerichteten, die an den Straßenrändern zur Belustigung der Bevölkerung aufgehängt waren. In den Sonnenfeldern während der großen Dürre, als dort selbst Kinder elend zugrunde gingen. Sogar auf dem Ritterturnier von Endailon hatte sich ein Teilnehmer vor aller Augen das Genick gebrochen. Und jetzt beim *Mammut*. Schon allein der Terreker Schwarzwachsauftrag hatte sich zu einem erschreckenden Gemetzel fehlentwickelt.

»Das alles kommt uns nicht in dieses Haus hinein«, sagte Rodraeg entschlossen. »*DMDNGW* kann uns belagern und provozieren, so viel er oder sie es wollen. Mit unserer … Aufrichtigkeit werden wir alles abschmettern. Und dein Kind soll hier geboren werden, so sicher und behütet, als wäre dies der Larn.«

Sie erwiderte sein Lächeln nicht. »Manchmal denke ich, dass es Wahnsinn ist, ein Kind in eine solche Welt zu setzen. Dann wieder kommt mir der Gedanke: Wer anders als ein Kind soll Träger unserer Hoffnung sein? Weißt du, was Estéron mir gesagt hat?«

»Nein.«

»Er sagte, als ich Zweifel hatte: ›Die Natur will dieses Kind. Sonst würde es nicht geboren werden.‹«

»Recht hat er. Glaube ich.«

Rodraeg traf den Schmetterlingsmann unten in der Küche.

»Hat Riban sich schon irgendwie geäußert?«

»Ja, Rodraeg. Er sagte, wir sollen versuchen, Warchaim zu halten. Er will uns jemanden aus der Hauptstadt schicken, der uns beistehen kann. Einen Mann namens Trenc Weraly. Hast du den Namen schon einmal gehört?«

»Noch nie.«

»Ich auch nicht. Es ist so schwierig geworden, mit Riban zu kommunizieren. Er springt immer vom Hundertsten ins Tausendste. Zuerst glaubte ich herauszuhören, dass Riban selbst nach Warchaim kommen wolle. Dann brabbelte er wieder etwas von einer Gefahr, die in Aldava droht. Gerimmir sei gestern Abend auf dem Bachmufest mit knapper Not einem Anschlag entkommen.«

»Ein Anschlag auf Gerimmir? Was ist da los, in Aldava?«

»Das ist es ja eben: Ich kann mir kein zusammenhängendes Bild machen. Ribans Gedanken sind inzwischen zu hektisch und verworren für unsere althergebrachte Art der Konferenz.«

Ein Schatten fiel über das Küchenfenster. Kurz darauf klopfte es an der Tür. Da Rodraeg nur drei Schritte machen musste, um aus der Küche an die Tür zu gelangen, kam er dem ebenfalls herbeieilenden Cajin zuvor.

Diesmal stand kein Gardist vor der Tür, sondern ein massiv gebauter Klippenwälder, dessen Vollbart zu einem guten Dutzend Zöpfen geflochten war.

»Hallo«, sagte der Klippenwälder. »Ist Bestar Meckin aus Taggaran da, oder falls immer noch nicht, könnt Ihr mir ungefähr sagen, wann mit ihm zu rechnen sein wird?«

Für den Bruchteil eines Sandstriches hielt Rodraeg den Mann für jenen Trenc Weraly, den Riban ihnen zur Hilfe geschickt hatte, doch dann machte sein Gehirn einen Satz nach vorne und setzte aus mehreren Informationsbruchstücken ein bestürzendes Gesamtbild zusammen. Gleichzeitig setzte ein Gefühl absoluter Zugespitztheit ein. In diesem Moment stand alles auf dem Spiel. Das *Mammut*, der *Kreis*, alles. Waren *die Gardisten immer noch hier auf Beobachtungsposten? Hatten sie den Mann bemerkt? Wussten sie, wer er war, so wie Rodraeg glaubte zu wissen, wer er war?*

»Ähhh, mit Bestar Meckin kann ich leider nicht dienen«,

sagte Rodraeg beinahe ungebührlich laut, »aber wenn Ihr für einen Augenblick eintreten wollt, kann ich nachfragen, wann mit ihm zu rechnen sein wird.«

Glücklicherweise nahm der Klippenwälder die Einladung an. So bekam Rodraeg ihn so schnell wie möglich von der Straße weg. Aber falls jemand gesehen hatte, wie er eintrat, durfte das folgende Gespräch auch nicht allzu lange dauern.

Der Klippenwälder füllte in seiner muskulösen Breite und Bewaffnung mit einem Schwert den gesamten Flur aus, als Rodraeg die Tür rasch schloss und sich mit dem Rücken gegen sie lehnte. »Ihr seid Cruath Airoc Arevaun, vermute ich?«

Cajin wich erschrocken in Richtung seines Zimmers zurück. Estéron jedoch machte sich in der Küche mit einem leisen Hüsteln bemerkbar.

Der Klippenwälder lächelte. Sein grobes Gesicht war nicht bar jeden Charmes. »Sollte ich Euch auch kennen?«

»Rodraeg Delbane. Ich bin der Anführer der Gruppe *Mammut*, der dieses Haus gehört. Ist Euch klar, dass dieses Haus von der Stadtgarde überwacht wird?«

»Tatsächlich? Ich habe einen Gardisten bemerkt, drüben bei von Heyden, aber er schien eher in ein Schwätzchen mit einem Hausmädchen vertieft als in eine ernsthafte Überwachung.«

Rodraeg atmete aus, zum ersten Mal, wie es ihm schien, seit dieses Gespräch begonnen hatte. »Wir haben Euch der Garde gegenüber nicht angezeigt, obwohl wir wissen, dass Ihr in den Mord an von Heyden verwickelt seid.«

»Na ja«, lächelte Arevaun, »ich bin es nicht gewesen. Ich könnte auch nicht mehr zur Aufklärung beitragen als den Namen des Mörders, der, wenn ich mich recht erinnere, Grigol lautet – aber was sind schon Namen? Wie lange bleiben sie einem treu? Und wo er sich jetzt aufhält, weiß ich auch nicht, ganz ehrlich. Ich bin wegen einer vollkommen anderen Sache hier: wegen Bestar Meckins Schwert.«

»Ihr wollt es ihm … abkaufen?«

»Mir schwebt eher vor, mit ihm darum zu kämpfen, auf Leben und Tod. Dieses Schwert scheint mir keins zu sein, das sich verkauft wie eine Hure. Es verdient, verdient zu werden.«

»Das ist wahr. Bestar hat es sich verdient.«

»Und wenn er mir unterlegen wäre, hätte ich es mehr verdient als er.«

Rodraeg dachte einen Augenblick nach, dann lächelte er freundlich. »Ich bin nicht lebensmüde genug, mich zwischen zwei Klippenwälder zu stellen. Sobald er wieder hier ist, könnt Ihr Euch gerne mit ihm verständigen, sofern Ihr mir versichert, nichts Unehrenhaftes zu versuchen.«

Arevaun hob eine Hand. »Nichts Unehrenhaftes. Ich strebe ein ehrliches Duell an. Einen Austausch unter Kriegern.«

»Leider wird Bestar frühestens in zwei Wochen zurück sein.«

»So lange noch? Er ist doch schon ziemlich lange weg, ich habe schon öfters hier vorbeigeschaut.«

Und niemand von uns hat etwas bemerkt, fluchte Rodraeg innerlich. »Er ist auf einer Geschäftsreise, in Wandry. Wenn Ihr ihm entgegenreisen wollt – es gibt ja eigentlich nur eine offizielle Straße in diese Richtung.«

»Ah, das ist mir zu umständlich. Da verfehlt man sich dann und muss weitere lästige Verzögerungen in Kauf nehmen. Ich denke, ich werde besser in zwei Wochen noch mal bei Euch nachfragen. In der Zwischenzeit bin ich unten am Hafen zu finden, im *Ogerbär*.«

»Ich merke es mir und werde es ausrichten. Wie kommt es eigentlich, dass man mir erzählt hat, Ihr wärt im Brand des Slessinghauses umgekommen?«

»Wer erzählt denn so einen Quatsch?«

»Der Wirt vom *Leer das!*.«

»Ach so. Na ja, das ist ein Missverständnis. Jaaa, dieser komische, komische Brand! Auch so eine Sache, mit der ich nichts zu tun hatte. Ich war dort, ein paar Tage, bevor es brannte. Der Magister, der dort wohnte, hatte mich im *Leer das!* gesehen und mir Geld geboten dafür, dass er mir Spritzen verabreichen durfte mit irgendeinem Zeug, das er gefolterten Katzen entnommen hat. Ziemlich scheußlich, aber wirklich gutes Geld. Ich habe zwei Spritzen vertragen, dann wurde es mir zu eigenartig, und ich bin wieder abgehauen.«

»Wisst Ihr, weshalb der Magister ausgerechnet Euch ausgesucht hat?«

»Ich glaube, er war auf der Suche nach einem Kämpfer. Er sagte mir, die Spritzen würden mich noch stärker machen, unbesiegbar geradezu. Aber sie haben mir nur einen Ausschlag gebracht und fiese Muskelkrämpfe. Der Typ war so was von kaputt, da habe ich mich lieber davongemacht.«

»Eine letzte Frage noch: Könnt Ihr mir etwas über die Gehilfen des Magisters verraten?«

»Hm. Es waren drei. Unterster Bodensatz, würde ich schätzen. Der eine hieß Cunis, der andere Briun Irgendwas, und der dritte wurde immer nur *der Abdecker* genannt. Die drei hingen die ganze Zeit zusammen wie verbackener Lehm und machten sich sabbernd an Viechern zu schaffen.«

»Es wurden aber nur drei Körper aus dem Gebäude geborgen, nicht vier.«

»Tja. Was soll ich dazu sagen? Der, dessen Körper nicht geborgen wurde, ist der Brandstifter. Könnte doch sein, oder?«

»Könnte sein, ja. Ich danke Euch, Arevaun.«

»Keine Ursache, Delbane. Ich würde Euch ja anbieten, hinten rauszuschlüpfen, um keine Risse in Eure heile Fassade zu reißen, aber da Euer Häuschen auch ohne mein Zutun schon überwacht wird, scheine ich nichts Heiles mehr beschädigen zu können.«

»Sieht so aus. Und das Lustigste daran ist: Wir sind's auch nicht gewesen. Wir könnten einen Verein der Unschuldigen gründen.«

Cruath Airoc Arevaun lachte gut gelaunt und schlug Rodraeg sogar freundschaftlich auf die Schulter. »In einer anderen Zeit vielleicht, Kumpel, in einer anderen Welt.« Dann ließ Rodraeg ihn durch die Tür nach draußen schlüpfen, und der Klippenwälder tauchte unter in den Farben der Straße.

Estéron stand mitten in der Küche und sah Rodraeg so lange fragend an, bis dieser ein »Was ist?« zurückfragte.

»Ist dir nichts aufgefallen an dem Mann?«

»Aufgefallen? Seine Bartzöpfe? Sein Schwert? Seine schnellen, gewandten Bewegungen? Seine rasche Auffassungsgabe und höhnische Schlauheit?«

»Ein Geruch, wenn er sprach. Wie Bittermandel aus seinem Mund, von seiner Zunge, seinen Lippen und Zähnen.«

»Habe ich nicht bemerkt.«

»Da war etwas wie ein Kläffen in seinem Atem, ein Jaulen größter Pein. Der kalte Schweiß eines sterbenden Hundes. Ein Schlachthaus. Ein aus Tieren gewonnenes Gift, oszillierend zwischen andersartiger Magie und gezüchteter Muskelkraft. Ich würde vermuten, dass das, was der Magister ihm eingespritzt hat, Arevauns Körper zugrunde richten wird über kurz oder lang. Es ist das Todesknurren gequälter Tiere, das als Salz aus jeder seiner Poren dringt. Er gewinnt an Kraft, noch immer, und stirbt dann daran.«

»Ein Gift. Schleichend. Wie mein Schwarzwachs …«, sagte Rodraeg nachdenklich. »Hättest du ihn nicht darauf hinweisen müssen, dass er vergiftet ist?«

»Wenn ich ihn darauf hinweise und er dann gesund wird, um Bestar im Zweikampf zu töten – was hätten wir damit gewonnen?«

Rodraeg antwortete nicht. »Was hältst du von ihm? Von Arevaun?«

»Er ist nicht *DMDNGW*. Er hat weder auf den Mord an Vinzev Traló angespielt noch in irgendeiner Weise Drohungen gegen das *Mammut* ausgestoßen. Ich hatte eher den Eindruck, er wusste nicht, wer wir sind und in welchen Schwierigkeiten wir stecken. Er ist auf ganz geradlinige und einfältige Weise hinter Bestars Schwert her. Aber er steckt in dem von-Heyden-Mord mit drin. Er kennt den Mörder, hat mit ihm zusammengearbeitet, wenngleich auch womöglich den Mord tatsächlich nicht selbst verübt. Ich denke inzwischen, weder der Slessingbrand noch der von diesem Grigol begangene von-Heyden-Mord haben etwas mit *DMDNGW* und dem *Mammut* zu tun. Der Traló-Mord – das allein war *DMDNGW*. Dieser Mord sprach eine andere Sprache als Slessing oder von Heyden.«

Cajin mischte sich ein. »Also soll es ein Zufall sein, dass alles so gut wie gleichzeitig in unserer unmittelbaren Nähe passiert?«

Estéron lächelte. »Es gibt keine Zufälle. Arevaun war in die

Vorgänge bei Slessing und von Heyden verwickelt, und heute tauchte er von sich aus bei uns auf. Bestar hatte schon vorher Kontakt mit ihm, und von Heyden, der jetzt tot ist wie Vinzev Traló, noch früher. Vetz Brendo arbeitete für von Heyden, überwachte Arevaun und hilft nun uns gegen *DMDNGW*. Warchaim ist ein Netzwerk. Wer die richtigen Verknüpfungspunkte aufschlüsselt, für den verwandeln sich scheinbare Zufälle in Zwangsläufigkeiten.«

Rodraeg schnalzte mit der Zunge. »Mich interessiert in einer solchen Situation immer: Gibt es irgendeine Möglichkeit, das Netzwerk so auszuwerfen, dass Arevaun zu einem Verbündeten umgeformt wird?«

»Du hast das schon nicht schlecht angefangen. Du hast Informationen gewonnen aus einem Krieger. Das ist wie Trinkwasser schlagen aus einem Stein. Ich denke, du hast sogar seinen Respekt erhalten. Alles andere ist eine Frage davon, wie weiträumig wir unser Netz auszuwerfen bereit sind – in Kauf nehmend, dass auch Unbeteiligte mit hineingeraten. Wenn wir komplex genug vorgehen, lässt sich sicherlich eine Situation erschaffen, in der Arevaun sich durch *DMDNGW* bedroht sieht. Und dann könnten diese Kampfhunde sich gegenseitig zerfleischen, während wir nur noch Zuschauer sind.«

Rodraeg sah wenig begeistert aus. »Ich will keine Unbeteiligten mitverstricken. Wenn ich das *Mammut* richtig verstanden habe, besteht ein großer Teil unserer Aufgabe immer darin, diejenigen, die sich nicht selbst verteidigen können, zu schützen. Das gilt für die Natur. Das muss aber auch für Riesen, Städte und Menschen gelten.«

»Du hast das *Mammut* richtig verstanden«, pflichtete der Schmetterlingsmann ihm bei. »Du musst nun aber dennoch einen Ausweg finden aus der Schlinge, die sich um unsere Hälse zusammenzieht.«

»Sag mal, Estéron. Ganz ehrlich. Du bist fast so alt wie ich und Cajin zusammen. Mit all deiner Lebenserfahrung: Wie gefährlich schätzt du unsere Lage ein?«

»Ganz ehrlich?«

»Ganz ehrlich.«

»Nun, ich denke, dass die Möglichkeit besteht, dass wir zu Beginn des Nebelmondes, also in vierzehn Tagen, alle entweder tot sind oder im tiefsten Kerker dieser Stadt schmachten. Dass das *Haus des Mammuts* abgebrannt ist oder von der Garde abgeriegelt und versiegelt. Dass der *Kreis* und Riban Leribin nicht mehr existieren. Das alles *muss* nicht geschehen, aber es liegt im Bereich des Möglichen. *DMDNGW* hat mitten im Adelsbezirk einen Mord begangen. Selbst mir als Blindem ist nicht entgangen, dass es dort von den Leibgardisten des Barons nur so wimmelt. Dort jemanden umzubringen, und vor allem danach unbehelligt zu entkommen – das lässt auf Fähigkeiten und eine Kaltblütigkeit schließen, die wahrlich herausragend sind. Dazu noch Brendos Geschichte von den Mordserien alle zwölf Jahre, und keine von denen konnte jemals aufgeklärt werden. Das bringt mich zu dem Schluss, dass es äußerst unwahrscheinlich ist, dass wir *DMDNGW* besiegen können. Unter Umständen werden wir ihn überleben können – aber bezwingen wohl kaum.«

»Danke für diese Einschätzung«, sagte Rodraeg ehrlich. »Du weckst damit Trotz und Widerspruch in mir.«

»Dann soll es wohl so sein, Rodraeg. Dann soll es wohl so sein.«

5 Der Ermittler

Ein Tag, an dem sich nichts ereignete, war ein quälender Tag für Rodraeg. Den ganzen restlichen 16., den gesamten 17. und die erste Hälfte des 18. Blättermonds über tat sich nichts. Kein Gardist klopfte an und gab Bescheid, dass man Arevauns Besuch verzeichnet und der Liste der Verdächtigungen hinzugefügt hatte. Kein weiterer Mord geschah in der Nähe oder etwas weiter entfernt. Kein Bestar, kein Eljazokad ließ sich erst blicken und dann erschöpft bewirten, um die Geschichte eines Durchhaltens zu erzählen.

Die Ruhe tat Naenn und Estéron gut.

Cajin jedoch lief unruhig in den Zimmern auf und ab, fiebrig aufgrund seines ungewohnten Hausarrestes. Und Rodraeg hatte in all diesen Stunden das Gefühl, dass rings um ihn her akribisch am Untergang des *Mammuts* gewerkelt wurde, während der Sand seiner Stundengläser nur sinnlos zerrann. Zwei weitere Tage, in denen Eljazokad und Bestar nicht beigestanden wurde in ihrem Kampf jenseits von brennenden Blumenbrücken. Zwei weitere Tage, in denen Hellas Borgondi einem Todesurteil durch Strick oder Henkersaxt entgegenrutschte. Zwei weitere Tage, in denen *DMDNGW* die Figuren seines blutigen Spieles in Ruhe so anordnen konnte, dass sie beim Fallen mit anklagenden Blicken auf das *Mammut* deuteten.

Tagsüber brannte die Sonne Löcher in den Himmel, die die Leere dahinter nur umso mehr hervortreten ließen.

Nachts verschluckte das Dunkel die Schatten aller Heimlichtuer.

Erst am Nachmittag des 18. wurde der nächste Akt dieses beinahe lautlosen Schauspiels eingeleitet. Wieder klopfte es an der Tür des *Mammuthauses*, und Rodraeg war froh darüber, dass er endlich wieder gezwungen wurde zu reagieren.

Der Mann an der Tür war in einen Übermantel von unauffälliger Farbe gekleidet. Er war vielleicht fünfzig Jahre alt, hatte halblange graue Haare unter einem dreieckigen Hut, wie ihn gewisse Aristokraten und Ruhestandsoffiziere in der Hauptstadt trugen. Seine Augen waren groß, melancholisch und wässrig blau. »Einen schönen guten Tag wünsche ich. Seid Ihr Rodraeg Delbane?«

»Der bin ich.«

»Mein Name ist Dilljen Kohn. Ich bin ein Sonderermittler der Königin. Ich würde gerne ein zwangloses Gespräch mit Euch führen, um mir das eine oder andere erklären zu lassen.«

Rodraeg ließ sich seine Überraschung nicht anmerken. Als er den Hut gesehen hatte, hatte er in dem Fremden jenen Trenc Weraly vermutet, den Riban ihnen aus der Hauptstadt senden wollte. Aber es war schon wieder ein anderer. »Tretet ein. Wir können Euch nichts anbieten, was mit den Leckereien Aldavas vergleichbar wäre, aber einen Schmetterlingsmenschentee werdet Ihr womöglich zu schätzen lernen.«

»Sicherlich.«

Kohns Augen wirkten weinerlich, registrierten aber im Inneren des Hauses jedes Detail. Naenn war herabgekommen und bereitete den Tee selbst zu. Estéron stand wieder wie beiläufig in der Tür und stopfte sich eine Pfeife. Cajin ging auf und ab.

»Es hat einen weiteren Mord gegeben«, begann Kohn bereits, während der Tee noch nicht fertig war. »Im Süden der

Stadt. Ein Getreidespeicherbesitzer namens Uklas Eimenhard. Kanntet Ihr den Mann zufälligerweise?«

»Ich nicht. Cajin vielleicht?«

Der Junge schüttelte nur den Kopf.

Kohn zeigte ein schiefes Lächeln. »Diesmal gab es auch keinen Zettel, der ein Mammut zeigte. Nach Auskunft unserer Gardisten waren alle in Warchaim befindlichen Bewohner dieses Hauses zur Tatzeit hier. Es gibt also keinerlei Verdachtsmomente gegen Euch.«

»Das ist schön für uns. Dennoch traurig für den armen Ermordeten.«

»Wohl wahr. Die Tötungsmethode war exakt dieselbe wie bei Vinzev Traló. Eine Nadel durch den Hals bis oben durch die Schädeldecke. Von dem Mörder keine Spur. Kein Zettel. Denkbare Motive gibt es zuhauf. Uklas Eimenhard hat eine ganze Reihe von Bauern beim Lagern und Weiterverkaufen ihrer Ernten übers Ohr gehauen.«

»Hatte Vinzev Traló auch jemanden übers Ohr gehauen?«

»Nicht, dass ich wüsste. Aber ausgeschlossen ist das nicht. Er wird ein Trinker und ein Spieler gewesen sein, genau wie alle anderen Bewohner des Adelsbezirks.« Wieder das schiefe Lächeln. »Genau genommen bin ich nicht wegen der Nadelgeschichte hier. Die wird von Hauptfrau Durbas fähigst ermittelt. Ich bin hier wegen dem Mord an Mirilo von Heyden. Und wegen eines Zettels, der mir in der Hauptstadt zugespielt wurde.« Er holte ein Briefpergament aus seiner Manteltasche und faltete es auf der Tischplatte auseinander. Rodraeg und Cajin beugten sich darüber und lasen:

Das Mädchen, das niederkommt, gefährdet Warchaim.

Beide blickten sich an. *DMDNGW.*

»Ihr könnt Euch sicherlich denken, dass ich in Aldava mit dieser Information überhaupt nichts anfangen konnte«, erzählte Dilljen Kohn in leicht ächzendem Tonfall. »Aber nun, wo mich die Ermittlungen in der Mordserie mit den Tuchhändlern über Brissen und Endailon auch nach Warchaim geführt haben, muss ich hier zu meiner großen Überraschung erfahren, dass ein hochschwangeres Schmetterlingsmädchen in die Ermittlungen eines anderen Mordfalls verwickelt ist, weil es in einem Haus wohnt, das der Mörder mindestens kennt, wenn nicht gar bewohnt, und welches dem Wohnort des Warchaimer Tuchhändlers genau gegenüberliegt. Wisst Ihr, schwangere Frauen sind allein schon wegen ihres Zustandes selten Verdächtige in Mordfällen.«

»Ich dachte, es gibt keine Verdachtsmomente mehr.«

»Nicht im zweiten Nadelmord. Aber womöglich hängt ja alles miteinander zusammen.«

»Mit Sicherheit hängt dieser Zettel zusammen mit dem, den Vinzev Traló auf dem Kopf tragen musste. Beide Zettel stammen wahrscheinlich von derselben Person.«

»Ja? Aber was hat es damit auf sich, dass sich in einem von einem Gardisten am Morgen nach dem Mord an von Heyden aufgenommenen Kurzprotokoll folgende Aussage eines gewissen Rodraeg Delbane findet?« Kohn förderte aus seiner anderen Manteltasche ein paar weitere Papiere zutage, zupfte aus einer Innentasche einen Augenglaskneifer, setzte ihn sich auf und las vor: »›Frage: Wie standet Ihr mit von Heyden? Antwort: Eine flüchtige, nachbarschaftliche Bekanntschaft. Ich war nie in seinem Haus, Cajin, glaube ich, einmal.‹ Cajin, wenn ich das richtig verstanden habe, ist dieser junge Mann hier?«

Rodraeg war baff. Der alte Gardist an der Haustür hatte tatsächlich wortwörtlich mitgeschrieben, was Rodraeg gesagt hatte. Er musste eine Kurzschrift beherrschten.

Kohn war noch nicht fertig. »Eine durchaus irreführende Aussage, wenn man bedenkt, dass Mirilo von Heyden das *Mammut* um Hilfe gebeten hatte, weil er sein Leben von drei namentlich bekannten Briganten bedroht sah – wie aus seinen persönlichen Aufzeichnungen und den Aussagen seiner Frau und den Aussagen seines Leibdieners hervorgeht.«

Verflucht!, dachte Rodraeg. *Was für ein dummer, vermeidbarer Fehler! Natürlich musste das herauskommen. Warum habe ich das nur verschwiegen? Weil ich die Garde nicht mehr als nötig auf uns aufmerksam machen wollte. Wenn ich an diesem Morgen schon gewusst hätte, dass DMDNGW die Garde ohnehin in unsere Richtung schicken würde, hätte ich mir das auch sparen können.*

»Also gut.« Rodraeg erhob sich und ging zu seinem Schreibtisch im Nebenzimmer. »Jetzt ist es wohl nicht mehr vermeidbar, die Katze aus dem Sack zu lassen.« Er holte den Drohbrief von *DMDNGW* und gab ihn dem Sonderermittler. Der las ihn aufmerksam und verglich die Handschrift mit dem Zettel, den er bereits auf den Tisch gelegt hatte. Beide waren krakelig, aber unterschiedlich.

»Ihr seht«, sagte Rodraeg und setzte sich wieder an den Tisch, während Naenn den Tee servierte, »dass wir ebenfalls bedroht werden, von derselben Person oder Gruppierung, die Euch den Zettel mit dem niederkommenden Mädchen zugespielt, das Mammut am Leichnam Vinzev Tralós befestigt und somit wahrscheinlich beide Nadelmorde begangen hat. Der Grund, weshalb wir das Hilfegesuch Mirilo von Heydens ablehnen mussten, war, dass wir zu der Zeit nicht über genügend Leute verfügten. Ich war bettlägerig, Naenn hochschwanger, unser geschätzter Gast Estéron besitzt kein Augenlicht – es war einfach nicht zu schaffen. Außerdem fühlten wir uns selbst bedroht, eben von *DMDNGW*, was auch immer dahinterstecken mag, und so wie es aussieht, ist diese Bedrohung ernst zu nehmen.«

Dilljen Kohn lehnte sich zurück und fasste Rodraeg über den Rand seines Kneifers hinweg scharf ins Auge. »Da stellt sich mir die Frage: Was ist das *Mammut* überhaupt? Was tut Ihr? Aus den Aufzeichnungen des Rathauses und der Stadtgarde ging hervor, Ihr befasst Euch mit ungewöhnlichen Naturereignissen und forscht nach ausgestorbenen Tierarten? Davon kann man leben?«

»Wir haben Auftraggeber.«

»Und diese … ungewöhnlichen Naturereignisse – das ist so etwas wie Chlayst?«

»Das Giftigwerden des Chlayster Sumpfes läge ziemlich genau in unserer Richtung, hat sich jedoch ereignet, bevor wir gegründet wurden. Wir hatten nie einen Auftrag bezüglich Chlayst.«

»Ihr tut aber sehr geheimnisvoll mit Euren Aufträgen und Auftraggebern.«

»Ich will Euch reinen Wein einschenken, Kohn. Wie Ihr schon hier an uns vieren sehen könnt, pflegen wir sehr freundschaftlichen Kontakt mit nichtmenschlichen Völkern. Schmetterlingsmenschen, Untergrundmenschen, aber auch andere sind denkbar. Die Königin hat uns durch ihren Feldzug gegen die Affenmenschen unsere Arbeit erheblich erschwert. Deshalb versuchen wir so wenig wie möglich mit der Königin und ihrer Garde zu tun zu haben. Wir sind nicht feindlich gesonnen, aber wir müssen um Neutralität bemüht sein.«

»Auch Affenmenschen gegenüber?«

»Wenn es Naturereignisse im Nordosten gäbe, die nur die Affenmenschen uns erläutern können, müssten wir auch mit denen auskommen können. Es ist schwierig, aber wir bemühen uns darum, uns keine Feinde zu machen.«

»Das scheint aber misslungen zu sein. Jemand will euch vernichten.«

»Tja. So, wie ich das sehe, will dieser Jemand eine ganze Reihe von Leuten vernichten, darunter auch einen jungen Adeligen und einen Getreidespeicherer. Möglicherweise passt ihm einfach nicht, dass wir in diesem Haus wohnen. Wir wissen es nicht, er hat uns leider keinen Grund gesagt. Wir befürchten aber, dass es noch mehr Opfer geben wird, und haben den Landspurenführer Vetz Brendo beauftragt, für uns eine Liste von Personen zusammenzustellen, die ebenso wie wir Drohbriefe von *DMDNGW* erhalten haben.«

»Wieder ohne die Garde einzuweihen?«

»Ja. Aus genannten Gründen. Wir müssen unsere Unabhängigkeit wahren.«

»Eure Unabhängigkeit könnt Ihr wahren, wenn Ihr in einem Wald lebt, aber hier in einer städtischen Gemeinschaft solltet Ihr das besser bleiben lassen. Von jetzt ab kümmert sich die Hauptfrau Durbas um den Landspurenführer und seine Liste.«

»Ich habe nichts dagegen. Darf ich Euch übrigens auch eine Frage stellen?«

»Ja?«

»Ihr sagtet, die drei Briganten, die von Heyden bedrohten,

seien namentlich bekannt. Uns gegenüber hat er lediglich den Namen Arevaun erwähnt.«

»Ja. Die anderen beiden sind *mir* bekannt, nicht ihm, weil ich bereits seit einigen Monden hinter ihnen her bin. Sie heißen Phardemim und Grigol. Sagen Euch diese Namen etwas?«

Rodraeg fragte bei Cajin, Estéron und Naenn nach und erntete – in Bezug auf Grigol – nichts als gut gespieltes Kopfschütteln. Anschließend wagte er noch eine weitere Frage: »Wurde von Heyden ebenfalls mit einer Nadel ermordet?«

»Nein.« Mehr war Kohn nicht bereit zu verraten. Er erhob sich, ohne von Naenns Tee auch nur gekostet zu haben. »Ich werde das, was ich heute von Euch erfahren habe, selbstverständlich an Hauptfrau Durbas weiterleiten müssen. Ich sehe allerdings folgendes Problem mit dem *Mammut.* Möglicherweise habt Ihr keinen der Morde begangen, aber möglicherweise seid Ihr der Auslöser für all diese Morde. Der Mörder bringt Menschen um, um Euch etwas anhängen zu können. Sollte dies der Fall sein, werdet Ihr der Garde verraten müssen, was Ihr im Laufe Eures *Mammut*daseins getan habt, mit wem Ihr euch angelegt, wo Ihr euch mit Leuten überworfen habt. Nur so können wir dem Mörder und seinem Motiv auf die Schliche kommen. Da Ihr aber nichts verraten werden wollt, um Eure Auftraggeber zu schützen, muss man Euch in Beugehaft nehmen, und das kann sehr unangenehm werden.«

Rodraeg blieb gelassen. »Wenn Ihr mit Vetz Brendo sprecht, lasst Euch von ihm auch die Theorie der alle zwölf Jahre auftretenden Mordserien erläutern. Ihr werdet dann beginnen zu verstehen, dass dieser Mörder nicht mordet, um dem *Mammut* etwas anzuhängen. Das *Mammut* ist nichts weiter als eine weitere Kerbe in seiner Klinge.«

»Ich werde versuchen, nichts außer Acht zu lassen. Wir hören voneinander!«

»Bis bald.«

Damit verließ der Sonderermittler das Haus.

Estéron kam zu Rodraeg an den Tisch. »Ich weiß nicht, ob es nicht ein Fehler war, ihm von Vetz Brendo zu erzählen. Damit haben wir die letzte Möglichkeit, selbst aktiv in das Geschehen einzugreifen, aus der Hand gegeben. Wenn die Garde eine Liste der Drohbriefempfänger erhält und wir dann dort vor Ort auftauchen, um dem Mörder zuvorzukommen, wird die Garde uns für die Mörder halten.«

»Ich weiß. Aber es ging nicht mehr anders. Vetz Brendo ist unser wichtigster Entlastungszeuge. Wenn wir etwas mit den Morden zu tun hätten, würden wir ja wohl kaum jemanden dafür bezahlen, uns eine Liste der Drohbriefempfänger zusammenzustellen. Auch in Hinsicht auf von Heyden haben wir Glück gehabt, denn da er uns um Hilfe ersucht hat, können wir nicht diejenigen sein, durch die er sich bedroht sah. Bislang habe ich das Gefühl, wir schlüpfen immer noch so einigermaßen durch. Eher wie ein Aal als wie ein dickes, fettes Mammut. Weder die Durbas noch dieser Kohn verdächtigen uns wirklich der Morde. Sonst säßen wir schon längst im Kerker.«

»Aber dieser *DMDNGW*«, zweifelte der Schmetterlingsmann, »spielt ein hoch taktisches Spiel. Wenn er jetzt Vetz Brendo umbringen würde …«

»… würde uns das entlasten, denn Vetz Brendo steht auf unserer Seite.«

»Stimmt. Aber es rückt uns näher Richtung Beugehaft.«

»Vor Beugehaft habe ich keine Angst. Ich war schon in Terrek in Beugehaft und auf der Brücke der Brennenden Blumen ebenfalls. Ich fürchte höchstens um Naenn, dich und Cajin, aber ihr könntet ja Warchaim verlassen, bevor es zu brenzlig wird.«

»Was mich wahnsinnig macht, Rodraeg«, sagte Cajin mit fuchtelnden Händen, »ist, dass wir überhaupt nichts tun können! Der Gegner tut und macht und schaltet und waltet – und wir wissen nichts über ihn! Die Namensliste war tatsächlich unsere letzte Chance, die Initiative zu übernehmen.«

»Aber selbst die hätte eine Falle sein können. Möglicherweise lauert *DMDNGW* nur darauf, dass wir hinausgehen, herumstrolchen und uns in Situationen bringen, in die man etwas hineindeuten könnte. Nein.« Rodraeg zeigte ein Lächeln, das für seine Verhältnisse ausgesprochen grimmig war. »Wir werden uns einigeln. Er will unser Haus in Unruhe und Chaos stürzen, indem er uns andauernd mit Leichnamen bewirft? Wir werden unser Haus als Festung benutzen. Er will uns für die Garde interessant machen, will, dass die uns auseinandernimmt? Wir werden mit der Garde zusammenarbeiten und sie als Schild benutzen. Und dass wir überwacht werden, ist unser größter Trumpf.«

Das nächste Klopfen an der Tür ließ nicht lange auf sich warten. Diesmal war es die Hauptfrau Larza Durbas mit drei weiteren Soldaten. So langsam war jeder Gardist Warchaims schon einmal hier gewesen.

»Sind Eure Mitbewohner schon aufgetaucht?«

Rodraeg hatte die Tür selbst geöffnet. »Noch nicht. Sobald sie eintreffen, werde ich sie zu Euch schicken, wie versprochen.«

»Das zieht sich aber hin.«

»Ich will Euch nichts vormachen: Sie sind überfällig. Wir machen uns schon große Sorgen. Möglicherweise sind sie mit demjenigen aneinandergeraten, der uns diese Morde anhängen will.«

»Morde? Woher wisst Ihr denn von mehreren Morden?«

»Dilljen Kohn war vorhin bei uns und hat uns unterrichtet.«

»So, so. Nun, ›anhängen‹ ist ein nettes Wort«, schnaubte die Hauptfrau. »Ich möchte gerne Euer Schmetterlingsmädchen mitnehmen, um mich davon zu überzeugen, wie viel hier ›angehängt‹ wurde und wie viel tatbildlich ›verübt‹.«

»Das ist sicher ein Scherz?«

»Mitnichten. Kann das Mädchen laufen, oder soll ich eine Sänfte organisieren?«

»Das mit der Sänfte ist ebenfalls kein Scherz?«

»Nein. Wenn es der Fortbewegung dient, soll das nicht das Problem sein.«

Rodraeg schaute nach hinten zu Naenn, die kreidebleich geworden war. »Eine … Sänfte wäre eine gute Idee, Hauptfrau. Darf ich Naenn begleiten?«

»Unbewaffnet steht Euch das natürlich frei.«

Rodraeg stand ein wenig verloren neben der einen halben Kopf größeren Gardistin, während einer der Uniformierten eine Sänfte samt zweier Träger herbeischaffte und Naenn sich ausgehwürdig ankleidete. Die Hauptfrau konnte und wollte es sich nicht verkneifen, missbilligend den Kopf zu schütteln, als die zart gebaute Hochschwangere mit furchtsamem Rehgesicht in die Sänfte stieg.

Dann ging es Richtung Südstadt, aber erneut nicht auf der großen Hauptstraße, sondern ein Stück weiter östlich über den Marktplatz, an der Westmauer des Tempelbezirks entlang- und über die nach Furbus hinausführende Straße bis in die südlichste Ansiedlung Warchaims, niedrige Einfamilienhäuser, umfasst von gepflegten Gärtchen. Rodraeg hielt mehr oder weniger während des gesamten Weges Naenns Hand, die klamm war wie aus einem kalten Tümpel gezogen. Weshalb war das Schmetterlingsmädchen, das Rodraeg auf gemeinsamen Reisen durchaus als beherzt und kämpferisch kennengelernt hatte, bloß immer so schrecklich mitgenommen von diesen Festnahmen? Sie alle hatten doch nichts zu befürchten, da sie mit den Morden nicht das Geringste zu tun hatten. Aber möglicherweise konnte Naenn allein schon die Verdächtigungen und Missbilligungen in den Gedanken der Gardisten körperlich spüren und fror deswegen wie in einem Wintersturm der Ungerechtigkeit.

Sie erreichten das Haus, das offensichtlich dem ermordeten Getreidespeicherbesitzer Eimenhard gehört hatte. Die Garde hatte Absperrungen vorgenommen, um Schaulustige fernzuhalten. Mehr als zehn Gardisten waren es insgesamt, und der eine oder andere kam Rodraeg mittlerweile schon bekannt vor. Naenn wurde von den beiden Trägern, die die Sänfte behutsam absetzten, galant aus dem Sitz gezogen und gestützt.

»Hierher bitte«, winkte die Hauptfrau barsch und lenkte Rodraeg und Naenn zu einem Gemüsebeet im Garten. In der weichen Erde waren Fußspuren zu sehen. Kleine, nackte Füße.

»Das sind die Spuren einer Frau«, erläuterte die Hauptfrau. »Sie führen in Richtung auf das Fenster, durch die auch der Mörder ins Haus eingedrungen ist. Zeitlich müssen sie etwa zur Tatstunde entstanden sein. Das an der Spurentiefe ablesbare Körpergewicht könnte in etwa mit dem einer schwangeren Schmetterlingsfrau übereinstimmen. Wenn Ihr also so freundlich wärt, mir einen Fußabdruck danebenzusetzen, wäre ich Euch sehr verbunden.«

»Glaubt Ihr allen Ernstes, dass Naenn in ihrem Zustand barfuß hier herumschleicht und durch Fenster kriecht, um jemandem eine Nadel durch den Kopf zu rammen?«, fragte Rodraeg.

»Ich brauche gar nichts zu glauben. Den Fußabdruck bitte.«

Naenn schlotterte nun wieder am ganzen Körper. Rodraeg vermeinte sogar ihre Zähne klappern zu hören. Es zerriss ihm schier das Herz, sie so zu sehen. Er hatte sie schon mehrmals kämpfen sehen, gegen Ryot Melrons Kumpane und gegen eine Baumspinnenbrut – aber angesichts dieser offiziös uniformierten Feindseligkeiten schien sie hilflos, als sei sie all ihrer Kräfte beraubt. Sie schlüpfte, während er sie stützte, aus ihrem rechten Schuh und setzte ihren rechten Fuß neben den Abdruck eines rechten Fußes im Beet. Kaum hatte sie den Fuß wieder gehoben, krochen schon zwei Gardisten auf allen vieren um den Abdruck herum und vermaßen ihn.

»Stimmt ziemlich genau überein«, sagte der eine der beiden einen Sandstrich später. »Ich würde sagen, es passt.« Der andere nickte nur.

Naenn warf Rodraeg einen verzweifelten Blick zu. »Das kann nicht sein!«, hauchte sie.

»Aha!«, sagte die Hauptfrau nur und bleckte die Lippen wie ein knurrender Hund. »Da hat möglicherweise einer nicht gut genug hingeschaut, oder, Gardist Giffen?«

Der Gardist, der nun schon seit drei Tagen immer wieder zur Beobachtung des *Mammut*hauses eingeteilt gewesen war, trat vor und sagte mit trotzigem Gesichtsausdruck: »Ich bin mir nach wie vor ziemlich sicher, dass sich die Verdächtige zur Tatzeit im Haus des *Mammuts* aufgehalten hat, Hauptfrau Durbas. Ich habe sie durch das Küchenfenster sehen können. Mehrmals.«

»Ihr seid ziemlich ausgekochte Burschen«, sagte die Hauptfrau plötzlich und näherte sich Rodraeg, als wolle sie ihn schlagen. »Dieser blonde Junge, der bei euch wohnt, zieht sich Frauenkleider an und macht einen auf Schminkweibchen, während eure Raupenhexe draußen auf Beutefang geht. Möglicherweise ist dieser Bauch auch gar nicht echt.« Sie machte tatsächlich Anstalten, Naenn an den Bauch zu fassen, doch plötzlich löste sich jemand von den Umstehenden, den Rodraeg vorher noch gar nicht bemerkt hatte: Dilljen Kohn.

»Sie ist es nicht gewesen, Hauptfrau«, sagte er mit klarer Stimme, und Larza Durbas wandte sich ihm zu. »Ich kann in ihr lesen wie in einem offenen Buch. Sie fürchtet, es im Schlaf oder im Traum getan zu haben, ohne sich dessen bewusst zu sein, deshalb schlottert sie wie Espenlaub. Sie neigt dazu, alles, was in der Welt vor sich geht, auf sich selbst zu beziehen, besonders alles Böse und Ungerechte, besonders jetzt, wo sie erstmals schwanger ist. Sie war aber noch niemals hier in diesem Garten, weder im Wachzustand noch in einem Traum. Der Mörder leistet ziemlich gute Arbeit, das *Mammut* verdächtig erscheinen zu lassen.«

»Solange ich außer meinen Anhaltspunkten nur Geschwätz bekomme«, erwiderte die Hauptfrau, »werde ich mich an meine Anhaltspunkte halten, Kohn. Das *Mammut* steckt mit drin in der Sache!«

»Oh ja, sicher. Sicher steckt das *Mammut* mit drin.« In die wässrigen Augen des Sonderermittlers trat ein eigenartiger

Glanz. »Ich frage mich nur, was in dem *Mammut* drinsteckt.« Er streckte eine Hand in Naenns Richtung aus, verdrehte die Augen und murmelte mit geschlossenen Zahnreihen ein paar Silben wie ein Bauchredner.

Gleichzeitig schrie Naenn auf. »Rodraeg! Mach, dass er aufhört! *Er fasst mein Kind an mit eiskalter Hand!*«

»Wehr dich doch selbst«, sagte Dilljen Kohn mir rauer, seltsam veränderter Stimme. »Zeig mir deine Macht, lass dich gehen – ich weiß, dass du es kannst!«

Doch Naenn hielt sich nur am völlig hilflosen Rodraeg fest, ging hinter seinem Rücken in Deckung und sackte dann zusammen, sodass er sie kaum zu halten vermochte. Sie schien in ein tieferes Loch zu stürzen als nur den Boden dieses Vorstadtgartens.

»Schluss mit diesem Hokuspokus!«, unterband nun die Hauptfrau das Geschehen. Dilljen Kohn wurde augenblicklich wieder er selbst, seine wasserblauen Pupillen glitten zurück in die Sichtbarkeit. »Was soll der Unfug, Kohn? Erst entlastet Ihr die Zeugin, dann nehmt Ihr sie in die Mangel? Ist das in Aldava so üblich? Diese Untersuchung wird von *mir* geleitet!«

»*Das Mädchen, das niederkommt, gefährdet Warchaim*«, zitierte der königliche Ermittler. »Ich wollte nur sehen, was sich dem Auge verbirgt.«

»Und? Habt Ihr etwas von Bedeutung gesehen?«

Dilljen Kohn zeigte wieder sein schiefes Lächeln. »Noch nicht.«

»Also? Habt Ihr dann einen königlich besiegelten Ratschlag für mich, was ich jetzt tun soll?«

»Sucht den Mörder von Uklas Eimenhard. Wahrscheinlich eine Frau von derselben Körpergröße wie diese Schmetterlingsfrau, aber schwerer gebaut, da sicherlich nicht schwanger. Wahrscheinlich hat dieselbe Frau auch Vinzev Traló auf dem Gewissen. Haltet das *Mammut* weiterhin unter Beobachtung. Es steckt mit drin, ich weiß nur noch nicht, wie.«

»Wir stecken mit drin«, sagte Rodraeg, der Naenn half, sich in die Sänfte zurückzusetzen. »Aber als Opfer, nicht als Täter.«

»Eine Frau.« Hauptfrau Durbas rieb sich das kantige Kinn. »Na, das ist doch mal was anderes.« Dann ließ sie alle einfach stehen, um ein paar Gardisten im Haus anzuherrschen. »Habt ihr die Nadel inzwischen gefunden?«

»Nein, Hauptfrau!«

»Dann sucht weiter. Bei Traló steckte sie ja auch noch. Ich glaube nicht, dass sie verschwunden ist.«

»Jawohl, Hauptfrau. Wir geben unser Bestes, Hauptfrau.«

Rodraeg hieß die beiden Sänftenträger, noch kurz zu warten. Er sprach noch einmal Dilljen Kohn an, der ganz versonnen das zertrampelte Beet betrachtete. »Sind alle Sonderermittler der Königin Magier?«

»Einige.«

»Wenn Ihr in Leuten lesen könnt wie in Büchern – warum lest Ihr dann nicht einfach in mir, stellt fest, dass ich die Wahrheit sage, und lasst das *Mammut* und die arme Naenn in Ruhe?«

»Wenn das so einfach wäre. Ich weiß, dass Ihr die beiden Nadelmorde und auch den an von Heyden nicht begangen habt. Ich weiß aber nicht, ob Ihr nicht einen Mord begehen werdet, den Ihr im Geflecht all dieser falschen Anschuldigungen zu verbergen trachtet wie in einem blickundurchlässigen Dickicht. Möglicherweise ist dies die ganze Zeit über Euer Plan.«

»Ihr traut mir eine ganz erstaunlich teuflische Niedertracht zu.«

»Ja, Delbane, das tue ich. Ihr seid kein Freund der Königin. Ihr seid ein Freigeist, ein Quertreiber, ein Konspirator und ein Rädelsführer. Ihr dürft ruhig wissen, dass ich Euch im Auge behalten werde, solange Ihr Euch in dieser Stadt aufhaltet.«

Rodraeg deutete eine Verbeugung an und gab dann den Sänftenträgern das Kommando zum Abmarsch. Auf dem Rückweg, ohne aufsehenerregende gardistische Begleitung, legte er keinen Wert auf heimliche Nebengassen. Er lotste die Träger auf die Hauptstraße nach Norden. Schon als sie die Ruine des Alten Tempels passierten, kam Naenn wieder zu sich. Sie fasste nach Rodraegs Hand wie eine Ertrinkende.

»Rodraeg, er ist es! Dilljen Kohn. *DMDNGW*.«

»Das glaube ich nicht.«

»Aber Rodraeg! Er ist ein Magier! Er hat mit knochigen Gespensterfingern mein Kind berührt und weiß nun, dass es ein Halbmensch ist.«

»Das mag ja alles sein. Aber wenn er wirklich *DMDNGW* wäre – *der Magier, dessen Nachforschungen gefährlich werden* oder irgend so was in der Art –, dann könnte er uns unter irgendeinem Vorwand unters Richtbeil bringen. Er ist immerhin königlicher Sonderermittler. Er bräuchte keine weitläufige Indizienkette anzuzetteln, nur um uns zu Fall zu bringen. Er ist es nicht. Und wie auch bei der Hauptfrau können wir vielleicht sogar von ihm Unterstützung erwarten, wenn die Frechheit *DMDNGWs*, die Art und Weise, wie er Gardisten und Untersuchungen lenkt und manipuliert, langsam anfängt, den königlichen Stolz herauszufordern.«

»Ich weiß nicht, ob du das Ganze nicht zu sehr als Spiel begreifst. Das ist kein Spiel. Hier werden Menschen die Köpfe durchspießt.«

»Ich weiß. Nichts von dem, was wir jemals getan haben, war ein Spiel.« Mit einem Blick auf die beiden unbeteiligt dreinschauenden Träger bedeutete Rodraeg dem Mädchen, dass es wohl besser wäre, das Gespräch erst zu Hause fortzusetzen.

Aber dort war Naenn dann zu erschöpft zum Reden und Erklären. Sie legte sich schon bei Tageslicht zusammengerollt schlafen und überließ es Rodraeg, dem Schmetterlingsmann und dem jugendlichen Hausverwalter alle Neuigkeiten mitzuteilen.

6 Umklammerung und Nadelstich

Erneut vergingen beinahe zwei Tage, ohne dass sich im Haus des *Mammuts* etwas Nennenswertes ereignete. Naenn betete zusammen mit Rodraeg, Estéron und Cajin für Bestars und Eljazokads baldige und glückliche Heimkehr. Rodraeg unternahm zusammen mit Cajin die Einkäufe und stattete dabei auch dem Siechenhaus, wo Hebezie arbeitete, und Samistien Breklaris' Kräuterladen einen kleinen Besuch ab. Beiden schien es gut zu gehen, und Rodraeg wollte sie gar nicht in längere Gespräche verwickeln, denn inzwischen war ihm aufgefallen, dass die beiden vor Beginn der Mordserie das Haus des *Mammuts* verlassen hatten und somit der Aufmerksamkeit *DMDNGWs* möglicherweise vollständig entgangen waren. Jeder neuerliche Kontakt hätte sie nur wieder mit hineingezogen in das unerfreuliche Geschehen, und so beließ er es bei einem flüchtigen Blick auf ihren Alltag.

Der Gedanke, dass der Mörder eine Frau war, ließ ihn nicht mehr los. Hatte Cajins ursprüngliche Theorie mit der jazatischen Wasserfinderin doch etwas für sich? *Die Mittlerin des niemals gefundenen Wassers. Die Mutter des noch geheimen Weges. Die Melodie des nicht getrunkenen Wissens.* Konnte dreimal *DMDNGW* ein Zufall sein? War das Wort *Mutter* in diesem Zusammenhang ein Zufall? Mittlerin – Wasser. Mutter – Weg. Melodie – Wissen. Naenns hochschwanger erhöhtes Körpergewicht, nachgeahmt von einer Frau mit genauso kleinen Füßen, die körperlich stark genug war, einem Mann mit einer Nadel den Schädel zu durchstoßen.

Rodraeg war auch klar, dass der übereinstimmende Fußabdruck ein ziemlich schwerwiegender Beweis war, der nur durch Dilljen Kohns Einmischung vorerst hatte abgeschmettert werden können. Ohne die Hilfe des Ermittlermagiers würde Naenn ihr Kind womöglich im Kerker entbinden müssen. Rodraeg musste Kohn also dankbar sein, aber womöglich war auch das nur ein weiterer Trick eines mit allen Wassern gewaschenen Ermittlers.

Der furchtbarste aller Gedanken jedoch glomm in der Tiefe einer Nacht ganz hinten in seinem Bewusstsein auf: Was, wenn Naenn tatsächlich die Morde begangen hatte? Sie war viel in ihrem Zimmer, unbeobachtet. Ihr Zimmer hatte ein Fenster, durch das man nach draußen in den Hof gelangen konnte. Selbstverständlich war Naenn keine Mörderin. Aber womöglich ging von ihrem Kind, dem Sohn eines Banditen, eine Art magischer Kontrolle aus, die sie zu solchen Taten zwang. Aber das war doch vollkommen unmöglich – oder etwa nicht? Was wusste Rodraeg schon von Magie und ihren Wirkweisen? Was wusste er über Ryot Melron, den Beschläfer von Schmetterlingsmädchen und Verschenker von überlangen Schwertern?

Am Morgen nach diesen Grübeleien hatte Rodraeg sich auf den Hof geschlichen, um zwischen Naenns Beeten nach ihren Fußspuren zu suchen. Falls sie sich wirklich aus ihrem Zimmer abseilte oder sonst wie hinabkletterte, musste sie direkt unter dem Fenster tiefe Spuren hinterlassen. Doch alles war frisch geharkt und kryptisch gemustert. Ihr Garten war außer ihrem Bett in diesen letzten Tagen der Schwangerschaft Naenns bevorzugter Aufenthaltsort.

Rodraeg verfluchte sich selbst für seine Verdächtigungen,

als er ihr offenes Gesicht beim Frühstücken sah und wie liebevoll und mütterlich ihre Hände auf ihrem Bauch ruhten. Außerdem hatte Dilljen Kohn gesagt, Naenn sei noch nie am Tatort gewesen, weder wach noch im Traum. Auch dafür musste Rodraeg dem Ermittlermagier dankbar sein.

Es war der 20. Blättermond, als Rodraeg und Cajin vom Marktplatz zurückkehrten und das Haus des *Mammuts* in heller Aufregung vorfanden.

»Rodraeg!«, keuchte Estéron und kam den beiden schon an der Tür entgegen. »Es ist jemand hier im Haus gewesen, jemand Fremdes, gerade eben! Habt ihr ihn nicht aus der Tür kommen sehen, er ist vorne raus?!«

»Nein. Wir haben aber auch nicht darauf geachtet. Wir kamen vom Marktplatz, sind gerade erst um die Ecke gebogen … wo ist Naenn? Geht es ihr gut?«

Naenn trat in diesem Moment aus dem Hinterhof ins Haus und schaute fragend vom einen zum anderen. »Was ist los?«

Cajin war schon wieder hinausgelaufen und schaute sich wild um. Niemand rannte. Mehrere Passanten bewegten sich auf der Straße. Dann hatte Cajin die Idee, den Gardisten zu fragen, der sich – nur unzureichend verborgen bei Tageslicht – gegenüber im Hinterhoftor des Von-Heyden-Hauses herumdrückte.

»Eben kam jemand aus dem Haus des *Mammuts*«, sprach Cajin den Überwacher an, den Rodraeg als den Gardisten Unert wiedererkannte. »Habt Ihr ihn gesehen, und wo ist er hingelaufen?«

»Ich bin Euch überhaupt keine Rechenschaft schuldig«, gab der Gardist patzig zurück. Rodraeg ging schnell dazwischen, denn es sah aus, als wollte sich Cajin auf den Uniformierten stürzen, um ihn am Kragen durchzuschütteln.

»Entschuldigt bitte«, begann Rodraeg, »aber es könnte sehr wichtig sein für die laufenden Ermittlungen, den Fremden dingfest zu machen. War es ein Mann oder eine Frau?«

»Ich bin Euch überhaupt keine Rechenschaft schuldig«, wiederholte Unert nur. Die Hauptfrau hatte ihm diesen Satz wohl eingebläut.

»Das kann doch nicht wahr sein!«, begehrte Rodraeg auf. »Das ist eine Spur, eine heiße Spur! Die Hauptfrau wird Euch den Kopf abreißen dafür, dass Ihr den Mörder habt entkommen lassen!«

»Ich habe alles gesehen und notiert«, trotzte ihm der Gardist. »Aber ich werde meinen Posten nicht verlassen, um jemandem hinterherzurennen. Das wollt Ihr ja nur!«

»Oh, Mann – *wir* rennen ihm hinterher! Ihr dürft gerne hierbleiben! Nur, wo ist er lang?«

Gardist Unert schwieg und machte extra schmale Lippen, um deutlich zu machen, dass er auch weiter schweigen würde.

Jetzt war es Cajin, der Rodraeg beruhigend die Hand auf die Schulter legen musste. »Eigentlich kann er ja nur weiter die Straße hochgelaufen sein, sonst hätten wir ihn von der Kreuzung aus sehen müssen.«

»Es sei denn, er ging kaltblütig langsam direkt an uns vorbei. Wir haben mehrere Leute passiert, aber niemand sah besonders verdächtig aus.« Es war zum Haareraufen! Die möglicherweise einzige Chance, die sich ihnen im Verwirrspiel *DMDNGWs* jemals bieten würde, eine Aktion auf frischer Tat zu unterbinden, entfernte sich mit jedem verstreichenden Sandstrichbruchteil weiter ins Unendliche.

»Wir müssen uns trennen«, entschied Rodraeg. »Wir müssen in beide Richtungen die Straße absuchen. Vielleicht haben wir Glück und sehen jemanden rennen.«

»Aber … dass wir uns trennen, ist womöglich genau das, worauf er es abgesehen hat. Das ist ein professioneller Mörder, Rodraeg! Er hat vielleicht abgepasst, dass wir ihn beinahe erwischen konnten – und verfolgen.«

»Du bist ja noch wahnhafter als ich. Also los. Du da lang, ich hier. Wir halten Sichtkontakt, wenn jemand etwas entdeckt, winkt er den anderen heran. Und Ihr, Gardist Unert, schaut zu und notiert alles. Wenn einer von uns beiden jetzt nämlich gleich auf offener Straße eine Nadel durch den Kopf bekommt, könnt Ihr zur Abwechslung mal unmittelbar bei einem Mord dabei sein, anstatt immer nur zu spät zu kommen!«

Sie waren bereits losgerannt, während Rodraeg noch redete. Rodraeg hatte Cajin absichtlich in die weniger gefährliche Richtung geschickt, nach Osten, von woher sie gekommen waren. Er selbst lief nach Westen die Straße hinauf, die leider eine fast unmerkliche Biegung machte, sodass er Cajin schon bald aus den Augen verlor. »Verdammter Mist!«, fluchte er laut, was ihm so manchen argwöhnischen Blick von Passanten einbrachte. Nirgends rannte jemand oder huschte auffällig in einen Türeingang. Nirgends blickte sich jemand gehetzt um. Nirgends war jemand außer Atem und versuchte, sich nichts anmerken zu lassen. Der Eindringling war verschwunden – oder bei Cajin. Rodraeg beeilte sich zurückzurennen und konnte Cajin bald wieder erkennen, der schon auf Höhe des Badehauses ostwärts vorgedrungen war und argwöhnisch den Park beäugte, dabei aber auch gefährlich nahe an Büsche und die Sicht verdeckende Bäume geriet. Rodraeg legte noch einen

Zahn zu, vorbei an Gardist Unert und dem Haus des *Mammuts* mit der besorgten Naenn nun in der Tür, über die Kreuzung, mitten hindurch durch eine sperrige Gruppe von Holzwarenhändlern, bis zu den Anfängen des Parkgeländes und weiter daran entlang. Völlig außer Puste kam er bei Cajin an und musste erst mal vornübergebeugt und die Hände in den Seiten verschnaufen.

»Nichts«, sagte Cajin. »Es ist sinnlos. Zu viele Verstecke und Wege in diesem Gebiet. Er kann auch nach Norden gelaufen sein, am *Leer das!* vorbei und aus der Stadt raus.«

Bei der Erwähnung des *Leer das!* fiel Rodraeg etwas ein. »Meinst du … dass es … Arevaun …. gewesen … sein … könnte?«

»Keine Ahnung. Lass uns Estéron fragen. Er kann zwar nichts sehen, aber vielleicht hat er etwas gerochen oder gehört, was uns weiterhilft.«

»Stimmt. Er fand ja … Arevauns … Geruch … sonderbar.«

»Rodraeg, wir müssen mal wieder Laufübungen machen oder so was. Du bist nach deiner langen Bettlägerigkeit offensichtlich ziemlich außer Form.«

»Für jemanden, der … jahrzehntelang … auf einer Brücke rumstand … und schon ein Greis war, … geht's eigentlich noch.«

Sie kehrten zum Haus zurück. Dort musste Estéron ihnen erst mal alles erzählen.

»Es war ganz unverdächtig«, begann der Schmetterlingsmann. »Naenn war gerade raus in den Garten gegangen, ich war in der Küche und stopfte mir ein Pfeifchen. Jemand kam durch die Tür, und ich dachte, das wärest du, Rodraeg. Geräusch und Geschwindigkeit der Schritte – alles passte zu dir.

Auch das Schuhwerk. ›Na, etwas vergessen?‹, fragte ich sogar, erhielt aber keine Antwort. Der, den ich für dich hielt, ging an der Küche vorbei und dann die Treppe nach oben. Da wurde es mir dann zum ersten Mal etwas mulmig, denn die Schritte schienen nun doch nicht so ganz zu einem von euch zu gehören. Beim Eintreten ja. Oben aber nicht mehr. Der Fremde öffnete die Türen zu mehreren Zimmern, und dann wurde es für einen oder zwei Sandstriche ganz still. Ich fragte: ›Rodraeg? Cajin?‹ Dieses merkwürdige Gefühl beschlich mich, wie der Moment, an dem man in einem tiefen Wald feststellt, dass man sich verlaufen hat. Ich wusste plötzlich, dass etwas *Fremdes* im Haus war, und zwei unterschiedliche Regungen rangen in mir um die Oberhand: Naenn beschützen, also mich zur Hintertür bewegen, zwischen das Fremde und Naenn, und das Fremde fangen, seiner habhaft werden, weil dies vielleicht eine einmalige Gelegenheit wäre.«

»Ihr Götter«, ächzte Rodraeg. »Er hätte bewaffnet sein können, Estéron!«

»Oh, er *war* bewaffnet, ganz sicher. Ich konnte eine Bereitschaft zur Auslöschung von Leben spüren, als er mir entgegenkam. Aber ich bin keiner von diesen blumenschnuppernden, weinerlich-feingeistigen Schmetterlingsmännern. Ich bin ein Mitglied des *Kreises*, ich lebe zwischen Menschen, Magiern und Untergrundmenschen in den geheimen Kellern der Hauptstadt.« Estéron straffte sich, seine Augen glühten wie Milchglaslaternen. »Ich ging ihm entgegen. Die Stiege. Auf halben Weg. Möglicherweise habe ich dadurch immerhin unterbrochen, was auch immer er dort oben vorhatte. Er *spürte* mich, so wie auch ich riechen konnte, dass seine Kleidung und sein Atem schmutzig waren, verunreinigt von Branntwein und

Kaschemmenrauch und dem Blut fremder Männer. Er erschreckte mich mit seiner Heftigkeit, stürmte mir entgegen, fegte mich zur Seite mit knöchernen Fingern und war zur Tür hinaus, bevor ich mich wieder auf die Beine bringen konnte. Er fürchtete mich, dessen bin ich sicher.«

»Und er war nicht auf Mord aus, sonst wärst du jetzt womöglich tot«, stellte Rodraeg fest und raufte sich tatsächlich die Haare.

Naenn bibberte schon wieder. Jetzt hatte das Böse auch das Haus betreten.

»Er *durfte* niemanden umbringen«, setzte Rodraeg fort, »denn wenn einer von uns plötzlich tot in seinem Blut liegt, macht uns das ein Stück weit unverdächtiger. Wir müssen herausfinden, was er dort oben gesucht hat.«

»Einen von uns?«, riet Cajin.

»Unwahrscheinlich«, sagte Rodraeg. »Er hat das Haus beobachtet. Er wusste, dass wir beide nicht da waren. Er sah Naenn im Hofgarten, möglicherweise von der rückwärtigen Seite aus. Er wusste, dass Estéron blind ist und ihn nicht erkennen kann.«

»Es war ein *Mann*, Rodraeg«, sagte Naenn. »Der Getreidespeichermensch wurde von einer *Frau* ermordet. Es sind also *mehrere*. Einer beobachtet unser Haus von vorne, ein zweiter von hinten. *DMDNGW* ist eine Gruppe. Möglicherweise hatte Eljazokad von Anfang an recht und *DMDNGW* steht für *Dämmerung*.«

»Das ist eine Möglichkeit«, gab Rodraeg zu. »Wenngleich ich von der *Dämmerung* einen anderen Eindruck habe. Sie sang uns in den Schlaf, um uns zu bestehlen. Sie rammte niemandem eine Nadel durch den Kopf. Aber ich weiß natürlich nicht alles über sie. Vielleicht waren die beiden Knaben, die sie uns damals geschickt hat, um uns das Zepter zu stehlen, nicht typisch für die *Dämmerung.*«

Sie gingen alle vier nach oben, durchsuchten Estérons Gästeraum und Naenns Zimmer daneben. Dann ließen sie auf dem Flur Hellas' ehemaliges Zimmer außer acht und leuchteten mit einer Öllampe in Rodraegs Kammer hinein.

Diejenigen von ihnen, die nicht blind waren, sahen sofort, was der Fremde im Haus des *Mammuts* getan hatte.

Auf Rodraegs Kopfkissen lag eine schwarze Nadel von der Länge einer Stricknadel, nur am einen Ende spitz.

Estéron drängte sich an Rodraeg und Cajin vorbei in den Raum und näherte sich der Nadel mit bebenden Fingern. Es sah aus, als würde er ihre Konturen nachfahren, sie streicheln und neu formen, aber seine Finger waren dabei mehr als eine Handbreit von der Nadel entfernt.

»Sie ist es«, raunte er. »Ich spüre Blut. Gewebe. Knochen sogar. Gedanken und Erinnerungen. Wissen, durchsprengt von einem Blitz. Diese Nadel steckte im Kopf eines vor Furcht schon fast winselnden Menschen.«

Rodraegs Stimme war so heiser und hohl, dass er selbst sie nicht wiedererkannte. »Die Hauptfrau suchte die Mordwaffe im Getreidespeicherfall. Hier liegt sie. Auf meinem Bett.«

»Das bedeutet«, sagte Cajin heftig atmend, »dass jetzt jeden Sandstrichbruchteil die Garde bei uns klopfen wird, um das Haus zu durchsuchen und dabei die fragliche Nadel zu finden.«

»Das ist eine Möglichkeit«, sagte Rodraeg zum zweiten Mal innerhalb kurzer Zeit. Alle lauschten bang nach unten. Hätte es jetzt tatsächlich geklopft, wären wohl Naenns und Rodraegs und auch Cajins Herzen vor Schreck stehen geblieben. Aber alles blieb ruhig dort unten. »Oder aber«, wagte Rodraeg einen anderen Gedanken, »der Gardist, der unser Haus von hinten bewacht, soll mitbekommen, wie wir eine Mordwaffe im Beet verscharren. Oder gibt es noch ein anderes gutes Versteck?«

»Im Keller«, schlug Cajin vor. »Dort gibt es lose Stellen und Risse im Mörtel zuhauf.«

»Dieses … dieses Ding darf nicht im Haus bleiben!«, verlangte Naenn. »Ich muss hier ein Kind zur Welt bringen!«

»Und ich muss nachdenken«, sagte Rodraeg knapp. »Wir bringen es erst mal in den Keller und verstecken es dort.«

»Rodraeg!«, beharrte Naenn, bis Rodraeg sich ihr zuwandte.

»Naenn, mein Schwert ist auch eine Mordwaffe. Bestars Schwert ebenfalls. Sollen wir alle Waffen außer Hauses schaffen, nur weil du dich damit unwohl fühlst? Diese Nadel wird dir und deinem Kind nichts antun. Aber das, was passieren könnte, wenn wir nun unüberlegt handeln, könnte dein und das Leben deines Kindes in echte Gefahr bringen. Uns ist der nächste Zug in diesem Spiel mitgeteilt worden. Nun muss ich nachdenken, welchen Zug wir als Nächstes machen.«

»Willst du alleine nachdenken?«, fragte Estéron.

»Ja«, antwortete Rodraeg. »Aber zuvor habe ich noch ein paar Fragen. Kam dir der Eindringling irgendwie bekannt vor? Vom Geruch her? Dem Geräusch seines Atems, als er dich wegstieß?«

»Nein. Bei seinem Eintreten hielt ich ihn für dich. Er *spielte* dich, wie ein Bühnenschauspieler. Aber er war ein Fremder. Ich bin ihm noch nie begegnet.«

»Schade. Aber immerhin schließt das einige Verdächtige

aus. Würdest du dir zutrauen, ihn wiederzuerkennen, wenn er noch mal in deine Nähe kommen sollte?«

»Auf jeden Fall.«

»Gut. Das verringert seine Möglichkeiten und erhöht unsere. Letzte Frage: Hast du Magie gespürt? Würdest du sagen, dass er etwas Übernatürliches an sich hatte?«

Der alte Schmetterlingsmann lächelte. »Für mich ist Magie nichts Übernatürliches. Sie ist mir so vertraut wie dir der Wuchs deines Bartes in deinem Gesicht. Aber nein, ich bin mir ziemlich sicher, dass er kein Magier war. Und ich bin mir *vollkommen* sicher, dass er Angst hatte. Vor mir oder vor dem Misslingen seines Unterfangens.«

»Gut, das sind wertvolle Hinweise. Nun lass uns die Nadel zum Verschwinden bringen, Cajin.«

Rodraeg ging mit Cajin in den Keller hinunter, in dem außer ein paar Vorräten und für die Wäsche vorgesehenen Kleidungsstücken nichts gelagert war, und inspizierte dort genauer als jemals zuvor die Beschaffenheit der Wände. Schließlich einigte er sich mit Cajin auf eine Fuge zwischen Boden und Nordwand, in die die Nadel bequem eingepasst werden konnte, sodass die Fuge anschließend besser abgedichtet war, die Nadel jedoch mit dem bloßen Auge nicht auszumachen.

»Sieht gut aus«, befand Rodraeg.

»Warte mal.« Cajin war argwöhnischer und überprüfte mit der Öllampe, ob die Nadel keine verräterischen Reflexe warf, wenn man eine Lichtquelle dicht davor entlangführte. Tatsächlich schimmerte das schwarze Metall leicht, und Cajin tilgte diesen Effekt, indem er mit geschickten Fingern Staub und Strohfasern in die Fuge häufte, bis von der Nadel wirklich nichts mehr zu sehen war.

Als Nächstes ging Rodraeg auf den Gartenhof hinaus und blickte sich dort um, bis er den Gardisten entdeckt hatte, der nebenan im Garten der Familie Stahlert auf einem Baumhausbrett, das vor vielen Jahren für inzwischen erwachsene Kinder befestigt worden war, in der Krone eines Apfelbaumes saß. Rodraeg ging bis an die einen Schritt hohe Backsteinmauer, die beide Grundstücke voneinander trennte, heran, und sprach den Gardisten unverblümt an. »Entschuldigt bitte. Darf ich Euch eine kurze Frage stellen? Ihr könnt ja dennoch weiterhin überblicken, ob einer von uns nach hinten raus davonschleicht oder nicht.«

»Nur zu.« Der Gardist war kaum älter als Cajin und machte ein freundliches Gesicht. Möglicherweise war er froh, dass seine eintönige Schicht ein wenig aufgelockert wurde.

»Wir hatten vor einigen Sandstrichen ungebetenen Besuch in unserem Haus, während das Schmetterlingsmädchen hier draußen war. Der Besuch ist vorne rein und vorne auch wieder raus, aber ich werde den Verdacht nicht los, dass er gewusst haben muss, dass das Schmetterlingsmädchen draußen in den Beeten ist. Habt Ihr jemanden bemerkt, der außer Euch noch unser Haus beobachtet hat?«

»Nein. Aber ausschließen kann man so was nicht. Am Haus der Andelpfands vorbei kann man ja sogar von der dahinterliegenden Gasse aus Euren Hof einsehen.«

»Das stimmt wohl.«

»Dann wäre derjenige in meinem Rücken. Ich schaue die ganze Zeit nur nach vorne, in Eure Richtung.«

»Ihr habt recht. Ich hoffe, dass Ihr Euch diese lästige Arbeit bald ersparen könnt.«

»Ach, es gibt Schlimmeres. Immerhin ist die Luft hier frisch. Kerkerdienst ist viel scheußlicher.«

Nach einem grüßenden Winken ging Rodraeg wieder zurück ins Haus.

»Ein netter Gardist sitzt dort drüben im Baum. Kann er eigentlich in dein Zimmer reinspähen, Naenn?«

»Nicht, wenn ich die Vorhänge vorgezogen habe, und das habe ich, seit deine netten Gardisten dort oben hocken wie die Aasgeier und sich mit Gaffen abwechseln.«

Zum Nachdenken zog sich Rodraeg in seine lichtlose Kammer zurück und legte sich auf das Bett, auf dem vor Kurzem noch ein Mordinstrument gelegen hatte.

Mussten sie die Nadel der Garde bringen? Konnte jemand wie Dilljen Kohn ihr vielleicht Spuren entlocken, Hinweise auf die Identität des Mörders? Aber war es dazu nicht schon zu spät? Machten sie sich nicht verdächtig, weil sie die Nadel nicht *sofort* abgeliefert hatten?

Andererseits: Wenn sie die Nadel der Garde brachten, warf sie das genauso in den Brennpunkt aller Ermittlungen, wie wenn die Garde die Nadel bei einer Hausdurchsuchung entdecken würde. Wie glaubhaft war es denn, dass ein Mörder dem *Mammut* eine Mordwaffe übergab – wenn nicht der Mörder mit dem *Mammut* unter einer Decke steckte? Oder zumindest in irgendeiner rätselhaften Verbindung stand? So würden sie die Überwachung und vor allem die durch Kohn angedrohte Beugehaft niemals abwenden können. Erst recht nicht, wenn der Mörder doch nicht gefasst wurde und erst zwölf Jahre später wieder in Erscheinung trat.

Wurden bei den Mordserien in Uderun und im Dreieck Fai-rai-Aldava-Somnicke auch schwarze Nadeln verwendet, oder war dies eine Eigentümlichkeit Warchaims und der Gegenwart? Vetz Brendo könnte das wissen. Aber Vetz Brendo würde ungehalten über das *Mammut* sein, weil ihm wegen des *Mammuts* nun die Garde auf die Zehen trat. Am 12. hatte der Landspurenführer versprochen, sich innerhalb einer Woche mit seiner Liste zurückzumelden. Bislang war noch nichts dergleichen geschehen.

Die Nadel im Haus zu behalten grenzte an Verwegenheit. Die Nadel in den Beeten zu verbuddeln wie den Bericht zur Riesenmission ging nicht mehr, aufgrund der Gardisten im Apfelbaum. Was konnte man sonst mit der Nadel tun? Sie nach draußen nehmen und in den Larnus oder einen Brunnen oder einen Misthaufen oder einen heugefüllten Stall werfen. Aber wenn man *dabei* beobachtet wurde! Was sonst bezweckte *DMDNGW* mit der Überbringung der Nadel, wenn nicht, das *Mammut* vor den Augen der Stadtgarde in die kompromittierende Situation zu bringen, Beweismittel zu beseitigen?

Rodraeg grübelte und grübelte. Die Geräusche, die Naenn, Estéron und Cajin im Haus machten, wurden zu Echos, die ihn kaum noch zu erreichen vermochten.

Was wollte *DMDNGW*? Offensichtlich mehr als nur die Ermordung der *Mammut*mitglieder, denn dazu hätte er heute Gelegenheit gehabt. Er wollte das *Mammut* zu Fall bringen. Das hieß, die Gruppe nachhaltig zu zerstören oder auszuschalten. Den Namen *Mammut* unbenutzbar zu machen. Das Haus des *Mammuts* zur Unbewohnbarkeit zu verdammen.

Aber warum nur? Warum?

Wer steckte dahinter?

Welcher teuflische Schachspieler?

Zarvuer, der Begründer der *Dämmerung* und jahrzehntelanger Gegenspieler Riban Leribins? Die Königin mit ihrem unüberschaubaren System aus Gardisten, Ermittlern, Sonderermittlern, Advokaten, Richtern und Politikern? Riban Leribin selbst, der in einem Anfall von kindlichem Übermut und Umnachtung beschlossen hatte, das *Mammut* der ultimativen Feuerprobe zu unterziehen, so wie er ja auch schon Rodraeg an seiner Vergiftung hatte verrecken lassen, nur um ihn den Göttern näher zu bringen?

Oder jemand anders? Irgendeine unbeträchtliche Nebenfigur, die erst im Nachhinein zu rachedurstiger Größe anschwoll?

Rodraeg überantwortete sich einem Strudel aus Gesichtern und mehreren Namenregistern, aus denen sich die bisherigen Erlebnisse des *Mammuts* zusammensetzten wie ein Flickenteppich. Aber nirgendwo stieß er zwingend auf einen Mann und eine Frau, die mit schwarzen Nadeln mordeten. Am nahesten dran schienen ihm noch Ijugis und Onouk, der Mann und die Frau vom *Erdbeben.* Diese Gruppierung war des Tötens mehr als mächtig gewesen und hatten mit Würgeschlingen und gezahnten Sicheln gearbeitet. Aber *Erdbeben* hatte eigentlich kein Motiv, dem *Mammut* zu schaden, auch wenn Migal Tyg Parn zu ihnen übergelaufen war und sicherlich eine Menge Groll mitgebracht hatte. Nein. Obwohl. Nein. Obwohl. Nein. Obwohl. Nein.

Der erschreckendste Gedanke kam Rodraeg erst nach etlichen Stunden. Sofort schämte er sich, aber andererseits hatte der Gedanke eine gewisse Folgerichtigkeit. Er hatte Naenn verdächtigt. Er hatte sogar ihren ungeborenen Sohn verdächtigt. Und nun konnte er nicht umhin, auch Estéron zu verdächtigen.

Mit seiner Ankunft im Haus hatte alles angefangen. Die Morde. Der Brand. Wer überwachte schon auf Schritt und Tritt einen Blinden? Auch Estéron hatte ein Fenster nach hinten auf den Hof. Und er war magisch begabt genug, dabei womöglich weder gesehen zu werden noch Spuren zu hinterlassen.

Am schwersten wog gegen den Schmetterlingsmann, dass keiner der Gardisten seine Geschichte von dem Eindringling bestätigt hatte. Konnte Estéron die Nadel nicht auch selbst aufs Bett gelegt haben? Wer außer ihm hätte das überhaupt gekonnt?

»Vielleicht ist es ja das, was *DMDNGW* vorhat«, dachte Rodraeg, bevor er sich erschöpft wie nach einem Dauerlauf zum Einschlafen auf die Seite rollte. »Er zerstört das Vertrauen, das wir ineinander haben. Auf diese Weise bringt er das *Mammut* zu Fall, weil er die Sehnen und Blutgefäße, die alles zusammenhalten und verbinden, kappt, bis das große, herrliche Tier am Schluss als klappriger Knochenhaufen in sich zusammensinkt. Wir müssen handeln. Einen Gegenangriff starten. Aber wie nur? In welche Richtung können und müssen wir den Belagerungsring durchbrechen?«

Rodraeg flüchtete sich in den Schlaf, so, als würde es ausreichen, *DMDNGW* einfach nur zu ignorieren, damit der Spuk vorüberzog.

7 Die Rückkehr der Überlebenden

Nachdem Rodraeg in der Nacht noch über die Notwendigkeit eines Ausbruchs aus der Belagerung nachgesonnen hatte, war er aufgrund einer Überfülle von Denkbarkeiten und eines Mangels an zwingenden Ideen einfach nur froh, dass am folgenden Tag wenigstens niemand erstochen wurde, niemand mit neuen Anschuldigungen an die Tür klopfte und niemand ins Haus eindrang, um neue Verdachtsmomente zu streuen. Er brauchte auch nur in Estérons ehrliches Gesicht zu sehen, um sich zu schämen für die Verdächtigungen, die das Dunkel seiner Bettkammer ihm eingeflüstert hatte.

Was die Feinde des *Mammuts* anging: Sie konnten überall sitzen. In Aldava. In Terrek. In Wandry. In Mowesch. In Warchaim. Und ganz woanders, weil womöglich einer der wenigen überlebenden Kruhnskrieger oder einer der übrig gebliebenen Bettler vom Tor der *Höhle des Alten Königs* von ganz woandersher stammte. Es gab keine Möglichkeit, innerhalb von nur noch zehn Tagen in alle Himmelsrichtungen gleichzeitig Fühler auszustrecken und zu ermitteln. Es war zu spät, wäre aber auch mit hundert Tagen Zeit wahrscheinlich nicht möglich gewesen. Es blieb nur das Einigeln und Abwarten, was der Sturm als Nächstes mit sich brachte.

So verstrich der 21. Blättermond, und nichts Bedeutsames ereignete sich.

Am 22. Blättermond wurde im Thostwald Eljazokad von dem Heimlichgeher Raukar und dem nun namenlosen ehemaligen Bienenmagier überwältigt, seiner rechten Hand beraubt und in einen blinden Brunnenschacht geworfen. Anschließend versagte er sich selbst das Weiterleben, um nicht als Druckmittel gegen das *Mammut* eingesetzt werden zu können. In Warchaim, gute zehn Tagesreisen entfernt, ahnte niemand etwas von diesen Vorgängen. Naenn wäre vielleicht zu etwas derartig Weitreichendem in der Lage gewesen, aber sie stand in diesen Tagen voll und ganz unter dem Einfluss ihrer Mutterwerdung.

Am 23. Blättermond vollendete sich ihr Schwangerschaftszyklus. Sie hatte am 23. Taumond empfangen, und nun waren die für Schmetterlingsfrauen üblichen sieben Monde vorüber. Doch noch immer kündigten sich bei ihr keine Wehen an, und sie lag fast den ganzen Tag schweißglänzend in ihrem Bett.

Dafür brachte dieser Tag die erste für das *Mammut* erfreuliche Entwicklung seit Langem. In der dritten Stunde nach dem Mittag legte am Hafen ein Boot namens *Die Greif* an, und ihm entstiegen ein großer Mann und ein junges Mädchen. Kaum zehn Sandstriche später standen die beiden, ohne vorher angeklopft zu haben, im Flur des *Mammuthauses*, und der große Mann sagte: »Was ist das bloß für ein lahmer Haushalt? Keine Girlande, keine Musik, nichts zu Essen auf dem Tisch. Man könnte meinen, der Haushälter ist noch ein unreifer Bengel, aber das kann doch wohl nicht sein?«

Cajin kam aus der Küche gestürmt und umarmte Bestar, dass selbst dem kräftigen Klippenwälder kurz die Luft wegblieb. Bestar verwuschelte dem Jungen lachend das Haar, dann hielt er inne, denn aus dem großen Zimmer trat Rodraeg.

Bestars Augen füllten sich mit Tränen. »Du bist wieder gesund«, brachte er nur hervor.

»Mein Freund«, sagte Rodraeg. »Mein lieber, guter Freund.« Auch sie nahmen sich in die Arme und drückten sich fest und lange. Erst danach wurde es etwas förmlicher, denn vieles musste erläutert werden. Rodraeg stellte Bestar den blinden Schmetterlingsmann Estéron vor und dem blinden Schmetterlingsmann das klippenwälder *Mammut*mitglied Bestar Meckin. Bestar seinerseits stellte seine hinter ihm fast unsichtbare Begleiterin Tjarka Winnfess vor, ein mageres, strubbelköpfiges Mädchen in Cajins Alter, das seine Verlegenheit durch einen unerbittlichen und möglichst desinteressierten Gesichtsausdruck zu überspielen versuchte.

»Ohne Tjarka hätte ich wahrscheinlich heute noch nicht aus dem Thost herausgefunden«, erklärte Bestar. »Sie war das ganze Abenteuer über mit uns zusammen und hat uns als Waldführerin tüchtig geholfen.«

»Ich freue mich sehr«, sagte Rodraeg und ergriff die nur zögerliche Hand des Mädchens, das offensichtlich an städtische Umgangsformen nicht gewöhnt war. »Aber wo ist Eljazokad abgeblieben?«

»Wir mussten ihn leider im Thost zurücklassen. Er war zu schwer verwundet, konnte nicht richtig laufen und wird nachkommen. Ich erzähle euch gleich alles – aber wo ist Naenn? Sind wir noch – rechtzeitig gekommen?«

»Ziemlich auf den Tag genau«, lächelte Estéron. »Sie ist oben und wartet auf die Wehen. Es müsste jede Stunde so weit sein.«

»Senchak sei Dank«, ächzte Bestar. »Mann, ich bin hungrig wie ein Wolf. Auf dem Rückweg ist uns das Geld ausgegangen. Der Kapitän der *Greif* hat diesem Namen alle Ehre gemacht und versucht, uns übers Ohr zu hauen. Ich konnte ihn ja schlecht über Bord werfen, schließlich brauchten wir seine Dienste.«

»Ich mache uns allen etwas zu essen«, rief Cajin, der bereits in die Küche geeilt war.

»Ich bin froh, dass du dem Kapitän gegeben hast, was er gefordert hat«, lobte Rodraeg. »Wir warten schon händeringend auf euch, seit einer Woche fast.«

»Ja, wir sind aufgehalten worden.« Bestar setzte sich im Versammlungszimmer neben Tjarka an den Tisch. Bis Cajin mit dem Essen fertig war, lief Rodraeg nach oben zu Naenn und verkündete ihr, dass immerhin Bestar zurückgekehrt war und sogar noch jemanden mitgebracht hatte, eine junge Führerin aus dem Thostwald.

Naenn wollte es sich nicht nehmen lassen, sich zu ihnen zu setzen. Sie wischte sich mit Tüchern den Schweiß ab und ließ sich dann von Rodraeg die Stiege hinabhelfen. Bestar erhob sich sogar, als sie strahlend den Raum betrat. Niemand wusste, wo er das gelernt hatte, vielleicht bei den Riesen.

»Du siehst aus, als ob du bald platzt«, entfuhr es ihm, als er die unverhältnismäßige Wölbung unter ihrem Kleid sah.

»So fühle ich mich auch«, schnaufte Naenn und mühte sich auf einen für sie unbequemen Stuhl.

Tjarka schwieg die ganze Zeit und betrachtete verstohlen den Blinden und die Schwangere, die beide keine Menschen waren. Sie hatte noch nie Schmetterlingsmenschen gesehen, denn die lebten im Larnwald, und Tjarka hatte noch keine Gelegenheit gehabt, ihren Thost weiter als bis nach Miura oder Brissen zu verlassen.

Als Cajin dann ein paar schnell improvisierte Eierkuchen servierte und sich zu ihnen setzte, erzählte Bestar, was er, Eljazokad und Tjarka im Thost erlebt hatten. Begonnen hatte es damit, dass der Waldführer, den der *Kreis* ihnen empfohlen hatte, nicht mehr lebte, weil er sich erhängt hatte. Wären sie nicht unterwegs auf Tjarka getroffen, wären ihre Forschungen nach den verschwundenen Kaninchen wohl sehr schnell zu Ende gewesen. Aber so konnte Bestar eine Geschichte vorweisen, die schon merkwürdig begann, aber in ihrem Verlauf ständig bizarrer wurde. Von einem rückwärts gehenden *Spaziergänger.* Von einer Kartenlegerin der *Unsteten.* Vom Niemalsbrunnen und seinen kläglichen Nachahmungen. Von einem Bereich des Waldes, in dem kein Leben mehr möglich war. Von verrückten, skrupellosen Männern, die alle Kaninchen des Waldes gefangen hatten, um sie zu misshandeln, und die sich selbst umbrachten aus Schuld und aus Scham, sobald man ihrer habhaft wurde, oder in Jagdfallgruben stürzten, die noch aus früheren Jahrhunderten stammten. Von sinnlosem Gelächter, Eljazokads vorweggenommenen Beinschmerzen und seinem Tagebuch. Von einer schrecklichen Gefangennahme, die eine tagelange Folterung in einem unterirdischen ehemaligen Riesenspinnenbau nach sich zog. Von Eljazokads waghalsigem Selbstversuch, der ihn in ein fremdes, unglaubliches Land geführt hatte, in das er Bestar und Tjarka später sogar nachholen konnte – bis die beiden im roten Schnee von Affenmenschen umgebracht wurden, die wiederum Teil einer komplexen Abfolge von Prüfungen waren, die Bestar als *Martelaskette* bezeichnete. Von ihrem neuerlichen Erwachen auf den Foltertischen und wie es Eljazokad gelungen war, einen blauhaarigen Krieger und ein rotes Schneekaninchen aus der anderen Welt mitzubringen und somit das Ende der beiden letzten Folterer einzuleiten. Von einer Lederfessel, die von dem roten Kaninchen durchgenagt wurde. Von einem beschwerlichen Weg nach Anfest, wo eine Heilerin namens Maeredi Eljazokads zerstörte Beine rettete. Und von Eljazokads Bitte, nicht auf ihn zu warten, sondern so schnell wie möglich nach Warchaim zurückzukehren, weil Rodraeg unverzüglich erfahren sollte, was sich ereignet hatte.

Nachdem der Klippenwälder mit heiserer Stimme geendet hatte – Tjarka hatte ihn nicht ein einziges Mal unterbrochen, aber mehrmals bestätigend genickt, wenn die anderen sie ungläubig ansahen –, saßen alle da wie vom Donner gerührt. Besonders in Rodraegs Kopf tobte ein Wirbelsturm. Der blauhaarige Krieger, Udin Ganija, war tatsächlich nicht tot, sondern wieder auf dem Kontinent. Eljazokad war auf dem Weg in jene andere Welt über die Brücke der brennenden Blumen gekommen, hatte Rodraeg dort die richtige Richtung gewiesen und ihm so eine Rückkehr ins Leben ermöglicht. In dieser anderen Welt waren Bestar und Tjarka auf Cruath Airoc Arevaun, die Haarjäger aus dem Wildbart, ein Schloss namens Melronia und menschengesichtige Affenmenschen gestoßen. Der Name des obersten Menschen- und Kaninchenfolterers war *Siusan* gewesen, genau wie der Name des Magisters, der beim Brand des Slessinghauses ums Leben gekommen war. Eljazokad war nun alleine dort draußen, in einer Zeit, in der selbst Riban Leribin ihnen geraten hatte, niemals alleine irgendwohin zu gehen. Aber das hatte Bestar nicht wissen können.

»Ich weiß, dass sich das alles bescheuert anhört«, kam Bestar zum Ende. »Ich würde vieles davon wahrscheinlich selbst für einen Traum oder einen Fieberspuk halten, wenn ich das rote Kaninchen und den Blauhaarigen nicht mit eigenen Augen gesehen hätte. Und wenn ich nicht Lesen gelernt hätte in der anderen Welt, weil wir uns – für unser Gefühl – drei Wochen lang dort aufgehalten haben. Man kann ja wohl schlecht lesen lernen, während man vier oder fünf Tage angeschnallt in einer Erdgrube liegt. Hier sind Eljazokads Aufzeichnungen aus der anderen Welt. Da steht vieles drin, was ich und Tjarka gar nicht mitbekommen haben. Und hier sind noch ein paar Anmerkungen von ihm, die er besonders wichtig fand. Jedenfalls, was unseren Auftrag angeht, muss ich leider sagen, dass die Kaninchen des Thostwaldes schon alle tot waren, als wir dort eintrafen, dass es aber vielleicht dank des roten Kaninchens und einiger Hauskaninchen aus Anfest Hoffnung für so eine Art … Neubesiedlung gibt.«

Bestar übergab Rodraeg einen beeindruckenden Packen von unterschiedlich geformten, mit winziger Schrift vollgekritzelten Papieren sowie noch eine einzelne kurze Handschrift. Rodraeg wollte sie erst, wie er es von Auftragsbriefen gewöhnt war, laut vorlesen, doch dann stockte ihm schon beim ersten Satz der Atem. Er überflog deshalb leise:

Naenn wurde womöglich Gewalt angetan, als das Kind gezeugt wurde

Carmaron Siusan ist in Warchaim und arbeitet mit drei Männern zusammen

Udin Ganija lebt und ist in unserer Welt nach Norden aufgebrochen und will nun auch Magier töten (Galin von Asteria?)

achtet auf: Cruath Airoc Arevaun, Affenmenschen, drei silberäugige Tsekoh

(ein Knabe, ein Mann, eine sehr schöne Frau) – dies sind die Feinde der Zukunft

ich habe einen Verrat begangen: ich gab den Schlüssel zur

Höhle des Alten Königs an die Dreimagier, aber ich erkaufte damit das Wissen um die brennende Brücke

DMDNGW könnte Folgendes bedeuten:

Dämmerung Mondlicht Dasco Naenn Geburt Wolfsschmetterling

Rodraeg tat so, als wäre nichts Besonderes, obwohl ihm schwante, dass gerade Naenn ihm ansehen konnte, dass ihm eben kurz die Luft weggeblieben war.

»Das sind weitere … Hinweise auf den Siusan, auf den wir hier in Warchaim gestoßen sind, und auf Udin Ganijas weitere Vorhaben. Wenn er nicht erst … ach, vergesst es. Wir sollten mit den Dreimagiern Kontakt aufnehmen. Jetzt, wo Bestar wieder da ist, haben wir endlich einen zusätzlichen Mann, um wieder in Aktion treten zu können.« Rodraeg betrachtete Tjarka, die sich auf ihren Teller konzentrierte, um niemanden ansehen zu müssen. Ihre als Trotz getarnte Schüchternheit nahm ihn für sie ein. Sie war nicht besonders hübsch und hatte beschlossen, in einer Welt, in der, abgesehen von einer Königin und einer Hauptfrau, die sich hochgearbeitet hatte, meistens Männer das Sagen hatten, das Leben eines Jungen zu führen. »Weshalb bist du mit nach Warchaim gekommen?«, fragte er sie. Sein Tonfall hatte nichts Verhörerisches, klang eher aufmunternd.

Tjarka druckste herum. »Wir konnten ihre Dienste nicht bezahlen«, sprang Bestar für sie ein. »Also hatten wir die Idee, sie kommt mit und bekommt hier ihr Geld. Außerdem … ist ihr ja auch passiert, was eigentlich nur uns hätte passieren sollen … die Gefangenschaft und so … und deshalb dachte ich, sie hätte sich eine kleine Entschädigung verdient. Wenn so was möglich ist.«

»Ich will keine Entschädigung«, widersprach Tjarka mit leiser Stimme. »Bestar will das nicht kapieren. Ihr habt mir geholfen, die Kerle fertigzumachen, die meinen Thost und meinen besten Freund ins Verderben gestürzt haben. Der Thost ist nun krank. Mein Freund hat sich aufgehängt. Ich wollte weg von dort. Die Leute sind sowieso alle blöd. Ich will ... bei euch mitmachen, wenn das geht.«

Rodraeg lächelte, Estéron ebenfalls. »Und das, nachdem du auf schmerzhafteste Weise erfahren musstest, worauf du dich da einlässt?«

»Ja. Ich habe ja ... nicht nur Schmerzen gehabt. Es ging ja alles gut aus. Alleine hätte ich mich auch an die Verfolgung dieser Schweine gemacht, aber dann wäre ich nie wieder da rausgekommen. Eljazokad hat uns irgendwie in dieses bunte Land geholt. Meistens vergesse ich meine Träume wieder. An den kann ich mich aber noch gut erinnern.«

Rodraeg vermutete, dass Eljazokad nicht ganz unschuldig war daran, dass ein junges Mädchen sich entschloss, dem *Mammut* beizutreten.

»Jedenfalls könnten wir sie gut gebrauchen«, vermittelte Bestar. »Sie hat ein ziemlich nützliches Talent. Sie kann Wege nachverfolgen, die jemand gegangen ist. Auch dann, wenn gar keine Spuren zu sehen sind.«

»Das kann ich wahrscheinlich nur im Thost«, wehrte Tjarka ab.

»Hast du es denn je woanders ausprobiert?«

Sie schüttelte den Kopf.

»Meistens bist du doch den Wolken gefolgt«, fasste der Klippenwälder zusammen. »Und Wolken gibt es überall.«

»Wir sollten«, begann Rodraeg, »eine solche Entscheidung

vielleicht davon abhängig machen, in welcher Situation wir uns augenblicklich befinden, und diese Situation ist alles andere als angenehm. Wir sind in der Lage, dich auszubezahlen, Tjarka. Wir sind ebenfalls in der Lage, dich brauchen zu können. Du hast mit Bestar und Eljazokad schon eine Menge erlebt. Wahrscheinlich hat Bestar dir auch schon einiges über uns erzählt.« Jetzt begann Rodraeg einen Bericht der Ereignisse seit seinem Wiedererwachen, der auch Cajin, Estéron und Naenn noch einmal alle Begebenheiten ins Bewusstsein rücken und ihnen dabei helfen sollte, alles richtig einzuordnen.

Begonnen hatte alles mit dem Drohbrief von *DMDNGW*. Bestar kannte den Brief schon und hatte Tjarka auch davon erzählt, aber als Rodraeg das krakelige Gedicht nun noch einmal hervorholte, konnte der Klippenwälder zum ersten Mal die Worte selbstständig lesen.

Dann vor zwölf Tagen der Brand des Slessinghauses, bei dem es, wie Estéron behauptet hatte, mehr als drei Tote gab. Geborgen wurden jedoch nur zwei Tote und ein Schwerstverbrannter, der bald darauf seinen Verletzungen erlag. Nach dem, was das *Mammut* jetzt über die Arbeitsweise der Siusans wusste und was auch Arevaun ihnen bestätigt hatte, hatten jedoch *vier* Personen im Slessinghaus gelebt und gearbeitet, der Magister und drei Gehilfen. Ein Toter fehlte also noch. Außerdem war Cruath Airoc Arevaun in das Geschehen verwickelt gewesen. Man hatte ihm dort eine Substanz verabreicht, deren Auswirkungen Estéron mindestens als besorgniserregend einschätzte.

Dann die Ermordung Mirilo von Heydens. Die wiederum dazu geführt hatte, dass der königliche Sonderermittler und

Magier Dilljen Kohn auf das *Mammut* aufmerksam wurde, weil von Heyden das *Mammut* um Hilfe gebeten hatte und Dilljen Kohn eine Mordserie untersuchte, die höchstwahrscheinlich nichts mit der *DMDNGW*-Mordserie zu tun hatte.

Dann die Ermordung Vinzev Tralós und der an der Mordnadel befestigte *Mammut*-Zettel, der das *Mammut* für die Hauptfrau Durbas interessant und verdächtig machte.

Dann der Auftritt Arevauns hier im Haus. Arevaun war hinter Bestars Erzschwert her, der Klippenwälder sollte sich also auf einiges gefasst machen. Bestar zuckte die Schultern und nickte.

Dann die Ermordung von Uklas Eimenhard in Verbindung mit einer Fußspur, die Naenn verdächtig machte. Darüber hinaus hatte auch der Ermittler Dilljen Kohn einen Brief erhalten, in dem er mit den Buchstaben *DMDNGW* darauf hingewiesen wurde, *das Mädchen, das niederkommt, gefährdet Warchaim.*

Zuletzt der Eindringling im Haus des *Mammuts*, der Eimenhards Mordnadel auf Rodraegs Kopfkissen hinterlassen hatte. Eine in Richtung Kopf gezielte Warnung? Ein Unterschieben von belastendem Material? Eine hochtrabende Herausforderung? Cajin und Rodraeg hatten die Nadel vorerst im Keller versteckt, weil das Haus vorne und hinten von Gardisten überwacht wurde und eine einzige weitere verdächtige Aktion wie das Verschwindenlassen eines Beweismittels dazu führen konnte, dass das *Mammut* auf Nimmerwiedersehen in einem Kerker verschwand – so wie der mutmaßliche Hellas wohl in Endailon.

So weit der Stand der Dinge. Dazu kamen noch Ribans Warnung und seine Ankündigung eines Hauptstädters namens

Trenc Weraly, sowie Hunderte ins Leere laufende Vermutungen, was die Buchstaben *DMDNGW* bedeuten könnten.

Rodraeg nahm einen großen Schluck Wasser, bevor er abschließend sagte: »Jetzt bleibt uns, für den Wohlbehalt Eljazokads zu beten, die Ruine des Slessinghauses zu untersuchen und unseren Kontakt mit den Dreimagiern zu erneuern. Vielleicht haben wir jetzt auch mithilfe von Tjarka neue Möglichkeiten, die Nadel loszuwerden. Das aber natürlich nur, wenn du angesichts unserer verfahrenen Lage nicht Hals über Kopf die Flucht ergreifen willst.«

»Ihr steckt in Schwierigkeiten. Wenn ich euch helfen kann, umso besser.«

»Tjarka könnte eine wichtige Figur dieses heimlichen Spieles werden«, merkte Estéron an. »Sie gehörte nämlich nicht zum *Mammut*, als *DMDNGW* schwor, das *Mammut* zu vernichten. Möglicherweise hat er sie nicht auf seiner Liste.«

Rodraeg nickte. »Möglicherweise überwacht er uns aber andauernd, so wie die Garde, und weiß jetzt über ihr Eintreffen Bescheid. Möglicherweise arbeitet er sogar mit der Garde zusammen.«

»Möglicherweise *ist* er die Garde«, raunte Naenn.

»*Die Mehrheit der neuen Gardisten Warchaims.*« Cajin gingen die Ideen nicht aus.

Alle schwiegen für einen Moment. Dann wandte Rodraeg sich direkt an Tjarka. »Jedenfalls fällt es mir nicht leicht, jemanden an Bord zu holen, wenn dem Boot innerhalb der nächsten sieben Tage der Untergang angedroht wurde. Vielleicht solltest du besser abwarten, ob es uns im Nebelmond noch gibt, und dich uns erst dann anschließen. Auf diese Art könnte dir so einiges erspart bleiben.«

Tjarka rührte in ihrem Teller. Bislang hatten Rodraeg, Estéron, Naenn und Cajin sie noch nicht lächeln gesehen. Auch Bestar war sich nicht sicher, ob sie im Thost irgendwann einmal ein freundliches Gesicht gemacht hatte. »Die Leute«, begann sie, »kommen in den Thost, um dort herumzuwandern, mit dem Buch in der Hand auf den Spuren des großen Korengan Abenteuer zu suchen, Schätze von damals zu finden. Oder eben um unaussprechlich Böses zu tun. Ihr wart bislang die Einzigen, die von weit her – Warchaim ist viel weiter weg, als ich mir jemals vorstellen konnte –, von so weit her gekommen sind, nur um nach den Kaninchen zu sehen. Und um die Männer aufzuhalten, die den Kaninchen all das angetan haben. Ich finde das sehr gut. Solche wie euch habe ich noch nie kennengelernt. Ihr habt echte Schmetterlingsmenschen in eurer Gruppe. Selbst Fork war sich nicht sicher, ob es sie wirklich gibt, oder ob sie so ein Märchen sind wie die Gestalten aus Korengans Buch. Und dann ... die Art, wie Eljazokad sich befreit hat. Uns befreit hat. Er war gefesselt und wurde misshandelt. Aber er machte einfach eine Tür auf in eine andere Welt, nahm uns dorthin mit, überlebte, als wir versagten, und holte uns aus allem raus. Ihr werdet nicht so einfach untergehen. Das *Mammut* ist zu ... erstaunlich. Und wenn ihr ... mich haben wollt, will ich gerne bei euch mitmachen. Ohne Geld oder so. Ich kann mir auch woanders eine Bleibe suchen, wenn ihr hier keinen Platz habt oder wenn ihr es für ratsam haltet, dass ich mich während dieser Drohungs- und Überwachungsgeschichte nicht in diesem Haus aufhalte. Aber vielleicht kann ich euch dennoch nützlich sein. Und wenn ich nur Botengänge mache oder so was.«

In diesem Moment klopfte es an der Tür, als hätte ein Lauscher den Zeitpunkt abgepasst, an dem Tjarkas ungewöhnlich lange Rede zum Erliegen kam.

Rodraeg legte Tjarka eine Hand auf die Schulter – eine Berührung, die ihr sehr naheging –, stand auf und ging zur Tür. Auf dem Weg dorthin stopfte er Eljazokads Tagebuch sichtgeschützt hinter ein von Cajin gezimmertes Regal. Dann öffnete er. Es war Dilljen Kohn. Allein, wie auch beim letzten Mal.

»Man hat mir zugetragen, dass zwei der drei lange vermissten Mitglieder des *Mammuts* endlich eingetroffen sind«, sagte er, ohne zu grüßen.

»Man hat euch nur ein Viertel der Wahrheit zugetragen«, entgegnete Rodraeg, der sich fragte, was Kohn alles gehört hatte. »Bestar ist zurückgekommen, Eljazokad wird weiterhin schmerzlich vermisst. Tjarka ist nur ein Gast in unserem Haus. Und ein drittes Mitglied erwarten wir nicht, weil eines unserer Zimmer leer steht.«

»Darf ich?«

»Fühlt Euch wie daheim.«

Der magisch begabte Ermittler trat ein und sondierte mit seinen wässrigen Augen wieder jedes Detail im Versammlungszimmer. Auch auf dem Regal blieb sein Blick kurz haften. Naenn wand sich unbehaglich, als er seine Augen erneut über ihren gewölbten Bauch gleiten ließ. Bestar blickte ihm offen entgegen. Tjarka hatte wieder Dinge auf ihrem Teller festgestellt, die ihre Aufmerksamkeit ganz und gar in Anspruch nahmen.

»Ein Mädchen, in der Tat«, stellte Kohn fest, indem er sie musterte. »Das wirft ein neues Licht auf die Fußspur, wenngleich zu leicht, obwohl – mit Steinen beschwert wie ein Selbstmörder im Fluss …«

»Tjarka ist kaum hier eingetroffen, und schon wird auch sie verdächtigt?«, fragte Rodraeg, wobei er versuchte, möglichst belustigt zu klingen.

»Das lässt sich klären.« Kohn streckte seine Hand in Richtung Tjarka aus und verdrehte wieder die Augen. Sein Körper verrenkte sich, aus seiner Kehle drang ein Rasseln. Die Hand schwankte zwischen Tjarka und Bestar hin und her. Dann entkrampfte sich der Ermittler wieder.

»Ich sehe eine Flussfahrt. Einen Wald, nicht aus Bäumen, sondern aus Rädern. Seltsame Landschaften in Blau und Gold und anderen Farben. Ich sehe nichts … von Eimenhard und Traló.«

»Ihr entwickelt Euch noch zu unserem gewichtigsten Fürsprecher«, stellte Rodraeg fest. »Das Schiff, auf dem die beiden heute angekommen sind, heißt übrigens *Die Greif*. Der Kapitän wird sich sicherlich noch an Bestar erinnern können.«

»Und woher seid ihr gekommen?«, fragte Kohn, der sich am Türrahmen abstützen musste. Die Merkwürdigkeit der Bilder, die er in Tjarka und Bestar vorgefunden hatte, schien ihm körperlich zu schaffen zu machen.

»Brissen«, antwortete Bestar knapp.

»Dort gibt es solche Landschaften? Mit roten, himmelhohen … war das ein Schloss?«

»Im Thostwald gibt es viele Wunder. Nur keine Kaninchen mehr«, sagte Tjarka, ohne aufzuschauen.

»Selbstverständlich werden Bestar und Tjarka sich umgehend bei der Hauptfrau melden, wie uns geraten wurde«, plauderte Rodraeg. »Wir wollten uns nur vorher noch ein kleines Wiedersehensessen gönnen, wie Ihr sehen könnt. Was gibt es Neues aus der Stadt? Hat sich wieder ein Mord ereignet?«

»Nein. Keiner mit einer Nadel oder mit einem Mammutverweis, zumindest. Diese Stadt ist ein Tollhaus, wie alle Städte. Aber wir haben einen der Mörder Mirilo von Heydens gefasst.«

»Wirklich?«

»Ja. Einen gewissen Cruath Airoc Arevaun. Ihr müsst in von Heydens Auftrag Kontakt mit ihm gehabt haben. Von Heyden hat eine derartige Notiz hinterlassen. Arevaun hatte sich im *Ogerbär* im Hafenviertel verschanzt. Wir haben ihn dort rausgeholt, mit zehn Mann. Jetzt fahnden wir nach seinen beiden Spießgesellen.«

Rodraeg dachte nach. Arevaun war verhaftet worden. Das bedeutete einerseits, dass Bestar sich vorerst keine Sorgen um sein Schwert Skergatlu zu machen brauchte. Andererseits konnte man Arevaun nun nicht mehr gegen *DMDNGW* einsetzen. Dieser Klippenwälder war eine unabhängig agierende, hochinteressante Figur gewesen. Nun war er festgesetzt, wegen eines Verbrechens, das er wahrscheinlich gar nicht begangen hatte – und erzählte hoffentlich nicht allzu viel über seine losen Kontakte zum *Mammut.*

»Das ist doch immerhin schon ein Erfolg für Euch.«

»Ja. Ich bin auch eigentlich wegen der Tuchhändler-Mordserie in Warchaim, nicht wegen des *Mammuts* oder irgendwelcher nachtschwarzer Nadeln. Darum soll sich die hiesige Garde kümmern. Vielleicht kann ich schon bald nach Aldava zurückkehren.«

»Eine Frage habe ich noch: Hat man Euch hinterbracht, dass wir vor drei Tagen einen Eindringling hier im Haus hatten?«

»Ja. Der vordere Posten hat diesbezüglich Meldung gemacht.«

»Hat er den Eindringling beschreiben können?«

»Ja, so ungefähr. Aber ich werde Euch diese Beschreibung nicht geben. Ihr sollt schön brav in Eurem Haus bleiben und keinen Unfug anstellen. Die Ermittlungen liegen in den Händen von Hauptfrau Durbas, und dort liegen sie richtig.«

Also ist der Eindringling doch bezeugt worden. Das entlastete zumindest Estéron endgültig.

Rodraeg geleitete den königlichen Ermittler zur Tür, dort verabschiedeten sie sich, und Rodraeg konnte die Tür wieder schließen. Er atmete durch, als er zu seinen Gefährten zurückkam.

»Ihr habt es gehört. Die Garde macht Fortschritte. Vielleicht tut sie ja zur Abwechslung einmal etwas *für* uns und schnappt sich diesen Nadelmann. Vielleicht ist diese ganze furchtbare Sache schon bald ausgestanden. Wir machen jetzt Folgendes: Bestar und Tjarka gehen zur Stadtgarde und melden sich ordnungsgemäß bei der Hauptfrau. Wir kooperieren, wo immer es uns möglich ist. Wir verhalten uns so sauber, dass jeder Zugriff wie an Seife abgleitet. Danach sucht ihr Tjarka eine Unterkunft außerhalb unseres Hauses. Je kaschemmiger, desto besser, es soll ja nur für sieben Tage sein. Ich hätte gerne eine Person draußen, die sich unverdächtig umhören kann, dem Puls der Stadt nachlauschen, Begebenheiten aufschnappen, über die gemunkelt wird und die uns sonst entgehen würden. Und ich möchte, dass diese eine Person nicht von dem betroffen wird, was *DMDNGW* noch in Bezug auf unser Haus anstellen mag. Danach – wenn es uns im Nebelmond noch gibt – kannst du bei uns eine schäbige fensterlose Bettkammer bekommen, Tjarka, wenn dir der Sinn wirklich nach so etwas stehen sollte. Mehr haben wir leider nicht zu bieten.«

Nicht mehr als Hellas' Kammer. Nicht mehr als Hellas' verwaiste Position im Körpergefüge des Mammuts.

»Wie wäre es, wenn wir Tjarka im – wie heißt das Ding? – *Leer das!* unterbringen?«, schlug Bestar vor. »Das ist nur einmal ums Eck und von hier aus sehr schnell zu erreichen.«

»Das *Leer das!* ist aber zu widerlich«, wandte Cajin ein. »Der *Würfelbecher* ist auch nicht viel weiter weg und deutlich angenehmer. Wenn einem das Klappern zwanzigseitiger Würfel nichts ausmacht.«

»Falls *DMDNGW* unser Haus beobachtet und Tjarka bereits gesehen hat«, sagte Naenn leise, »dann ist sie im *Würfelbecher* die Einzige von uns, die ganz alleine ist. Wir servieren sie unserem Feind dann wie auf dem Präsentierteller.«

Rodraeg schüttelte den Kopf. »*DMDNGW* greift nicht jeden an, der bei uns ein und aus geht. Sonst wären ja auch Arevaun und Kohn angegriffen worden. Estéron ist auch nicht angegriffen worden, obwohl er dem Mann mit der Nadel in der Küche ganz alleine gegenüberstand. Nein, ich glaube, *DMDNGW* weiß genau, wer zum *Mammut* gehört und wer nicht. Wahrscheinlich hat er uns schon den ganzen Rauchmond und Blättermond über beobachtet. Und Tjarka darf eben noch nicht zu uns gehören. Nicht vor dem Nebelmond. Traust du dir das alles zu, Tjarka?«

»Klar. Ist ja nicht schwierig, sich ein Zimmer zu nehmen und Augen und Ohren offen zu halten.«

»Sehr gut. Einmal am Tag kommst du uns besuchen oder wir dich, und dann tauschen wir uns aus.«

»Es ist dennoch ein Risiko«, beharrte Naenn.

Rodraeg nickte. »Du hast ja recht. Es ist ein gewisses Risiko. Aber die Zeit, in der wir noch versuchen konnten, alles unter

Kontrolle zu behalten, um unsere Risiken möglichst zu verringern, ist vorüber. Das Schicksal hat uns das abgenommen, denn Eljazokad ist jetzt alleine irgendwo im Thostwald, und Eljazokad ist viel, viel gefährdeter als Tjarka.«

»Aber Eljazokad ist nicht hier, und der Angriff scheint sich doch in erster Linie gegen das Haus und gegen das *Mammut* als solches zu richten«, widersprach Naenn. »Warum sollte *DMDNGW* einem Mann im Thostwald hinterherjagen, der schwer zu finden sein wird, wenn er stattdessen hier mehrere Opfer bequem auf einem Haufen versammelt sieht?«

»Weil der Drohbrief vor die Tür gelegt wurde, *bevor* Eljazokad und Bestar zum Thostwald aufbrachen. Weil wir schon mindestens seit diesem Tag unter Beobachtung stehen. Und weil *DMDNGW* irgendwann in dieser Zeit festgelegt haben muss, aus welchen Personen das *Mammut* besteht. Naenn, diese Diskussion bringt nichts, denn ich bin mir deiner Argumente durchaus bewusst. Ja, wenn *DMDNGW* Eljazokad und Bestar auch im Thost beobachtet hat, dann weiß er womöglich, dass Tjarka mit uns zusammenarbeitet. Das ist mir klar. Es kann aber auch genau andersherum sein. Vielleicht geht dieses Haus plötzlich in Flammen auf wie das Slessinghaus, und Tjarka ist die Einzige, die davonkommt. Vielleicht werden wir schon morgen alle verhaftet, und Tjarka ist dann wiederum die Einzige, die davonkommt. Ich will einen von uns außerhalb des Hauses stationieren. Und wen sonst kann ich nehmen? Bestar? Oder Cajin? Oder mich? Das wäre noch viel gefährlicher als bei Tjarka, denn Bestar und Cajin und ich gehören zur Stammmannschaft und sind extrem gefährdet.«

Naenn gab klein bei, doch ihr Gesichtsausdruck spiegelte Zweifel und Verzweiflung wider. Auch Rodraeg ging mit sich selbst hart ins Gericht. Er hatte einiges ausgesprochen, womit er Naenns Ängste nur noch mehr geschürt hatte. Er hätte nicht erwähnen dürfen, dass dieses Haus brennen könnte. Der Schrecken in Naenns und auch Cajins Gesicht war regelrecht auf Rodraeg zurückgesprungen. *Mache ich jetzt den entscheidenden Fehler? Opfere ich Tjarka, wo ich sie doch unter allen Umständen hätte einbeziehen und einbehalten müssen?*

Es gab keine Möglichkeit, das absolut Richtige vom absolut Falschen zu unterscheiden. Rodraeg konnte nur raten und tasten, blinder noch als Estéron, in einem Nebel aus Niedertracht, der unenträtselbarer war als selbst die *Höhle des Alten Königs.*

8 Nacht im Haus des Mammuts

In dieser Nacht schienen sich Rodraegs Befürchtungen zu bewahrheiten, dass Tjarka als Einzige von ihnen entkommen würde.

Bestar und Tjarka waren zur Stadtgardegarnison gegangen, hatten sich dort der Hauptfrau Larza Durbas vorgestellt, hatten den Kapitän der *Greif* sowie sogar noch einige Menschen aus dem Thostwalddörfchen Anfest als Zeugen benannt für ihr Fernsein während des Beginns der Nadelmordserie und hatten unbehelligt wieder gehen dürfen. Anschließend hatte Bestar Tjarka zum *Würfelbecher* begleitet, wo sich das Waldmädchen mit von Naenn ausgehändigten zwanzig Talern Taschengeld einquartierte, woraufhin Bestar – ein kleiner Fehler in den Berechnungen dieses Abends – alleine den kurzen Weg zum Haus des *Mammuts* zurücklegen musste. Niemand belästigte ihn, und auch er sorgte sich nicht besonders. Im Vergleich zu den Folterungen in der Thostwaldgrube erschien ihm die Bedrohung durch einen Nadelstichmörder geradezu lächerlich.

Rodraeg war noch lange aufgeblieben und hatte sich in seinem Arbeitszimmer in die Lektüre von Eljazokads phantastischen und oftmals nur schwer zu entziffernden Tagebüchern vertieft, als er ein Geräusch von der Hintertür hörte. Stirnrunzelnd hielt er im Lesen inne. Normalerweise hätte er nun abgewartet, ob sich das Geräusch wiederholte, aber da erst vor wenigen Tagen ein Einbrecher im Haus gewesen war, wollte er keinen Fehler machen, indem er einfach nur zu träge war. Es war ein Kratzen gewesen, wie damals, als Cajin einmal einen Wolf an der Haustür gehört hatte.

Rodraeg nahm die Öllampe vom Schreibtisch, stand auf und ging in das angrenzende Versammlungszimmer. Nur von dort aus kam man auf den Flur, an dem die Haustüren lagen, die beide zur Nacht abgeschlossen worden waren. Rodraeg stand gerade mitten im schattendurchflimmerten Flur, als die Hinter- und die Vordertür gleichzeitig mit knirschenden Geräuschen aufschwangen – und mehrere Gestalten in den Flur wimmelten. Einer hielt eine Armbrust auf Rodraeg angelegt, ein anderer kam langsam auf ihn zu, während mindestens zehn Männer und Frauen in das Haus des *Mammuts* fluteten und in sämtlichen vom Flur abgehenden Türen verschwanden, in das Bad, den Abort, den Keller, Cajins Zimmer, die Küche, den Versammlungsraum und die Treppe hinauf. Es waren Gardisten. Annähernd die Hälfte aller Gardisten Warchaims besetzten lautlos und geordnet das Haus des *Mammuts.* Der, der langsam auf Rodraeg zukam, war kein Geringerer als Stadtgardekommandant Gauden Endreasis höchstpersönlich. Er bedeutete dem Armbrustschützen, die Waffe abzusenken.

»Verhaltet Euch ruhig, und es wird Euch nichts geschehen. In ein, zwei Stunden sind wir hier fertig, dann könnt Ihr, wenn Ihr nichts zu verbergen habt, weiterschlafen oder weiterarbeiten oder was immer Ihr gerade getan habt.«

»Darf ich fragen … womit wir es hier zu tun haben?«

»Das ist eine Hausdurchsuchung. Wir mussten die Schlösser knacken. Falls ein Schaden entstanden sein sollte, wird die Stadt dafür aufkommen.«

»Was ist passiert? Ein weiterer Mord?«

Endreasis, der fast einen Kopf kleiner war als Rodraeg, sah ihn lauernd an. Seine hängenden Augenlider hatten etwas aufreizend Lässiges. »Ja. Meine Überwachungsmänner haben gesagt, dass Ihr die ganze Zeit im Haus wart. Ihr seid also einmal mehr nicht direkt verdächtig. Aber es geht um das hier.« Er hielt Rodraeg einen krakeligen Zettel vor die Nase. Darauf stand:

Dem Mammut dürstet's nach grausamer Wahrhaftigkeit

Endreasis steckte den Zettel wieder ein. »Die Tote hatte diesen Zettel in der Hand. Sie war die leitende Äbtissin des Bachmutempels. Ihr Name war Baacla. Schon mal gehört?«

»Leider muss ich wieder passen. Alle drei Mordopfer stehen mit uns in keinerlei Zusammenhang.«

»In keinerlei Zusammenhang zumindest bis zum Augenblick ihres Todes. Irgendetwas ist am *Mammut* dran, das mit dem Tod all dieser Menschen in Zusammenhang steht. Ich möchte gerne wissen, was.«

»Ich verstehe.« Oben wurde es nun unruhig. Es entstand wohl ein Gezerre in Naenns Raum. Das Schmetterlingsmädchen wehrte sich. Rodraeg blickte besorgt nach oben. Hoffentlich blieb Bestar beherrscht und erschlug keine Gardisten. »Es ist alles in Ordnung«, rief er deshalb mit lauter Stimme nach oben. »Sie wollen nur das Haus durchsuchen! Wir sind nicht verhaftet! Naenn! Bestar! Verhaltet euch ruhig!«

»Ich hab doch gar nichts gemacht, Rodraeg!«, kam es auch prompt von oben. Bestars Stimme. »Bitte schön, ihr könnt gerne mein Bett durchwühlen, natürlich. Vielleicht hält sich dort noch der eine oder andere Traum versteckt. Mann, Rodraeg, bin ich froh, dass ich mich mit der Rückkehr so beeilt habe, dass ich das hier nicht verpassen musste!«

Unwillkürlich musste Rodraeg schmunzeln. Dieses Hadern hätte auch Hellas gut zu Gesicht gestanden.

Hauptfrau Durbas kam aus dem Keller hoch. Sie war offensichtlich eine der Gestalten gewesen, die dort hinuntergehuscht waren. »Unten ist oberflächlich nichts, aber wir durchsuchen noch genauer.«

Der Stadtgardekommandant nickte. »Vergesst nicht, die Beete umzugraben.«

»Wird gemacht.«

Die Beete. In wenigen Sandstrichen würden die Gardisten den Bericht zur Riesenmission ausbuddeln. Eljazokads Tagebücher würden ihnen ebenfalls in die Hände fallen, denn die lagen offen auf Rodraegs Schreibtisch. Falls sie die Nadel im Keller nicht fanden, war das einzig und allein Cajins Sorgfalt beim Verstecken zu verdanken. Rodraeg fragte sich, ob Dilljen Kohn mitgekommen war und ob es deshalb fahrlässig war, an die Nadel und ihr Versteck auch nur zu denken.

»Hat der Sonderermittler Euch begleitet?«, fragte er den Kommandanten.

»Kohn? Nein. Der verfolgt seine eigenen Spuren und scheucht uns schon mehr als genug herum. Es hat uns einige Verwundete eingehandelt, diesen rasenden Klippenwälder aus dem *Ogerbär* zu holen. Ich hoffe, dass Ihr Euch vernünftiger verhaltet.«

»Mein Garten!«, schrie Naenn oben. »Rodraeg, sie machen meinen Garten ganz kaputt! Lasst meinen Garten in Frieden, ihr Ungeheuer! Ihr schrecklichen, unbarmherzigen *Menschen*!«

»Darf ich nach oben gehen, um sie zu beruhigen?«

»Tut, was Ihr könnt«, erlaubte Endreasis. Hauptfrau Durbas hatte die Augen verdreht. Rodraeg spurtete nach oben. Von den Laternen der Gardisten war das ganze Haus jetzt gleichmäßig erleuchtet. Von außen sah es wahrscheinlich aus wie von Heydens Haus nach seiner Ermordung: überall Lichter und Silhouetten.

Estéron versuchte bereits, Naenn zu beruhigen, doch das Schmetterlingsmädchen war außer sich. Über das ganze Gesicht liefen ihr Tränen, wie blind schlug sie um sich. Rodraeg packte sie und nahm sie in die Arme. Sie schrie vor Schmerzen und wehrte sich – »Mein Bauch! Meine Flügel!« – und biss sogar nach ihm, aber nach einem Sandstrich wurde sie nicht ruhiger, sondern schwächer. Bestar ging an der Zimmertür vorbei nach unten. Einer der beiden ihn bewachenden Gardisten trug das Erzschwert wie ein Zepter vor sich her. Bestar sah mehr als besorgt aus und gesellte sich unten zu Cajin.

Rodraeg ließ Naenn irgendwann los, weil er merkte, dass er keinen echten Zugang mehr zu ihr fand. Es war ein Glück, dass Estéron da war, der ihr wenigstens teilweise noch den Eindruck vermitteln konnte, dass nicht alle Menschen Scheusale und Mörder waren. Was Eljazokad ihm geschrieben hatte, fiel Rodraeg wieder ein: *Naenn wurde womöglich Gewalt angetan, als das Kind gezeugt wurde.* Nun zerstörten die Gardisten ihren geliebten Garten. Alles war schrecklich.

Hilflos ging Rodraeg wieder nach unten, um wenigstens zu verhindern, dass man Bestar das Schwert Skergatlu wegnahm. Der Stadtgardekommandant wog es interessiert in den Händen.

»Das ist eine äußerst ungewöhnliche Waffe.«

»Keiner der Morde wurde mit einem Schwert aus Erz begangen«, sagte Rodraeg, der wieder hinzukam. »Ich finde, jetzt reicht es langsam. Dass Ihr uns überwacht und nachts aus dem Bett reißt, ist schon unangenehm genug. Dass Ihr unseren Garten zertrampelt und umgrabt, ist kaum noch hinnehmbar. Wenn Ihr uns aber entwaffnet und uns somit die Möglichkeit zur Selbstverteidigung raubt, werden unsere Gegner leichtes Spiel mit uns haben.«

»So, Ihr habt also Gegner?«

»Selbstverständlich haben wir Gegner. Oder weshalb, denkt Ihr, versucht jemand, uns diese Morde anzuhängen? Ich werde Euch jetzt reinen Wein einschenken.« Rodraeg ging Richtung Arbeitszimmer, wo ihm schon ein Gardist entgegenkam, der Eljazokads Tagebücher und alles, was sonst noch im Zimmer an Schriftstücken aufzutreiben gewesen war, auf den Armen trug. Rodraeg durchstöberte unter den wachsamen Blicken der Hauptfrau kurz die Papierstapel und förderte den Drohbrief zutage.

»Hier«, sagte er und reichte den Zettel an Endreasis weiter. »Eine Ankündigung, dass das *Mammut* fallen wird. Unterzeichnet mit den Buchstaben *DMDNGW*, denselben Buchstaben, aus denen auch Eure heutige Botschaft besteht. Und eine Botschaft, die Dilljen Kohn in Aldava erhielt, übrigens auch. *DMDNGW* ist unser Gegner. Er versucht, uns zu ruinieren. Wir wissen nicht, warum. Wir wissen auch nicht, um wen es sich handelt. Wir wissen aber, dass *DMDNGW* für die Nadelmorde verantwortlich ist und dass wir ihn möglicherweise vor ein paar Tagen als Einbrecher hier im Haus hatten, aber Eure geschätzten Männer nichts unternommen haben, um seiner habhaft zu werden, obwohl wir sie um Unterstützung angefleht haben. Nun trampelt Ihr uns weiterhin auf den Füßen herum – aber wir sind nicht der Feind. Solange Ihr Euch auf uns konzentriert, wird die Mordserie unbehelligt weiterlaufen.«

»Das ist ja sehr interessant«, sagte Endreasis. »Und weshalb seid Ihr mit diesen Informationen nicht gleich zu uns gekommen?«

»Weil wir der Meinung sind, dass es Dinge gibt, die niemanden etwas angehen. Wie zum Beispiel Folgendes. Kann ich mal kurz vorbei? Danke schön.« Rodraeg quetschte sich zur Hintertür durch und schlüpfte in den Garten. Zwei Gardisten waren damit beschäftigt, Naenns filigrane Muster und Formen systematisch in aufgeworfenes Brachland zu verwandeln, aber noch war gut die Hälfte des Gartens intakt. Rodraeg entwand einem der beiden den Spaten und grub in der noch lebendigen Hälfte den Missionsbericht aus. Die Hauptfrau, die ihm nicht von den Fersen wich, überwachte sein Tun mit vorgestreckter Laterne. »So. Hier.« Rodraeg ging wieder hinein und übergab den Bericht an Endreasis. »Wir sind der Garde eigentlich keine Rechenschaft schuldig, denn wir arbeiten für Auftraggeber, die aus allen Bereichen des Lebens stammen. Hier ist ein Bericht über einen Auftrag, den wir für die Riesen des Wildbartgebirges ausgeführt haben. Die Riesen genießen keinen königlichen Schutz, also erwarten wir auch kein königliches Verständnis. Was wir tun, verstößt nicht gegen Gesetze. Es geht nur niemanden etwas an, und wir sind dazu verpflichtet, unsere Auftraggeber zu schützen, deshalb mussten wir den Bericht vergraben. Mehr ist im Garten nicht zu finden, Ihr könnt das Knochenbuddeln also abbrechen lassen.«

»Netter Versuch«, schnauzte die Hauptfrau. »Er händigt uns

irgendwelchen unwichtigen Mist aus, damit wir nicht weitergraben und die wichtigen Sachen nicht finden. Damit ist doch bewiesen, dass sie die Beete als Versteck benutzen!«

Endreasis musterte Rodraeg nachdenklich. »Hauptfrau Durbas hat recht. Wenn ich sichergehen will, dass nicht noch mehr verborgen ist, muss ich *alles* umgraben lassen.«

»Dann tut es. Aber diesen Schaden möchte ich dann wirklich von der Stadt ersetzt bekommen. Er schmerzt nämlich im Herzen eines Schmetterlingsmädchens noch mehr als nur ein eingeschmissenes Fenster.«

»Ich erinnere mich«, nickte Endreasis. »Schon damals kamen mir dieses Haus und seine Bewohner merkwürdig und verrätselt, gleichzeitig aber auch aufrichtig und … traurig vor. Das mit dem Garten tut mir sehr leid. Aber man kann ihn ja neu bepflanzen. Und ich habe das Gefühl, heute tatsächlich mit Antworten hier herauszukommen.« Er überflog den erdigen Riesenbericht. »Wisst Ihr eigentlich, dass sich außer Dilljen Kohn noch ein weiterer Sonderermittler der Königin in Warchaim aufhält, der sich vor einigen Tagen bei mir erkundigt hat, ob irgendwelche Bewohner dieser Stadt Kontakte zu den Riesen haben? Damals wusste ich noch von nichts, deshalb musste ich alle seine Anfragen abschlägig bescheiden.«

Das könnte dieser Trenc Weraly sein, den Riban uns angekündigt hat, dachte Rodraeg. *Aber warum erkundigt er sich bei Endreasis über uns, anstatt gleich zum Haus zu kommen?* »Das ist eigenartig. Niemand wusste etwas von unserer Riesenmission. Bis jetzt. Könnte es sein, dass dieser Ermittler etwas mit *DMDNGW* und der Mordserie zu schaffen hat?«

»Ein Schüler der Vier Gründe? Wohl eher kaum. Ich kann

ihn ja zu Euch weiterleiten, dann kann er Euch seine Fragen selbst stellen.«

»Solange er nicht mitten in der Nacht erscheint ...« Der angespannten Situation zum Trotz ließen Rodraeg und Endreasis beide ein kleines Lächeln aufblitzen.

Endreasis klatschte in die Hände. »Also gut, Leute! Sind wir hier drinnen bald fertig?«

Von überall her schwärmten die Gardisten wieder hervor. Einige glitten schon wieder durch die Türen nach draußen. Rodraeg bemühte sich, an etwas anderes zu denken als an die Nadel und dass sie vielleicht nicht gefunden wurde. Aber noch war mindestens ein Gardist im Keller und suchte alles ab.

Immerhin händigte Endreasis Bestar sein Schwert wieder aus. »Eine sehr ungewöhnliche Waffe, in der Tat«, wiederholte er dabei.

»Von den Riesen«, erläuterte Rodraeg, da Bestar nicht wagte, irgendetwas auszuplaudern.

»Von den Riesen, so, so. *DMDNGW* könnte also ... ein erklärter Feind der Riesen sein. Habt Ihr darüber schon nachgedacht?«

Auf diesen Gedanken war Rodraeg tatsächlich noch nicht gekommen, denn der Drohbrief hatte sich so ausdrücklich gegen das *Mammut* gerichtet, dass nicht daraus hervorging, inwieweit eigentlich jemand ganz anderes gehasst wurde.

Cajin hatte wieder eine Übersetzung parat: »*Die Menschen, ... die nur ... Geringfügigkeit wünschen.*«

Die Gardisten waren mit dem Haus bald fertig. Einer brachte Rodraeg den hölzernen Kopf von seinem Schreibtisch und fragte ihn, was das sei. Rodraeg erläuterte ihm geduldig, dass dies ein sogenannter Kopf von Oobo sei, Kunsthandwerk eines zeitgenössischen Holzschnitzers. Der Gardist aus dem Keller kam hoch, ohne etwas entdeckt zu haben. Gauden Endreasis verabschiedete sich mit den Worten: »Wir werden den Garten noch zu Ende untersuchen, aber Ihr könnt inzwischen immerhin zu Bett gehen. Sollten sich all unsere Verdachtsmomente im Nachhinein als unrichtig herausstellen, könnt Ihr eine schriftliche Schadenersatzforderung bei der Stadtgarde einreichen. Ich werde mich dann persönlich darum kümmern. Gute Nacht!«

»Gute Nacht«, sagten Rodraeg und Cajin. Bestar schwieg.

Solange man die Gardisten noch im Hinterhof herumwimmeln und -schippen hörte, solange wagte Rodraeg sich nicht in den Keller, um nach der Nadel zu sehen. Im Kopf ging er immer wieder durch, wie sehr der Riesenbericht und Eljazokads Tagebücher das *Mammut* belasten würden. Beide Aufträge hatten glücklicherweise nicht gegen die Interessen der Königin verstoßen. Kein Gardist war zu Schaden gekommen. Am heikelsten war wahrscheinlich das Entwenden des Händlerkarrens auf der Rückreise mit dem Fliegenstab, aber auch diesbezüglich ging aus dem Bericht hervor, dass der Händler sie angegriffen, sie in Notwehr gehandelt und sein Leben geschont hatten.

Möglicherweise sprachen diese Aufzeichnungen sogar *für* das *Mammut*. Endreasis würde von der Not der Riesen erfahren und vom Aussterben der Kaninchen im Thostwald. Das *Mammut* würde dastehen als mit ständig wechselnder Besetzung agierender Trupp, der sich für Belange einsetzte, die sonst niemanden interessierten. Durch Eljazokads Tagebücher – die Rodraeg erst zu einem Bruchteil hatte entziffern können – und besonders durch seine Schilderungen der knallbunten *Provinzen* – die Rodraeg kurz überflogen hatte – kam sogar noch ein leicht drogenvernebelter, versponnener Ton hinzu, der das *Mammut* möglicherweise noch weltentrückter und harmloser klingen ließ.

Vielleicht stand also gar nicht so viel zu befürchten. Hellas Borgondi würde in einem schlechten Licht dastehen, aber Hellas konnte für die Warchaimer Mordserie nicht verantwortlich gemacht werden, weil er die ganze Zeit über in Endailon eingekerkert war.

Wichtig war vor allem, dass Rodraeg Eljazokads Tagebücher wiedererlangte, um sie ausführlich zu Ende studieren zu können.

Irgendwann kehrte endlich Ruhe ein im Hof.

Cajin und Rodraeg gingen in den Keller, um nach der Nadel zu sehen. Sie war noch da, durch ein Abtasten oder Auswischen der Fuge noch tiefer hineingerutscht und nun äußerst schwer zu bergen, aber Cajin gelang es, sie wieder ein Stück weit hervorzuangeln, damit sie nicht zu tief in die Struktur des Hauses vordrang, um dieses mit übler Ausstrahlung zu verseuchen.

Anschließend wollte Rodraeg sich ausgiebig um Naenn kümmern, wurde aber vor ihrer Zimmertür von Estéron abgefangen. »Wir müssen reden. Unten«, sagte der Schmetterlingsmann, und Rodraeg folgte ihm in den Versammlungsraum.

»Ich habe sie so weit beruhigen und sogar ein wenig betäuben können«, erklärte Estéron dort, »aber es steht nicht gut um sie. Ihr Kind ist überfällig. Bei uns Schmetterlingsmenschen sind Spätgeburten eher selten. Meistens kommen Kinder eher fünf bis sieben Tage zu früh, weil sie geboren werden möchten, die Sonne begrüßen und ihr Licht schmecken wollen. Was nun Naenn angeht, sehe ich ein Problem. Wenn die Welt um eine Mutter herum zu schreckenerregend ist, kann es vorkommen, dass ein Kind sich weigert, geboren zu werden. Es stirbt dann im Mutterleib und reißt die Mutter mit sich in den Tod. Das kommt selten vor, hat sich aber in Zeiten großer Umwälzungen schon mehrmals ereignet. Die augenblickliche Situation hier in diesem Haus ist geradezu albtraumhaft für Naenn. Sie fühlte sich schon vorher nicht sehr wohl in der Stadt, allein unter Menschen, noch dazu von feindseligen Steineschmeißern bedroht. Aber nun ist alles noch viel schlimmer geworden. Das Haus wird ständig beglotzt. Ständig dringen Fremde hier ein und führen Bedrohlichkeiten mit sich. Ständig ist das *Mammut* mit dem eigenen Untergang konfrontiert. Nun wurde ihr auch noch ihr geliebter Garten genommen, indem man ihn systematisch und skrupellos zerstörte. Der Kindvater, der ihr eigentlich beistehen sollte, stiehlt sich aus seiner Verantwortung. Riban, der wie ein Lehrvater für sie war, versinkt in Unzurechnungsfähigkeit. Die Welt ist für Naenn ein Ort der Dornen und Brände geworden. Unter diesen Umständen ist an eine herkömmliche Geburt nicht zu denken.«

Rodraeg ließ den Kopf hängen. »Es ist sogar noch schlimmer. Eljazokad hat … während seiner letzten Reise Hinweise darauf erhalten, dass … Naenns Schwangerschaft möglicherweise … Resultat einer Vergewaltigung ist.«

»Er irrt sich, wenn auch nicht ganz.« Rodraegs Kopf ruckte hoch. »Körperlich gesehen hat keine Vergewaltigung stattgefunden. In rein körperlicher Hinsicht ist das Kind tatsächlich ein Ergebnis der beiderseitigen Leidenschaft. Aber etwas Seltsames liegt tatsächlich über dem Kind. Ein magischer Schleier, der vielleicht auch ein magischer Schutz ist, vielleicht aber auch eine magische Gewalteinwirkung. Naenn nennt es einen Göttersegen. Ich würde es einen Einfluss, eine Bestimmung nennen, deren Richtung sich mir noch nicht erschließt.«

»Eljazokad vermutete, *DMDNGW* stünde für: Dämmerung Mondlicht Dasco Naenn Geburt Wolfsschmetterling. Wobei Dasco der Name eines Werwolfwesens ist, das wohl auf magische Weise bei Kindszeugungen beteiligt war, das aber mittlerweile nicht mehr lebt. Zum Zeitpunkt von Naenns Empfängnis jedoch war Dasco noch am Leben. Unsere Wege kreuzten sich wenige Monde später auf schicksalhafte Weise.«

»Dasco«, ließ Estéron sich auf der Zunge zergehen. »Der Wolf Oscodidan. Ich beginne zu verstehen. *Vier* Einflüsse. Das körperliche Begehren des Zeugers, die Feuersbrunst des Wolfs, Naenns eigene Schmetterlingsmagie – und noch ein vierter Einfluss, der mir vage bekannt vorkommt. Möglicherweise Riban Leribin. Rodraeg, wir müssen das Kind auf die Welt holen, sonst wird es im Gefüge der vier wirkenden und zerrenden Kräfte zerrissen!«

»Wie stellen wir das an?«

»Jetzt lassen wir Naenn noch ruhen. Sie wird jeden Moment des Kräfteschöpfens brauchen können. Aber morgen früh, sobald der Markt öffnet, schicken wir Cajin mit Bestar als Begleitschutz los, um eine Ingwerwurzel zu kaufen. Damit leiten wir Naenns Wehen ein. Und binnen des morgigen Tages werde ich den Wolfsschmetterling auf die Welt holen.«

9 Das Geborene

Im Licht des frühen Morgens bot Naenns ehemaliger Garten ein trostloses Bild. Rodraeg, von Unruhe und Schlaflosigkeit früh aus dem Bett getrieben, stand inmitten von aufgebrochener Erde und fast mannstiefen Löchern, entwurzelten Beerensträuchern, untergepflügten Rüben, aus der Erde gerissenem Gestein, zertrampelten Kräutern, zerrissenen Zierblumenblättern und zerhackten Salaten.

So wie dieses vier mal vier Schritte messende Beet im Kleinen musste eine Welt aussehen, die tatsächlich von den Göttern verlassen worden war. Dem Kontinent schien es noch deutlich besser zu gehen als diesem Garten, aber dennoch brachte Rodraeg es nicht über sich, dem auf dem Nachbarsgrundstück im Baum sitzenden Wachgardisten ein freundliches Nicken zu schenken.

Er krempelte sich die Ärmel hoch und ergriff einen Spaten. Dabei spähte er immer wieder beinahe furchtsam zu Naenns mit einem Vorhang verhängten Fenster hinauf, ob sich dort etwas rührte. Binnen einer halben Stunde schon leisteten ihm Cajin und Bestar bei seinen Aufräum- und Löcher-Zuschütt-Arbeiten Gesellschaft. Bei Naenn blieb alles ruhig, bis in dem Hof zumindest keine Krater mehr klafften. Als es dann so weit war, dass der Markt eröffnete, schickte Rodraeg Cajin und Bestar dorthin.

Inmitten von Gedränge und Anpreisen, Schnattern und Rascheln, Probieren und Verwerfen, den Düften, Poliertheiten und Zierden, unterwürfigen Angeboten und frechen Überhöhungen des Rathausplatzmarktes ergatterten die beiden eine prächtige Ingwerwurzel, welche die ungefähren Umrisse eines Menschen hatte. Mit ihr kehrten sie nach Hause zurück.

Dann begann der Schmetterlingsmann Estéron das Werk.

Naenn, die ihr Zimmer schon gar nicht mehr verlassen wollte, musste die Wurzel roh einnehmen. Was sie ausschied, wurde in Schüsseln gesammelt. Cajin – von Estéron zu seinem sehenden Assistenten ernannt – erhitzte Unmengen von Wasser auf der Kochstelle und trug es ebenso nach oben in Naenns Zimmer wie den großen Badebottich aus dem Baderaum. Rodraeg und Bestar durften das Zimmer unter keinen Umständen mehr betreten.

Als Rodraeg zur Mittagsstunde einen Blick durch die von Cajin nicht ganz geschlossene Tür erhaschte, wurde seine Vorstellung von Geburtenzimmern gehörig durcheinandergewirbelt. Der ganze Raum war voller Rauch. Estéron war kurz zu erkennen, nackt bis auf einen Lendenwickel und am ganzen Körper mit magischen, unheimlich wirkenden Zeichen bemalt. Seine kleinen, wie vertrocknet wirkenden Flügel an den Schulterblättern waren von fleischlich bleicher Farbe. Als er Rodraeg bemerkte, wandten seine blinden Augen sich ihm zu und schienen für einen Moment in gläsern hohle Tiefen zu führen. Mehr einem Dämon ähnelte der Schmetterlingsmann nun als einem Menschen. Rodraeg floh nach unten hin zu Bestar. Dann lauschten sie beide eingeschüchtert dem gutturalen Gesang, der von oben herniederschallte.

Nach einigen Sandstrichen erschien ein verschwitzter, gesträubthaariger und verschrecktäugiger Cajin bei ihnen im Versammlungsraum. »Estéron sagt, er könnte noch mehr magische Unterstützung gebrauchen. Aber nicht Dilljen Kohn.

Und auch nicht Hebezie oder eine andere einem einzelnen Gott geweihte Person, damit das Kind nicht in eine einzelne Richtung gezerrt und beeinflusst werden kann. Ich habe die Dreimagier vorgeschlagen. Er hat gesagt, ihr sollt sie zu holen versuchen. Ihr beide könnt hier zurzeit ohnehin nichts weiter ausrichten.«

»Wir machen uns sofort auf den Weg.« Rodraeg nahm Bestar am Ellenbogen und führte ihn aus dem Haus. »Hattest du schon Kontakt mit den Dreimagiern, oder hat das alles Eljazokad erledigt?«, fragte er den Klippenwälder.

»Das hat alles Eljazokad erledigt. Was *macht* Estéron da oben, Rodraeg? Ist das überhaupt *seine* Stimme, die da singt?«

»Ich bin einfach nur froh, dass er bei uns ist. Wie sollten wir Nichtschmetterlingsmenschen jemals hoffen zu begreifen, wie man einen Schmetterlingsmenschen zur Welt bringt?«

Rodraeg hatte sein Schwert – das Schwert des Kindsvaters – nicht dabei, dazu hätte er erneut nach oben laufen müssen, aber solange Bestar Skergatlu bei sich führte, fühlte er sich in dieser Stadt, in der selbst Tempeläbtissinnen Attentaten zum Opfer fielen, sicher genug.

Unterwegs fragte ihn Bestar, dessen Gedanken wohl in ähnlichen Bahnen verliefen wie Rodraegs: »Wie kommt es eigentlich, dass alle Priesterleute Namen haben, die genauso anfangen wie ihre Götter? Hebezie mit ›He‹ wie Helele. Und die Bachmufrau, die gestern ermordet wurde, fing doch auch mit ›Ba‹ an.«

»Ja. Der Kjeerpriester, der mir mit meinem Husten geholfen hat, hieß Kjabram. Das liegt daran, dass das nicht ihre echten Namen sind, sondern Ordensnamen, die ihnen verliehen werden, wenn sie ihr Glaubensgelübde ablegen.«

»Du meinst, Hebezie heißt in Wirklichkeit ganz anders?«

»Ja.«

»Und wir können nicht erfahren, wie sie wirklich heißt?«

»Vielleicht erzählt sie es, wenn man sie fragt. Warum beunruhigt dich das so?«

»Weil alles so … heimlich ist. Abkürzungen. Falsche Namen. Tote, ohne dass vorher gekämpft wurde. Das behagt mir alles überhaupt nicht. In den Klippenwäldern ist das Leben … ganz anders. Deutlicher.«

»Bestar, wenn dir das alles zu viel und zu unangenehm wird, sprich einfach mit mir. Friss es nicht in dich hinein, bis du eines Tages auf mich schießen musst wie Hellas.«

»Ich würde niemals auf dich schießen! Ich kann überhaupt nicht schießen! Aber ich würde dir auch sonst nie etwas antun! Ich werde dem *Mammut* beistehen, bis es das *Mammut* nicht mehr gibt!«

»Was, wenn es nach *DMDNGW* geht, nur noch sechs Tage sind.«

»Das ist doch alles Quatsch! An uns wird dieser Meuchler sich die Zähne ausbeißen. Da gebe ich dir mein Wort drauf!«

»Ja. Auch ich hege die Hoffnung, dass er sich in seinem feinen, mit schwarzen Nadeln gestrickten Netz noch selbst verfangen wird.«

Nach hundert weiteren Schritten fragte Rodraeg: »Und du hast wirklich Lesen gelernt in dieser dreifarbigen Welt?«

Bestar nickte stolz. »Schreiben auch ein wenig. Meinen Namen und so einfache Sachen. Ein Mädchen namens Aube hat mir das beigebracht. Ich kann mich noch genau an sie erinnern. Das war nie und nimmer nur ein Traum.«

»Was ihr da herausgefunden habt, mit dieser anderen Welt

und den Menschen und Lebewesen dort …, das klingt alles dermaßen bedeutsam – ich hoffe, wir werden eines Tages Gelegenheit haben, das alles richtig zu erforschen und unser Wissen dem ahnungslosen Kontinent zu vermitteln. Vermittler.« Rodraeg schaute in den graublauen Himmel hinauf. »Das ist das, was wir, was Naenn von Anfang an sein sollte. Vermittler zwischen den Göttern und dem Kontinent, der Welt und den Menschen. Dem Richtigen und dem Falschen. Der Wahrheit und den zahllos vielen Lügen und Heimlichkeiten.«

Sie erreichten das Haus der Dreimagier und fanden es sehr viel verwitterter vor, als Rodraeg es in Erinnerung hatte. Es sah beinahe zerfallen aus. Mit abergläubischer Vorsicht tasteten sie sich heran.

Tatsächlich war das Haus in baufälligem Zustand. Das Dach war teilweise eingestürzt, die Fenster blind und zerschlagen. Putz platzte von den Mauern wie schwammgefüllte Eiterbeulen. Durch die morsche und nur noch halb vorhandene Tür konnten sie das Innere betreten. Nichts als Schutt und geborstene Wände.

»Das verstehe ich nicht«, dachte Rodraeg laut. »Das sieht alles aus wie vom Alter zerstört. Fast wie die Ruine des Alten Tempels. Aber ich war doch erst kurz vor dem Auftrag mit den Walen hier, und da war noch alles bestens in Schuss.«

»Gebrannt hat es auch nicht«, sagte Bestar, der mit der Hand an einer fleckigen und gesprungenen Innenwand entlangstrich. »Das ist einfach nur kaputtgegangen, weil es seit Jahrzehnten verlassen ist.«

»Das ist natürlich eine Lüge«, sagte plötzlich eine jugendliche Stimme. »Eine Schutzmaßnahme in Zeiten der Verfolgung.« Aus einem Winkel, in den zwei zerbrochene Dachbalken wie umgestürzte Bäume hinunterragten, trat ein Junge, zwölf, höchstens dreizehn Jahre alt. Er war schlank und dunkelblond, hatte schöne, klare Augen und sehr feine Gesichtszüge. Auf nicht näher bestimmbare Weise ähnelte er Naenn.

Ein Schmetterlingsjunge? Rodraeg erinnerte sich vage daran, dass Naenn bei ihrem damaligen Spaziergang einen Schmetterlingsjungen in der Nähe dieses Hauses zu sehen geglaubt hatte, und niemand außer ihr hatte diese Wahrnehmung bestätigen können.

Der Knabe trat neben sie und schaute durch ein zersprungenes Fenster nach draußen. »Ihr seid das Tier mit dem Rüssel, nicht wahr? Außer euch würde niemand hierherkommen in diesen Wochen.«

»Wir sind ein Teil des *Mammuts*, nicht das ganze. Ich bin Rodraeg Delbane, das ist Bestar Meckin.«

»Namen. Namen bedeuten gar nichts. In jeder Sprache sind sie anders, und verliehen schon, bevor man den Wert eines Wesens kennt. Auch ich habe keinen Namen. Ich bin nur ein Stellvertreter, eine Botschaft. Die Botschaft lautet: *Wir sind nicht hier. Wir danken euch für den Schlüssel und haben Zuflucht gefunden vor dem unerbittlichen Jäger, der solche wie uns gerne hinschlachtet, selbst wenn niemand ihn dafür entlohnt. Wir sind in des alten Königs Höhle und erforschen dort all jenes, was das Tier mit dem Rüssel uns beim Weiden übrig ließ, und wahrlich, das ist noch vieles.*« Der Junge sah Rodraeg und Bestar beim Sprechen kaum an. Eher schien er in ein Selbstgespräch versunken. »*Helfen können wir euch nicht, um was auch immer ihr ersucht. Die Zeit für Warchaim ist eine düstere. Die letzten Tage ziehen herauf. Dunkleres, Mächtigeres noch als das*

Gegenwärtige wird sich über diese Stadt legen mit kalter, erbarmungsloser Hand. Doch vor dem Dunkleren gilt es, das Gegenwärtige zu bewältigen. Die Hinweise sind überall verstreut, mit Nadeln sind sie ins Gewebe gestickt gleich einer Schrift für Blinde. Mehr Hinweise als diesen Jungen dürfen wir euch nicht geben, denn keinesfalls darf zu viel Aufmerksamkeit uns zuteil werden. Der Schuldigkeiten sind getan. Lasst uns nur Nebenfiguren sein und den Jungen jetzt gehen. Und ja – um euren Magier tut es uns leid. Wir lernten ihn kennen und schätzen.«

»Was bedeutet das: Es tut euch leid um ihn?« Rodraeg war bleich geworden.

»Ich weiß es nicht«, antwortete der Schmetterlingsjunge. »Ich bin nur ein Stellvertreter, und meine Botschaft ist nun abgegolten.« Er wandte sich um und wollte in einen anderen, tiefer liegenden Raum gehen. Instinktiv griff Bestar nach seinem Arm, um ihn festzuhalten, gar nicht grob, sondern einfach nur, um ihn am Weggehen zu hindern, damit Rodraeg ihm noch weitere Fragen stellen konnte. Doch Bestars Hand glitt durch den Arm des Jungen hindurch wie durch lauwarme Milch. Dann – gab es einen eigenartigen Moment, in dem Rodraeg und Bestar das Gefühl hatten, jede ihrer Bewegungen wäre quälend langsam, jeder Lidschlag währte einen Sandstrich und alles Leben in der Stadt ringsum zöge in Eilgeschwindigkeit vorüber. Und als dieser Moment verstrichen war, war der Schmetterlingsjunge fort, und keiner von ihnen hatte sich auch nur umwenden können, um ihm nachzuschauen.

Verwirrt blickten sie sich an.

»Ich mache … mir große Sorgen … um Eljazokad«, sagte Rodraeg mühsam.

»Ich mir auch.«

»Lass uns zurückgehen nach Hause. Vielleicht baut sich das Haus dann hinter uns wieder auf, als wäre es nie verfallen gewesen.«

Doch das Haus der Dreimagier blieb Ruine, selbst als Rodraeg und Bestar es schließlich aus den Augen verloren.

Im *Haus des Mammuts* herrschte eine Stimmung der Schmerzen und der Unsicherheit. Naenns Stöhnen sinterte durch alle Fugen. Cajin rannte aufgelöst umher, und Estéron brauchte Rodraeg und Bestar gar nicht erst in Worte zu fassen, dass Naenns Leben und das ihres Kindes an seidenen Fäden hingen.

Rodraeg verwünschte den Schmetterlingsmann dafür, dass er Naenns Wehen eingeleitet hatte. Vorher war doch zumindest mit ihr noch alles in Ordnung gewesen.

Rodraeg war dem Schmetterlingsmann dankbar dafür, dass er Naenns Wehen eingeleitet hatte. Denn was wäre aus Naenn geworden, falls ihr Kind nicht mehr zu retten gewesen wäre? So bestand immerhin noch Hoffnung für sie beide.

Das *Mammut* war schuld. *DMDNGW*. All die Belastungen, Übergriffe und Attacken der letzten Zeit.

Rodraeg ertrug es nicht, dass Estéron und auch Cajin ihm untersagten, jetzt bei Naenn zu sein, sie zu halten und ihr beizustehen. Aber welches Recht hatte Rodraeg denn auch, darauf zu bestehen? Er war nicht der Kindsvater. Er war nicht ihr Mann. Sie verlangte nicht nach ihm. Alles, was er vorzubringen hatte, war seine tief empfundene Zuneigung zu ihr, ihr leuchtendes Wohnen in seinem Herzen. Aber Liebe allein gab ihm keinerlei Rechte.

Sie wimmerte und wehklagte. Rodraeg hielt sich sogar die

Ohren zu. Bestar war ebenfalls kalkweiß vor Sorge. Sorge auch um Eljazokad.

War dies der Sturz des *Mammuts*, den *DMDNGW* ihnen angekündigt hatte? Dass sie alle umkamen, einer nach dem anderen? Denn wenn Naenn jetzt starb und ihr Kind ebenfalls, wusste Rodraeg nicht, wie und wozu er noch weiterleben sollte.

Sie wimmerte und wehklagte, dann wieder schrie sie aus Leibeskräften. Estéron schrie ebenfalls und sang. Cajin lief mit Wasser hin und her, brachte klares Wasser nach oben und rotes Wasser wieder hinab. Als Bestar ihm anbot zu helfen, eine Art Eimerkette zum Brunnen draußen zu bilden, herrschte Cajin ihn nur mit einem »Steh mir nicht im Weg rum!« an.

Schließlich wollte Bestar dieses schreckliche Haus verlassen. »Wir dürfen Tjarka nicht vergessen«, sagte er. »Ich werde mal sehen, wie es ihr geht und ob sich bei ihr etwas ergeben hat.«

»Du kannst nicht alleine draußen herumlaufen«, ächzte Rodraeg, der gerade zu beten versucht hatte. Beten fiel ihm schwer, weil er immer noch nicht so richtig an die Götter glauben konnte. Aber er wusste, dass Naenn daran glaubte, und deshalb konnte es ihr womöglich tatsächlich helfen. »Ich begleite dich. Komm, wir beeilen uns.«

Als sie aus der Tür stürmten, stießen sie beinahe mit einem Mann zusammen, der dort stand und gerade hatte anklopfen wollen.

Der junge Mann war eine beeindruckende Erscheinung. In einen schwarzen Kapuzenmantel gekleidet, mit einem hohen weiß geschälten Wanderstab in einer Hand, hatte er die dunkle Haut eines Regenwaldhalbbluts, schwarz leuchtende Augen, sehr kurz geschorene, mönchische Haare und eine quadratische Tätowierung auf der Stirn, in der rote und blaue Zacken und Wellen zwischen braunen und blauen Felder hin- und herwogten.

»Verzeiht mir«, sagte der junge Mann höflich. »Mein Name ist Akamas. Man sagte mir bei der Stadtgarde, dass ich hier die Menschen treffen könnte, die mit den Riesen befreundet sind.«

Wie jedes Mal in den letzten Tagen, wenn er einem Fremden begegnete, rechnete Rodraeg die Wahrscheinlichkeit durch, jetzt endlich *DMDNGW* vor sich zu haben. Aber es passte nicht. Die Höflichkeit dieses Fremden schien nicht gespielt, sondern einer anerzogenen Bescheidenheit zu entspringen. Freundliche Augen konnte man nicht so leicht vortäuschen. Auch hatte er seinen Namen genannt und sich so schon beim Vorstellen eines Teils seines Geheimnisses entledigt. Es passte nicht.

»Ich …«, stammelte Rodraeg, »Ihr seid hier richtig, aber leider befinden wir uns augenblicklich in einer Notlage und können nicht …« Aus dem Haus ertönte ein gepresster Schmerzenslaut Naenns, der Rodraeg durch Mark und Bein schnitt und ihn noch fahriger machte.

»Ich spüre Magie, die durch große Schmerzen nach außen will«, sagte der junge Mann mit dem Stab. »Vielleicht kann ich helfen. Ich bin ein Schüler der Vier Gründe.«

»Damit bin ich leider nicht vertraut.«

»Rodraeg? Kann ich mal kurz mit dir reden?«, fragte Bestar. Der Blick des Klippenwälders war ungewohnt dringlich.

»Entschuldigt uns kurz einen Moment.« Rodraeg trat mit Bestar wieder nach drinnen zurück und zog die Tür hinter sich zu. »Was ist?«

»Bist du beim Lesen von Eljazokads Tagebuch schon bei der Sache mit dem Kartenlegen angekommen?«

»Ich habe es nur überflogen. Leider hat Endreasis nun alles mitgenommen.«

»Ich kriege es auch nicht mehr so richtig zusammen, aber ich erinnere mich an die Karte namens ›As der Stäbe‹. Wie sie aussah: eine Fackel in einer Hand. Die Fackel war wie ein heller Stab. Und diese Karte stand für unseren Gegner!«

»Glaubst du daran?«

»Ich weiß nicht. Aber Eljazokad schien eine Menge daraus lesen zu können.«

»Bestar, wenn dieser Mann vielleicht Naenns Leben retten kann, werde ich ihn nicht aufgrund einer Spielkarte verstoßen. Und wenn er tatsächlich der Feind ist … ich weiß! Estéron! Wenn Estéron ihn akzeptiert, vertraue ich ihm auch! Und falls er uns jetzt hilft und irgendwann später einmal unser Todfeind wird, ist mir das ehrlich gesagt vollkommen egal.«

»Ich wollte es ja nur gesagt haben.«

»Und ich bin dir dankbar für deine Hinweise. Ich freue mich, dass du mitdenkst. Du wirst mir in vielem helfen müssen, falls wir Eljazokad tatsächlich nicht so schnell wiederbekommen.«

Rodraeg öffnete die Tür wieder. Akamas hatte geduldig abgewartet.

»Entschuldigt bitte die Unhöflichkeit«, sagte Rodraeg. »Wir hatten in letzter Zeit Einbrecher, ermittelnde Magier und auch Hausdurchsuchungen hier. Es fällt uns schwer, Vertrauen zu fassen.«

»Das kann ich verstehen. Ich will mich auch nicht unter falschen Voraussetzungen bei Euch einschleichen: Auch ich bin ein Ermittler der Königin und außerdem Magier. Aber das spielt keine Rolle, wenn jemand der Hilfe bedarf. Im Angesicht der Elemente stehen alle Menschen auf derselben Seite, nämlich auf der Seite der Schwachen und Unwissenden.«

Sie ließen Akamas herein und führten ihn nach oben. Dort unterbrach Estéron seine Rituale und kam schweißgebadet in einer Aura aus Rauch zur Zimmertür, um den Neuankömmling mit blinden Augen und Fingerspitzen zu mustern. »Es könnte ein Wunder sein«, sagte er nur. Dann ließ er Akamas zu Naenn und sperrte Rodraeg und Bestar weiterhin aus.

Tatsächlich hörte das Schreien und Wehklagen auf. Rodraeg bestand nun darauf, dass Bestar bei ihm im Haus blieb. Während ein fremder Magier, der noch dazu für die Königin arbeitete, sich an Naenn zu schaffen machte, konnten sie nirgendwo anders hingehen. Tjarka würde auf sich selbst aufpassen müssen – und das als Mädchen, das es gewohnt war, alleine durch den Thostwald zu streifen, wohl auch können.

Zwei Stunden vergingen. Irgendwann wurde Cajin nicht mehr gebraucht und setzte sich erschöpft zu Rodraeg und Bestar, um mitzubeten und mitzuhoffen.

Dann, am Nachmittag, gellte endlich das erlösende Schreien eines neugeborenen Kindes durch das Haus. Die Sorge um Naenn war immer noch nicht vorüber, aber als Rodraeg die Stiege nach oben rannte, kam ihm auf halbem Weg schon Akamas entgegen und sagte: »Dem Kind geht es gut, der Mutter den Umständen entsprechend ebenfalls. Sie muss nun schlafen, während Estéron dem neuen Mädchen ein Lied von der Welt vorsingt.«

»Dem neuen Mädchen? Das Kind ist ein Mädchen? Naenn dachte doch, es würde ein Junge.«

»Ja. Estéron dachte das auch. Das Kind ist eine Überraschung. Abgetrennt von allen Wahrscheinlichkeiten und Empfindungen. Ich muss mich kurz ausruhen. Könnte ich einen Krug Wasser bekommen?«

»Aber selbstverständlich.« Cajin kümmerte sich bereits. Akamas setzte sich zu den anderen an den Versammlungstisch. Seine Augen leuchteten im dunklen Gesicht noch deutlicher als ohnehin schon. Dankbar nahm er das Wasser entgegen und trank davon.

»Ich musste das Fenster öffnen, um den Rauch hinauszulassen«, erklärte er lächelnd. »Immerhin ist das Kind halb menschlich – wer weiß, wie es auf Estérons rein schmetterlingsbezogene Vorkehrungen reagiert hätte?«

»Was … könnt Ihr sagen über dieses Kind?«, fragte Rodraeg.

»Nicht viel. Es ist halb Schmetterlingsmensch, halb Mensch, das habe ich erkennen können. Auch sind noch zwei andere Aspekte verborgen. Einer mit Fangzähnen. Einer, der zu den Göttern hinaufschaut. Aber ich wollte nicht unverschämt sein. Ich bin jemand, der lieber Fragen stellt, anstatt zu Belauschen.«

»Wir stehen tief in Eurer Schuld. Lasst mich Eure Fragen beantworten.«

Akamas lächelte wieder. »Es sind nicht viele. Die Geburt dieses Kindes hat mir einmal mehr vor Augen geführt, wie dringlich meine Mission ist. Ich muss weiterreisen, vielleicht zu den Riesen, vielleicht aber auch schon darüber hinaus. Zuerst jedoch meine Fragen: Seid Ihr die Menschen, die von den Riesen aus nach Warchaim gebracht wurden auf magischem Wege, am Tage des Mittelrauchs?«

»Ja. Das waren ich, Bestar und noch ein weiterer Mitstreiter, der zurzeit leider nicht bei uns ist.«

»Und vorher, am achtzehnten Feuermond von Tyrngan aus?«

»Das war Bestar. Die Riesen holten ihn zu sich.«

»Aus Freundschaft?«

»Weil wir in ihrem Auftrag arbeiteten, ja.«

»Ich verstehe. Was wisst Ihr von den Tsekoh?«

»Sehr wenig. Sie sind die Erzfeinde der Riesen. In Visionen haben wir sie gesehen, aber nur sehr undeutlich. Sie sind wie … lichterloh blendende Schatten.« Rodraeg musterte den Magier, der ihm gegenübersaß. Bislang hatte er es vermieden, über die genaue Natur des Riesenauftrags zu sprechen, und Akamas war diskret genug gewesen, nicht nachzuhaken. Aber es war deutlich zu spüren, dass der Magier einer wichtigen Sache auf der Spur war, und Rodraegs Empfinden einer Dankesschuld war aufrichtig. »Unser fehlender Mitstreiter, Eljazokad, könnte Euch wahrscheinlich mehr über die Tsekoh erzählen, denn in der *Höhle des Alten Königs* bei Tyrngan gibt es einen Weg, der dem Weg der Tsekoh entspricht, und Eljazokad hat diesen Weg beschritten.«

»Das ist sehr interessant. Dort könnte ich mehr über das lernen, was Warchaim bedroht, als in allen Büchern, die geschrieben wurden. Aber ist die *Höhle des Alten Königs* denn nicht verschlossen?«

»Als Teil unseres Auftrags für die Riesen erhielten wir – erhielt Eljazokad – einen Schlüssel. Möglicherweise ist dieser Schlüssel in den Aufzeichnungen enthalten, die Gauden Endreasis letzte Nacht aus unserem Haus geholt hat, ich weiß es nicht. Ich und Bestar jedenfalls haben uns diesen Schlüssel leider nie merken können. Wenn meine Informationen jedoch richtig sind, sind die Dreimagier Dulf aus Warchaim gerade in der *Höhle des Alten Königs*, weil Eljazokad ihnen den Schlüssel übergeben hat. Über die Dreimagier könnt Ihr vielleicht hineingelangen.«

»Ich danke Euch sehr und bin froh, dass Endreasis mich zu Euch geführt hat. Zwei Fragen fallen mir noch ein. Sagt Euch der Begriff ›verdurstender Wald‹ etwas?«

Rodraeg sah Bestar und Cajin an. Alle drei schüttelten die Köpfe.

»Und steht Ihr als im Land umherreisende Gruppe in irgendeiner Verbindung zu den sich öffnenden Elementquellen?«

»Wenn Ihr uns erklären würdet, was Ihr damit meint, könnte ich darauf antworten.«

»Die Quelle des Feuers im Land der Affenmenschen. Die Quelle der Erde in der Nähe von Terrek. Die Quelle des Wassers hängt möglicherweise mit dem verdurstenden Wald zusammen, das ist jedoch nur eine Theorie von mir. Die Quelle der Luft ist mir noch vollkommen unbekannt.«

Rodraeg versuchte, sich nichts anmerken zu lassen. Wenn er jetzt zugab: *Ja, ich war bei der Erdquelle von Terrek und hatte so viel Verbindung zu ihr, dass ich dabei nachhaltig vergiftet wurde*, dann konnte dieser Sonderermittler der Königin eins und eins zusammenzählen und herleiten, dass das *Mammut* an der Stilllegung der Schwarzwachsmine beteiligt war. Also musste Rodraeg ihn jetzt anlügen. Aber *konnte* er überhaupt lügen, oder konnte auch Akamas – wie Dilljen Kohn – in Menschen lesen wie in einem Buch?

»Wir waren vor Kurzem in Terrek«, formulierte er vorsichtig. »Als wir zu den Riesen reisten, denn das ist nicht weit weg vom Wildbart. Ja, ich hatte Kontakt mit dieser Schwarzwachsquelle. Es war sehr unangenehm.«

»Ich verstehe«, sagte Akamas wieder, und diesmal klang es mehrdeutig. Dann straffte sich der junge Magier und griff nach seinem hellen Stab, den er während des Gespräches gegen den Tisch gelehnt hatte. »Jetzt muss ich aufbrechen. Ich fürchte, dass es keinen Sinn hat, wenn ich ohne den Segen der Riesen in die *Höhle des Alten Königs* eindringe. Ich muss also erst in den Wildbart und dann wieder zurück in den Westen. Das wird fast einen Mond in Anspruch nehmen. Hoffentlich kann ich überhaupt noch rechtzeitig Berichte an die Königin schicken. Jedenfalls … wünsche ich Euch und dem Kind alles Gute. Ihr solltet vielleicht darüber nachdenken, Warchaim zu verlassen. Ich fürchte, es ist nicht sicher hier.«

»Wem sagt Ihr das? Ein Verrückter oder eine verrückte Gruppe namens *DMDNGW* versucht uns zu vernichten.«

Akamas hatte sich erhoben und ging bereits zur Tür. »Das meine ich nicht. Dieser mächtige Dämon namenlos gleißender Wut ist nur ein Spuk unter vielen. Ich fürchte vielmehr, dass es für niemanden mehr sicher ist in Warchaim. Für niemanden. Mögen die Vier Gründe Euch leiten. Lebt wohl.« So eilte er die Straße hinunter davon Richtung Osten, den Stab wie einen Wanderstock benutzend, und ließ seine drei Zuhörer in Verwirrung zurück.

»*Der mächtige Dämon namenlos gleißender Wut*?«, wiederholte Cajin. »*Das* ist *DMDNGW*?«

»Ich habe keine Ahnung«, bekannte Rodraeg matt. »Und je mehr man mir erzählt, desto weniger begreife ich noch.«

Später gesellte sich Estéron zu ihnen. Der Schmetterlingsmann sah abgekämpft aus und musste sich erst die rituellen Malereien vom ausgemergelten Leib schrubben, bevor er sich zu den anderen an den Tisch setzen und ein von Cajin rasch zubereitetes überbackenes Brot essen konnte. Rodraeg erzählte, was Bestar und er im neuerdings verfallenen Haus der Dreimagier erlebt hatten.

Der Schmetterlingsmann hörte gut zu. »Im Allgemeinen wissen Schmetterlingsfrauen, welches Geschlecht ihr Kind haben wird. Mehr noch als Menschenfrauen können sie Zwiesprache halten mit dem Ungeborenen, es kennenlernen und an sich gewöhnen, noch bevor es das Licht der Sonne zum ersten Mal erblickt. Aber womit Naenn auch immer gesprochen hat in den letzten Monden – es war nicht ihr eigenes Kind. Die Geburt eines Mädchens war eine große Überraschung, für sie und auch für mich. Bei uns im Hain gibt es eine alte Auslegung, die besagt, dass, wenn ein Mädchen geboren wird, ein Junge nicht geboren wird, und umgekehrt. Mir scheint, die Dreimagier haben euch den Jungen, der nicht geboren wurde, gezeigt. Den Jungen, mit dem Naenn in den letzten Monden gesprochen hat, wenn sie ihren Bauch berührte.«

»Sie hat diesen Jungen schon damals gesehen, als wir zum ersten Mal am Haus der Dreimagier waren«, erinnerte sich Rodraeg. »Das war kurz nach unserer Rückkehr vom Terrek-Auftrag. Damals war sie im dritten Mond schwanger und kurz davor, es mir zu erzählen. Ich weiß noch, wie unwohl sie sich fühlte. Vielleicht haben die Dreimagier irgendwie auf sie eingewirkt, sodass sie einen Jungen wahrnehmen musste anstatt eines Mädchens.«

»Das glaube ich nicht. Die Geburt war wie ein Bergen von

etwas Zerbrechlichem aus etwas Zerbrechlichem – und das alles inmitten eines wilden Gewitters widersprüchlicher Kräfte. Ich bin mir jetzt sicher, dass Riban Leribin seine Spuren in Naenn hinterlassen hat, und ebenfalls, dass der Wolfsmann Oscodidan Teil ihres Schicksals ist. Das erklärt auch den Wolf, der eines Nachts an eurer Haustür schnupperte, wie Cajin mir erzählt hat. Von den Dreimagiern war aber nichts zu bemerken. Ich denke, sie stellen nur bildlich dar, was sie wissen oder ahnen, um uns behilflich zu sein. Sie mögen viel wissen und ahnen, aber ihr tatsächliches magisches Bewirken ist eher gering. Die Mächte von Mensch und Schmetterling, Magier Leribin und dem Wolf waren viel stärker, ein vierfaches Kreuzen von Elementen. Der junge Akamas war von großem Nutzen, denn er konnte mit seiner Magie Felder gerade biegen und glätten, die sich wie Widerhaken sträubten. Ich selbst war die ganze Zeit über damit beschäftigt, einen Pfad nach draußen zu finden und für das Kind überhaupt erstrebenswert zu machen. Ein einzigartiges Kind wie dieses wird ein schweres Leben führen müssen, und so manches Ungeborene in dieser Lage beschließt, lieber die Brücke zu überqueren, auf der auch du schon standest, Rodraeg.«

Alle versanken in Schweigen. Cajin fand als Erster die Sprache wieder. »Dieser Junge, der nicht geboren wurde … den die Dreimagier als Boten benutzten … ist es denkbar, dass er tatsächlich existiert? Dass er agieren kann, als würde es ihn geben? Und dass er Groll empfindet über die Tatsache, dass er nicht geboren wurde?«

»Weshalb fragst du das?«, wollte Estéron wissen.

»Weil, wenn man aus *der Junge, der nicht geboren wurde* einen Mann oder einen Menschen macht, dann ergibt das *der*

Mann, der nicht geboren wurde oder *der Mensch, der nicht geboren* wurde. *DMDNGW.*«

»Wir haben inzwischen so viele mögliche Auslegungen von *DMDNGW*, dass alle falsch sein können und alle wahr«, winkte Rodraeg ab. »War es nicht vor einer halben Stunde noch *der mächtige Dämon namenlos gleißender Wut*? Vielleicht liegt der Sinn dieser Buchstaben gerade darin, dass sie keinen Sinn ergeben. Dass man sie mit Bedeutung füllen kann, bis man ganz irrsinnig geworden ist vor lauter Vieldeutigkeiten.«

»Der Junge war nicht feindselig«, widersprach auch der sonst ziemlich schweigsame Bestar Cajins Theorie. »Gut, er muss in dieser verfallenen Hütte hausen, das kann einen vielleicht sauer machen. Aber wenn ich das alles richtig verstanden habe, ist die Hütte verfallen als Schutz, als Tarnung. Als Tarnung vor *DMD*undsoweiter, denn der streift durch die Stadt und tötet solche wie die Dreimagier. Das haben sie Eljazokad damals erzählt.«

»Stimmt«, lenkte nun auch Cajin ein. »Das hatte ich vergessen. Mist, wir hätten diesen Akamas mehr ausquetschen müssen!«

»Ich hatte nicht das Gefühl, dass wir mehr aus ihm hätten herausbekommen können, als er uns freiwillig zu sagen bereit war«, entgegnete Rodraeg. »Er hat uns genug geholfen. Ein Sonderermittler der Königin. Seltsam genug. Und wie geht es nun Naenn?«

»Sie schläft«, antwortete Estéron, »und hält im Schlaf ihr Kind. Wenn man es genau betrachtet, halten sie sich aneinander fest. Bis morgen sollten wir sie so lassen. Aber eine Neuigkeit habe ich noch für euch: den Namen des Kindes. Naenn hat ihn während der Geburt aus dem Hain empfangen, über die weit aufgespreizten Geweihfühler einer werdenden Mutter. Der Name soll Nemialé sein. Das ist eine Zusammensetzung der Worte *Nem*, Schmetterling, und *Ial*, Wolf. Mit der weiblichen Endung bedeutet dieses Wort *Schmetterlingswölfin.*«

»Eljazokad war ganz nahe dran«, hauchte Rodraeg andächtig. »Er vermutete, das Kind würde ein *Wolfsschmetterling.*«

»Eljazokad«, griff Bestar niedergeschlagen auf. »Die Dreimagier fürchten, ihm ist etwas zugestoßen.«

»Ja«, sagte Rodraeg. Er legte seine Hände nacheinander auf die auf dem Tisch liegenden Handrücken von Estéron, Bestar und Cajin und drückte sie fest. »Unser Abwarten und Nichtstun ist nicht mehr hinzunehmen. Das Kind ist endlich auf die Welt gebracht, und das war schwierig genug. Aber jetzt haben wir einen Grund weniger, uns selbst in Watte zu packen und uns unter *DMDNGWs* Bewurf aus falschen Anschuldigungen und wahrhaftigen Gräueltaten einfach nur zu ducken. Wir müssen diesen Fluch endlich abschütteln, damit wir Eljazokad heimholen können und nach ihm Hellas, um nach Hellas endlich wieder denen helfen zu können, denen außer uns niemand hilft. Wir müssen auch Warchaim wieder sicher machen, sicher für alle Einwohner, denn die Stadtgarde scheint dazu nicht in der Lage zu sein. Komm, Bestar, wir gehen jetzt zu Tjarka. Ich habe mehrere Ideen. Cajin und Estéron, ihr beide passt auf Naenn und Nemialé auf. Das *Mammut* ist jetzt einer mehr! Und dieser feige Nadelmeuchler soll sich jetzt endlich in Acht nehmen vor den *Schösslingshütern* der *Schmetterlingswölfin*!«

10 Vermächtnis

Die Dunkelheit waberte über Warchaim und kam dann herab wie langsamer Regen.

Rodraeg und Bestar legten den kurzen Weg zum *Würfelbecher* zurück.

»Ich weiß nicht, ob es so eine gute Idee ist, die drei jetzt allein zu lassen«, quengelte Bestar. »Naenn ist geschwächt, Estéron erschöpft. Wenn sich jetzt einer das Kind greifen will, machen wir ihm freie Bahn.«

Rodraeg widersprach ihm. »Der Moment ist verstrichen. Als Naenns Leben am seidenen Faden hing – da hätte der Gegner angreifen müssen. Aber nun ist das Kind auf der Welt. So viel magisches Potenzial wie jetzt hatten wir noch nie zuvor im *Haus des Mammuts* versammelt.«

Tjarka hockte gelangweilt an einem Tisch und hielt Augen und Ohren offen. »Männer sind einfach blöde«, erzählte sie den beiden. »Wenn man lang alleine an einem Tisch sitzt, setzen sie sich zu einem und labern dummes Zeug. Wenn sie mitkriegen, dass man alleine in einem Zimmer wohnt, wollen sie einem Gesellschaft leisten, damit das Bett nicht so kalt ist – als ob draußen Winter wäre. He, ich sehe überhaupt nicht aus wie eine, die sich an Kerle ranmachen möchte. Warum lassen die mich nicht in Ruhe?«

»Waren die Männer im Thostwald denn weniger blöde?«, fragte Rodraeg.

»Da war ich nie lange genug an einem Ort, um das so mitzukriegen.«

Sie tauschten Neuigkeiten aus. Naenns Tochter. Die Hausdurchsuchung. Der tätowierte Magier, der bei der Geburt geholfen hatte.

Tjarka wiederum hatte Gerüchte gehört über den Mord an der Äbtissin Baacla. Es sei ein furchtbares Blutbad gewesen, weil die Äbtissin sich wohl gewehrt habe. Der Mörder hätte sie mit einer Nadel regelrecht in Fetzen gerissen.

»Lassen seine Fähigkeiten nach?«, mutmaßte Rodraeg. »Nur noch sechs Tage bis zum Nebelmond. Womöglich muss er dann wieder seine zwölfjährige Ruhepause einlegen. Wir haben es mit einem sehr, sehr eigenartigen Wesen zu tun.« Er bestellte drei Hellbiere. »Folgendes werden wir jetzt tun: Wir gehen zum Garten des Mordopfers Uklas Eimenhard. Dort gab es eine Spur, die der Mörder hinterlassen hat, höchstwahrscheinlich die Spur einer Frau. Ich möchte, dass du dir die Spur anschaust, Tjarka. Vielleicht kannst du ja dein besonderes Talent einsetzen und einen Weg zurückverfolgen.«

»Das kann ich gern versuchen.«

»Danach will ich mir im Schutz der Dunkelheit noch mal das abgebrannte Slessinghaus vorknöpfen. Mir geht einfach nicht aus dem Kopf, dass Estéron mehr Todesopfer wahrgenommen hat, als von der Stadtgarde geborgen wurden. Möglicherweise haben die etwas übersehen, weil sie nicht wussten, wonach sie suchen mussten. Und dann ist da noch diese Zeitgleichheit. Das Slessinghaus brannte am 11. Blättermond. An welchem Tag kam Eljazokad aus der anderen Welt zurück?«

Tjarka rechnete zurück. »Es war der 12., als wir ihn in Anfest verlassen haben. Also müssen wir am 11. aus Siusans Grube raus sein.«

»Eben. Wenn mich nicht alles täuscht, seid ihr, besonders

Eljazokad, indirekt für den Brand des Slessinghauses verantwortlich. Das Feuer war kein Zufall. Aber ich will die vierte Leiche finden, sonst werde ich den Verdacht nicht los, dass Carmaron Siusan noch am Leben sein könnte, durch einen abgefeimten Trick, um seine Spuren zu verwischen.«

»Dann wäre es aber doch gut, wenn Estéron dabei wäre«, sagte Bestar.

»Vielleicht genügt uns Tjarka. Wenn nicht, müssen wir den Schmetterlingsmann noch mal aus dem Bett holen. Trinkt jetzt erst mal in Ruhe aus. Je dunkler es ist, desto weniger Schaulustigen kann unser Treiben verdächtig vorkommen.«

In der herbstlich kühlen Dunkelheit, die nach Kastanien roch und Regen, durchquerten sie zu dritt die Stadt in südlicher Richtung. Rodraeg hatte keinerlei Mühe, den Ort des Geschehens wiederzufinden. Zu tief hatte sich Naenns Furcht beim Vergleichen der Fußspuren in seine Erinnerungen eingebrannt.

Noch immer war das Beet mit den Fußspuren von einer Schnur der Stadtgarde umrahmt. Auch das Haus des Mordopfers, das wohl allein gewohnt hatte, war immer noch versiegelt.

»Hier ist die Spur.« Rodraeg deutete auf das mondschimmernde Beet. »Das daneben ist ein Fußabdruck Naenns. Lass dich von dem nicht ablenken.«

»Keine Sorge. Die sind sich gar nicht ähnlich.« Rodraeg verspürte Erleichterung, als Tjarka dies sagte. Er hatte gar nicht gewusst, dass er innerlich immer noch besorgt gewesen war wegen dieser Fußspuren.

Tjarka ging auf alle viere und kroch im Beet herum. Dabei

murmelte sie unentwegt, um ihren beiden Begleitern ihre Gedankengänge mitzuteilen. »Also gut, wo sie hingegangen ist, ist offensichtlich. Das Haus mit dem Siegel. Erst das Fenster. Dann die Tür. Die Tür. Was dort passiert ist, kann ich nicht sehen. In Gebäuden gibt es keine Spuren und keine Wege für mich. Aber auf den Straßen gibt es Pfade. Viele Pfade. Du willst wissen, wo sie hergekommen ist. Hmmm, das ist bis hierhin noch ganz einfach.« Sie richtete sich auf und blickte sich im ganzen Garten um. »Sie ist ganz normal durch dieses Tor gegangen, so wie wir eben. In ziemlich gerader Linie. Gewöhnliche Leute hätten es vermieden, ins Beet zu treten, und stattdessen nur die Wege benutzt. Aber sie ging sehr gerade, sehr zielgerichtet. Sie achtete nicht darauf, wo sie hintritt. Mal sehen, was die Straße hinter dem Tor zu bieten hat.«

Sie verließen Eimenhards Garten. In der angrenzenden Gasse hockte Tjarka sich wieder hin, schaute nach links, nach rechts, nach oben zum Himmel, und ging auch hier wieder auf Hände und Knie, um das Gesicht ganz dicht über das Pflaster führen zu können, wie um zu schnuppern. »Das wird nicht einfach. Tausende von Menschen latschen hier herum, schwerfällig und schnatternd. Das ist nicht wie im Thost, wo niemand mehr die Luft kreuzt, die ein Wanderer durchschnitten hat.« Sie erhob sich und wischte sich die Handflächen an den Seiten ihrer Hose ab. »Ich fürchte, das wird ziemlich langwierig. Ich werde auch Tageslicht brauchen und eine über den Himmel ziehende Sonne, zum Vergleich der Schatten. Gib mir diese Nacht und den gesamten morgigen Tag, dann kann ich vielleicht etwas lesen. Aber ich werde auch falschen Fährten folgen müssen. Für euch wird das ziemlich langweilig werden.«

»Gut, aber einen Versuch ist es wert. Bestar, ich hätte dich gerne als Tjarkas Leibwache. Sie sollte nicht allein hier herumsuchen, erst recht nicht auf der Fährte einer Mörderin.«

»Geht klar.«

»Dann gehe ich jetzt nach Hause, hole Estéron und schaue mir mit ihm das Slessinghaus an.«

»Du gehst nicht alleine nachts durch die Stadt«, sagte Bestar bestimmt.

Rodraeg kämpfte einen Impuls nieder, Wagnisse einzugehen, den Stier bei den Hörnern zu packen und Entscheidungen herbeizuführen, die rascher und dadurch weniger peinigend waren als seine sonstige Geduld und Bedachtsamkeit. »Dann müsst ihr mich leider eskortieren und danach wieder hierhin zurückkehren.«

»So machen wir's halt.«

Sie gingen wieder quer durch die Stadt zurück. Manchmal bildete die Nacht für Rodraeg Nischen, in denen sich männliche und weibliche Nadelmörder lauernd hätten verstecken können, aber mit Bestar als Begleiter entpuppte sich jede Nische als harmlos. Tjarka grummelte die ganze Zeit unzufrieden vor sich hin. Rodraeg konnte nur Satzfetzen verstehen wie: »Zu viele Füße. Hierhin und dorthin. Ohne Ziele. Eilig, aber ohne.« Als sie die schmale Straße erreichten, an der das *Haus des Mammuts* lag, winkte Rodraeg die beiden zurück. »Ab hier bin ich im Blickfeld und somit unter dem Schutz der Garde. Es ist nicht nötig, dass der Gardist euch beide zusammen sieht. Viel Glück, und macht mir gegen morgen Mittag bitte einmal Meldung.«

»Rodraeg?«, druckste Bestar. »Ich würde es besser finden, wenn Tjarka und ich mitkommen zum Brandhaus. Immerhin waren wir es, die von Siusan gefangen genommen wurden. Vielleicht sehen wir etwas beim anderen Siusan, das du übersehen würdest. Und Estéron ist blind, weißt du?«

»Hm. Aber ich fürchte, Tjarka will jetzt loslegen mit dem Spurensuchen.«

»Mir ist das egal. Ich sehe mich auch an diesem Brandort um.«

»Na gut, dann können wir Estéron seine wohlverdiente Ruhe lassen. Der Tag war anstrengend genug für ihn. Weg hier, bevor der Gardist uns bemerkt.« Den Marsch nach Norden hätten sie sich sparen können, das Slessinghaus lag noch in der Südhälfte Warchaims. Rodraeg ärgerte sich darüber, dass sie so wankelmütig durch die Stadt tappten, aber andererseits konnten sie so vielleicht eventuelle Verfolger oder Beobachter verwirren.

Das Slessinghaus war schon etwas schwerer zu finden. Der Brandgeruch war verflogen, und die Häuser in der Gegend südlich des Adelsbezirks standen kreuz und quer. Aus dem Bordell *Drachen & Höhlen* drangen Musik und Gelächter. Dann erspähte Tjarka die Brandruine.

Auch dieses Gelände war noch von Seilen mit Stadtgardewimpeln abgesperrt. Die drei achteten darauf, dass gerade niemand in der Nähe war, und stiegen einfach darüber. Drinnen stank es noch immer nach Ruß. »Eine Laterne wäre jetzt gut«, murmelte Tjarka und schlüpfte unter die heruntergebrochenen Dachreste.

»Besser nicht als auffälliges Lichtlein hier herumwandeln«, mahnte Rodraeg, der mit hineinschlüpfte. »Und sei bloß vorsichtig. Das könnte alles einstürzen.« Bestar blieb noch draußen und umrundete das Gebäude vorsichtig.

Tjarka war schon wieder auf allen vieren. Diesmal machte sie sich wirklich schmutzig. Es schien ihr überhaupt nichts auszumachen. »Der Boden ist noch intakt. Der Siusan im Thost war ein Maulwurf. Möglicherweise … aber hier ist nirgendwo so was wie eine Kellerluke. Wenn, dann dort hinten, wo alles eingestürzt ist.« Sie rüttelte an einem heruntergefallenen Balken, konnte ihn aber nicht bewegen. Asche rieselte irgendwo herab.

»Sei bloß vorsichtig«, wiederholte Rodraeg. Er sah nichts, wusste auch gar nicht, wonach er eigentlich suchte, und fühlte sich andauernd an sein Husten erinnert aufgrund des eingeätzten Aromas von Brand und Vernichtung. Die Baufälligkeit des Dreimagierhauses war nichts gewesen im Vergleich zur Endgültigkeit dieser Stätte.

Tjarka rief zischend nach Bestar. Der kam folgsam angetrottet. »Hilf mir mal mit diesen zwei Balken und dem Schutt dazwischen. Mal sehen, was dadurch noch gestützt wird.« Die beiden machten sich ans Werk. Rodraeg überwachte und wies einmal auf eine Einsturzkettenreaktion hin, die im Begriff war, sich anzubahnen. So rackerten und ächzten die drei über eine halbe Stunde lang. Sie strebten Lautlosigkeit an und lösten zwar immer wieder Knacken, Schaben und Schuttrutschen aus, schafften es jedoch, keinen größeren Lärm zu verursachen. Niemand wurde auf sie aufmerksam. Schließlich fanden sie, indem sie unter Tjarkas Anweisungen Bretter zum Scharren und Kratzen verwendeten, die vorher verschütteten Fugen einer Falltür. »Wie kann es sein, dass hier noch keine Aufräum- und Bergungsarbeiten durchgeführt wurden?«, wunderte sich Rodraeg.

»Zuerst hat alles gebrannt, und niemand kam hier heran«,

mutmaßte Tjarka. »Und dann wurde keiner mehr vermisst, und niemand hat sich die Mühe gemacht. Niemand macht sich Mühe, wenn's nicht sein muss. Wir kriegen diese Falltür nie und nimmer komplett auf. Das halbe Haus liegt hier drauf. Aber wir könnten ein Loch reinschlagen und dann runterklettern. Da brauchen wir aber wirklich eine Laterne.«

Rodraeg war skeptisch. »Ein Loch reinschlagen. Da brauchen wir Äxte und Hämmer und Stemmeisen, und alles macht Lärm. Vielleicht … sollten wir hier aufhören. Sonst lastet uns die Garde hinterher noch Einbruch und Plünderei an. Wir erzählen unserem Wachtposten, dass wir uns hier umgesehen und eine Falltür gefunden haben. Warum sollen die nicht die Drecksarbeit selbst machen?« Niemand widersprach ihm. Nur eine wispernde Stimme in ihm selbst: *Was ist, wenn dort unten weiteres Belastungsmaterial gegen das* Mammut *zu finden war? Wenn es dort unten gar nicht gebrannt hatte und unversehrte Notizen herumlagen über Eljazokad, Bestar und Tjarka, wie sie sich durch eine andere Welt voller rotem Schnee kämpften, um in einem verheerenden Feuerball in diese Welt zurückzukehren? Was, wenn dort unten also der entscheidende Fallstrick für das* Mammut *herumlag?* DMDNGW*s beste Waffe, selbst wenn sie gar nicht von* DMDNGW *hergestellt wurde? Und wenn sie jetzt die Chance vertaten, diese Waffe zu entfernen, bevor sie Schaden anrichten konnte?*

Bestars große Hand legte sich Rodraeg auf die Schulter. »Du willst da runter, oder?«

»Ja.«

»Dann machen wir es so: Ich stemme diese Luke mit Skergatlu auf und ziehe sie immerhin hoch genug, dass ihr dünnen Wichtel drunter durchschlüpfen könnt.«

»Ich will nicht, dass du Skergatlu zerbrichst.«

»Skergatlu wird nicht zerbrechen. Das ist Riesenerz.«

»Na gut. Aber wir werden trotzdem Licht brauchen da unten.«

»Ich habe zwei Fackeln und meinen Zündkasten mit. Ich habe immer alles dabei. Man weiß ja nie, was kommt.«

»Bestar, du bist großartig. Wir helfen dir mit dem Hochstemmen. Sag uns, wo wir ansetzen müssen.«

Zuerst verteilte Bestar die Fackeln und das kleine Funkenkästchen, das so alt aussah, dass es womöglich schon seinem Großvater gehört hatte. Dann legte er mit Skergatlus Spitze die Fuge richtig frei und wählte einen Stemmpunkt. Als er die Tür ein wenig aufgebogen hatte, schoben Tjarka und Rodraeg Bretter in die Öffnung. Jetzt konnte Bestar seine Finger in den Spalt quetschen, die Luke richtig zu fassen bekommen und an ihr ziehen. Breitbeinig stand er da und strengte sich an, bis ihm beinahe die Stirnadern platzten. Tjarka schob weiterhin Schutt und Geröll in die aufklaffende Öffnung – und plötzlich glitt sie gewandt wie ein Aal darunter hindurch. Rodraeg traute sich nicht so recht. Falls Bestars Finger den Halt verloren, würde er zerquetscht werden. Außerdem war er größer als Tjarka und nicht so leicht wie sie. Er würde feststecken und nicht vor- und nicht zurückkommen.

Tjarka zündete unten eine Fackel an. »Götter!«, entfuhr es ihr. Rodraeg schaute in Bestars Gesicht und sah, dass den Klippenwälder die Kräfte verließen. Also häufte er nur noch mehr Schutt in den Spalt und gab Bestar die Erlaubnis, die Luke vorsichtig abzusetzen. Die mit Eisenbändern verstärkte Holzklappe stauchte knirschend den Schutt, blieb aber beinahe eine Handspanne weit offen stehen. Rodraeg und dann auch

Bestar konnten hindurchspähen und einen Ausschnitt von dem sehen, was Tjarkas Fackel beleuchtete.

Im Keller hatte es gar nicht gebrannt. Das Versuchslabor des verrückten Forschers war noch weitgehend intakt, allerdings hatte hier eine vermutlich systematische Säuberung stattgefunden. Die Tierkäfige, die in allen möglichen Größen überall herumstanden, waren leer. Wissenschaftliche Versuchsaufbauten waren teilweise zerlegt, teilweise aber auch zerschlagen worden. Notizen waren nirgendwo zu finden. Der Kellerraum stank nach Tod, Exkrementen, Angstschweiß und Schmerz.

»Erkennst du das wieder, Bestar? Diesen Gestank?«, fragte Tjarka mit flacher Stimme. »Das ist genauso wie im Thost. Derselbe Falltürspinnenwahnsinn. Rodraeg? Das war kein Unfall. Hier ist sorgfältig ausgeräumt und aufgeräumt worden, in aller Ruhe. Alles Schriftliche ist weg. Erst danach wurde Feuer gelegt, im Erdgeschoss. Wahrscheinlich sind dort auch die ganzen Tierkadaver verbrannt. Das Mistschwein hat Angst bekommen. Als es seinen Bruder von innen heraus zerrissen hat, fürchtete er wohl, dass ihm dasselbe blühen könnte, und brach seine Zelte in Warchaim ab. Dabei war ihm egal, wer in den Flammen umkam. Oder besser noch: Er wollte, dass seine Gehilfen verbrennen. Um keine Mitwisser zu haben.«

»Vetz Brendo hat geahnt, dass es Brandstiftung war«, bestätigte Rodraeg. »Was hatte er gesagt? *Alkoholische Lösung zur Präparation von Tierkadavern.* Das hat hier gebrannt wie Zunder. Und du hast recht, Tjarka: Der Magister Carmaron Siusan könnte tatsächlich noch am Leben sein. Seine Leiche wurde zwar von Vermieter Slessing erkannt, aber wie soll man einen verkohlten Leib erkennen? An Kleidungsresten? Die kann er auch einem seiner Gehilfen angezogen haben. Andererseits muss es doch laut Estéron noch eine weitere Leiche geben …«

»Bestar?«, drang es von unten. »Bestar, siehst du das?«

Der Klippenwälder quetschte sein Gesicht so gut wie möglich in die Öffnung, kam aber nicht nennenswert vorwärts. »Nicht so richtig …«

»Dieser Tisch. Die Lederschlaufen. Das ist ein Tisch für Menschen! Genau wie die, an die wir im Thost geschnallt waren. Und hier ist Blut drauf und anderes ekliges Zeug. Er hatte schon angefangen, mit Menschen herumzumachen. Oben im Schutt liegen womöglich nicht nur Tierleichen versteckt. Zu Asche verbrannt, versteht sich. Damit es nicht zum Himmel stinkt.«

Rodraeg schauderte. »Estéron hat es gesagt. Hier hat es mehr als zwei Tote gegeben. Die Versuchs … objekte … waren noch … am Leben.«

»Ich verstehe das nicht.« Bestar wandte sich vom Keller ab und rieb sich das rußige Gesicht. »Warum hat die Garde das nicht alles schon längst aufgedeckt? Und warum hat der *Kreis* uns in den Thost geschickt, wenn dasselbe vor unserer Haustür ebenfalls passierte?«

»Damit der *Kreis* uns irgendwo hinschicken kann, muss erst ein bemerkbarer Effekt eingetreten sein. Das Wasser eines Flusses muss dunkel sein und schaumig. Wale müssen einen verhängnisvollen Weg eingeschlagen haben. Die Riesen müssen am Ende ihrer Kräfte angekommen sein. Der Thostwald muss alle Kaninchen verloren haben. Hier in einer Stadt fällt es nicht auf, wenn ein paar Dutzend Hunde und Katzen und ein oder zwei Menschen spurlos verschwinden. Und die Garde deckt nichts auf, wenn jemand schützend seine Hand drüberhält.« Für Rodraeg begann nun alles einen düsteren Sinn zu ergeben. Es war, als würde sich in seinem Geist Nebel lichten, nur um Finsternis Raum zu geben. »Der Magister Carmaron Siusan hat jemanden, der in der Hierarchie ganz oben steht, bezahlt, damit der Deckel auf dem Kellergeschoss draufbleibt und die Versuche vielleicht eines Tages nahtlos fortgesetzt werden können. Aber wen hat er geschmiert? Die Hauptfrau Durbas, die das ganze Löschbrimborium geleitet hat? Kommandant Endreasis, der ebenfalls auftauchte, um nach dem Rechten zu sehen und Befehle zu geben? Schulze Tommsen, der sich auch eingemischt hat? Oder Baron Figelius? Warum war eigentlich Baron Figelius da und ließ seine Männer ausschwärmen wie vom Aas angelockte Fliegen?«

»Hat der Baron denn nicht genug Geld?«, fragte Bestar. »Wie soll man so jemanden schmieren?«

»Manche Menschen haben nie genug Geld. Oh, Mann, ist das alles verzwickt. Ich würde sagen, wir müssen der Garde von unserem Fund erzählen. Aber wenn jemand aus den oberen Rängen der Garde mit drinsteckt – was machen wir denn dann?«

»Hier sind Fangschlingen. Die meisten sind voller trockenem Blut. Hier sind ganz viel Haare auf einem Haufen.« Tjarkas Stimme klang brechreizgepeinigt, und ihre Fackel schwankte hin und her. »Tierfellhaare, würde ich schätzen. Und hier ist ein Loch voller … Götter, ich will gar nicht wissen, was das ist! Und hier … was ist das denn? Das sieht wie Innereien aus, aber mit winzigen Pilzen überwuchert. Hier liegt ein Schädel voller Bohrlöcher. Ist das ein Affenschädel oder ein Kind? Ich will raus hier, lasst mich raus hier!«

Die Fackel näherte sich torkelnd und blendete Rodraeg.

Tjarka wühlte sich durch die Öffnung wie eine Ratte, die sich durch ein viel zu enges Loch quetscht. Mit schweißig glänzendem Gesicht und angstgeweiteten Augen herrschte sie Bestar an: »Mach zu das Ding, mach endlich zu!«, als könnte ihr etwas nach draußen folgen. Ächzend erhob sich der Klippenwälder und hielt die Luke, während Rodraeg eilig den Schutt entfernte. Tjarka kam nicht mehr in die Nähe der Falltür und atmete heftiger als die beiden sich abmühenden Männer. So vorsichtig wie möglich ließ Bestar die Luke absinken und zog seine Finger erst zurück, als sie schon fast eingeklemmt wurden. Mit einem dumpfen Rummsen fiel die Luke in ihre Fuge. Die darauf folgende Stille brandete in Wellen wie an einen Strand.

Sie wollten weg, trauten sich aber nicht, sich zu rühren, falls – durch das Rummsen aufmerksam geworden – gerade jetzt jemand zur Ruine hinschaute.

Tjarka beruhigte sich langsam. »Wir sollten den Keller auch abfackeln. Wenn ihr mich fragt.«

»Das können wir nicht machen«, schüttelte Rodraeg den Kopf. »Brandstiftung. Das ist genau die Sorte von Delikt, die das *Mammut* tatsächlich zu Fall bringen könnte. Nein, ich weiß aber auch überhaupt nicht mehr, zu wem wir gehen und an wen wir uns wenden können. An Vetz Brendo vielleicht, der scheint mir darin nicht verwickelt zu sein. Der war ja auch der Sache mit den verschwundenen Hunden schon beinahe vollständig auf die Schliche gekommen. Letzten Endes bleibt uns aber wahrscheinlich nur der *Kreis*, um das, was wir herausgefunden haben, weiterzuleiten.«

»Ich will jetzt raus hier«, beharrte Tjarka. »Und schlafen gehen kann ich auch nicht. Ich will jetzt anfangen, die Fährte vom Blumenbeet aus zu verfolgen. Wobei ich gar nicht sicher bin, dass das wirklich die Fährte einer Mörderin ist. Sie ist zwar ein bisschen unachtsam durchs Beet gelatscht, aber ging dann ganz normal zum Fenster, um anzuklopfen. Vielleicht war es nur irgendein halb-heimlicher, nächtlicher, angetrunkener Frauenbesuch.«

»Wenn wir Glück haben, findest du das heraus. Bestar, bist du noch wach genug, Tjarka ein paar Stunden Gesellschaft zu leisten?«

»Klar. Ich muss nicht so viel schlafen. Davon wird man nur immer müder.«

»Dann bringt mich noch nach Hause. Ich bin so alt wie ihr beide zusammen, und ich habe das deutliche Gefühl, mich hinlegen zu müssen.«

Außerhalb des Sichtbereiches der beiden Überwachungsgardisten hatten Tjarka und Bestar sich von Rodraeg verabschiedet und waren wieder nach Süden zum Haus Uklas Eimenhards aufgebrochen.

Rodraeg berichtete Cajin knapp von dem erschreckenden Fund. Die Nachricht, dass der verrückte Tierfolterer Carmaron Siusan möglicherweise noch am Leben war, nahm der Junge allerdings mit Erleichterung auf. »Dann kann man ihn schnappen, verhören und herausfinden, was das Ganze eigentlich zu bedeuten hatte.«

»Du könntest recht haben. Von diesem Standpunkt aus habe ich das noch gar nicht betrachtet. Ansonsten alles ruhig im Haus?«

»Alles ruhig. Das Kindlein hat noch mal gequengelt, aber Naenn kümmert sich gut.«

»Meinst du, ich kann mal zu den beiden reinschauen?«

»Versuch's. Ich denke schon, dass Naenn dir ihre Tochter zeigen möchte.«

Rodraeg wusch sich erst im Waschtrog gründlich Ruß und Asche vom Leib, dann ging er hoch.

An Naenns Tür roch es warm und weiblich. Ein größerer Kontrast zur unterirdischen Männerwelt des Tierfoltererkellers war gar nicht denkbar.

»Komm ruhig herein, Rodraeg«, hörte er Naenns Stimme von drinnen, als er nicht zu Klopfen und nicht zu Öffnen wagte.

Er trat ein. Drinnen war der Geruch noch betäubender. Sehr körperlich, als befände er selbst sich noch in einem Mutterleib. Es war auch ebenso dunkel.

»Mach die Öllampe an«, sagte Naenn sanft. Rodraeg tastete herum, fand Lampe und Zündstein, erzeugte Funken und Licht. Mattes Gold schimmerte auf. Der gesamte Raum schien an allen Ecken und Enden sämtlicher Gegenstände vor magischer Energie zu flimmern. Naenn lag im Bett, matt, mit gelöstem Haar. Müde und irgendwie auch mager sah ihr Gesicht aus, aber ihre Augen strahlten wie von innen erleuchtet. Dann hielt sie ihm ein Bündel entgegen, das in Tücher gewickelt war, die über und über mit Schriftzeichen bedeckt waren. Am oberen Ende besaß das Bündel ein rundes, rosiges Gesicht mit zerzaustem blondem Haarflaum. »Das ist Nemialé«, hauchte Naenn. »Nemialé, das ist Rodraeg Talavessa Delbane, dein Schösslingshüter.«

Nemialé schien zu schlafen und zu träumen, ihre Augen waren geschlossen, nur ihre Füße zuckten leicht unter Körperspannung.

»Sie sieht viel … schrumpeliger aus als du«, sagte Rodraeg verlegen. *Sie ist erst fünfzehn*, dachte er, *und sie reicht dir ihr Kind.* Nachdem er begriffen hatte, dass Naenn ihm tatsächlich das Neugeborene so lange hinhielt, bis er es an sich nahm, fasste er es vorsichtig mit beiden Händen, legte es sich in die linke Armbeuge und setzte sich neben Naenn auf die Bettkante. Nemialé bäumte sich ein wenig auf, schlief und träumte jedoch weiter.

»Wie fühlst du dich?«, fragte Rodraeg. Er sah dabei das Kind an, doch Naenn wusste, dass er sie meinte.

»Verwirrt. Verwirrt, dass es kein Junge ist. Erfreut, denn vielleicht wollte ich lieber ein Mädchen haben. Dankbar, dass ich überleben durfte. Ratlos und ein bisschen panisch, wie es jetzt weitergeht, woran ich alles denken muss, was ich alles nicht falsch machen darf. Und … ich fühle mich ein wenig schuldig. Ich habe mich vom *Mammut* entfernt und mich in meine eigene und Nemialés Welt zurückgezogen.«

»Das ist doch gut so. Die Welt des *Mammuts* ist eine oftmals erschreckende und grausame Welt. Manchmal denke ich, dass unsere eigentliche Aufgabe nur darin besteht, dich und dein Kind zu beschützen. Wir reinigen Flüsse, damit Nemialé noch klares Wasser zum Trinken hat, und wir setzen uns für Wale, Riesen und Kaninchen ein, damit Nemialé all diese Wunder noch mit ihren eigenen Augen bezeugen kann.«

»Als Mutter wäre ich nur zu gerne bereit, dir zuzustimmen. Dennoch ist mir klar, dass der Kontinent sich nicht nur um mein Kind dreht. Obwohl …«

»Obwohl?«

»Ihre Magie scheint ungewöhnlich stark zu sein. Viel stärker als meine. Mächtig und … fremdartig. Als käme sie aus einer anderen Welt.«

»Hat sie kleine Flügelchen?«

Naenn musste lachen. »Noch nicht. Die wachsen erst in den zwei, drei Jahren nach der Geburt. Aber vielleicht wachsen ihr auch keine. Sie ist ja zur Hälfte menschlich.«

Rodraeg betrachtete das Neugeborenengesicht eingehend. Schade, dachte er, dass ihre Fingerchen und Zehchen in dem Bündel nicht zu sehen waren. Das Bündel jedoch schien das Kind gut zusammenzuhalten und zu beruhigen, so, als wäre es noch immer dort, wo es entstand und wuchs. »Was bedeuten diese Schriftzeichen?«

»Segenssprüche. In der alten Schrift der Götter, die selbst ich nur unvollständig lesen kann. Estéron hat das gemacht. Es war ein großes Glück, ihn hier zu haben.«

»Hast du den anderen Mann mitbekommen? Wir wussten uns nicht anders zu helfen, als einem Fremden zu vertrauen.«

»Ja, ich habe ihn gesehen und gespürt. Er war nicht so sehr in meiner Nähe, hat mich nie angefasst, aber ich hatte das Gefühl, er wehrt im Hintergrund Dinge ab, die neugierig sind und gefräßig. Magische Dinge, die angelockt wurden durch Nemialés Macht. Manchmal war es, als kabbelte sich ein Wolfsrudel im Zimmer, und der fremde Mann errichtete mit seinem hellen Stab Zäune und Speerwälle, die er anschließend niederriss, um ein Boot in stürmischer See daraus zu formen. So konnte Estéron das Kind greifen und holen, ohne sich zerstreuen zu müssen. Wer war dieser Mann?«

»Einer von der Königin. Ein Sonderermittler wie Dilljen Kohn, nur anders. Er nannte sich Akamas.«

Sie schwiegen eine Weile, hingen ihren Gedanken nach.

Dann fragte Naenn: »Und ihr? Und *DMDNGW*? Was habt ihr herausfinden können? Was hat sich ereignet?«

Rodraeg seufzte. »Je eingehender man sich mit Warchaim beschäftigt, desto mehr kommt einem diese Stadt vor wie ein lautloses Schlachtfeld.«

»Vielleicht ... sind alle Städte der Menschen so.«

»Ja. Vielleicht sind alle Städte der Menschen so. Naenn, die Anzeichen mehren sich, dass es in Warchaim nicht mehr sicher ist. Was meinst du – wann wirst du in der Lage sein, mit Estéron in den Larnwald aufzubrechen? Ich glaube wirklich, dass Nemialé im Schmetterlingshain besser aufgehoben wäre als hier.«

»Aber die Wunder ereignen sich doch hier, Rodraeg! Riban wusste, was er tat, als er für uns diese Stadt aussuchte. Ein Zauberer erschien, um mich bei der Geburt zu unterstützen! Im Larnwald wäre dieser Mann nicht erschienen.«

»Im Larnwald hättest du ihn aber auch gar nicht nötig gehabt, weil die ganzen Schmetterlingsmenschen dir hätten beistehen können. Ich weiß nicht, was aus uns werden wird, Naenn. Zurzeit bin ich wirklich überfragt, wie tief- und weitreichend das Netz ist, das *DMDNGW* um uns gewoben hat. Wir haben jetzt noch fünf Tage bis zum Ablauf seines Ultimatums. Ich hätte gerne, dass du in drei Tagen schon mindestens eine Tagesreise von hier entfernt bist.«

»Aber ... vielleicht ist das doch genau das, was er bezweckt! Der Fall des *Mammuts* durch Zersplitterung. Damit er uns alle einzeln pflücken kann wie Blumen am Wegesrand.«

»Wir werden uns nicht in kleinste Teile zersplittern. Diesen Fehler haben wir einmal bei Eljazokad gemacht, und ich fürchte, es war ein Fehler mit einem endgültigen, furchtbaren

Ergebnis. Du bekommst Estéron mit und wahrscheinlich auch noch Cajin. Ich bleibe mit Bestar und Tjarka hier und versuche zu retten, was zu retten ist.«

»Cajin wird nicht gehen. Es ist seine Aufgabe, das Haus zu bewahren.«

»Cajin wird gehen, wenn ich es ihm befehle. Weder er noch du gehört im eigentlichen Sinne zur Einsatzgruppe. Es ist nicht eure Aufgabe, dort zu stehen, wo Pfeile fliegen und Tote liegen. Und da der Kampf jetzt hineingetragen wurde in unser Haus, müsst ihr dieses Haus verlassen. Tjarka jedoch ist eine erstaunliche Verstärkung, und sie versteht sich gut mit Bestar. Zu dritt werden wir einiges ausrichten können.«

Wieder kehrte Stille ein. Das Neugeborene wand sich unbehaglich und ließ seine speichelige Zunge durch die Lippen schlüpfen. Rodraeg gab Naenn ihr Kind zurück, und sie legte es einfach auf ihre weiche Brust.

»Haben wir … zu wenig gebetet für Eljazokad?«, fragte sie mit bangem Blick.

»Ich weiß es nicht. Wir hätten außer Beten vielleicht noch mehr in Bewegung setzen müssen. Es wäre noch nicht zu spät gewesen. Ich fürchte, ich habe da wirklich die falschen Entscheidungen getroffen, und ich fürchte ebenfalls, dass ich mir das nie verzeihen werde. Aber jetzt bin ich einfach nur todmüde. Der heutige Tag … die Sorge um dein Leben und um das Kind … das war auch für mich ganz schön aufreibend.«

»Du hast recht, tut mir leid.«

Wehmütig lächelten sie sich an, und dann hielten sie sich an den Händen, ohne dass einer von beiden sich hinterher erinnern konnte, von wem die Initiative ausgegangen war.

Schließlich rührte sich das Kind wieder, strampelte auf

Naenns Brust und forderte Aufmerksamkeit. Rodraeg löste sich und ging zur Tür. »Schade um deinen wunderschönen Garten«, sagte er noch.

Naenn nickte. »Das Gute an einem Garten ist: Solange der Boden noch fruchtbar ist, kann man immer wieder etwas Neues pflanzen.«

»Ja, das stimmt. Es gibt immer noch Hoffnung.«

11 Der sorgsam ausgelegte Fallstrick

Rodraeg lag in seiner engen, dunklen Kammer und fühlte sich von Warchaim bedrängt, als schöbe die Stadt sowohl das Dunkel als auch die Wände auf ihn zu.

Es gab in dieser Stadt drei Verbrechensserien gleichzeitig, die möglicherweise nichts miteinander zu tun hatten. Die Nadelattentate, die alle auf das *Mammut* deuteten. Dann der Mord an von Heyden gegenüber, der auch Teil eines größeren Vorgangs war, der wiederum von Dilljen Kohn untersucht wurde. Darüber hinaus gab es noch den verrückten Tierschlächter Carmaron Siusan, der die Zelte hinter sich abgebrochen hatte und geflüchtet war, nachdem er sich vorsorglich in die Entscheidungsprozesse Warchaims eingekauft hatte. Seine Spuren hatte er mit Flammen und Asche verwischt. Die Dreimagier dagegen benutzten Alter und Verfall, um ihre Heimstatt zu tarnen. Versuchten sie wirklich nur, sich vor den Mordserien zu schützen? Oder steckten sie auch mit drin, zum Beispiel unter einer Decke mit Siusan?

Wie wollte man das jemals herausfinden und aufklären, wenn man nie über alle Informationen verfügte? Der Landspurenführer Vetz Brendo war womöglich die einzige Figur in diesem Verwirrspiel, die noch so etwas wie einen Überblick besaß. Rodraeg nahm sich vor, ihn am morgigen Tag aufzusuchen.

Irgendwann mitten in der Nacht kehrte Bestar zurück, nachdem er Tjarka zum *Würfelbecher* begleitet hatte. Er stapfte an Rodraegs Kammer vorbei auf sein Zimmer und begann bald zu schnarchen, also hatten Tjarka und er bislang wohl noch nichts Bedeutsames herausgefunden.

Rodraeg wälzte sich hin und her. Es war äußerst bedauerlich, dass die Garde Eljazokads Tagebücher an sich genommen hatte. Rodraeg hätte diese verwirrenden Schriften nun gerne studiert. Weit wäre er jedoch nicht gekommen, denn Müdigkeit und geistige Erschöpfung zwangen seine Augen schließlich zu, und er stürzte durch mehrere Traumebenen abwärts, bis er in einer von ihnen hängen blieb.

Dieser Traum war in merkwürdige Farben getaucht. Alle Dunkelheiten leuchteten in einem matten Rostrot, wohingegen alle Lichtbereiche einen kränklichen, grünlich-blauen Stich besaßen. Rodraeg glitt, scheinbar fußlos schwebend, aus seiner Kammer und in einer schwindelerregenden Kreisbewegung von der Oberstiege gleich auf die Kellertreppe und hinab und hinab. Mit sicheren Fingern tastete er in absoluter Finsternis nach der versteckten Nadel, bis seine Rechte sie fest umfasste. Die Nadel war ein Zepter, ein Anker, ein Leuchtturm, ein Zauberstab, ein Musikinstrument, ein Schlüssel, ein Schwert, ein austreibender Ast, ein Wasserstrahl, ein zahmer Jagdfalke, ein Knochen, ein Hammer und ein Rührlöffel. Rodraeg schwebte wieder aufwärts ins Erdgeschoss und von dort aus nach hinten auf den vernichteten Garten hinaus. Schatten waberten rostrot. Der Mond und sein Licht bluteten Grünspan. Einen kurzen Blick konnte Rodraeg erhaschen auf den rückwärtigen Wachtposten, der schlaff in seinem Obstbaum hing wie daran aufgeknüpft. Rodraeg überwand Mauern, lautlos und behände wie ein Affe. Dann hastete er durch die Stadt, lediglich mit einem Lendentuch bekleidet, so, wie er sonst zu schlafen pflegte. Die Straßen menschenleer, und wenn nicht, wenn Einsame entlanggetorkelt kamen oder Eilige auf dem Weg nach Hause, dann wich Rodraeg aus, spielerisch, einem Tänzer gleich. Zog sich zurück ins Rostrot und ließ den anderen passieren. Alle Häuser waren matt und unscheinbar, Bühnenkulissen ohne Eigenleben. Ihn zog es hin zu einem ganz bestimmten Ziel, einem einzigen bedeutsam pulsierenden Raum in einer Theaterwelt der Unbeträchtlichkeit. Geister schliefen ringsumher. Geister wisperten mit fernen Stimmen. Rodraeg erkannte das Badehaus, sah es rostrot vorüberwabern. Er war schnell. Er war zehn bis zwanzig Jahre jünger.

Jetzt tauchte das riesige Krankenhaus der Heleleschwestern auf wie eine Welt hinter der Welt. Ein steinerner Wal, der aus einem Stadtmeer tauchte und Rauch hinaufschnaubte ins Firmament. Bläulich blakten Fackeln und Laternen hinter stetig summenden Durchbrüchen. Doch der Weg führte nicht in dieses Haus, sondern von hier aus nach rechts, hinunter ins Getümmel der Kulissen. Häuser dicht an dicht, Gassen dazwischen, Höfe, hier und dort ein unzertrampeltes Gartenbeet. Die Nadel war ein Leitstern, eine Stimmgabel, ein Horn, ein Trichter, ein Mammutrüssel, ein Blitz, ein Baum, ein Brand, ein Funke, ein Wellenkreis in einem See, ein Pfeil, ein Herz, eine Flagge, eine Krone, ein Palast, ein Berg, ein freier Adler, ein Spiegeln des Adlers im Wasser, ein Aal unter der Oberfläche. Rodraeg blickte hinauf zu einem Fenster im zweiten Stock. Vorhänge bauschten sich träge im Nachtwind. Dort, dort pulsierte das Beben. Rostrot in rostrot nun alles ringsum. Rodraeg klemmte sich die Nadel zwischen die Zähne wie ein Pirat, ergriff die Ranken eines Efeuweins und die Fugen einer Mauer und kletterte hinauf zum Fenster, lautlos, geschmeidig. Noch einen Ast und noch einen Ast und immer noch einen Ast, bis der hübsche, wohlfrisierte Knabe sich nicht mehr heruntertrauen würde von dem sehr, sehr hohen Baum. Rodraeg musste grinsen über diese Traumerinnerung, aber er verlor die Nadel nicht aus dem Mund.

Er glitt in das Zimmer wie ein Fisch in einen Teich. Nahm die Nadel zwischen den Zähnen hervor und näherte sich barfuß dem Bett mit dem schlafenden Mann. Dort, dort pulsierte das Beben. Das Zimmer, die Einrichtung, die gespensterhaften Vorhänge: Alles war rostrot in rostrot. Der Kopf, der Kopf war das Ziel. Der Kopf des pulsierenden Mannes. Rodraeg hob die Nadel – und rammte sie dem Liegenden von unten durch den Gaumen in den Schädel.

PING!

Ein hohes, metallisches Geräusch unterbrach die Abfolge der Ereignisse. Verwirrt machte Rodraeg zwei Schritte zurück. Die Nadel war noch immer in seiner Hand, schmerzhaft starr, war nicht eingedrungen in den Kopf. Das »Ping« pflanzte sich fort, dröhnte weiter und weiter, verstärkte sich in Echo und Hall bis zur Stärke einer ganzen Musikkapelle, bis alles Sein nur noch aus diesem Geräusch bestand. Der schlafende Mann drehte sich herum, schnellte aus dem Bett und zog mit einer fließenden Bewegung einen Säbel, der im Geschirr über dem Bettpfosten gehangen hatte.

Rodraeg sah die Klingenspitze auf sich zurasen und erwachte.

Und stand genau dort, in dem fremden Zimmer mit den Vorhängen und dem Bett, die Mördernadel noch in der Hand. Der Stadtgardekommandant Gauden Endreasis, ebenfalls nächtlich leicht bekleidet, hielt ihm die Spitze des Säbels entgegen und wirkte ebenso albern und verwirrt wie Rodraeg.

»Ich muss zugeben, Delbane – für ganz so plump habe ich Euch nicht gehalten.«

In Rodraegs Kopf tanzten sein gesamtes Leben, die ganze Stadt, der ganze Kontinent einen irrsinnigen Ringelreihen um ein bodenlos schwarzes Zentrum herum. Dennoch gelang es ihm, aufrecht stehen zu bleiben und sogar noch zu denken.

Er ließ die Nadel fallen und hob beide Hände zur Decke. Die Säbelspitze näherte sich jetzt langsamer bis auf wenige Fingerbreit seinem Kehlkopf.

»Ich … weiß jetzt, wie der Mörder vorgeht«, sagte Rodraeg eindringlich. »Mir ist jetzt alles klar geworden. Es gibt nicht nur einen Mörder, sondern mehrere. Deshalb war es bei Eimenhard eine Frau, und deshalb war der Mörder der Äbtissin Baacla zu schwach und zu ängstlich, um die Nadel richtig anzubringen. All diese Mörder werden gegen ihren Willen gelenkt und wissen gar nicht, dass sie Mörder sind. So wie ich gerade. Ich habe geglaubt zu träumen. Und jetzt erwache ich hier, bei Euch, in Eurem Privathaus, wie ich vermute, und hätte Euch eben beinahe getötet. Es tut mir sehr leid, aber ich konnte nichts dagegen machen.«

»Ein interessanter Versuch, als unzurechnungsfähig durchzukommen, Delbane. Aber Ihr scheint mir doch sonst ein Mann von klarem Verstand zu sein.« Endreasis' Stimme klang etwas gepresst, da der Metallschutz auf seinen Hals drückte. »Das Einzige, was ich nicht verstehe, ist: Warum habt Ihr mich vorher gewarnt und mir diese Chance gegeben? Wenn Ihr mir nicht diese Sache mit *DMDNGW* erzählt hättet, wäre ich nie auf die Idee gekommen, mir von Ulric dem Schmied einen metallischen Kinn-Halsschutz anfertigen zu lassen, nachdem ich den Brief erhalten habe.« Mit der Linken nahm Endreasis einen Zettel von einem Beistelltisch und hielt ihn Rodraeg vor Augen. Es standen nur wenige Worte darauf, und die krakelige Handschrift kam Rodraeg sehr bekannt vor:

Du musst dich nicht geschont wähnen

Rodraeg verspürte einen Hoffnungsschauder. Endreasis redete immer noch mit ihm, zeigte ihm Dinge, tötete ihn nicht einfach nur oder ließ ihn wegsperren und hinrichten.

»Der Einbrecher«, sagte Rodraeg mit rauer Stimme. »Der Einbrecher im *Haus des Mammuts.* Die Garde hat eine Personenbeschreibung von ihm, angefertigt durch den Vordertürwachtposten. Dieser Einbrecher hat nicht nur die Nadel in unser Haus gebracht, sondern er hat sich auch in meinem Schlafzimmer aufgehalten und muss dort irgendeinen Zauber oder Fluch gewirkt haben, der mich im Schlaf unter seine Kontrolle zwang. Bin ich in den Nächten davor ebenfalls im Lendenschurz aus dem Haus geschlichen?«

Endreasis ließ Rodraeg keinen Moment aus den Augen. »Nichts dergleichen wurde vermerkt.«

»Dann bin ich beruhigt, denn dann war dies heute mein erster und auch einziger Mordversuch im Sinne *DMDNGW*s. Und ich bin Euch wirklich sehr zu Dank verpflichtet, dass Ihr diesen Mordversuch vereitelt habt. Ich bin froh, dass ich Euch gewarnt habe, denn natürlich ist es völlig widersinnig, dass ich Euch töte.« Da Rodraeg nun nicht mehr viel zu verlieren hatte, konnte er genauso gut alles auf eine Karte setzen. »Ihr seid einer der wenigen Oberen in dieser Stadt, denen wir vom *Mammut* noch trauen können – jetzt, wo wir wissen, dass der Magister Carmaron Siusan sich eine Vertuschung seines Kellergewölbes erkauft haben muss.«

»Wie bitte? Was ist das jetzt wieder für eine Geschichte?«

Rodraeg erzählte dem Kommandanten in knappen Worten von dem heutigen Fund unter der Brandruine. »Der Vermieter Slessing muss von diesem Keller wissen, hat aber nichts darüber verlauten lassen. Er ist wahrscheinlich sehr gut bezahlt worden. Aber man braucht noch jemanden, um so einen Keller während der Löscharbeiten geheim halten zu können. Ich verdächtige die Hauptfrau, Larza Durbas.«

»Ihr seid erstaunlich unverschämt für jemanden, der gerade auf frischer Tat ertappt worden ist.«

»Mir ist klar, dass alles gegen mich spricht, aber denkt doch bitte einmal gründlich nach. Es ergibt Sinn, dass ich gezwungen werde, Euch zu töten, denn dann ist das *Mammut* erledigt. Euer Leben ist allerdings weiterhin in großer Gefahr. Dank Eurer Umsicht und meiner Unerfahrenheit in solchen Dingen ist das heutige Attentat fehlgeschlagen, aber ich vermute, dass *DMDNGW* einen zweiten Versuch starten wird.«

»Den ich genauso vereiteln werde wie diesen.«

»Ich wünsche es Euch von Herzen. Noch etwas: Ich glaube, ich habe jetzt endlich eine Ahnung, was das Motiv von *DMDNGW* angeht. Viel zu lange habe ich mir den Kopf darüber zerbrochen. Was haben ein Getreidespeicherbesitzer, eine Bachmu-Äbtissin, ein junger Stutzer aus dem Adelsbezirk, ein Stadtgardekommandant und das *Mammut* gemeinsam? Die Antwort lautet: nichts. *DMDNGW* handelt nicht aus einem persönlichen Motiv heraus, sondern er *sammelt Aufträge.* Er ist ein Auftragsmörder! Jeder von uns hat irgendwo einen Feind, der uns tot und vernichtet sehen möchte, und *DMDNGW* verbindet all diese Aufträge zu einem wunderschön geflochtenen Intrigennetz und sorgt mit seiner Kontrollmagie dafür, dass alle Beteiligten sich gegenseitig herauskürzen. Es könnte durchaus sein, dass der Mord an Uklas Eimenhard von der Äbtissin Baacla verübt wurde, der Mord an Euch sollte von mir begangen werden, der an Baacla wurde vielleicht von einem noch Unbekannten, der bald auch ein Opfer wird, ausgeführt. Vielleicht seid sogar Ihr selbst einer der Täter? Vielleicht habt Ihr Vinzev Traló erstochen, ohne es zu wissen?«

»Lächerlich.« Endreasis schien aber doch über Rodraegs Theorien nachzudenken. »Meine Frau kann bestätigen, dass ich mich nachts nie weggestohlen habe. Heute ist die erste Nacht, in der ich alleine schlafe, weil ich heute Morgen den Drohbrief erhielt und die Falle mit dem Metallschutz alleine stellen wollte.«

»Gut, vielleicht irre ich mich. Umso besser für Euch. Vielleicht muss nicht jedes Opfer auch ein Täter sein. Beim *Mammut* jedenfalls geht es *DMDNGW* nicht darum, mich oder meine Freunde zu töten, sondern das *Mammut* an sich in Verruf und so zu Fall zu bringen. Insofern ist es folgerichtig, dass ich als Täter in Erscheinung trete und nicht als Opfer. Entscheidend jedoch ist: Wir haben jetzt das System durchbrochen. Ihr lebt noch, und – wenn Ihr mich laufen lasst – ist auch das *Mammut* immer noch vorhanden.«

»Nur dass ich Euch nicht laufen lassen kann.«

»Denkt darüber nach. *DMDNGW* weiß wahrscheinlich noch nicht, dass wir jetzt miteinander sprechen. Ich biete Euch die gesamte Kraft und das gesamte Wissen des *Mammuts* an, um dieser Mordserie ein Ende zu machen. Ihr solltet uns nicht unterschätzen. Wir haben Siusans Keller aufgedeckt. Wir arbeiten auch bereits daran, die Mörderin Eimenhards zu finden, indem wir die Spuren im Beet zurückverfolgen. Wir haben zwei magiebegabte Schmetterlingsmenschen in unserer Gruppe. Selbst Mirilo von Heyden hatte uns um Hilfe ersucht, was ihm leider nichts genützt hat, weil wir zu der Zeit mit anderen Aufträgen beschäftigt waren. Mir fällt noch mehr ein, was für uns spricht: Wir sind wahrscheinlich die Einzigen in der Stadt, die wissen, wo sich die Dreimagier aufhalten. Ein königlicher Sonderermittler namens Akamas war heute bei uns zu Gast und hat uns unterstützt. Der andere Sonderermittler, Dilljen Kohn, glaubte ebenfalls an unsere Unschuld. Mit Vetz Brendo haben wir auch schon zusammengearbeitet. Wenn Ihr mich jetzt einsperrt, schwächt Ihr das *Mammut* und erhöht dadurch nur die Gefahr für Euer eigenes Leben.«

Endreasis' schwere Augenlider bildeten einen bemerkenswerten Kontrast zu dem beinahe unmerklichen Lächeln, das nun seine Mundwinkel kräuselte. »Vieles von dem, was Ihr sagt, Delbane, hat Hand und Fuß, aber das sind alles nur Worte. Was vor Gericht zählt, sind Taten, und diese Mordwaffe dort ist noch warm von Eurer Hand. Vielleicht bin ich sogar bereit, Euch zu glauben, dass Ihr kein Mörder seid – aber Ihr vergesst eines: Ihr steht womöglich immer noch unter dem Einfluss eines Mörders. Wer kann mir denn garantieren, dass Ihr es nicht noch einmal versucht?«

Daran hatte Rodraeg noch gar nicht gedacht. Das »Ping« der abgewiesenen Nadelspitze hatte so endgültig geklungen, dass nichts von der Welt, wie sie vorher war, übrig geblieben schien. Doch Endreasis hatte recht. Der Einbrecher war in Rodraegs Zimmer gewesen. Er hatte die Nadel auf Rodraegs

Kopfkissen platziert. Was, wenn der Einfluss weiterhin bestand?

»Was Ihr sagt, ist richtig, Kommandant. Zu meinem eigenen Schutz müsst Ihr mich festnehmen. Ich leiste keinerlei Gegenwehr.«

»Gut. Das kann beizeiten zu Euren Gunsten ausgelegt werden.« Mit dem Fuß trat Endreasis gegen einen Gong, der neben dem Bett stand. Das Geräusch war bei Weitem nicht so markerschütternd wie das »Ping«, obwohl es in Wirklichkeit bestimmt viel lauter war.

Rodraeg dachte darüber nach, dass ihm nun nur noch ein paar Sandstrichbruchteile blieben, bis Gardisten in das Zimmer fluteten, um ihn zu binden und in einen modrigen Kerker zu schaffen. Doch es entsprach überhaupt nicht seiner Natur, sich durch einen tollkühnen Sprung durchs Fenster oder eine Gewaltaktion gegenüber Endreasis seiner Verantwortung zu entziehen. Rodraeg war alt genug, um zu wissen, wann eine Situation aussichtslos war. Er blieb mit erhobenen Händen stehen und wartete ab. Es dauerte auch gar nicht lange. Zwei, dann vier Gardisten erschienen und nahmen ihn ruppig in Gewahrsam. Endreasis schlug vor, Rodraegs Hände auf dem Rücken zu fesseln, aber nur »zu seinem eigenen Schutz«. So wurde es gemacht. Die schwarze Nadel wurde aufgehoben und betrachtet.

Endreasis legte seinen unbequemen Halsschutz aus Metall ab. Rodraeg kam das geradezu fahrlässig vor. Jeder Gardist, jeder Vertraute von Endreasis konnte ein ferngelenkter Mörder sein. Aber andererseits wäre es dumm von *DMDNGW* gewesen, Rodraeg zu entlasten, indem nun jemand anders vor Zeugen diesen Mord beging. Und *DMDNGW* war nicht dumm.

Vielleicht war dieses Wissen um die strategische Raffinesse von *DMDNGW* sogar der einzige Anhaltspunkt, um seine Aktionen vorauszuahnen und seine Pläne zu durchkreuzen. Rodraeg würde in einer Gefängniszelle noch viel mehr als bislang Gelegenheit zum Nachdenken bekommen.

»Wann werden meine Leute darüber informiert, dass ich verhaftet wurde?«, fragte er den Kommandanten, als er hinausgeführt wurde.

»Noch nicht sofort. Ich will erst sehen, was sie unternehmen.«

»Seid bitte nicht zu streng mit Bestar Meckin, falls er wütend wird. Er weiß, dass ich unschuldig bin. Ach, eine Sache fällt mir noch ein: Als ich im Traum das Haus verließ, sah der Hinterhofwachtposten alles andere als gesund aus. Ich fürchte, er könnte von *DMDNGW* oder einem seiner Helfer überwältigt worden sein.«

»Oder von einem Eurer Leute. Einem von außerhalb des Hauses.«

Für einen Augenblick sah Rodraeg eine Vision von der Welt, wie Gauden Endreasis sie sich vorstellen musste: Tjarka Winnfess oder Riban Leribin oder Ilde Hagelfels oder Gerimmir oder vielleicht auch ein Riese, mit einer Würgeschlinge in der Hand, wie er sich von hinten an den Wachhabenden im Apfelbaum anschlich, um ihn zu erdrosseln, damit Rodraeg mit mordlüsternem Grinsen im Lendenschurz durch die Nacht huschen konnte, um einen weiteren teuflischen Nadelmord zu begehen, bis schließlich und endlich die Stadt voller Leichen lag und das *Mammut* im Rathaus wüste Orgien feiern konnte. *DMDNGW*: *Das Mammut droht noch ganz Warchaim.*

Drei Mann führten ihn zum Garnisonsgebäude, das nur zwei Querstraßen entfernt war. Dort ging es über einen Hintereingang hinab in ein Verlies, und von dort aus in eine Einzelzelle, die tatsächlich rostrot schimmerte, weil das Gitter rostüberblättert und die wenigen Fackeln im Gang rötlich waren.

Man nahm ihm die Fesseln ab und reichte ihm eine Decke, damit er sich in dem kühlen, feuchten Steinzimmer einrollen und trotz seiner Nacktheit warm halten konnte.

Von irgendwo im Gang tönte Gesang: die tiefe, markante Stimme von Cruath Airoc Arevaun. Ansonsten schien das Warchaimer Gefängnis ziemlich leer zu sein.

Rodraeg ließ sich auf die schimmlige Pritsche fallen. Die Luft roch nach Salz und Not.

War das *Mammut* schon gefallen?

Oder, noch schlimmer: Was tat *DMDNGW* gerade jetzt, in diesem Moment, Naenn und ihrem Kind oder Bestar, Estéron, Cajin oder Tjarka an?

Wo war Eljazokad? Was war mit ihm geschehen?

Rodraeg musste bitter lächeln, als ihm bei seiner Bestandsaufnahme auffiel, dass Hellas Borgondi ein paar Städte weiter in einer ebensolchen Zelle saß wie er.

12 Flucht

Das *Haus des Mammuts* wurde am folgenden Morgen, dem 25. Blättermond, durch eine junge Gardistin von dem Ungeheuerlichen in Kenntnis gesetzt: Rodraeg Delbane lag nicht oben im Bett und schlief, sondern war vergangene Nacht beim fehlgeschlagenen Versuch, den Stadtgardekommandanten Gauden Endreasis zu ermorden, festgenommen und in eine Gefängniszelle verbracht worden. Als Tatwaffe hatte der Verhaftete eine lange schwarze Nadel benutzt, dieselbe Art von Waffe also, mit der auch die Morde an Vinzev Traló, Uklas Eimenhard und der Äbtissin Baacla verübt worden waren.

Cajin, der diese Botschaft entgegennahm, geriet vollkommen in Panik. »Das KANN er nicht getan haben!«, schrie er immer wieder, nachdem die Gardistin schon längst gegangen war und alle *Mammut*mitglieder am Tisch zusammensaßen, um zu beraten. »Das KANN er NICHT getan haben! Das KANN ER NICHT GETAN haben!«

»Und doch ergibt alles einen Sinn«, sagte Estéron. »Ich frage mich nur, weshalb der Einbrecher so viele Tage verstreichen ließ, bis er diesen makellos wirksamen Zauber in die Tat umsetzte. Vielleicht braucht der Zauber Zeit. Oder ... der eigentliche Zauberer ist ein paar Tagesreisen entfernt.«

»Wir müssen Rodraeg besuchen«, stellte Naenn fest.

»Sie werden ihn doch wieder freilassen, oder?«, fragte Bestar bange. »Ich meine, der Stadtgardehauptmann lebt doch wohl noch. Rodraeg hat niemandem was angetan!«

»Die Frage ist«, fasste Estéron zusammen, »wie froh die

Garde über dieses Schuldeingeständnis ist. Offensichtlich ist Rodraeg auf frischer Tat ertappt worden. Wenn alle Ermittlungen der Garde bislang ins Leere liefen, kann es sein, dass sie sagt: Gut, wir haben immerhin einen Trottel mit einer Nadel in der Hand geschnappt. Was interessiert es uns, dass diese Fußspuren weiblich waren oder dass Rodraeg Delbane zur Tatzeit der Morde in seinem Haus gesehen wurde? Er hat eben Tricks angewandt. Oder Magie. Oder das *Mammut* besteht aus viel mehr Leuten, als wir ahnen. Lasst uns den Deckel auf die ganze unerfreuliche Geschichte draufmachen und Rodraeg Delbane mitsamt all seinen Sünden säuberlich zu Asche verbrennen, damit wieder Ruhe einkehrt in unserer schönen, beschaulichen Stadt.«

»Das würden Menschen tun?«, fragte Naenn.

»Menschen haben dergleichen schon oft getan«, antwortete Estéron düster.

»Dann müssen wir ihn eben befreien! Wir hauen ihn da raus!« Bestar schlug mit der Faust auf die Tischplatte, um seine Worte zu unterstreichen.

Mäßigend hob Estéron beide Hände. »Zuerst einmal sollten wir uns anhören, was Rodraeg selbst zu der ganzen Angelegenheit zu sagen hat. Vorausgesetzt natürlich, sie lassen uns überhaupt mit ihm sprechen.«

Sie gingen alle gemeinsam. Es hatte einen kleinen Streit gegeben über die Frage, wer zu Hause bleiben musste, um auf Naenn und das Kind aufzupassen. Cajin hatte dagegen protestiert, immer im Haus hocken bleiben zu müssen »wie ein Besen oder sonst ein Gerät, das immer nützlich ist, aber immer in die Ecke gestellt wird«. Naenn jedoch wollte gar nicht mehr, dass man auf sie aufpasste. Sie wickelte ihr Neugeborenes winterwarm ein und ging voran zum Stadtgardehaus.

Die Hauptfrau Larza Durbas entschied, dass das versammelte *Mammut* mit dem Festgenommenen sprechen durfte, aber nicht ohne Überwachung. Die Hauptfrau selbst wollte zugegen sein und mithören dürfen. Darüber hinaus wollte sie noch den Ermittler Dilljen Kohn hinzuziehen. Sie erhoffte sich Aufschlüsse von einer solchen Sitzung, und Estéron bescheinigte ihr, dass diese Idee tatsächlich gar nicht schlecht war und auch im Sinne des *Mammuts*, da das *Mammut* nichts zu verbergen hatte.

Rodraeg – der erstaunlich gut geschlafen hatte und das darauf zurückführte, dass er nun an jeglicher Bewegung gehindert wurde und sich nicht mehr andauernd vorwerfen musste, zu wenig zu unternehmen – bekam ein an ein Nachtgewand erinnerndes Kerkerhemd ausgehändigt, durfte das anziehen und wurde dann in eine Kammer mit mehreren Tischen und Bänken geführt. Dort fesselte man ihn wie einen Schwerverbrecher vorsorglich an einen festgeschraubten Stuhl. Dann kamen nacheinander Hauptfrau Durbas, Naenn mit Nemialé, Cajin, der Estéron führte, Bestar – der zähneknirschend Skergatlu hatte abgeben müssen – und Dilljen Kohn dazu. Der Raum brodelte plötzlich vor verhaltener Spannung.

Rodraeg, der in seinem farblosen, knielangen Hemd wie ein Almosenbettler aussah, erzählte, wie er die vergangene Nacht wahrgenommen hatte. Als einen rostroten Traum mit bläulich-grünlichen Schattierungen. Dann richtete er eine Frage an die Hauptfrau: »Was ist mit dem Wachtposten im Baum?«

»Nichts.«

»Nichts? Aber … ich dachte, er sei ermordet worden!«

»Nein. Es geht ihm gut.«

»Aber … aber er hat mich nicht gesehen, wie ich das Haus verlassen habe?«

»Das ist das Eigenartige. Er hat nichts gesehen, kann sich aber erinnern, für ein paar Sandstriche das Gefühl gehabt zu haben, das Augenlicht zu verlieren. Alles war verschwommen. Ein dunkles Rot wie geronnenes Blut. Ich nehme an, Ihr habt vom Haus aus eine starke Magie wirken lassen, um an ihm vorbeischlüpfen zu können.«

Rodraeg brachte ein Lächeln zustande. »Es sei Euch unbenommen, das zu glauben. Jedenfalls freue ich mich, dass der Posten unbeschadet blieb. Ich hielt *DMDNGW* für skrupellos genug, auch Unbeteiligte umzubringen, aber möglicherweise hat er – oder sie, oder diese Gruppe – doch eine Art Ehrenkodex. Estéron, dich wollte ich etwas fragen. Möglicherweise wirkt der Zauber, mit dem *DMDNGW* mich in die Hände bekommen hat, noch immer. Kannst du so einen Zauber spüren? Und wenn ja, vielleicht sogar zurückverfolgen?«

»Im Larnwald könnte ich das vielleicht. Umgeben vom Singen der Bäume und abgeschirmt von den Irrlichtern der Menschen. Aber in einer Stadt wie dieser wirken so viele Spuren von gestriger, vorgestriger und heutiger Magie, dass ich mich verlieren würde wie ein Stück Kandis in einem Meer aus Tee.«

Rodraeg nickte. »Kohn?«, sprach er den Sonderermittler, der sich als Einziger nicht gesetzt hatte, sondern mit verschränkten Armen neben der Tür stand, direkt an. »Könntet Ihr so etwas unternehmen?«

Dilljen Kohn musterte Rodraeg unangenehm lange. Dann sagte er langsam: »Auf Euch wirkt keine Magie ein.«

Rodraeg atmete auf. »Das ist gut. Dann bin ich wieder Herr meiner selbst. Leider geht uns aber dadurch die Möglichkeit verloren, den Urheber des Zaubers aufzuspüren. Wahrscheinlich ist das auch der Grund, weshalb er die Verbindung gekappt hat.«

»Dass Kohn nichts spüren kann, beweist nur, dass auf dich nichts einwirkt«, schnauzte die Hauptfrau wieder dazwischen. »Du trägst also die Verantwortung für deine Schandtaten alleine, hat keinen Sinn, da irgendwas herumzudeuteln.«

Rodraeg beschloss, sich von der Hauptfrau nicht aus der Ruhe bringen zu lassen. »Entscheidend ist, was wir als Nächstes tun. Ich bin nicht zum Mörder geworden, insofern ist der Plan *DMDNGWs* gescheitert. Es hat jedoch gereicht, mich hinter Gitter zu bringen. Das gibt *DMDNGW* eine erstklassige Vorlage, um das *Mammut* endgültig zu versenken. Ihr müsst jetzt mehr als vorsichtig sein. So unangenehm das klingt, aber am besten schläft jetzt auch niemand mehr alleine.«

Naenn nickte, weil sie ahnte, dass Rodraeg ihren Protest befürchtete. »Ich kann zu Estéron ins Gästezimmer ziehen.«

»Gut. Und Bestar und Cajin rücken ebenfalls zusammen. Jeder muss auf den anderen achtgeben. Nur noch ein paar Tage, dann ist der Spuk vorbei. Hauptfrau? Welche besonderen Vorkehrungen sind getroffen worden, um das Leben Gauden Endreasis' zu schützen?«

»Na, du bist eingelocht worden.«

»Der Mordversuch schlug fehl. Jemand anderes wird es noch einmal versuchen. Möglicherweise jemand, der dem Kommandanten nahesteht. Möglicherweise seine eigene Frau. Er braucht Tag und Nacht eine Leibgarde aus mindestens zwei Personen.«

»Ich wüsste nicht, was dir das Recht gibt …«

»Alles Entsprechende wird veranlasst werden«, fiel Dilljen Kohn der Hauptfrau ins Wort und erntete dafür einen hasserfüllten Blick von ihr. Rodraeg war froh, dass der Hauptstädter hier war.

Er fuhr fort. »Wir werden die Fährte mit der Spur im Beet weiterverfolgen. Falls wir eine weitere Mörderin aufspüren können, die womöglich ebenso wie ich ihre Tat unter Fremdeinfluss begangen hat, wird mein Fall aus einem neuen Blickwinkel betrachtet werden. Die Garde sollte inzwischen ihre Bemühungen verstärken, den Einbrecher zu finden, von dem sie ja eine Beschreibung hat.«

Erneut ging die Hauptfrau dazwischen. »Moment mal. Das *Mammut* will Spuren verfolgen? Nichts da! Solange der Anführer des *Mammuts* wegen eines Mordversuches im Gefängnis sitzt, steht die gesamte Gruppe unter dem Generalverdacht, eine verschwörerische Organisation zu sein. Außerdem hat die bisherige Auswertung der in eurem Haus beschlagnahmten Schriften ergeben, dass ihr Magie verwendet, ungewöhnlich starke Magie sogar. Ihr werdet also von jetzt ab gar nichts mehr tun, wenn wir nicht dabei sind.«

Rodraeg dachte einen Augenblick darüber nach. »Das ist eine großartige Idee! Wäre ich früher darauf gekommen, einfach Gardeschutz zu beantragen, hätten wir uns eine ganze Reihe von Unannehmlichkeiten ersparen können. Also, Bestar. Du nimmst dir so viele Gardisten mit, wie man dir zuteilen möchte, gehst zu der Spurensucherin im *Würfelbecher* und begibst dich mit ihr und den Gardisten auf die Fährte. Du bist ihr Leibwächter, Bestar. Wir können niemandem trauen, auch einem einzelnen Gardisten nicht.«

Bestar nickte entschlossen. »Ich passe auf sie auf.«

»Ich weiß. Estéron, Naenn, Cajin, ihr geht ins Haus zurück und verhaltet euch einfach nur absolut ruhig. Achtet aufeinander. Achtet, wenn möglich, sogar darauf, dass es den Gardisten, die das Haus überwachen, gut geht. Ein möglicher Anschlag von *DMDNGW* auf das Haus kündigt sich wahrscheinlich dadurch an, dass erst einer der Wachtposten geblendet oder sonst wie ausgeschaltet wird.«

»Gut«, bestätigte Naenn.

»Noch Fragen?«

»Ja.« Wieder Naenn. »Wie war es, als der Traum dich lenkte?«

»Es war … nichts Besonderes. Während es dauerte, wusste ich ja noch nicht, welche Konsequenzen das alles haben wird. Ich maß dem Geschehen gar nicht allzu viel Bedeutung bei. Und als es endete, war es zu spät.«

»Ist dir nicht irgendetwas aufgefallen, etwas, das anders war, ungewöhnlich? Etwas, das uns einen Anhaltspunkt geben könnte?«

Rodraeg konnte nur den Kopf schütteln.

Naenn ließ jedoch nicht locker. »Und das Gefängnis? Wie hältst du das aus?«

Jetzt brach ein Lächeln durch Rodraegs Züge, ein Lächeln, das tiefreichend und echt war. »Als einer, der jahrelang in einer Schreibstube gesessen hat, ertrage ich die Zelle sicherlich besser als jemand, der die Freiheit des Waldes gewohnt ist. Mach dir keine Sorgen um mich. Ich bekomme zu essen und zu trinken. Mehr brauche ich nicht. Ansonsten hilft mir die Zelle beim Denken. Vielleicht kann ich euch von hier aus ein besserer Anführer sein als vorher.«

Nachdem alle gegangen waren, fühlte Rodraeg sich plötzlich entsetzlich verlassen. Aber das waren nur ein paar Sandstriche der Niedergeschlagenheit. Es ging vorüber, als er noch mal Gelegenheit zu einem kurzen Gittergespräch mit Dilljen Kohn erhielt.

»Ich wundere mich darüber, dass Ihr noch hier seid. Ich dachte, der Von-Heyden-Mord, in dem Ihr ermittelt, und die *DMDNGW*-Geschichte haben nichts miteinander zu tun.«

»Das haben sie wahrscheinlich auch nicht. Aber Arevaun sitzt jetzt hier im Gefängnis, und bis ich alles über Grigol und Phardemim aus ihm herausbekommen habe, kann ich ja nebenbei noch diese bedauernswerte Stadtgarde unterstützen.«

»Was habt Ihr denn bislang herausfinden können?«

Der Magier mit den blassblauen Augen seufzte. »Phardemim scheint tot zu sein, ermordet von Grigol und verscharrt auf dem Warchaimer Totenacker. Nicht allzu unüblich, so ein Vorgehen, unter Mordgesellen. Grigol hat Warchaim verlassen. Arevaun weiß, in welche Richtung, aber vermeidet bislang, dass ich an die Information herankomme. Es ist wie ein Tanz mit einem tollwütigen Hund.«

»Grigol ist also von Heydens Mörder?«

»Ich gehe davon aus.«

»Nehmt Euch vor Arevaun in Acht«, warnte Rodraeg den Ermittler. »Wir hatten einmal kurz und beiläufig Kontakt mit ihm, und Estéron sagte, Arevaun sei vergiftet und dadurch unberechenbar.«

»Ich nehme mich immer in Acht. Aber trotzdem danke für den Hinweis.«

»Kohn? Wenn Ihr es ermöglichen könntet, dass Vetz Brendo mich besuchen kommt, wäre ich Euch sehr verbunden. Wenn

Ihr darüber hinaus noch dafür sorgen könntet, dass bei dem Gespräch kein Gardist zugegen ist, könnt Ihr gerne zuhören und vielleicht noch mehr lernen über diese Stadt.«

»Ich weiß gar nicht, ob ich noch mehr lernen möchte. Aber ich werde sehen, was ich tun kann.«

Schon zwei Stunden später erschien ein mürrischer Vetz Brendo vor Rodraegs Zellengitter. Außer von Dilljen Kohn wurde er von niemandem begleitet und überwacht.

»Wer bezahlt mich eigentlich, wenn alle meine Klienten sterben oder im Gefängnis landen?«, haderte der Landspurenführer. »Ich fürchte, ich verliere langsam meine Liebe zu dieser Stadt und sie die zu mir.«

»Ihr könnt Euch Euer Geld jederzeit im *Haus des Mammuts* abholen. Habt Ihr denn eine Liste von Bedrohten zusammenstellen können?«

»Ja. Drei Namen zwar nur, aber immerhin. Die Garde hat mir alles weggenommen. Ich hasse es, wenn die Garde sich in meine Arbeit einmischt. Das macht alles so sinnlos.«

»Könnt Ihr mir die drei Namen verraten?«

»Na ja, Ihr habt ja so gut wie dafür bezahlt. Der erste Name war Baacla. Die ist nun tot, kaum, dass die Garde ihre Überwachung an sich gezogen hat. Ich glaube übrigens, dass Baacla von einem der sie bewachenden Gardisten umgebracht wurde. Die Garde ist dermaßen am Vertuschen, dass man vor lauter Tinte gar keine Konturen mehr erkennen kann.«

»Im Ernst? Ein Gardist hat das getan?«

»Hat mir zumindest ein Spätzlein zugezwitschert. Beweise habe ich natürlich keine. Die wird es auch nie geben, da sorgt die Garde vor.«

»Das könnte mich alles entlasten. Nur warum hört man davon nichts?«

»Weil die so etwas nicht öffentlich machen werden. Das ist so ziemlich das Schlimmste, was ihnen passieren kann. Dass einer von ihnen einen Mord begeht.«

»Aber er hat es nicht freiwillig getan, genauso wenig wie ich, verdammt noch mal! Warum zählen die nicht eins und eins zusammen? Wer sind die anderen beiden bedrohten Personen?«

»Warchaims reichster Einwohner: Yoich Barsen. Auf den bin ich natürlich schnell gekommen, er ist der Allererste, der einem einfällt, wenn es um Ermordungen geht. Halb Warchaim hat, denke ich, Gründe, sich von ihm übervorteilt zu fühlen und ihn zu hassen. Barsen hat übrigens als bislang Einziger das Richtige getan: Er hat die Stadt verlassen und ist auf irgendeinen seiner Ruhesitze im Süden gezogen, mitsamt seiner Familie und einem Tross von Leibwächtern. Was immer ihm nun zustößt, ist dann wenigstens nicht mehr Warchaims Problem. Und Nummer drei ist Emmeron Uliseus, der offiziell so eine Art Gebäudeverwalter der Königin ist und dem wohl auch Teile des Tempelbezirks unterstehen. Inoffiziell ist er aber eher als Veranstalter wilder und zügelloser Eingeweihtenfeste geläufig. Auf den hat sich nun die halbe Garde gestürzt. Ich glaube, sie überwachen ihn Tag und Nacht mit etwa zehn Mann. Wenn da nun auch noch etwas schiefläuft, dürfte Endreasis die längste Zeit Kommandant gewesen sein.«

»Hm. Endreasis ist übrigens Nummer vier. Er hat gestern Morgen einen Drohbrief erhalten, aber niemandem davon erzählt, um dem Mörder eine Falle stellen zu können. Unglücklicherweise hat dieser einzige bislang wirklich erfolgreiche

Versuch der Garde, etwas gegen diese Mordserie zu unternehmen, ausgerechnet mich meine Freiheit gekostet. Aber ich kann natürlich froh sein, dass ich nicht zum Mörder wurde.« In knappen Worten erzählte Rodraeg dem Landspurenführer davon, wie er sich in der Nacht träumend in einen Schwerverbrecher verwandelte. Vetz Brendo kratzte sich nachdenklich den Kopf. »Hat Endreasis eigentlich Verstärkung aus Endailon oder Uderun angefordert, um mit dieser Krise fertig werden zu können?«, fragte Rodraeg den still zuhörenden Dilljen Kohn. Der schüttelte nur den Kopf.

»Passt«, stellte Rodraeg fest. »Die hiesige Garde hat Verstärkung dringend nötig, aber sie kann niemanden von außerhalb gebrauchen, denn es gibt jetzt so einiges zu vertuschen. Man kann den oder die Mörder nicht fassen. Man hat möglicherweise selbst einen Mord an einer Bachmu-Äbtissin begangen. Gestern Nacht hat einer der Wachtposten geschlafen, als ich auszog, um den Kommandanten zu erstechen. Und dann hat noch irgendjemand ganz oben Schmiergelder angenommen, um eine lückenlose Aufklärung des Slessinghausbrandes zu unterbinden. Endreasis muss das ganze wuchernde Geschwür nun makellos aufklären, sonst fliegt ihm tatsächlich die ganze Stadt um die Ohren. Hier ist meine Frage, werter Brendo: Für, sagen wir mal, dreißig Rinwetaler – wärt Ihr da in der Lage, aufzudecken, wer der Empfänger des Slessinghausschmiergeldes war? Eigentlich gibt es nur vier Verdächtige: Endreasis, Durbas, Figelius oder Tommsen.«

»So etwas ist nicht ganz einfach, aber da es in Warchaim nur wenige Geschäfte gibt, wo man sich etwas Kostspieliges kaufen kann, wenn man plötzlich zu Geld gekommen ist, könnte ich zumindest mal nachfragen. Ich würde allerdings den Baron

Figelius von der Liste der Verdächtigen streichen. Der ist durch Schmiergeld so wenig beeindruckbar wie ein Kuhbauer durch einen Krug Milch.«

»Da habt Ihr wahrscheinlich recht. Vielleicht hat man ihn aber nicht mit Geld bestochen, sondern mit Wissen. Oder mit Macht.«

»Und wie soll ich das dann nachprüfen?«

»Vergesst es. Ich tippe ohnehin auf Endreasis oder Durbas. Vielleicht auch noch auf den Bürgermeister. Alles, was Ihr finden könnt, kann mir nutzen.«

»Dann mache ich mich sofort auf den Weg.« Der Landspurenführer grüßte knapp und eilte an Kohn vorbei ans Tageslicht. Kohn blieb noch eine Weile stehen und musterte den Gefangenen.

»Alles, was Ihr hier erfahrt, wird auch für die Königin von Nutzen sein«, sagte er dann.

Rodraeg nickte. »Wir stehen alle auf derselben Seite, Kohn. Für *DMDNGW* unterteilt sich die Welt nur in Täter und Opfer. Und wir sind alle Opfer.«

Der Gardist, der Bestar zur Begleitung zugeteilt wurde, war Leutnant Virad Adsar mit zwei weiteren Gardisten, eine davon eine pickelige junge Frau. Bestar brummelte die ganze Zeit vor sich hin, aber niemand konnte verstehen, was er sagte. Zu viert holten sie Tjarka Winnfess im *Würfelbecher* ab, die schon wütend war, weil Bestar sie so lange hatte warten lassen. Nachdem Bestar ihr von Rodraegs Verhaftung erzählt hatte, wollte sie natürlich alles genau berichtet bekommen.

Schließlich setzte sie ihre gestern Nacht begonnene Arbeit am Blumenbeet Uklas Eimenhards fort. Sie kroch herum, schnüffelte wie eine Hündin an Häuserecken, betrachtete die Wolken, folgte ihnen eine Weile, unterhielt sich knapp mit Passanten und Anwohnern. Eine Stunde verging. Leutnant Adsar beschloss, dass er keine zwei Mann Unterstützung benötigen würde, und schickte seine beiden Untergebenen zum Gardehaus zurück, wo sie angesichts des zurzeit herrschenden Mangels an Gardisten anderweitig eingeteilt werden konnten. Da sowohl Bestar als auch Adsar nichts zu tun hatten, während Tjarka tat, was immer sie da tat, kamen die beiden Männer ein wenig ins Gespräch.

Adsar kannte das *Mammut*, seit er in der Nacht nach dem Bachmufest die versammelte *Mammut*mannschaft zur Leiche Vinzev Tralós in den Adelsbezirk geführt hatte. Aber weder Bestar noch Tjarka waren damals dabei gewesen. Bestar erzählte ihm etwas von Tjarkas Heimat, einem Wald ohne Kaninchen, aber dafür mit riesigen Falltürspinnengruben. Adsar erzählte von den Wäldern seiner Heimat, den schwülnebeligen Nekerubuchten südlich des mittlerweile vergifteten Chlayst.

Tjarka las auf den Straßensteinen Zeichen, die nur sie entziffern konnte. Mehrmals imitierte sie sogar einen anderen Frauengang, einen, der sich mehr in den Hüften wog und deutlich weiblicher war als der ihrige. So schlenderte sie um Häuserecken herum, schnupperte dann die Luft, ließ sich einmal von einem Sperling leiten, der von einem Häuserdach zum nächsten flatterte, dann wieder von einem welken Eichenblatt, das vom Wind durch eine Gasse vorangewirbelt wurde.

»Ist das nur Spinnerei und Zeitverschwendung, oder steckt da so was wie Magie dahinter? Ich meine, kann sie so wirklich eine Spur verfolgen?«, fragte Adsar in der vierten Stunde.

»Im Thostwald hat es funktioniert«, brummte Bestar, der immer in Tjarkas Nähe blieb und jeden, der sich auch nur halbwegs näherte, misstrauisch musterte. »Ob es hier klappt, werden wir sehen. Aber wenn sie gar nichts sehen würde, hätte sie schon längst abgebrochen, oder nicht?«

»Wenn die Spur vor einem Haus endet, werde ich wohl besser Verstärkung holen, bevor wir da einfach so reinspazieren. Selbst wenn der Mörder eine Frau ist … wir wissen ja nicht, wie viele es sind …«

»Verstärkung kann nicht schaden«, hörte Bestar sich zu seiner eigenen Überraschung sagen, fügte jedoch noch hinzu: »Ich und mein Schwert, wir sind ja auch noch da.«

Tjarka führte sie anfangs im Zickzack, im weiteren Verlauf der Suche allerdings immer stetiger in westlicher Richtung durch die Südgefilde Warchaims, unweit des Hafens, wo es brackig roch und nach Fischabfällen. Als das Tageslicht dann trügerischer wurde, beschrieb sie einen beinahe unmerklichen Bogen nach Norden, immer noch die meisten Abzweigungen erkundend und verwerfend, in der Nähe der westlichen Stadtmauerreste, wo es viele Gärten und kleine, parkähnliche Plätze gab. Bestar spendierte ihnen dreien, damit sie nicht vollends vom Fleisch fielen, unterwegs knusprig in Honig geröstete Nüsse, die ein Straßenhändler singend feilbot.

Bei Beginn der Abenddämmerung war Leutnant Adsars Dienstschicht genau genommen schon seit einer Stunde vorüber, aber irgendetwas faszinierte ihn an Tjarkas Methode. Er hatte nicht das Gefühl, an der Nase herumgeführt zu werden. Ihm schien es eher, als sei er auf einer wichtigen Fährte, die allen anderen Gardisten bislang verschlossen geblieben war, und dass er sich so auszeichnen konnte. Weder war er müde noch erschöpft. Schließlich war ja auch Tjarka die Einzige von ihnen, die sich wirklich anstrengen musste.

Sie passierten das abgebrannte Slessinghaus. Ein Dutzend Schritte dahinter blieb Tjarka plötzlich stehen und deutete nach vorne. »Da ist sie hergekommen. Ich hatte die ganze Zeit über das Gefühl, dass sie billig roch.« In der Verlängerung ihres ausgestreckten Zeigefingers stand das *Drachen & Höhlen*, Warchaims größtes und anerkanntestes Bordell.

»Na, das wird ja ein lustiges Nachforschen«, ächzte Adsar. »Das mit der Garde und denen ist so eine Sache. Die halten dicht, viel dichter als echte Verbrecher, weil sie wissen, dass ihre Kunden nicht mehr kommen, wenn sie allzu viel ausplaudern. In Uniform kann man da drinnen überhaupt nichts ausrichten. Und in normaler Kleidung – ich fürchte, die würden mich erkennen.«

»Schon mal Kunde gewesen, was?«, grinste Tjarka hämisch.

Adsar nahm unwillkürlich militärische Haltung an. »Niemals! Ich habe vor ein paar Wochen mitgeholfen, eine Schlägerei dort zu schlichten. Dabei hat man mich natürlich gut sehen können, weil ich mich sehr ins Zeug gelegt habe!«

»Ah, ja.« Tjarka hörte nicht auf zu grinsen.

»Tjarka, kannst du die Frau aus dem Beet dort drinnen vielleicht erschnuppern?«, fragte Bestar.

»Ich sagte gestern schon, innerhalb von Gebäuden verliere ich jede Spur. Und ich fürchte, in einem solchen Haus werde ich vor lauter Gerüchen gar nichts mehr erkennen können.«

»Aber wenn die Frau genau vor dir steht. Kannst du sie da nicht von anderen unterscheiden?«

»Weiß ich nicht. Das müssen wir ausprobieren.«

Bestar dachte nach. Dann hatte er eine Idee. »Ich weiß, was wir machen! Wir holen Estéron! Er ist weise und hat dieses Zeug, diese Einfühlsamkeit, und er kann sich da drinnen gut durchfragen. Und er ist blind, also kann er nicht abgelenkt werden.«

»Du würdest abgelenkt werden von den leichten Mädchen?«, spöttelte Tjarka.

»Ich werde bestimmt abgelenkt.« Zerknirscht erinnerte Bestar sich an den peinlichen Vorfall in *Louelias rollendem Vergnügen.* Er hatte heute noch Schulden bei Rodraeg wegen dieser Sache.

»Gut, machen wir es so.« Leutnant Adsar nickte. »Für alle Fälle holen wir wieder zwei Gardisten dazu, damit ich vollzählig bin, und bringen den blinden Schmetterlingsmann vom *Mammut* hierher. Auf der Garde können wir auch unsere Wasserschläuche auffüllen, ich bin am Verdursten.«

Virad Adsar meldete die beabsichtigte Befragung und Durchsuchung im *Drachen & Höhlen* bei Hauptfrau Durbas ordnungsgemäß an. Sie gab ihm zwei erfahrene Gardisten mit und warnte ihn davor, »sich von dieser Mammutbrut ins Bockshorn jagen zu lassen. Sobald sich einer von denen auch nur im Geringsten danebenbenimmt – festnehmen und wegschließen. Dann kann ich vielleicht endlich mal wieder ruhig durchschlafen«.

Estéron erklärte sich bereit, Bestar, Tjarka und die drei Gardisten zum Bordell zu begleiten. Er schärfte Cajin erhöhte Wachsamkeit ein, aber auch Naenn wirkte jetzt schon wieder viel belastbarer als in den Tagen vor der Geburt und sagte, er brauche sich keine Sorgen zu machen.

Zu sechst gingen sie zum *Drachen & Höhlen.* Die Nacht hatte inzwischen ihre anfangs noch durchscheinende Dunkelheit vervollständigt und tauchte alle Gassen in undurchdringlich schattige und zweideutig fackelschwankende Bereiche. Im Bordell herrschten die Stunden des Hochbetriebs.

Dann gingen sie zu sechst hinein. Adsar hatte noch darüber nachgedacht, sich mit seinen Männern nur vor dem Gebäude zu postieren, aber das hätte bedeutet, die Ermittlung ganz allein dem *Mammut* anzuvertrauen, und da das *Mammut* selbst äußerst verdächtig war, stand das nicht zur Debatte. Ein Gedanke, der den Leutnant nicht mehr losließ, war, dass das *Mammut* in diesem Bordell versuchen wollte, sich vermittels von Schmetterlingsmenschenmagie eine Entlastungszeugin zu basteln. Er war fest entschlossen, dem seltsamen Alten Estéron sehr genau auf die Finger zu sehen. Dennoch wollte er sich mit seinen Uniformierten ein wenig im Hintergrund halten, um das Schweigen der Liebesdienerinnen etwas aufzulockern.

Das *Drachen & Höhlen* wurde – anders als die meisten Einrichtungen dieser Art – von einem Mann geleitet, einem schlanken Stutzer mit auffällig gepflegten Händen und ölig zurückgekämmten langen Haaren, der auf den Namen Mewis Moju hörte. Angesichts dreier Uniformierter in Begleitung dreier weiterer Personen, die nicht nach zahlenden Gästen aussahen – ein Blinder, ein vollbärtiger Bewaffneter und ein Mädchen! –, ergriff er sofort die Offensive und drängte sich in Begleitung eines männlichen Muskelberges mit tumbem Gesichtsausdruck den Neuankömmlingen entgegen. Leutnant Adsar ließ ihn gar nicht erst groß zu Wort kommen, sagte nur knapp, dass der Schmetterlingsmann ein paar Fragen hätte und die Garde unbedingte Kooperation wünsche. Mewis Moju verbeugte sich beinahe bis zum Boden und hörte sich dann aufmerksam an, was Estéron zu sagen hatte.

Hier drinnen roch es aufdringlich nach verschiedenartigen Duftölen, Räucherwerken und Seifen, eine Musikerin – die, was Estéron nicht sehen konnte, barbusig war – klimperte an einer großen Standharfe herum, ein kleiner Springbrunnen – ähnlich seinen großen Pendants im Adelsbezirk durch eine bestimmte Form von handwerklicher Delphiormagie angetrieben – plätscherte im Hauptraum, Männer saßen herum, schnurrten und wurden gekrault, Mädchen schnürten umher mit wiegenden, schmuckklirrenden Hüften, Seidenkissen dämpften Geräusche und konnten doch ein unzweideutiges Stöhnen, das aus dem oberen Stockwerk herunterwehte, nicht verdecken. Der Schmetterlingsmann brauchte ein paar Sandstrichbruchteile, um sich unter dem schamlosen Bewurf von Sinneseindrücken so weit sammeln zu können, dass er in der Lage war, Fragen zu stellen.

»Es geht um die Nacht des Bachmufestes. Wir sind auf der Suche nach einer Frau, die für Euch arbeitet und die in dieser Nacht möglicherweise eine Verabredung mit Uklas Eimenhard hatte.«

»Das Bachmufest, ihr *lieben* Götter!« Mewis Moju gebärdete sich übertrieben feminin. »Das ist doch nun schon volle zehn Nächte her! Niemand kann verlangen, dass ich mich an etwas entsinne, was sozusagen *Jahrhunderte* vergangen ist!«

»Ihr braucht Euch nicht zu entsinnen. Ihr braucht wahrscheinlich nur in Euren Büchern nachzuschlagen.« Estérons Stimme war freundlich, aber auf seltsame Art und Weise zwingend.

»Meine Bücher kann ich nicht offenlegen. Das ist unmöglich! Das wäre mein Ruin!«

»Ihr braucht sie nicht offenzulegen. Keiner von uns wird hineinblicken, ich schon gar nicht.« Estéron deutete auf seine milchfarbenen Augen. »Gebt uns nur alles, was Ihr an Informationen zu erübrigen habt, und Ihr seid uns schnell wieder los.«

Erneut verbeugte sich der Stutzer tief. Dann entfernte er sich in eines der Hinterzimmer und kehrte erst nach einigen Sandstrichen wieder zurück. Sein Hemd zeigte Schwitzflecken unter den Achseln, die dem Leutnant Adsar nicht entgingen. Wahrscheinlich hatte der Bordellbesitzer schnell Unterlagen versteckt. »Nichts, meine Herren. Absolut nichts. Meine Mädchen haben nur selten Einladungen außer Haus, da ich stets bestrebt bin, ihnen die Sicherheit meines Schutzes angedeihen zu lassen. Aber in fraglicher Nacht waren alle hier, es herrschte Hochstimmung, es war Bachmufest, ihr versteht das sicher! Ich möchte keinen Ärger haben. Uklas Eimenhard, ist der denn nicht bedauerlicherweise ums Leben gekommen?«

Estérons blinde Augen gingen durch den schwafelnden Gecken hindurch. Er wandte sich halb zu Tjarka um. »Tjarka? Dort hinten in dieser Ecke des Zimmers ist eine junge Frau, deren Atem sich merklich beschleunigt hat. Kannst du sie zu mir bringen, ich möchte kurz mit ihr sprechen.«

Mewis Moju versuchte sich wieder bemerkbar zu machen. »Ich kann nicht dulden, dass Ihr die Abläufe in meiner Herberge durcheinanderbringt ...«

»Das wäre alles«, sagte Estéron, immer noch freundlich. »Ich danke Euch sehr.«

Mewis Moju schwitzte nun am ganzen Körper. Dadurch ging ein durchdringend säuerlicher Geruch von ihm aus, den auch etliche Duftessenzen nicht bemänteln konnten. Er blickte hilfesuchend zu den Gardisten hinüber, doch Leutnant Adsar winkte ihn nur nickend hinfort. Tjarka stieg inzwischen mit angewidertem Gesicht durch eine Landschaft aus Kissen, Glutbecken, Tischchen voller Naschwerk und hingegossenen Leibern hindurch. Mit Entsetzen registrierte sie, dass die Hand eines der Mädchen im Hosenschlitz eines behaglich zurückgelehnten Kunden steckte. Etwas aus dem Tritt gekommen, erreichte Tjarka endlich die von Estéron bezeichnete Frau. »Kommt Ihr bitte? Rasch!«

Die Frau fügte sich. Sie war aschblond, üppig, um die dreißig und schämte sich ihrer ganz und gar nicht ausreichenden Bekleidung. Bestar wusste nicht, wo er hinsehen sollte. Sein Gesicht hinter dem wuchernden Bart war erstaunlich rot.

Die Frau machte einen angedeuteten Knicks. Ihr Kinn zitterte vor Anspannung. »Ja?« Tjarka drängte an ihr vorbei bis hinter Bestar.

»Mein Kind«, sprach Estéron die Aschblonde an. »Du trägst etwas mit dir herum. Eine tief reichende Sorge. Möchtest du dich ihrer nicht entledigen, indem du sie einem alten, blinden Schmetterlingsmann anvertraust?«

»Ich … ich … kann … nicht. Ich … darf nicht.«

»Dein Arbeitgeber wird nichts dagegen haben, dass du dich von einer Bürde befreist, die auch ihn und sein Haus niederdrückt.«

»Das ist nicht … das Problem. Es geht nicht um mich. Aber ich darf doch nicht … jemanden belasten, nur weil ich mir Sorgen mache.«

»Gerade wenn du dir Sorgen machst, solltest du diese teilen. Vielleicht können wir helfen.«

Adsar musterte den Schmetterlingsmann genau. Da war etwas beunruhigend Manipulatives in dessen Stimme, aber dennoch zeichnete er der Frau keine Worte vor. Was sie sagte, schien wirklich aus ihr selbst zu entspringen.

»Es … geht um Scela«, brach es schließlich aus der Frau hervor. »Sie ist sehr seltsam geworden, und ich glaube, es fing in der Bachmunacht an. Vorgestern wollte sie sich das Leben nehmen, indem sie sich mit Tonscherben die Arme aufschnitt. Sie will nicht mehr arbeiten, sagt, sie ist krank. Ich mache mir wirklich Sorgen um sie.«

»Wo ist sie jetzt?«

»Oben, in Zimmer vier. Sie hat keinen Kunden, seit zwei Tagen schon nicht. Herr Moju wird schon ungehalten.«

»Ich übe keinen Druck aus!«, beeilte sich Mewis Moju von weit hinten zu versichern. Mit gespitzten Ohren überwachte er aus sicherer Distanz alles, was gesprochen wurde.

Estéron legte der eingeschüchterten Aschblonden beide Hände zärtlich auf die Schultern. »Er spricht die Wahrheit«, sagte er, und seine Augen waren wie wolkenverschleierte Monde. »Er übt keinen Druck aus.« Dann winkte er Bestar heran, damit der ihn führen konnte. Auch Tjarka und die Gardisten folgten, die Geländertreppe hinauf auf die Galerie der Zweisamkeitszimmer. Vor der Nummer vier blieb Bestar stehen, und Estéron legte seine Hände gegen das schwere, teure Holz. »Scela? Mein Name ist Estéron. Ich komme aus dem Schmetterlingshain. Ich bin hier, um dich von deinem Gewicht zu befreien.«

»Keine Behauptungen aufstellen, bitte«, zischte Leutnant Adsar. »Nur Fragen stellen! Sonst kann ich ihre Aussage nicht werten.«

Estéron nickte. »Scela? Ich habe Freunde bei mir. Wir sind insgesamt zu sechst. Das, was dich bedroht, kann gegen so viele nicht bestehen. Es handelt sich somit um deine vielleicht einzige Möglichkeit zur Freiheit.«

Es verging eine gewisse Zeit. Adsar wurde schon unruhig und wollte einen der Gardisten hinunterschicken, um von Mewis Moju den Hauptschlüssel zu holen, da wurde die Tür von innen aufgeschlossen. Scela war deutlich jünger als die Aschblonde, wahrscheinlich erst knapp volljährig. Sie hatte dunkle Haare, ein spitzes Gesicht, tief reichende Augenringe und das fahrige Gehabe einer Trinkerin oder sonstig Drogensüchtigen. Als sie an dem blinden Schmetterlingsmann vorbeisah und die Gardisten bemerkte, atmete sie gleichzeitig auf und ließ die Schultern hängen. »Es stimmt also. Ich bin es gewesen.«

»Ihr seid *was* gewesen?«, fragte Adsar, der sich nun nach vorne drängte und die Leitung übernehmen wollte.

»Der Mord. An diesem reichen Mann in der Südstadt. In der Bachmunacht. Ich dachte, es sei ein Traum gewesen, aber als ich erwachte, war ich über und über mit Blut …« Sie konnte nicht mehr weitersprechen. Sanft drängte der Gardist sie in ihren Raum, alle folgten. Nur mit Mühe konnte Tjarka ganz hinten die Tür schließen. Der Raum bestand nur aus einem niedrigen Tisch, einem aufreizend bunten Bett und einer Waschschale. Es gab keine Fenster, nur eine Öllampe voller Aromaöl. Das Bett war zerwühlt. Es roch nach Tränen und Schlaf.

»Wie lief dieser Traum ab?«

»Ich … schlich mich nach draußen. Im Hauptraum war eine große Orgie im Gange, jeder war mit jedem beschäftigt, niemand achtete auf mich. Draußen war es kalt, ich war so gut wie nackt. Dort stand einer meiner Kunden und drückte mir eine schwarze Nadel in die Hand.«

»Ihr kanntet den Mann?« Adsar wechselte einen raschen Blick mit Bestar und Tjarka, die schneller atmeten.

»Ja. Er war schon zweimal bei mir. Sein Name ist Lundis. Ich kann ihn nicht ausstehen. Er steht darauf, mich anzuspucken. Er sagt, er mag meine Füße, die klein sind für meine Größe. Jedenfalls ... er gab mir die Nadel. Ich wusste, wohin, obwohl ich nicht wusste, wohin. Könnt Ihr das verstehen?«

»Wir verstehen«, beruhigte sie Estéron. »Ein Freund von uns hat Ähnliches erlebt. Erzähl einfach weiter.«

»Ein reicher Mann öffnete mir die Tür, nachdem ich mich ihm am Fenster gezeigt hatte. Er schien erfreut, mich zu sehen. Vielleicht hatte er mich erwartet, vielleicht gefiel ich ihm auch einfach nur, nackt, wie ich war. Er hatte getrunken auf dem Fest. Ich erinnere mich noch daran, wie sein Atem grünlich schimmerte.« Beim Erinnern ballte sich ihr Gesicht zusammen wie eine Faust, wurde ganz greisenhaft. »Dann ... dann ... rammte ich ihm plötzlich die Nadel in den Hals. Nein, nicht in den Hals. Von unten, von unten durch den Unterkiefer nach oben. Zuerst passierte gar nichts. Es war ja nur ein Traum. Doch dann zog ich die Nadel heraus, und das Blut sprühte aus ihm wie aus einem Pumpbrunnen. Unglaublich viel Blut. Alles war voll davon. Die ganze Welt war dunkelrot. Er machte ein Geräusch wie ein gackerndes Huhn und starb. Ich verließ das Haus und eilte zurück. Niemand bemerkte mich. Lundis passte mich ab, nahm mir die Nadel ab, reinigte sie mit einem Tuch, sagte ›Gutes Mädchen‹ zu mir, kniff mich und ging lachend davon. Ich träumte weiter, obwohl er mich kniff. An der Orgie vorüber auf mein Zimmer. Da erwachte ich dann und sah das ganze Blut. Zuerst dachte ich, ich hätte im Schlaf meine Tage bekommen oder einer der Kunden hätte mir bei der Orgie etwas angetan. Ich wusste gar nichts mehr und wusch mich. Aber dann, nach Stunden, erinnerte ich mich mehr und mehr an den Traum. Und als es dann hieß, es habe einen Mord gegeben an einem reichen Mann in der Südstadt, da … da konnte ich nicht mehr. Ich kann nicht mehr! Ich weiß nicht, warum ich das getan haben soll! Ich bin so nicht!«

»Mein armes Mädchen.« Estéron schlüpfte nun wieder am nachdenklich zögerlichen Adsar vorbei und nahm Scela einfach in die Arme. Zuerst verspannte sie sich, dass es schien, ihre Haut würde splittern, dann öffnete sie sich und weinte hemmungslos gegen seine Brust. »Du bist nicht die Einzige«, sagte er in beruhigend brummendem Tonfall. »Ich fürchte, wir werden noch weitere finden, die im Traum zu Mördern wurden. Da Lundis vorher mehrmals bei dir war, hatte er gute Gelegenheit, dich mit einem Fluch zu belegen.« Er wandte sich an Adsar. »Wir müssen sie hier wegbringen, in Sicherheit. Dilljen Kohn kann überprüfen, ob der Fluch noch immer wirkt oder ob die Gefahr für sie vorüber ist. Aber sie sollte nicht hierbleiben, an diesem Ort. Niemand sollte an einem solchen Ort bleiben müssen.«

»Ich kümmere mich darum«, nickte der Leutnant. »Aber vorher brauche ich noch eine Beschreibung von diesem Lundis.«

Scela lieferte diese Beschreibung: klein gewachsen, um die fünfzig, mit borstigem schwarzen Haar und einem struppigen Kinnbart. Sein eines Auge war stets halb geschlossen und bewegte sich langsamer als das andere. Der Gesichtsausdruck war grausam und hämisch. Beim Liebesspiel genoss er es, Schmerzen und Demütigungen zuzufügen.

»Passt das zufällig zu der Beschreibung desjenigen, der vor einigen Tagen im *Haus des Mammuts* eingebrochen ist?«, fragte Estéron den Leutnant.

Adsar zögerte, weil er nicht wusste, ob er befugt war, diese Informationen weiterzugeben. Dann entschied er sich jedoch zu einem: »Ja. Klein, schon älter, Kinnbart. Das mit dem Auge und den Schmerzen konnte unser Gardist natürlich nicht erkennen.«

»Selbstverständlich nicht. Letzte Frage: Tjarka? Sind wir hier richtig? Passt alles?«

Tjarka zuckte die Schultern. »Tut mir leid, ich kann die Frauen hier drinnen nasenmäßig nicht auseinanderhalten. Die Blonde roch genauso. In dieser Art von Haus riechen alle Frauen auffallend nach Männern. Es kann jede von ihnen gewesen sein. Aber wir brauchen ja nur Scelas kleine Füße neben die Spur im Beet zu halten, und dann ist alles klar. Ich bin mir ziemlich sicher, dass es passt.«

»Darum kümmern wir uns auch«, beeilte Adsar sich zu versichern. »Also raus hier, es ist spät genug. Wir nehmen Scela gleich mit.«

»In sicheren Gewahrsam«, übersetzte Estéron der eingeschüchterten Frau.

Mewis Moju protestierte zaghaft, aber eigentlich nur, um vor seiner Belegschaft nicht völlig als jemand dazustehen, der gar nichts mitzureden hatte. Der seltsame Siebenertrupp aus drei Uniformierten, drei äußerst unterschiedlichen Zivilisten und dem Mädchen namens Scela schlüpfte nach draußen in die Nacht.

Sie benutzten die Aldavastraße stadteinwärts. Bestar sah sich immer noch argwöhnisch um, obwohl in der jetzt deutlich vorgerückten Nachtstunde kaum noch Passanten unterwegs waren. An der Ruine des Alten Tempels vorbei, dann nach Norden auf die Hesselystraße. Um Zeit zu sparen und unnötige Hin-und-Herlaufereien zu vermeiden, befahl Leutnant Adsar hier seinen beiden Untergebenen: »Ihr beide bringt das Mädchen umgehend zum Stadtgardehaus. Achtet auf diesen Lundis – falls er in Erscheinung treten sollte, haltet ihn auf und verständigt Verstärkung. Dem Mädchen soll in der Garde ein bequemes Quartier zugewiesen werden, keine Zelle, habt ihr mich verstanden?«

»Jawohl, Leutnant Adsar.«

»Darf ich vorschlagen, dass wir mitkommen?«, fragte Estéron lächelnd. »Scela ist eine wichtige Zeugin, und ihr selbst, Bestar und Tjarka geben eine hervorragende Verstärkung der Bewachung ab.«

»Wenn Euch der Umweg nichts ausmacht ...«

»Sicherzugehen ist nur auf den ersten Blick ein Umweg.«

»Dann los.«

Sie gingen doch zu siebt weiter, querten in aufkommendem Wind den von der riesigen Rinwelinde beherrschten Marktplatz und erreichten den unweit des Rathauses befindlichen Garnisonskomplex. Die drei vom *Mammut* blieben in der Nähe, bis Scela einen überwachbaren, möblierten Raum im Zellengeschoss zugewiesen bekommen hatte. Leutnant Adsar kam alleine wieder nach draußen, sich den Nacken mit einem feuchten Tuch abtupfend. Sein längliches Gesicht glänzte vor Erschöpfung. »Jetzt geleite ich Euch noch zum *Haus des Mammuts*, dann ist mein Dienst für heute getan.«

Estéron lächelte wieder, wie immer, wenn er dem Leutnant widersprechen musste. »Zuerst bringen wir noch Tjarka sicher in den *Würfelbecher* zurück. *Dann* gehen wir zum Haus.«

So machten sie es. Sie gingen an der rückwärtigen Rathausseite entlang, vorüber an der *Krustenküche.* Adsars und Bestars Mägen knurrten vernehmlich. Tjarka kehrte zurück in das Geklapper und Gelächter des *Würfelbechers.* Die angeheiterte Stimmung dort schien ihr nichts auszumachen. Überhaupt ließ sie selten verlauten, was in ihr vorging.

Adsar, Estéron und Bestar hatten nun nur noch einen kurzen Weg zurückzulegen. Ein paar Hundert Schritte nördlich auf der großen Nord-Süd-Straße. Von einer gleichmäßigen Straßenausleuchtung konnte keine Rede sein. Überall bildeten sich Höfe und Blasen der Finsternis.

Estéron blieb plötzlich ruckartig stehen und tastete nach Bestars Arm.

»Der … Einbrecher …«, hauchte er und zog tief Luft durch die Nase. Bestar hatte Skergatlu beinahe gleichzeitig in der Hand. Leutnant Adsar war nicht schnell genug.

Der Schatten, der aus anderen Schatten hervorsprang, rammte dem Leutnant von unten eine Nadel in den Kopf und zog sie mit einer einzigen, fließenden Bewegung wieder heraus. Adsar faltete sich vollkommen lautlos in sich zusammen wie eine gekappte Marionette, und dennoch erfüllte plötzlich schriller Lärm die Straße – die hohe, durchdringende Stimme des Mörders:

»Der Mörder! Der Nadelmörder! Hilfe, er ist hieeeeeeeer!«

Bestar schlug zu, doch dort, wo er zuschlug, war niemand mehr. Der Nadelmörder war unglaublich wendig. Klein, etwa so klein wie Tjarka, ganz in Schwarz gekleidet, mit einer Kapuze, die das Gesicht fast völlig umhüllte wie ein Winterschal.

Estéron wich keuchend zurück. Aus der Brust des Schmetterlingsmannes entrang sich ein Stöhnen höchster Todesfurcht.

Fluchend durchschnitt Bestar mit Skergatlu noch zweimal nichts als Luft.

Dann war der Angreifer plötzlich hinter Estéron. Der Schmetterlingsmann ruderte mit beiden Händen in der Luft, und es sah aus, als würden seine Fingerspitzen wie auch seine Augen silbern zu glühen beginnen. Dann krachte ihm durch den Gaumen aufwärts eine Nadel ins Gehirn und ließ das Glühen verwehen wie eine Illusion.

Bestar schrie auf und wollte nachsetzen, aber der Mörder schleuderte ihm einfach den schlenkernden Leib Estérons entgegen.

»Hilfe! Der Nadelmörder! Er ist hinter mir her! So helft mir doch!« Der bartumrankte Mund des Mörders grinste, als er diese Worte schrie und langsam vor dem hünenhaften Klippenwälder zurückwich.

Bestar fing Estéron auf, doch für den Schmetterlingsmann kam jede Hilfe zu spät. Er war tot, die Augen im Schrecken weit geöffnet, matter die Pupillen nun noch als einfach nur blind.

Mit dem Knurren eines tollwütigen Tieres sprang Bestar nach vorne, doch der Mann vor ihm wandte sich ab und begann zu rennen, nach Norden, dem *Haus des Mammuts* entgegen.

»Er wird sie alle töten!«, prasselte es durch Bestars Kopf. »Er wird sie ALLE TÖTEN!« Er verdoppelte seine Anstrengungen, doch der andere war einfach schneller. Dabei schrie der Mörder immer noch: »Hilfe! Hilfe! Er will mich erstechen!« Bestar rannte hinter ihm her, durch Licht und Schatten, Mond und Wolken, vorüber an Türen und Wänden, Hofeingängen und Fenstern, die glanzlos wirkten wie Estérons Augen zuletzt.

So langsam kam Bewegung in die Straße. In den oberen Stockwerken wurden Fensterläden aufgestoßen. Lichter in Räumen entzündet. Türen geöffnet. Männer in Nachtbekleidung, mit behelfsmäßigen Schlag- oder Stichwerkzeugen in den Händen, traten finster blickend und gleichzeitig furchtbleich aus ihren Türen nach draußen. Die ersten Rufe gellten auf, nahmen das falsche Geschrei des Mörders wie eine Fackel an und trugen sie weiter. Warchaim erwachte zu Schrecken und Tod.

Bestar rannte. Der andere vergrößerte seinen Vorsprung, war einfach flinker, nicht so massig wie der Klippenwälder.

Der Mörder erreichte die Kreuzung, die nach links zum *Mammut* führte, und bog in vollem Lauf tatsächlich nach links. Bestar stieß gegen eine sich plötzlich öffnende Haustür und trümmerte sie einfach aus den Angeln. Er ging kurz zu Boden, rollte sich aber hoch und hatte Skergatlu immer noch in der rechten, knöchern angespannten Faust. Das Geschrei ringsumher wurde lauter.

»Haltet ihn! Er will den Kleinen umbringen!«

Zu Bestars Erleichterung rannte der »Kleine« an der Tür mit dem *Mammut* vorüber, verschwand aber anschließend nach rechts hinter dem Haus der Stahlerts. Bestar dachte kurz daran, im *Haus des Mammuts* Hilfe zu holen, aber wen? Dort waren nur noch Cajin und Naenn. Cajin war zu unerfahren. Naenn konnte gut und wirksam zaubern, das hatte Bestar erlebt, als das *Mammut* einmal an eine Baumspinnenbrut geraten war, aber war Naenn nach ihrer Mutterschaft schon wieder stark genug zum Zaubern und Kämpfen? Rodraeg würde Bestar wohl tadeln, wenn er Naenn jetzt mit hineinzog in diese Verfolgungsjagd.

Estéron war *tot*! Dieser Gedanke kam Bestar so unwirklich vor, dass er ihn sich fast mühsam ins Bewusstsein hämmern musste.

Bürger schrien, wütend, aber auch unentschlossen. Keifend schoben sie sich gegenseitig die Verantwortung des »Tu doch was!« zu. Nirgends patrouillierten Gardisten, dabei waren sie doch sonst fast allgegenwärtig. Aber es herrschte Gardistenmangel in der Stadt, beinahe zehn bewachten ja schon jemanden, der heute Nacht wohl gar nicht in Gefahr war.

Bestar tauchte hinter dem Stahlerthaus in die Schatten und wünschte sich beinahe, der Mörder würde ihn angreifen und ihm so immerhin nahe kommen. Doch der Mörder war nicht mehr zu sehen. Bestar wollte schon blind in irgendeine Richtung losstürmen, als er von oben ein leises Kichern hörte. Auf dem Dach! Tatsächlich kauerte dort der kleine Vermummte unter dem Mond. Wie war er nur dort heraufgekommen?

Bestar fand ein Fass, von dem aus man auf die obere Kante einer nur angelehnten Hoftür steigen konnte. Von dort konnte man die Dachkante ergreifen und sich hochziehen, wenn man bereit war, das Schwert aus der Hand zu legen. Bestar überlegte nicht lange. Er steckte Skergatlu weg und sprang mehr, als dass er sich zog, auf die Dachschräge hinauf. Der Mörder war mehrere Schritte entfernt und wollte wohl gar keinen Angriff unternehmen. Die Verfolgungsjagd ging weiter, über das krumm wirkende Dach der Stahlerts mit seinen sich lösenden und in die Tiefe rutschenden Schindeln.

»Da oben! Sie sind da oben! Auf dem Stahlertdach! Ihr Götter, hat denn niemand einen Bogen oder eine Armbrust?«

Der Mörder wandte sich wieder nach Osten zurück und sprang vom Stahlertdach hinab auf das Dach des kleineren *Mammut*hauses. Bestar folgte ihm und war froh, dass das in sämtlichen Balken ächzende Dach seinem Gewicht überhaupt standhielt. Von dort aus schwang sich der Mörder hinauf auf das wiederum höhere Haus von Nideon Hallick, dem Krämer.

»Zu Hilfeeeee!«, schrie der Mörder dabei, und seine Stimme klang tatsächlich überzeugend nach Furcht, obwohl sein Mund weiterhin von einem Grinsen verzerrt wurde.

Schnaufend setzte Bestar ihm nach, ließ Skergatlu weggesteckt, um besser klettern zu können. Der Mörder sprang über einen gut drei Schritte breiten Abgrund hinüber zu einem quer stehenden Eckgebäude. Bestar folgte ihm mit langem Anlauf und ziegelzerschmetternder Wucht. Von dort aus ging es über eine noch breitere, gut vier Schritte messende Gasse zum Dach eines anderen Hauses. Der Mörder flog und rollte sich ab wie ein Jahrmarktsgaukler. Bestar schaffte den Sprung wegen des kürzeren Anlaufs kaum, schmetterte auf die Dachkante und stürzte beinahe mitsamt der Kante ab in einer wütenden Detonation aus Schindelscherben, Reetgras, Lehmbrocken und Kalk. Aber es gelang ihm, sich an einem für den Dachdecker angebrachten Metallgriff nach vorne zu reißen und dann auch die baumelnden Beine in Sicherheit zu schwingen. Der Vorsprung des Mörders war erneut gewachsen. Bestar vergewisserte sich, dass er Skergatlu nicht verloren hatte, und setzte ihm nach. Ein Kurzbogenpfeil schwirrte dicht vor seiner Nase vorbei und irritierte ihn. Unten auf der Straße war inzwischen eine ansehnliche Menge versammelt, mit Fackeln und Laternen. Für den Bruchteil eines Sandstriches glaubte Bestar Cajin erkennen zu können, der einen Kurzbogenschützen anrempelte und ihn anschrie, irgendetwas wie: »Du schießt auf den falschen Mann, du Idiot!«, doch der Schütze schrie zurück: »Bist du denn bescheuert?«, und schubste Cajin grob zu Boden. Bestar konnte nicht weiter darauf achten. Drei eng beieinanderstehende Hausdächer konnten hier oben unter den rasenden Nachtwolken ohne Komplikationen gequert werden. Und dann stand der Mörder endlich vor einer Sackgasse. Vom Ende dieses Daches aus lag das nächste Dach acht Schritte entfernt. Es ging nur noch nach unten oder an Bestar vorbei, und der zog jetzt Skergatlu blank wie eine Schranke aus Erz.

Unten steigerte sich der Tumult. »Er hat einen Gardisten getötet!« – »Er hat mindestens zwei Leute erstochen, dahinten auf der Hauptstraße!« – »Er hat auch in den letzten Tagen schon die ganzen Morde begangen!« – »Da ist er! Und sein nächstes Opfer!« – »Wo bleibt denn die Garde? Holt endlich einer die Garde?« – »Wir müssen ihn aufhalten, wenn wir jemals wieder ruhig schlafen wollen!« – »Wir brauchen Teff Baitz oder Ulric den Schmied! Der Kerl ist viel zu stark für uns!« – »Wir sind viele und der ist nur einer! Das schaffen wir schon!« – »Lasst uns ihn runterschießen oder -werfen! Holt Steine!«

Der Mörder ging seitlich langsam zu einer Dachkante, die von unten aus nicht gut eingesehen werden konnte, weil eine Hofmauer der Menge den Weg versperrte. Dabei schlug er seine Kapuze zurück. Ja, es war Lundis. Das eine Auge war größer als das andere. Er hatte die schwarze Nadel nun wieder in der Hand. Und er hörte gar nicht mehr auf zu grinsen.

Bestar näherte sich ihm mit kampfeshungrigem Schwert.

Doch Lundis hatte gar nicht vor zu kämpfen. Mit durchdringender Stimme schrie er aus Leibeskräften: »Er will mich erstechen! Der Riese will mich erstechen! Neiiiiinnn! Ahhhhhhhhhhhhhhrrrrrrr!« Dann rammte er sich selbst mit beiden Händen die Nadel durch den Gaumen in den Kopf. Er gurgelte noch kurz, schnaubte öliges Blut aus der Nase und stürzte dann rückwärts in die Tiefe, wo er mit staubigem Krachen aufs Hofpflaster schlug.

Bestar blieb wie vom Blitz getroffen stehen.

Er hatte das Gefühl, lachen zu müssen.

Er hatte so etwas erst vor Kurzem schon einmal erlebt. Im Thostwald hatte sich ein Verfolgter namens Glauber Gudvin den eigenen Dolch in die Brust gestoßen, nur um nicht von Eljazokad, Tjarka und Bestar verhört werden zu können. Bestar fand so etwas vollkommen absurd. Ein Klippenwälder würde sich nie selbst das Leben nehmen, niemals, unter keinen Umständen. Solange noch ein einziger Tropfen Blut in den Adern pumpte, konnte man noch kämpfen und Gegner mit sich ins Verderben reißen. Selbstmord war nur etwas für ausgemachte Schwächlinge.

Aber Bestar begriff, dass das eben kein Selbstmord gewesen war, sondern Mord. Eine extrem gut ausgeklügelte Falle. Lundis war auch nichts weiter als ein Werkzeug, auch nur ein gelenkter Träumer wie Rodraeg und die hübsche Scela. Der wirkliche Mörder war noch nie in Erscheinung getreten und würde sich wahrscheinlich auch nie erwischen und verfolgen lassen. Ein übermächtiger Feind, so unantastbar wie ein Gott.

Bestar wurde klar, dass er jetzt alles vermasselt hatte. Man würde ihm diesen Mord anhängen, denn niemand rammte sich selbst eine Nadel in den Kopf. Man würde ihm auch Adsar und Estéron anhängen, denn es hatte ja beinahe Zeugen gegeben. Man würde sich sogar noch erinnern, dass das alles in der Nähe des *Mammut*hauses stattfand. Man würde sie alle verhaften und wegschließen.

Aber Bestar wollte sich nie wieder gefangen nehmen lassen. Nach der giftigen Schwarzwachshöhle von Terrek und der gnadenlosen Foltergrube im Thostwald hatte er sich das geschworen.

Nie wieder.

Das Einzige, was er jetzt noch für das *Mammut* tun konnte, war, alle Schuld auf sich zu nehmen und sich dann mit Skergatlu aus Warchaim herauszuschneisen.

Er sah unten im Hof einen Heuballen und sprang in die Tiefe. Dadurch entging er einem zweiten Pfeil, der unter allgemeinem Wut- und Entsetzensgeschrei auf ihn abgefeuert wurde. Mühsam, regelrecht Sterne sehend aufgrund des Aufpralls, kam Bestar von dem Ballen herunter wieder auf die Beine. Bürger hatten ein Tor aufbekommen und stürmten zu zehnt in den Hof. Bestar rannte ihnen entgegen, schreiend wie ein Wahnsinniger und Skergatlu schwingend. Sie duckten sich und machten im panisch Platz. Einer machte sich tatsächlich in die Hose.

Er gelangte auf die Straße. Der Pöbel war wie eine riesige Brandungswelle, fackelschwingend und heugabelgezackt. Bestar sah eine Lücke nach Norden, stadtauswärts. Dorthin rannte er, ohne auf Ausdauer zu achten, so schnell seine Füße ihn trugen. Zwei Männer traten ihm lebensmüde mit ausgestreckten Händen entgegen, aber er stürmte einfach durch sie hindurch, dass sie zu Boden klatschten und liegen blieben. Die Menge fiel zurück, behinderte sich mit ihren vielen Beinen selbst, war von der bis zum Blutdurst getriebenen Empörung torkelig wie von einem viel zu schweren Wein. Doch aus dem Osten nahte schon die nächste Gefahr, und sie nahte auf funkenstiebenden Hufen. Gardisten. Beritten. Drei Mann. Mit wappenbewimpelten Lanzen bewaffnet.

Niemals hätte Bestar einem Pferd etwas angetan. Aber die Gardisten waren gut gepanzert, sie brauchten nicht geschont zu werden. Bestar rannte ihnen entgegen, um ihnen die Zeit zum kalkulierten Angreifen abzuschneiden. Die erste Lanze wurde geschleudert und glitt über Bestars wegduckende Schulter hinweg. Bestar drosch dem vorbeireitenden Gardisten Skergatlu flach vor die Brust, sodass der Uniformierte brüllend nach hinten aus den Steigbügeln gerissen wurde. Sein einer Kamerad ritt über ihn hinweg und kam über dem Straucheln des Pferdes selbst zu Fall. Der dritte Gardist erreichte Bestar von halb hinten und stach nach ihm, doch Bestar bekam einhändig die Lanze zu packen, und der Gardist musste sie loslassen, um nicht ebenfalls aus dem Sattel gehebelt zu werden. Lanzen im Nahkampf waren Schwachsinn, dachte Bestar höhnisch. Er hatte Schwierigkeiten mit fliegenden und geworfenen Waffen und war in Terrek schwer von einem Speer erwischt worden, aber so etwas Umständliches wie eine Lanze in Händen zu behalten war einfach nur fahrlässig und dumm. Die Gardisten waren armselige Gegner, aber es würden noch mehr kommen, mehr und erfahrenere.

Der eine, der noch im Sattel saß, wendete herrisch sein Pferd und griff Bestar nun von oben herab mit gezogenem Gardesäbel an. Doch Bestar stieß ihm das hintere Lanzenende wie eine Turnierstange vor die Brust und ließ so auch den dritten Gegner in hohem Bogen aus dem Sattel fliegen.

Die Menschen Warchaims nahten, aufgepeitscht genug, um ihn vielleicht auch ohne einen gerechten Prozess in Fetzen zu reißen.

Bestar tat nun etwas, was er sich noch nie im Leben getraut hatte: Er schwang sich über einen Steigbügel hoch in einen Sattel.

»Bitte!«, flüsterte er vornübergebeugt dem Gardepferd ins Ohr. »Trag mich irgendwohin, ohne mich abzuwerfen, die Richtung ist mir ganz egal, nur schnell weg von hier! Nach ein paar Meilen lasse ich mich einfach fallen, und du kannst rennen, wohin immer du willst, in die Freiheit oder zurück in den Stall zu deinen Freunden und deiner Familie!«

Das Pferd zögerte und schlenkerte tänzelnd den Kopf nach rechts und links. Aber etwas an der von hinten herantosenden Menschenmenge und vor allem an den wütend geworfenen Steinchen war überzeugend. Es stieg halb auf die Hinterhand und galoppierte dann los – nach Norden, auf der Straße nach Hessely aus Warchaim hinaus.

Bestar konnte sich kaum halten. Schon beim Hochsteigen war er nach halb hinten auf die rechte Flanke geglitten, nun krallte er sich in Zügel und Zaumzeug fest und versuchte einen Sturz abzuwenden. Dabei bremste er das Tier auch wieder ab, was ihm half, einen stabilen Sitz zu finden. Aber alles war unheimlich! Die Geschwindigkeit. Die auf und ab ruckelnde Bewegung. Die ständigen Erschütterungen im Rückgrat und am Gesäß. Die Mächtigkeit und Wildheit dieses Pferdeleibes, der ja eigentlich überhaupt keinen Grund zu haben brauchte, sich Bestars Wünschen auch nur im Mindesten zu fügen.

In der Tat änderte das Tier zweimal willkürlich die Richtung, sprengte plötzlich nach links auf einem für Bestar kaum zu erkennenden Weg in die lichten Gehölzer, in denen das *Mammut* einst, in einer ganz fern und lichtdurchflutet anmutenden Vergangenheit, Wettlaufen, Fechten und Schwimmen geübt hatte. An diesem Tag hatte Bestar auch die schöne Meldrid zum ersten Mal gesehen. Meldrid war nun ebenfalls endgültig verloren, genau wie das *Mammut*. Nach Warchaim konnte Bestar niemals wieder zurückkehren.

Vor lauter Gedanken bekam er einen tief hängenden Ast nicht mit und wurde beinahe aus dem Sattel gepeitscht. Kaum hatte er sich halbwegs wieder in eine heldenhaft sitzende Haltung zurückgekämpft, hing er schon wieder an der rechten Flanke. Bäume rasten heran und vorüber, die in der Nacht kaum auszumachen waren. Die Geschwindigkeit verzog alle Konturen in gleitenden Nebel. War das Hufgeklapper hinter ihm? Verfolger? Ein Trupp Gardisten? Oder war das ein verzerrtes Echo seines eigenen Galopps?

Selten zuvor – außer in Gefangenschaft – hatte Bestar sich so hilflos gefühlt, so seines eigenen Schicksals enteignet. Er beschloss, den wilden, verzweifelten Ritt auf der Stelle zu beenden, und versuchte nur noch, eine Stelle zu finden, die herbstlaubig und weich aussah. Dann ließ er sich fallen. Das Pferd traf ihn hart und schmerzhaft mit einem Hinterhuf am Steißbein und wieherte ungehalten über dieses plötzliche Hindernis zwischen den Beinen. Dann platzte Bestar ins aufwirbelnde Laub, überschlug sich zweimal und blieb dann mit gebleckten Zähnen liegen. Alles war schmutzig, aber nichts war gebrochen, nur sein verlängertes Rückgrat schmerzte wie von einem Kriegshammerschlag. Dass das Pferd ungerührt weiterlief, kam dem Klippenwälder sehr gelegen. So würde es mögliche Verfolger hinter sich herlocken, von Bestar weg.

Er schlug sich ins Gebüsch. Schon nach wenigen Sandstrichbruchteilen nahte tatsächlich ein neuerliches Hufgetrappel. Bestar kauerte sich in die Schatten wie ein Stein. Es waren die beiden Gardisten, die er schon in der Stadt aus dem Sattel geholt hatte. Sie endgültig aufzuhalten war offensichtlich schwieriger, als ihnen kurzzeitig das Reiten zu versagen. Sie waren noch deutlich schneller als Bestar während seines ungelenken Ritts und würden das herrenlose Pferd bald eingeholt haben. Dennoch konnte Bestar nicht umhin, dem Tier zu danken. Das stolze und wunderschöne Ross hatte bislang verhindert, dass er sich gezwungen sah, Gardisten zu töten. Niemand würde ihn jemals wieder gefangen nehmen. Wenn die Verfolger nicht aufgaben, würde Bestar sie eher erschlagen, als sich ergreifen zu lassen.

Er entfernte sich vom Weg und erreichte nach wenigen Sandstrichen das Ufer des träge fließenden Larnus. Beinahe wäre er ins Wasser gefallen, so plötzlich brach das Ufer zum Fluss hin ab. Bestar konnte hier schwimmend den Fluss queren und Hunde abschütteln – falls irgendjemand überhaupt auf die wohl in der Festungsstadt Galliko gebräuchliche Idee kam, Hunde zur Suche einzusetzen.

Dann jedoch sah er etwas, das ihn auf eine noch bessere Idee brachte. Zuerst hielt er es für eine Sinnestäuschung: ein auf dem Wasser gleitendes Licht, verdoppelt durch das wellige Zerrbild der Spiegelung. Ein riesiger Schattenleib, wie ein Ungetüm aus einem der südlichen Urwälder. Es war ein großer Lastenkahn, von einer am Bug angebrachten Positionslaterne angekündigt. Der Kahn hatte keine Segelmasten aufgestellt, sondern trieb ganz gemächlich mit der Flussströmung nach Osten, also Richtung Warchaim.

Bestar brauchte nicht lange nachzudenken. Man wusste, dass er nach Norden geflohen und dann nach Westen abgebogen war – niemand würde damit rechnen, dass er im Süden der Stadt in den Hafen einlief, dort den Larnus querte und sich nach Osten davonmachte. Zu den Riesen, dem einzigen Ziel, das ihm ohnehin einfiel.

Bestar glitt ins blättermondkalte Wasser und schwamm mit kräftigen Zügen zu dem Kahn hinüber. Schwächere Menschen als er hätten sich niemals mit Segmentrüstung, Kleidung, Schuhen und Erzschwert über Wasser halten können, aber für Bestar war das kein allzu großes Problem, zumindest nicht über eine Distanz von lediglich dreißig, vierzig Schritten. Er erreichte das ebenfalls von einer Laterne beschienene Heck des Kahns und hielt sich einfach an einem Tau fest, ohne sich an Deck zu ziehen. So blieb er eine Welle unter bewegtem Wasser, ein Lichtschimmer unter schwimmendem Licht, unsichtbar für jeden, der nicht gezielt das Heck absuchte.

Warchaim kam schon nach wenigen Sandstrichen in Sicht, fremdartig von dieser Seite, nächtlich und vom eigenen Hafen überlagert. Bestar wollte sich schon nach steuerbord abstoßen, um ans Südufer zu gelangen, bevor der Kahn in den Hafen einbog, als er bemerkte, dass das Schiff seine Fahrt weder verlangsamte noch die Richtung änderte. Linkerhand glitt das schlummernde, vom Mond beschienene Warchaim vorüber, rechterhand die kleine Insel mit der sogenannten Hütte der Liebenden, herbstlich verwaist. Dann kam die steinerne Brücke nach Endailon in Sicht, und der Kahn glitt einfach darunter hinweg und ließ Warchaim hinter sich. Als nächster Halt kam eigentlich erst Uderun infrage, vielleicht sogar Brissen.

Es war perfekt. Der Kahn hatte Brennholz aus dem Larnwald geladen und fuhr womöglich von Kuellen bis zur Ostküste. Von dort aus konnte Bestar schnell zu den Riesen gelangen.

Natürlich konnte er nicht die ganzen Tage über im Wasser bleiben. Er hatte auch heute außer einem Frühstück und den paar Honignüssen gar nichts gegessen und einen dementsprechenden Kohldampf. Aber er hatte noch den Bernstein der Riesen bei sich, den er eigentlich nie hatte hergeben wollen. Wenn es nicht anders ging, würde er den eben nun verwenden müssen, um einen argwöhnischen Flussschifferkapitän milde zu stimmen. Bei den Riesen würde er jahrelang Zeit haben, sich einen neuen Bernstein zu verdienen.

Das *Mammut* war Vergangenheit, so traurig das auch war.

Mit meiner Dummheit und meinem kindischen Eifer bin ich die perfekte Zielscheibe gewesen für Fallen und Hinterlist, geißelte sich Bestar. *Aber mit meiner Flucht kann ich vielleicht noch so viel Schmutz hinter mir herziehen, dass Rodraeg und die anderen noch eine Chance bekommen.*

Aber was für eine Chance, angesichts eines Gegners, der in der Lage war, über Leben und Tod zu bestimmen, ohne jemals ins Licht zu treten?

Bestar glaubte an Rodraeg Delbane, stärker, als er jemals an die Götter Senchak und Kjeer geglaubt hatte. Vor denen hatte man sich höchstens fürchten müssen. Rodraeg dagegen hatte man wahrhaftig *berühren* können.

Ringsherum verlor sich düster der Fluss.

13 Die Zerbrochenen

Die ganze Nacht über konnten Cajin und Naenn kein Auge mehr zutun.

Cajin hatte die Jagd auf Bestar noch mitbekommen, bis es zu einem Gefecht mit mehreren berittenen Gardisten gekommen war und Bestar glücklicherweise die Flucht hatte ergreifen können. Danach war nichts Zusammenhängendes mehr erinnerbar.

Eine Gruppe aufgebrachter Bürger hatte Cajin ergriffen und als »eins von diesen Mammutschweinen« beschimpft. Andere waren dazwischengegangen und hatten mit verzerrten Gesichtern geschrien: »Der Junge hat doch keiner Menschenseele was getan.« Irgendwie war Cajin dem Hexenkessel entkommen und in die verhältnismäßige Sicherheit des *Mammut*hauses zurückgetaucht.

Dort hatte es dann aber auch Krawall gegeben. Steinwürfe. Ein neuerlich zerschmissenes Fenster. Eine weitere – war es schon die dritte? – Hausdurchsuchung der Gardisten. »Einer von uns ist tot, und einer von euch ist es gewesen!«, schäumte eine uniformierte Frau im einfachsten Rang. Hauptfrau Durbas tauchte auch irgendwann auf und erzählte ihnen, dass der Schmetterlingsmann Estéron ebenfalls erstochen worden war. »Dieser Klippenwälder muss ja vollkommen wahnsinnig sein, vollkommen wahnsinnig! Uns so unverfroren herauszufordern!« Bestar war wohl fürs Erste entkommen, aber die Hauptfrau wollte höchstpersönlich dafür sorgen, dass »der ganze Kontinent mit seinen Steckbriefen gepflastert werde«.

Dann wollte sie Cajin, Naenn und sogar das Neugeborene mitnehmen und in den tiefsten Kerker schmeißen lassen, damit sie dort »verrotten«, doch plötzlich stand Gardekommandant Gauden Endreasis höchstpersönlich im Hausflur und glättete einige Wogen. »Im Licht neuester Ereignisse«, sagte er, »muss das alles noch viel genauer und eindringlicher untersucht werden.« Er nannte den fremden Namen Scela und überlegte laut: »Warum hätte Bestar Meckin den Schmetterlingsmann töten sollen? Noch dazu auf offener Straße. Da passt mir einiges noch nicht zusammen.« Schließlich wurde Cajin, Naenn und dem schreienden Kind noch eine Frist im *Mammut*haus gewährt. »Wir haben Delbane«, sagte Endreasis drohend zum Abschied. »Vergesst das nicht.«

Naenn gelang es nicht, das Kind ruhig zu bekommen. Nemialé schrie und zappelte, als würde sie am dritten Tage ihres Lebens bereits zahnen. Naenn war allerdings eigentümlich gefasst, ganz im Gegensatz zu Cajin, der schier die Wände hochging vor Furcht und Zerrissenheit.

Es kam aber noch viel schlimmer.

Schon vor der Morgendämmerung entstand Tumult unter den beiden Gardisten, die das *Haus des Mammuts* von vorne und hinten bewachten. Mit übernächtigtem Gesicht öffnete Cajin das Küchenfenster und bekam Fetzen eines erregten Gespräches mit. Ein dritter Gardist war als Bote zu den beiden Wachtposten gestoßen, die sich drüben vor der Fassade von Heydens versammelt hatten.

»… Das ist ja fürchterlich! …

… Was wird denn jetzt aus uns? …

… Wir haben ihn doch heute Nacht noch gesehen! …

… Er war hier, hier im *Haus des Mammuts* …

… Wo ist das denn passiert? …
… Zu Hause? …
… Im Bett? …
… Seine eigene Frau? …
… Das kann doch gar nicht sein! …
… *So etwas gibt es doch gar nicht!* …«

Das Gespräch dauerte noch ein bisschen an, verlagerte sich aber weiter weg, weil die Gardisten unruhig auf und ab gingen. Vielleicht hatten sie ihn auch bemerkt. Am Ende hörte er noch: »Wir hatten den doch schon, der's versucht hat, wir hatten ihn doch schon, verflucht noch mal, und alles schien sicher zu sein. Aber der sitzt immer noch in seiner Zelle und grinst sich eins, und die eigene Frau, ihr Götter, seine herzensliebe kleine Frau …«

Mehr war nicht zu hören. Die Gardisten trennten sich in drei Richtungen. Einer von ihnen weinte.

Auch Cajin spürte, dass ihm Tränen die Wangen hinunterliefen. Er konnte gar nicht genau sagen, weshalb.

»Was ist los?«, fragte Naenn.

»Ich glaube, Endreasis ist tot.«

Zwei Stunden später brachte ein königlicher Eilkurier das kleine Paket.

Das kleine Paket, eine in schmutzigem Pergament eingeschlagene, fein vernagelte Holzkiste von der Größe eines einzelnen Schuhs, die an Rodraeg und an das *Haus des Mammuts, Warchaim,* adressiert war, enthielt eine abgehackte menschliche Hand und einen krakeligen Brief in genau derselben Handschrift wie der ursprüngliche *DMDNGW*-Drohbrief:

Der Magier duldet. Nun gewinnen wir.

Die bleiche Hand lag wie Halt suchend auf den Bretterdielen. Daneben übergab sich Cajin lautstark auf den Fußboden, den er mondelang stets sauber gehalten hatte.

Naenn stand daneben, im Arm ihr schreiendes Kind. Ihr Gesicht war nicht vollkommen ausdruckslos, sondern hart um Augen und Mund.

»Er ist tot.«

»Wer?«, würgte Cajin hervor. Nie würde er es über sich bringen können, diese furchtbare Hand aufzuheben. Naenn jedoch bückte sich und nahm sie ganz einfach an sich, zärtlich geradezu.

»Eljazokad.«

»Woher … woher willst du das … wissen? Er kann … doch … noch am Leben sein … auch mit nur einer Hand …«

»Er lebte noch, als sie ihm die Hand abnahmen. Aber nun ist er tot. Das ist die Hand eines toten Menschen, Cajin. Sie wollten nicht, dass er stirbt. Er hat das für uns getan. Um uns den Rücken freizuhalten.«

Cajins klagend aufgerissener Mund zog Fäden aus Erbrochenem und Tränen. »Was ist hier nur los?«, flennte er. »Was haben wir denn verbrochen, dass wir so schrecklich, schrecklich, schrecklich bestraft werden?«

»Wir haben in den Ablauf der Dinge eingegriffen. Und der Ablauf der Dinge sieht solches nicht gern, selbst wenn es der langsame Untergang eines Kontinents ist, der da durch uns gestört wurde.«

Naenn drückte dem verdutzten Cajin ihre Tochter in die Hand und versuchte, einen Besuch bei Rodraeg zu erhalten, aber sie ahnte die ganze Zeit über, dass daraus nichts mehr werden würde. Im Stadtgardegebäude erfuhr sie es endlich offiziell: Kommandant Gauden Endreasis war letzte Nacht erstochen worden, augenscheinlich von seiner eigenen Frau, die sich daraufhin schluchzend aus dem Fenster gestürzt hatte und nun mit zerschmettertem Rückgrat und sinnloses Zeug brabbelnd im Helelehaus lag.

Naenn gab es auf, den Uniformierten noch länger auf die ohnehin schon überstrapazierten Nerven zu gehen. Sie fasste den Entschluss, Warchaim zu verlassen, ohne sich mit Rodraeg oder Cajin vorher abzusprechen.

Zu diesem Zweck suchte sie Tjarka Winnfess im *Würfelbecher* auf.

»Hör zu, Tjarka. Du bist jetzt die einzige Person in Warchaim, der wir noch trauen können. Bestar ist geflohen. Estéron ist tot. Eljazokad ist ebenfalls tot, man hat uns heute Morgen seine abgehackte Hand geschickt. Man versucht, Bestar Estérons Tod und wahrscheinlich auch noch andere Schandtaten in die Schuhe zu schieben, er hatte gar keine andere Wahl, als zu fliehen. Cajin und ich sind letzte Nacht nur knapp einer Verhaftung entgangen, aber unser einziger Fürsprecher, Gauden Endreasis, wurde ebenfalls ermordet. An Rodraeg komme ich, ohne mich ebenfalls einsperren zu lassen, nicht mehr heran, und das kann ich nicht tun, man würde mir das Kind wegnehmen. Es hat keinen Sinn, darum herumzureden: Das *Mammut* in Warchaim ist erledigt.«

Tjarka war ehrlich erschüttert von dem Gehörten. »Eljazokad«, sagte sie mit niedergeschlagenem Blick. »Ich fand ihn ziemlich gut. Er hat uns da rausgeholt … aus dieser Folterkammer. Den Schmetterlingsmann kannte ich nicht so, aber er hatte ebenfalls eine so gute Ausstrahlung. Und Bestar auf der Flucht? Was für eine Scheiße.«

»Ich weiß. Es tut mir sehr leid. Für dich, für mich, für die Toten, für Bestar und für den ganzen Kontinent.«

Tjarka seufzte. »Mit euch vom *Mammut* zusammenzuhängen bedeutet nicht gerade Spaß und gute Laune, habe ich recht?«

Naenn lächelte kein bisschen.

»Wisst ihr denn wenigstens, wer das alles getan hat?«, fragte Tjarka nach einem halben Sandstrich.

»Nicht so richtig. Es scheinen mehrere zu sein. Ein Kult, eine Schule, ich weiß es nicht. Jedenfalls werde ich mit Cajin und meiner Tochter die Stadt verlassen. In jeder Stunde kann hier etwas geschehen, das uns nur noch tiefer verwickelt oder uns sogar unser Leben kostet.«

»Aber Eljazokad war nicht in Warchaim, und es hat ihn dennoch erwischt.«

»Das ist richtig. Cajin und ich sind zu zweit, und wir gehen nicht irgendwohin, sondern wir gehen in den Schmetterlingshain des Larnwaldes. Ich kann Unterstützung von dort bekommen, schon unterwegs. Wir werden das schaffen.«

»Ich könnte euch begleiten, dann wären wir sogar zu dritt …«

»Ja, und ich fände es schön, wenn du mitkämst, aber ich brauche dich hier. Rodraeg bleibt sonst völlig ohne Kontakte nach draußen zurück. Ich möchte, dass du ihm zuarbeitest, so gut es dir möglich ist, und ihm erzählst, was geschehen ist und wo wir sind. Du gehörst nicht zum *Mammut*. Das bedeutet, du kannst dich hier frei und ungefährdet bewegen und bekommst auch eher eine Besuchserlaubnis bei Rodraeg als ich. Du musst ihm ausrichten, was alles geschehen ist. Eljazokad. Estéron. Bestars Flucht. Würdest du das für mich tun?«

»Für Bestar. Für Rodraeg. Für dich. Und wenn ich den Misthunden, die das Ganze zu verantworten haben, damit ordentlich auf den Füßen rumtreten kann, soll mir das ein Fest sein!«

Jetzt lächelte Naenn doch ein wenig. »Ich danke dir. Und richte Rodraeg bitte aus, dass ich einen Brief für ihn hinterlege, in meinem Kopfkissen im Haus.«

»Müssen wir ihn nicht befreien? Was ist, wenn sie ihn hinrichten oder mehrere Jahre lang nicht mehr rauslassen?«

»Ich werde einen Weg finden, aus dem Schmetterlingshain in Erfahrung zu bringen, wie es in Warchaim aussieht. Möglicherweise schicke ich einen Späher hierher, ich weiß es noch nicht genau. Jedenfalls werde ich Rodraeg befreien, falls er noch länger als einen Mond eingesperrt bleibt. Aber ehrlich gesagt glaube ich, dass er schneller freikommen wird.«

»Weil er niemanden umgebracht hat.«

»Oder weil etwas Unvorhergesehenes passiert.« Naenn stand auf und drückte die stets auf Abstand bedachte und nun ein wenig überrumpelte Tjarka an sich. »Mögen die Götter über dich wachen«, flüsterte Naenn noch, mit einer Stimme, die klang, als befände sie sich nur in Tjarkas Kopf – dann war sie schon zur Tür hinaus.

Tjarka blieb noch stehen, in der Pantomime einer Umarmung begriffen, bis einer der Würfler etwas Zotiges sagte und derbe lachte und Tjarka sich finstergesichtig wieder hinter ihren Hellbierkrug setzte und rekapitulierte, was sie Rodraeg alles mitzuteilen hatte.

Cajin war nur noch ein Schatten seiner selbst. Wie ein Hündchen trippelte er hinter Naenn her, während sie ein paar Sachen zusammenpackte.

»Hast du noch etwas von der Farbe, mit der du den Mammutkopf an die Tür gepinselt hast?«, fragte ihn das Schmetterlingsmädchen.

»Ja, im Keller.«

»Gut. Ich möchte, dass du das Mammut durchstreichst. Mit eigener Hand. Deutlich sichtbar. Mach es ungültig. Es soll vorbei sein, für alle sichtbar. Vielleicht nimmt der Spuk dann ein Ende.«

»Aber … aber … Rodraeg?«

»Rodraeg sitzt im Gefängnis. Er kann nichts mehr entscheiden. Und Riban ist weit weg von hier. Ich entscheide jetzt. Dieses Symbol hat schon zu viele Leben gekostet, das ist es einfach nicht wert.«

Nickend verschwand Cajin im Keller. Die Farbe in der kleinen, mit Wachspapier ausgeschlagenen Holzbüchse war hart geworden und musste erst mit Wasser und durch Rühren wieder gelöst werden.

Als er dann außen vor der Tür stand und die Mammutsilhouette anstarrte, brauste es in seinem Kopf wie in einem Schneesturm.

Er konnte das Mammut ausmalen zu einem unförmigen Fleck.

Es übermalen mit etwas anderem. Einem anderen, harmloseren Tier. Oder einer Blume. Einem Herz.

Er konnte ein »X« darüberziehen, sodass es aussah, als sei das Mammut von vier Jägern mit Speeren durchbohrt worden.

Mehrere Querstriche, als stünde es in schmerzhaftem Regen oder hinter angeschrägten Gittern.

Er konnte auch aufbegehren und es durchstreichen, indem er einen nicht ganz geschlossenen Kreis darübermalte.

Nein, sagte er sich. *Ich werde es anders machen. Ich werde ein großes, schwarzes Rechteck über das Mammut malen, wie ein Fenster, ein Fenster in ewige Nacht. Und wenn wir dann eines Tages wieder zurückkehren, kann ich in dieses schwarze Fenster ein neues Mammut zeichnen, eins in weißer Farbe. Leuchtend im Dunkel und erhaben über jede Art von Bedrohung.*

So malte er das große schwarze Rechteck.

Währenddessen saß Naenn in Rodraegs fensterlosem Schreibzimmer an seinem Schreibtisch und schrieb im Licht einer Öllampe eine Art von Abschiedsbrief. Den versteckte sie dann oben in ihrem Zimmer in der Füllung ihres Kopfkissens.

Ihr Kind band Naenn sich in einer warmen Decke an den Leib. Nemialé war sehr ruhig und geduldig und quengelte nur wenig.

Die junge Mutter durchmaß das *Haus des Mammuts.* Ein letzter Blick auf den verwüsteten Garten, eine letzte Berührung der fruchtbaren Muttererde. Wie eine übergewichtige Krähe hockte ein Wachtposten wieder im Nachbarsbaum. Beim Verlassen des Hauses durch die Vordertür winkte Naenn dem zweiten Wachtposten zu. Der machte sich geflissentlich eine Notiz, hinderte sie aber nicht am Weggehen. Eine Stunde später waren Naenn, Nemialé und der nun seines Hauses und seiner Aufgabe beraubte Cajin Cajumery mit ihren wenigen Habseligkeiten schon ein gutes Stück auf der Straße, die erst Richtung Aldava führte und später nach Nordwesten, nach Kuellen und zum Larnwald abzweigen würde.

Tjarka erhielt eine Besuchserlaubnis bei Rodraeg, weil sie ihm ein paar Kekse vom Marktplatz mitbrachte. Da die Garde an diesem Tag ohne Führung war, vergaß man sogar, das Gespräch zu überwachen.

»Das *Mammut* hat Warchaim verlassen«, begann Tjarka mit düsterer Miene. Dann erzählte sie Rodraeg von den Schrecken der letzten Nacht. Von dem Freudenmädchen Scela. Von dem Gardisten namens Adsar. Und davon, dass Bestar diesen Adsar, Estéron und – wie Tjarka auf dem Marktplatz in Erfahrung gebracht hatte – auch einen Gaukler namens Lundis umgebracht haben soll und dann nach mehreren Zusammenstößen mit berittenen Gardisten als Pferdedieb aus der Stadt geflohen war. Weiterhin von Eljazokads Hand und Naenns Meinung, der Magier sei tot. Weiterhin von der Ermordung des Stadtgardekommandanten, von der auch Rodraeg schon durch wütende Wächter etwas mitbekommen hatte, weil er ja schließlich wegen eines Mordversuchs an Endreasis eingesperrt war. Abschließend von Naenns und Cajins taktischem Rückzug mit dem Kind in Richtung Larnwald. »Sie ist überzeugt, dass du bald freikommst«, sagte Tjarka heiser. »Wenn nicht, wird sie dich hier raushauen, wahrscheinlich mit einer Armee von Schmetterlingsmenschen, die alle Rache nehmen wollen für Estéron.« Das Letzte sagte sie nur, um Rodraeg aufzumuntern, aber es klang in ihrer beider Ohren nicht sehr glaubwürdig.

»Was für ein Wahnsinn«, konnte Rodraeg nur immer wieder sagen. »Was für ein Wahnsinn. Was für ein sinnloser Verlust. Das Mammut ist nun tatsächlich, von den Jägern verfolgt, in den schneeumtosten Abgrund gestürzt.«

Tjarka, die Rodraegs Erinnerung an seinen Kuellener Mammuttraum nicht teilen konnte, versuchte noch einmal, ihn ein wenig aufzubauen. »Aber der Kopf des *Mammuts* ist immer noch da. Bestar wird sich auch durchschlagen. In die Klippenwälder wahrscheinlich.«

»Er wird eher zu den Riesen gehen. Dort wird er gebraucht. Wir sollten für ihn beten, und für Naenn, Nemialé und Cajin ebenfalls. Es gibt keinerlei Sicherheit, dass irgendeiner dieser vier wohlbehalten sein Ziel erreicht. Der Kontinent hat sich für uns alle in einen gewaltigen Spießrutenlauf verwandelt. Ich würde dich gerne freigeben, Tjarka, aber du bist nun meine einzige Verbindung nach draußen.«

»Noch reicht mein Geld, um im *Würfelbecher* zu bleiben. Mach dir so lange keine Sorgen.«

In der Nacht lag Rodraeg wach und wälzte sich auf der Pritsche hin und her.

Die Zelle roch feucht nach Kellergewölbe und nassem Stroh. Nicht weit entfernt war ein Volltrunkenenkäfig eingelassen, von dort wehte ab und zu eine widerliche Zugluft, die abgestandenes Erbrochenes in ihrem Atem führte.

Seltsamerweise war die Zelle nicht kleiner als Rodraegs Zimmer im *Haus des Mammuts*. Sie besaß sogar eine Art Fenster, einen aufwärtsführenden Lichtschacht, durch den allenfalls eine hungrige Schlange sich hätte quetschen können. Im *Haus des Mammuts* hatte Rodraeg nie natürliches Licht gehabt, weder in seinem Zimmer noch in seiner Schreibstube. Aber dennoch hatte er sich dort freier und lebendiger gefühlt als in den sämtlichen Anforderungen genügenden Rathausräumlichkeiten Kuellens oder in dem gutbürgerlichen Gasthauszimmer, das er dort im *Quellenhof* bewohnt hatte.

Das *Haus des Mammuts* war verloren, doch die Erinnerungen an die Idee, auf die dieses Häuschen sich gegründet hatte, waren noch frisch und schmerzhaft und unverheilt.

In der fahlen Finsternis der Gefängnisnacht umschwirrten die Leichname von Estéron und Eljazokad Rodraeg wie fahle, riesenhafte Motten. Bestar mit dem Speer im Bauch. Migals zertrümmerter Fuß. Rodraeg selbst, mit Hellas' Pfeil im Herzen. Naenn, vor Schmerzen sich bäumend während der Geburt. Die Explosion im Hafen Wandrys. Eine nackte, gebundene und gefolterte Tjarka. Alle, die er kannte und schätzte, tot, erschlagen, aufgebraucht und belächelt von ihren eigenen Spiegelbildern in der *Höhle des Alten Königs.*

Und dann die Zukunft: Riban als plappernder Säugling. Bestar, von Hundemeuten und Kopfgeldjägern durch Schluchten und Flussläufe gehetzt. Hellas am Galgen, leise quietschend im Wind. Cajin verwildert, als langmähniger Raubritter dem gewaltgetränkten Erbe seiner Zeugung folgend. Rodraeg als Sechzigjähriger, nach zwanzig Jahren Kerkerhaft rotäugig, weißbärtig und ausgemergelt wie ein Gespenst.

Diese letzte Vorstellung immerhin brachte ihn schon wieder fast zum Lachen.

Er durfte nicht den Verstand verlieren.

Das *Mammut* war gefallen, aber es war noch nicht ganz tot.

Am folgenden Tag kam Vetz Brendo zu Rodraeg. Zwei übernächtigte Gardisten lauschten angestrengt und schrieben mit.

»Es gibt schlechte Neuigkeiten«, begann der Landspurenführer. »Ich habe gerade mit Dilljen Kohn gesprochen. Man war schon kurz davor, Euch ein beschleunigtes Verfahren einzuräumen, um die Sache angesichts des allgemeinen Chaos endlich vom Tisch zu haben. Zumal jetzt ja weitere Mörder aufgetaucht sind, die wohl gegen ihren Willen gemordet haben, ein Freudenmädchen, ein Gardist und Endreasis' Frau. Im Vergleich zu denen steht Ihr noch ziemlich gut da, denn aus Eurem Mordversuch ist ja nichts geworden. Ihr wärt also wahrscheinlich bei einem Schnellurteil mit ein, zwei Monden Haft und einer Geldstrafe davongekommen. Aber jetzt kippt alles. Ein Zeuge ist aufgetaucht, der Euch des Hochverrats an der Königin bezichtigt. Er behauptet, Ihr seid der Anführer einer gemeingefährlichen Gruppierung, die zu Beginn dieses Jahres eine königliche Mine gestürmt und zerstört hat unter Inkaufnahme von über vierzig Todesopfern.«

»Wer ist dieser Zeuge?«

»Ein Mann namens Wellingor Deterio.«

Rodraeg hatte das Gefühl, auf einen Schlag schlohweiß zu werden. *Deterio! Der ist immer noch am Leben?* Das Letzte, was Rodraeg von ihm gesehen hatte, war eine zusammengebrochene Gestalt mitten im hochgiftigen Nebel einer knapp vermiedenen Katastrophe, vom Leben abgetrennt durch ein unbewegliches Eisengitter. Rodraeg hatte ihm noch Reste eines Heiltranks eingeflößt, ihn aber nicht mehr bergen können.

»Es kommt noch schlimmer«, fuhr Vetz Brendo einfach fort. »Irgendjemand ist auf die glorreiche Idee gekommen, den Mord an Gauden Endreasis nun doch Bestar Meckin in die Schuhe zu schieben.«

»Was? Aber ... Endreasis' Frau ...!«

»Einige Leute wollen das nicht wahrhaben. Die Frau *kann* das nicht getan haben, sie hat ihren Gauden doch ehrlich geliebt, das konnte jeder sehen, blablabla. Viel bequemer ist es, ein wahnsinniger Klippenwälder hat, nachdem er zwei Passanten und einen Gardisten erstochen hat, noch eben den Gardekommandanten kaltgemacht und dessen protestierende Frau aus dem Fenster geschmissen. Das klingt doch schon viel besser und ist auch für den Kommandanten ein nicht ganz so unheroischer Abgang.«

»Aber das ist doch alles erfunden! Kann man das denn nicht nachprüfen, mit Zeiten und Gleichzeitigkeiten und so? Bestar kann doch nicht überall zugleich gewesen sein!«

»Das Problem ist: Bestar Meckin ist geflohen. Endreasis wurde erst später ermordet, am frühen Morgen. Es könnte also sein, dass ein rachedurstiger Meckin nach Warchaim zurückgekehrt ist und das Ehepaar Endreasis erledigt hat. Es könnte sein. Es ist nicht auszuschließen. Ob drei Morde oder fünf, das macht für Meckin auch keinen großen Unterschied mehr.«

»Er wird zum Tode verurteilt ...«

»In Abwesenheit, ja. Es wird einen schönen Steckbrief geben, auf dem nicht ›Tot oder lebendig‹ steht, sondern einfach nur ›Gefährlich!‹. Und es kommt noch schlimmer. Denn wenn Meckin etwas vollendet hat, was Ihr vorher erfolglos versucht habt, dann könnt Ihr Euch auch nicht mehr auf Absichtslosigkeit herausreden. Dann war das eine geplante Aktion. In Zusammenhang mit der Minengeschichte und der dort ausgeübten Gewalt kostet Euch das ebenfalls den Kopf.«

»Todesurteil ...«

»Wenn mich nicht alles täuscht, ja. Und jetzt komme ich ins Spiel.« Der Landspurenführer rückte so nahe wie möglich an die Gitterstäbe heran. »Ich habe herausgefunden, wer die Schmiergelder zur Vertuschung des Slessinghausbrandes eingesackt hat. Es war die werte Hauptfrau Larza Durbas. Die werte Hauptfrau Larza Durbas jedoch soll morgen schon zur Nachfolgerin von Gauden Endreasis gekürt werden. Wenn ich meine Informationen nun an den richtigen Stellen durchsickern lasse, platzt ganz Warchaim wie eine Seifenblase. Dann verliert die Stadt zum zweiten Mal innerhalb von achtundvierzig Stunden ihren Gardekommandanten und wird dadurch nachhaltig destabilisiert. Außerdem wird die Garde als korrupt gebrandmarkt. Und plötzlich erscheint der Mord an Endreasis in einem ganz anderen Licht. Wer weiß? Vielleicht steht Endreasis' Mörder am Ende als Held da.«

»Aber … Endreasis hat sich doch gar nichts zuschulden kommen lassen …«

»Er ist *tot*, Delbane. Ein taktischer Fehler von ihm, würde ich sagen. Wenn Ihr Euch jetzt geschickt verhaltet und die richtigen Leute anschwärzt, kommt Ihr womöglich aus allem gut heraus. Ihr müsst Meckin opfern, das ist klar. Und Endreasis schlecht aussehen lassen. Ihr müsst auch diesen Deterio als verrückten Verleumder entlarven. Aber *ich* kann bezeugen, dass Ihr es wart, der die Korruptionsuntersuchung angestoßen hat. Und *alle* können bezeugen, dass Ihr nie jemanden getötet habt, sondern brav hier in der Zelle saßt, während draußen die Nacht der tausend Tode tobte.«

»Vergesst es, Brendo.«

»Wie … *vergesst es?* Seid Ihr noch bei Trost?«

»Es hat keinen Sinn. Endreasis war ein guter Mann. Er hatte sogar für mich ein offenes Ohr, nachdem ich versucht hatte, ihm eine Nadel durch die Kehle zu jagen. Durbas mag korrupt sein, aber die Vertuschung eines geheimen Labors ist eine Lappalie im Vergleich zu dem, was *DMDNGW* in dieser Stadt anrichtet. Bestar Meckin ist unschuldig, ganz und gar unschuldig. Und ich bin es nicht. Einiges von dem, was dieser Deterio behauptet, ist richtig. Ich trage die Verantwortung für vieles, was in dieser Mine geschehen ist. So. Nun wisst Ihr genug, um sowohl mich als auch die Warchaimer Garde zu Staub zu zermahlen. Nutzt dieses Wissen, wenn Ihr das wollt. Aber – so leid mir das tut, denn ich halte Euch für einen fähigen Mann – unsere Zusammenarbeit muss, fürchte ich, hier enden. Ich kann Euch nämlich nicht mehr bezahlen.«

»Warum denn nicht?«

»Weil meine Freunde aus dem *Haus des Mammuts* gestern die Stadt verließen und das bisschen Geld, das wir noch besaßen, sicherlich nicht zurückgelassen haben. Ich muss Euch also sogar die dreißig Taler, die ich Euch versprochen habe, schuldig bleiben. Tut mir sehr leid.«

»Verstehe. Und mir erst! Na, dann kann ich ja nur zusehen, wie ich anderweitig zu meinem Lohn komme.«

»Ich gebe euch einen Rat: Wendet Euch an Larza Durbas. Die hat ein kostspieliges Interesse daran, dass Ihr schweigt.«

»Ja. Und deshalb lässt sie mich gleich in einem Sack voller Steine im Larnus verschwinden. Nein, danke. Vielleicht verlasse ich besser diese unruhig gewordene Stadt und versuche von außerhalb, meine Kenntnisse anzubringen.«

»Ich würde auch gerne Warchaim verlassen. Nur, wie Ihr sehen könnt – man lässt mich nicht.«

Seltsam, dachte Rodraeg, nachdem Brendo gegangen war. *Die Aussicht eines Todesurteils schreckt mich weniger als zehn oder zwanzig Jahre Haft. Vielleicht ist mir die Furcht vorm Tod ein Stück weit abhanden gekommen, weil ich kürzlich zweimal gestorben bin.*

Endlich erschien Tjarka. Rodraeg hatte ihrem Besuch bis zur Mittagszeit entgegengefiebert.

»Tjarka, ich glaube, ich weiß jetzt, wer hinter der ganzen Sache steckt. Wir hatten ja schon längst die Theorie aufgestellt, dass es sich bei *DMDNGW* um einen Auftragsmörder oder eine Auftragsmördergruppe handelt. Zu einem Auftrag gehört aber ein Auftraggeber, und der fehlte uns bis jetzt. Nun ist aber einer in Erscheinung getreten, zu dem ein solches Vorgehen passen könnte. Er heißt Wellingor Deterio, hat Anfang des Jahres noch für eine Fabrikation namens *Batis* gearbeitet, die wiederum Schwarzwachs an die Königin lieferte. Deterio hat durch die Zusammenarbeit von *Mammut* und *Erdbeben* die Terreker Schwarzwachsmine verloren und dabei – wie ich glaubte – auch seine Gesundheit und sein Leben. Offensichtlich hat ihn aber jemand wieder aufgepäppelt, und nun hat er Grund genug, uns alle mit Rache zu überziehen. Such ihn auf. Er wird sich irgendwo in Warchaim einquartiert haben, wahrscheinlich in einem der nobleren Gasthäuser. Triff dich mit ihm. Entweder kennt er dich nicht oder er weiß alles über das *Mammut*, weiß dann aber, weil du nicht bei uns wohnst, nicht mit Sicherheit, wie du zu uns stehst. Er kann nicht wissen, dass du zu uns gehörst. Beglückwünsche ihn dafür, wie nachhaltig er das *Mammut* zerschlagen hat. Und versuche, indem du ihn lobst und bestätigst, herauszufinden, wie er uns überhaupt auf die Spur gekommen ist, denn meines Wissens hat keiner von uns in Terrek den Begriff *Mammut* fallen lassen. Versuche, etwas über *DMDNGW* in Erfahrung zu bringen und zu welchen Konditionen Deterio ihn oder sie angeheuert hat. Bringst du das fertig?«

»Ich soll also so tun, als wäre ich eure Feindin?«

»Das würde dir bei ihm sicherlich weiterhelfen.«

»Und wie habe ich erfahren, dass er dahintersteckt?«

»Du warst dabei, als Rodraeg Delbane in der Zelle anfing zu schreien und zu toben und rief: ›Deterio hat uns das alles angetan! Deterio ist schuld!‹«

»Weil ich auch im Gefängnis war?«

»Nein, besser, weil du mit der Garde zusammengearbeitet hast, um uns letzten Endes zur Strecke zu bringen.«

»Und warum hasse ich euch so?«

»Weil es uns im Thostwald nicht gelungen ist, die Kaninchen zu retten. Und weil du unseretwegen gefoltert wurdest.«

»Das ist irgendwie verrückt.«

»Deterio wird das verstehen. Er hält uns, glaube ich, nicht nur für Feinde der Königin, sondern auch für fahrlässig und gefährlich. Er hat mehr als nur einen Grund, um uns unschädlich zu machen. Deshalb möchte ich auch nicht, dass du ihm irgendetwas antust. Wir haben ihm bereits mehr Schaden zugefügt, als er womöglich verdiente. Immerhin war er kein Mörder oder so etwas, sondern nur ein skrupelloser Flussverschmutzer. Auf eine gewisse Art und Weise hat er sogar recht, wenn er der Meinung ist, dass wir Katastrophen nicht nur beheben, sondern auch auslösen. Aber die Wahl seiner jetzigen Mittel ist nicht hinnehmbar. Er hätte *mich* töten sollen, aber indem er Eljazokads und Estérons Tod in Kauf nahm, die beide mit Terrek gar nichts zu tun hatten, hat er sich schuldig gemacht. Bring mir Informationen über *DMDNGW* und wie man *DMDNGW* aufhalten kann. Dann sehen wir weiter.«

Tjarka fand Wellingor Deterio nach nicht einmal halbstündiger Nachforschung. Der Gesuchte war ganz ohne Heimlichkeiten in Warchaims vornehmstem Gasthaus, den *Warchaimer Stuben* in der Nähe des Rathauses und in unmittelbarer Nachbarschaft der Stadtgardegarnison, abgestiegen.

Tjarka erkundigte sich ganz einfach unten an der Rezeption nach ihm und bekam den Hinweis, sich an einen von Deterios Begleitern zu wenden. Einer dieser Männer hielt sich unten im Schankraum auf, ein vierschrötiger Geselle mit bürstigen, kurzen Haaren. Tjarka gab an, dass sie eine erklärte Feindin des *Mammuts* sei und sich bei Deterio für seine geleistete Arbeit bedanken wolle. Der Vierschrötige musterte sie von oben bis unten und forderte sie dann auf, ihm ihre Waffen auszuhändigen. Wortlos reichte sie ihm ihr Waldmesser und ihre Steinschleuder. Dann führte er sie nach oben in den zweiten Stock.

Seit Tjarka Eljazokad und Bestar vom *Mammut* begegnet war, war ihre Welt seltsam, unbegreiflich und voller Schrecken geworden. Zuerst eine Verfolgungsjagd von Wahnsinnigen durch einen selbstentfremdeten Wald. Dann eine demütigende Haft, festgeschnallt an einer Schlachtbank. Eine andere Welt mit rotem Schnee, brüllenden Verfolgerkriegern, Affenmenschen und Scherendrachen. Eine Belagerung mitten in einer Stadt, mit Morden ringsherum und Mördern, die eigentlich nur Lustsklavinnen waren oder Gardistenfrauen oder Menschen wie Rodraeg, die ansonsten fürsorglich und rechtschaffen lebten.

Aber Tjarka musste sich auch eingestehen, dass der Schrecken schon vorher nach ihr gegriffen hatte, schon als die Kaninchen des Thostwalds umgebracht wurden und ihr bester und einziger Freund Forker Munsen sich nicht mehr anders zu helfen gewusst hatte, als sich seiner Schuld durch Selbstmord zu entziehen. Das *Mammut* hatte das Furchtbare nicht in die Welt gebracht. Es hatte dem Furchtbaren nur Namen und Gesichter verliehen und es dadurch angreifbarer gemacht. Sich selbst aber leider auch.

Tjarka war Unheimlichem und Unerklärlichem bereits begegnet und wappnete sich, als der Vierschrötige sie in Deterios Zimmer führte – und dennoch war sie unvorbereitet auf das, was sie nun zu sehen bekam.

Der Raum war groß und herrschaftlich, wahrscheinlich einer der schönsten im Haus. Die Vorhänge jedoch waren zugezogen und ließen nur braun gefiltertes Licht hindurch. Sich umzusehen war, wie im Trüben zu fischen.

Der Vierschrötige stellte sich hinter Tjarka auf und versperrte mit seiner Massigkeit die Tür. Zwei weitere Bedienstete – ältliche, unscheinbare Gestalten – saßen auf Stühlen links und rechts neben einem großen, überdachten Bett. Als Handwerkszeug hielten sie Lappen und Holzeimer, verschiedene Tinkturen, Bürsten, Gläser mit Blutegeln darin, Trockentücher, Schüsselchen und Schwämme bereit.

In dem alles beherrschenden Bett lag – oder besser saß, denn sein Rücken wurde durch etliche Kissen hochgestützt – ein Mann, der womöglich noch gar nicht alt war. Er trug Augengläser und regte sich ein wenig, als Tjarka vor ihn trat, aber jede Bewegung schien ihm eine Qual zu sein. Sein ganzer Körper, soweit man ihn unter den Decken erkennen konnte, war verkürzt und verdreht, der sichtbar über der Decke liegende Arm sah aus, als wäre er zehnmal gebrochen und beim Verheilen stümperhaft sich selbst überlassen worden. Die Haare des Mannes waren fast alle ausgefallen, nur noch vereinzelt sprossen strohige Büschel auf seinem mit Schwären übersäten Kopf.

Das Gesicht war noch intakt, aber das Gesicht war alles, was diesem Mann nicht genommen worden war.

Sah so ein Opfer des *Mammuts* aus? Tjarka schluckte.

»Ihr seid … Wellingor Deterio?«

Die Stimme des Mannes war einfach nur grässlich. Sie klang, als steckte ihm einer seiner eigenen Knochen quer im Hals. »Der war ich mal, ja. Wer hat dich geschickt, Mädchen?«

»Gewissermaßen … Rodraeg Delbane. Durch ihn weiß ich Euren Namen. Er tobt und wütet in der Zelle, weil das *Mammut* nun vernichtet ist.«

Deterio lachte. Dabei verspannte sich sein abgemagertes Gesicht zur todesähnlichen Grimasse. »Immerhin kann er noch toben und wüten. Nein, das *Mammut* ist noch gar nicht vernichtet. Der *Kreis* auch nicht. Erst, wenn Leribin und Delbane am Galgen baumeln, dann kann ich …« Ein schrecklicher Hustenanfall schüttelte ihn und stülpte sein Gesicht nach vorne. Beim Husten schien er starke Schmerzen zu leiden. Die beiden schlanken Bediensteten traten von links und rechts an ihn heran, stützten ihn fürsorglich und geduldig beim Husten und wuschen anschließend seine besprühtes Kinn mit einem Schwamm. Es verging ein Sandstrich, in dem Deterio nur brabbelte und ächzte.

Tjarka versuchte so flach wie möglich zu atmen, denn der Raum stank, je mehr Deterios Leib sich bewegte.

»Ich kann Euch … jedenfalls nur gratulieren«, begann Tjarka stockend. »Auch ich habe … allen Grund, auf das *Mammut* wütend zu sein. Sie haben sich nicht um die Kaninchen des Thostwalds gekümmert. Sie waren zwar dort, aber sie haben lieber getanzt, sich … Karten legen lassen und anderen

Unfug getrieben, anstatt zu helfen. Bis es zu spät war. Auch ich bin ihnen nach Warchaim gefolgt, um mich an ihnen zu rächen. Kann ich Euch also irgendwie … behilflich sein?«

»Nicht … nötig, mein Kind, nicht nötig. Ich habe alles … Erforderliche längst veranlasst. Der Mann, der nicht geboren wurde, wird nicht ruhen noch rasten, bis sie alle tot sind, es sei denn … es sei denn …«

»Es sei denn?«

»Es sei denn, sie schlachten ihr neugeborenes Kind und bringen es als Opfer dar!« Wieder brach Deterio in jubilierendes, entzücktes Gelächter aus. Diesmal mündete das furchtbar verzerrte Lachen jedoch in einen weiteren Hustenanfall. Deterio schnob Blut und Schleim. Tjarka wurde schlecht. Deterio jedoch winkte mit verkrüppelten Fingern seine eifrigen Helfer zur Seite, um fortfahren zu können. »Stell dir das vor, Mädchen. Das *Mammut* und der *Kreis* mit all ihrer … vorgetäuschten Anständigkeit und Großherzigkeit müssen ihr eigen Fleisch und Blut abstechen, damit sie weiterleben können. Das ist der großartige Plan, der großartige … den hat er selbst vorgeschlagen, der Mann, der Mann, der nicht …« Ermattet sank Deterio zurück.

Tjarka gab ihm eine Weile. »Der Mann, der nicht geboren wurde«, vollendete sie. »Das ist also der, der mit *DMDNGW* unterzeichnet und der hier in Warchaim all diese Morde begeht?«

Deterios Augenlider glitten wie die eines Lurches langsam hoch und gaben einen lauernden Blick frei. »Du bist von der Garde, oder? Oder von Delbane selbst geschickt? Er hat … auch damals schon versucht, mich mit Lügengeschichten und falschen Identitäten hinters Licht zu führen. Aber es ist ihm nie gelungen, kein einziges Mal! Und die alte Hagelfels hat doch tatsächlich gedacht, sie könnte *Batis* einen Brief stehlen, ohne dass *Batis* dahinterkommen würde. Hah, hah, zum Verrücktwerden, das! Aber das macht nichts, mein Mädchen, das macht gar nichts. Er kann ruhig alles wissen, Delbane, ruhig alles erfahren. Das hat … mir nämlich schon Sorge bereitet, dass ich hier … abkratze, ohne dass er weiß, wem er das alles zu verdanken hat. Ich habe ihn drangekriegt, ich, Wellingor Deterio, für alles, was er aus mir gemacht hat, und für … die Dummheit, uns ins Handwerk zu pfuschen, den Göttern … ins Handwerk zu pfuschen …«

»Den Göttern?«

Deterios Gesicht bildete eine verschlagene Grimasse, womöglich war das aber auch nur eine Folge starker innerer Schmerzen. »Das schwarze Herz der Welt! Die Quelle Kjeers! Die dunkle, reine Schwarzwachsseele, zu tiefgründig für Menschen, um nicht giftig, listig und tödlich zu sein. Wir hätten das … für die Krone nutzbar gemacht. Dem Guten zugeführt. Aber nein, dieses *Mammut*« – er spie das Wort hervor wie einen Schleimpfropfen – »musste ja dazwischentrampeln und beinahe das ganze Land auslöschen. Über eines musst du dir nämlich im Klaren sein, Mädchen, was immer er dir auch erzählt haben mag, Delbane, mit seinem Lammgesicht und seinen verantwortungsbewussten Manieren. Das *Mammut*, das *Mammut* ist das Böse! Wenn sie alle vier Quellen miteinander verbunden haben, wird der Kontinent nie wieder derselbe sein wie zuvor! Sie werden die einfachen Pferden das Fliegen auf herrlichen Schwingen lehren, aber der einfache Mensch wird im Blut seiner Nachkommen ersaufen. Ich habe eingeatmet, was immer einzuatmen ging, und dennoch reichte die Gewalt der gereizten Quelle beinahe noch aus, um den gesamten Osten in den Untergang zu reißen.«

Tjarka verstand nichts, und es hatte auch keinen Sinn, diese Verwirrung zu verbergen. »Davon weiß ich nichts. Ich … ich wollte nur wissen, wie Ihr dem *Mammut* auf die Schliche gekommen seid und … was jetzt noch passieren wird, jetzt, wo die alle geflohen oder gefangen sind.«

»Wie ich ihnen auf die Schliche gekommen bin? Das war doch ganz einfach. Einer der beiden Klippenwälder«, flüsterte Deterio. Sein Lächeln war plötzlich ganz entspannt. Wenn er gerade nicht von einem Anfall geschüttelt wurde, konnte Tjarka einen Eindruck davon gewinnen, dass Deterio vielleicht einmal gar nicht schlecht ausgesehen hatte. »Der Dümmere von beiden. Als Delbane schon von mir geschlagen war. Und der Bogenmörder schon gestürzt und gefasst. Da hat der Hässliche etwas gesagt, was ich nicht verstanden habe. *Für Taggaran und das Mammut.* Wochen später begegnete ich wie zufällig dem Heimlichgeher Raukar, der in Warchaim ein Mammut auf einer Haustür gesehen hatte. Den Rest musste man nur noch zusammenzählen. Selbstverständlich steckte Riban Leribin mit drin, wie immer, wenn es gegen den Thron und die Menschheit ging. Selbstverständlich gab es ein Mittel gegen diese Krankheit: Raukars vortrefflichen Meister. Habe ich ihn gefunden oder er mich? Hat Raukar uns alle gelenkt? Was spielt es für eine Rolle, wenn das Endergebnis Gerechtigkeit ist?«

»Gerechtigkeit«, wiederholte Tjarka ungläubig. »Und was wird noch weiter passieren?«

»Ich … weiß … es … nicht. Ich bin nur hier, um Zeuge zu sein und um im richtigen Moment meine Stimme in die Waagschale zu werfen. Der Mann, der nicht geboren wurde, hat alles durchgeplant. Keiner der Unruhestifter wird überleben. Auch du nicht, wenn du dazugehörst.«

Tjarka spürte, wie ihr das Blut aus dem Gesicht wich. Ihre Finger und Zehen wurden eiskalt. »Ich gehöre nicht dazu.« Sie merkte, dass sie versuchte, selbst daran zu glauben.

»Umso besser. Dennoch kannst du Delbane etwas von mir ausrichten. Sag ihm, dass es in Terrek meine Aufgabe war, ein Unglück, wie es sich im Affenmenschenland ereignet hat, zu verhindern. Sag ihm, dass er und seine Mordgesellen beinahe alles vernichtet hätten. Alles! Den See. Die Flüsse. Die Wälder. Die Städte und Menschen, Kinder und Frauen. Sag ihm, dass ich mir jetzt bei jedem Lachen meine Rippen breche, weil meine Knochen porös geworden sind wie vertrocknete Korallen. Und warum das? Weil ich bis zum letzten Atemzug gekämpft habe, dass nichts Schlimmeres in diesem Talkessel gedeiht als ein milder giftiger Nebel, während er und seine Handlanger sich davongestohlen haben. Sag ihm, dass sein Heiltrank nur ein Hohn war, denn er hat nur mein Leiden verlängert, nicht jedoch mein Leben. Die Mediziner geben mir noch bis zum Nebelmond, deshalb machte ich es zur Bedingung, dass das *Mammut* vorher fällt. Sag ihm auch, dass selbst ich den Mann, der nicht geboren wurde, nicht mehr aufhalten könnte, auch wenn ich das wollte. Sag ihm … dass es mir nicht leidtut um alle Opfer, die gebracht werden müssen. Der Kontinent … ist alles, was wir haben, und wir können ihn nicht in die Hände von Narren fallen lassen, die nichts über ihn wissen.«

»Eigentlich ist es fast schade«, sagte Tjarka, »dass Ihr Delbane habt ins Gefängnis werfen lassen, denn sonst könnte er Euch besuchen und Ihr könntet ihm das alles selbst sagen.«

Deterio lachte. Vielleicht war es aber auch ein verschlepptes Husten. Er wollte noch etwas aussprechen, aber es ging nicht mehr. Blut und Dunkleres quoll über seine Lippen, sein rechtes Auge sah aus, als wären sämtliche Gefäße geplatzt. Die Bediensteten kümmerten sich um ihn.

Tjarka unternahm einen letzten Vorstoß, ergriff Deterios Hand, drückte sie und ließ sich dann von dem Vierschrötigen aus dem Zimmer schieben. Schon als sie auf dem Flur stand, wunderte sie sich darüber, dass sie dem Sterbenden hatte Trost zusprechen wollen. Dies war doch der Mann, der Eljazokad und Estéron auf dem Gewissen und der Bestar in die Flucht getrieben hatte und dem *Mammut* so die Beine unterm Leib wegschlug! Und dennoch war er nichts anderes als ein bedauernswerter Siecher. Schatten und Zerrbild eines Menschen, der er vor seiner Begegnung mit dem *Mammut* noch gewesen war.

Tjarka versuchte, zu Rodraeg zu gelangen, um ihm alles zu erzählen, was Deterio gesagt hatte, doch an diesem Tag ließen sie die Wächter nicht mehr zu Rodraegs Zelle. Ihnen war schon längst ein Dorn im Auge, dass einer, der ihrem Kommandanten nach dem Leben getrachtet hatte, so viel Besuch bekam, und sie hatten beschlossen, das ein wenig zu unterbinden.

Rodraeg blieb den ganzen Tag allein und auch die ganze Nacht.

Aus seinem eingeengten Blickwinkel war Tjarka auf der Suche nach Deterio verloren gegangen. War auch sie ermordet worden? Oder aus der Stadt geflüchtet?

War überhaupt noch jemand da, oder wuchsen allen schon längst schwarze Nadeln aus den Köpfen?

Gegen Mitternacht begann Cruath Airoc Arevaun in seiner Zelle zu heulen und zu toben wie ein reißender Wolf. Acht Gardisten waren nötig, ihn zu bändigen. Rodraeg konnte die Zelle des Klippenwälders nicht sehen, sosehr er sich auch an die Gitterstäbe schmiegte, aber das Gebrüll und die Geräusche zerreißender Kleidung, durcheinanderwirbelnder Körper und auf Muskeln treffender Schlagstöcke waren beunruhigend genug. Schließlich kehrte Ruhe ein, und die Gardisten brachten ihre Verwundeten zur medizinischen Versorgung.

»… wie ein Werwolf«, hörte Rodraeg einen sagen. »Nur ohne das Gebiss und so! Aber eher wie ein Tier als wie ein Mensch!«

»Wenn der mal nicht mehr auf dem Kerbholz hat als nur diesen einen Händler«, unkte ein anderer.

Als es später wieder still und dunkel in den unterirdischen Gängen geworden war, unternahm Rodraeg einen Versuch. Er presste sich wieder ans Gitter und zischte in Arevauns Richtung einen Namen. »Dasco?«

Es kam keine Antwort.

Das war ja auch zu absurd. Dasco war tot, Rodraeg hatte ihn mit eigenen Augen sterben sehen.

Aber Udin Ganija war ebenfalls tot gewesen und lebte jetzt wieder. Selbst Rodraeg war tot gewesen, zweimal kurz hintereinander, und lebte.

Nichts von dem, was Rodraeg früher für wahr und unverrückbar hielt, hatte noch Bestand.

Nichts.

14 Der Mann, der nicht geboren wurde

Der 28. Blättermond brach an.

Durch Dilljen Kohn erfuhr Rodraeg, dass Larza Durbas nun die offizielle Nachfolgerin von Gauden Endreasis war. Stadtgardekommandantin Durbas.

Was Arevaun anging, hatte Kohn eigentlich vorgehabt, den Klippenwälder nach Aldava überführen zu lassen, um ihm dort wegen der Mordserie an den Tuchhändlern den Prozess machen zu können. Aufgrund von Arevauns tobsuchtsartigen Anfällen hatte Kohn davon jedoch bis auf Weiteres Abstand genommen. Kohn spürte etwas »unbekannt Magisches« in dem hünenhaften Krieger und fürchtete, dass ein Transport übers Land ihm Gelegenheit zum Entkommen »oder zu noch Schlimmerem« bieten würde. »Nein, ich lasse ihn hier. Es gibt ein zweites Kellergeschoss in diesem Gefängnis, mit ein paar Zellen für besonders schwere Fälle. Dort wird Arevaun fürs Erste unterkommen.«

Rodraeg fragte, ob wegen Deterios Zeugenaussage nun schon ein Prozess gegen ihn und das *Mammut* in die Wege geleitet worden sei, aber Kohn verneinte. »Das sieht eher so aus, als müsste das alles noch genau untersucht werden, auch im Hinblick auf die Vorkommnisse in Terrek. Das ist eine Aufgabe für einen Sonderermittler. Vielleicht werde ich den Auftrag erhalten, mich des *Mammuts* anzunehmen, wenn ich mit Arevaun und Grigol fertig bin.«

»Aber heute ist der Achtundzwanzigste«, murmelte Rodraeg. »Bis übermorgen muss alles vorbei sein, sonst ist Nebelmond.«

»Wie bitte?«, hakte Kohn interessiert nach.

»Nichts. Nichts.«

In der Mittagspause der Wächter gelang es Tjarka, zu Rodraeg durchzuschlüpfen. Hastig fasste sie ihm ihre gestrige Begegnung mit Wellingor Deterio zusammen. »Ich glaube, er kontrolliert gar nichts mehr«, sagte sie abschließend. »Die Mordserie wird weitergehen, und alle – du, Naenn, Cajin, Bestar und auch ich – sind weiterhin in Lebensgefahr. Der Mann, der nicht geboren wurde, ist irgendetwas Magisches, Übernatürliches. Vielleicht Göttliches.«

»Willst du in den Thost zurück?«

»Ich fürchte, das wird mir nichts nützen. Eljazokad war auch im Thost und wurde trotzdem erwischt.« Beide schwiegen, während sich im Hintergrund schon Wachtposten näherten. Dann blickte Tjarka auf und Rodraeg in die Augen. »Ich kann genauso gut hierbleiben und weiterhin als Bindeglied dienen. Ich weiß aber nicht, ob ich noch mal zu dir vorgelassen werde.«

»He, Mädchen, schon wieder du?«, brüllte einer der Wächter. »Ich hab dir doch gesagt, du sollst dich fernhalten von dem Kerl!«

»Ich überlasse es dir«, sagte Rodraeg. »Bring dich in Sicherheit, wo du willst. Aber pass auf dich auf! Vielleicht hast du Glück, und er übersieht dich.«

»Ja. Vielleicht haben wir alle ja zur Abwechslung mal Glück!«

Mit einer raschen Bewegung tauchte Tjarka unter den zupackenden Armen des Wächters durch und flüchtete aus dem

Kerkertrakt. Der Wächter folgte ihr nur zehn Schritte, dann gab er schnaufend auf.

Rodraeg wusste nun, dass Wellingor Deterio den Mann, der nicht geboren wurde, auf das *Mammut* angesetzt hatte, weil Bestar im Terreker Talkessel das Wort »Mammut« als Kampfschrei benutzt hatte. Deterio lag im Sterben. Er würde den Mörder auch dann nicht zurückpfeifen, wenn man ihn bedrohte. Und der Mörder würde sich wohl auch gar nicht mehr zurückpfeifen lassen.

Der Heimlichgeher steckte dahinter.

Raukar.

Mit dem Rodraeg kurz gesprochen hatte, in der Nacht, als Eljazokad zum *Mammut* kam. Wonach war dieser Heimlichgeher auf der Suche gewesen? Nach *jemandem mit Honig auf der Zunge*? Wie sollte man nur jemals hoffen können, all dies zu begreifen?

Der Mann, der nicht geboren wurde. Also war *DMDNGW* keine Gruppe, sondern eine einzelne Person, die aber in der Lage war, andere für sich arbeiten zu lassen und Ahnungslose wie Marionetten zu steuern. War nicht Cajin bei seinen vielen Deutungsversuchen der Buchstabenfolge *DMDNGW* einmal sehr nahe daran gewesen, die tatsächliche Bedeutung zu erahnen? Richtig, er hatte etwas hergeleitet: Aus dem *Jungen, der nicht geboren wurde*, konnte der *Mann, der nicht geboren wurde*, geworden sein. Wer war noch mal dieser Junge gewesen? Der Schmetterlingsjunge, den die *Dreimagier* benutzten, um mit dem *Mammut* zu kommunizieren.

Waren die *Dreimagier* der Schlüssel? Oder hatten sie dem *Mammut* einfach nur Hinweise geben wollen – Hinweise, die das Auseinanderbrechen des *Mammuts* hätten verhindern können?

Rodraeg wusste es nicht. Und er konnte jetzt auch nichts mehr in Erfahrung bringen. Er konnte sich nur wappnen für den Fall, dass ein ferngelenkter Wächter ihn bei der Essensübergabe zu erstechen trachtete.

Ihm blieb nur, sich einzustellen auf ein trostloses, von Misstrauen geprägtes Überleben in einer durch und durch feindseligen Welt.

Weil er in den Nächten so wenig Schlaf fand, döste er schon am Nachmittag unruhig vor sich hin. Träume suchten ihn heim, verweigerten sich jedoch jeglichem Erinnertwerden. Wenn er hochschreckte, ärgerte er sich darüber, dass wieder eine Stunde verstrichen war, in der der Nebelmond näherrückte, ohne dass Rodraeg auch nur das Geringste zu seiner und der Rettung des *Mammuts* beitragen konnte.

Er war so hilflos, dass er hätte weinen können wie ein kleiner Junge, wenn er sich nur zum Weinen nicht zu matt und abgestumpft gefühlt hätte.

Auch hatte er das Gefühl, dass alles an ihm vorbeilief. Während draußen der Herbstwind den Kontinent, das Leben und alle Geschehnisse voranwehte, stand hier in dieser Zelle alles still wie festgemauert. Hier gab es nichts mehr zu lernen, nichts mehr zu erfahren, nichts mehr zu ändern.

Das *Mammut* war nicht einfach nur gefallen, sondern lebendig begraben worden.

Um nicht vollkommen der Apathie anheimzufallen, betete Rodraeg – etwas, was er vor seiner Zeit beim *Mammut* eigentlich nie getan hatte. Er betete für Bestar und dass ihm die

Flucht vor den Gardisten und das Erreichen der Riesen gelingen möge. Er betete für Naenn, Cajin und Nemialé auf ihrem dunklen Weg nach Nordwesten. Er betete für Tjarka, dass sie nicht, ohne an Terrek überhaupt auch nur im Mindesten beteiligt gewesen zu sein, mitzerrieben wurde von diesem Wirbelsturm der Rachsucht, den Deterio da entfesselt hatte. Er betete für Estéron. Und er betete für Eljazokad, dass dessen Seele Frieden finden möge. Es war ausgesprochen ärgerlich, dass Rodraeg keine Zeit und Gelegenheit gehabt hatte, Eljazokads eigentümliche Tagebücher ausgiebig zu studieren. Womöglich fand sich in ihnen ein Hinweis darauf, wo Eljazokads Seele nach dem Tode ihre Ruhe finden konnte.

Mitten in der tiefsten Nacht weckte ihn ein Geräusch an seinem Zellengitter. Noch bevor Rodraeg wirklich wach war, hatte er schon die Fäuste kampfbereit geballt, denn nun, fürchtete er, würde *DMDNGW* auch bei ihm die schwarze Nadel oder Schlimmeres zum Einsatz bringen.

»Rodraeg Talavessa Delbane?«, wisperte eine ihm unbekannte männliche Stimme.

»Ich werde nicht ans Gitter kommen«, zischte Rodraeg zurück. »Du musst dich schon hier hereinbemühen, wenn du an mich herankommen willst!«

»Ich brauche nicht an Euch heranzukommen«, flüsterte die Stimme weiter. Sie klang wie die eines Greises. »Hört mir gut zu, denn wir haben nicht viel Zeit. Mein Name ist Trenc Weraly. Riban Leribin sagte mir, er hätte Euch über mein Eintreffen informiert.«

»Ach, ja. Das habe ich längst wieder vergessen. Ihr habt Euch, fürchte ich, zu viel Zeit gelassen.«

»Es ging nicht schneller. Ich musste Riban Leribin sicher aus Aldava herausgeleiten. Es gab schwerwiegende Zwischenfälle im Versteck des *Kreises.* Ilde Hagelfels ist tot. Gerimmir und die alte Frau namens Eria haben Verbrennungen erlitten, konnten jedoch aus der Hauptstadt fliehen. Riban Leribin ist hier, vor den Toren von Warchaim.«

»Dann ist der *Kreis* also auch gefallen.«

»Noch nicht ganz. Hört mir gut zu. Ich kann Euch hier herausbringen. Ohne Waffengewalt. Sogar ohne Magie. Ich bin im Besitz von Vollmachten, die zwar von einem König ausgestellt wurden, der schon vor langer Zeit gestorben ist, die aber dennoch nicht so ohne Weiteres widerlegt werden können. Diese Vollmachten ermöglichen es mir, hier ein und aus zu gehen und die Wächter herumzukommandieren. Ich habe den Zellenschlüssel. Ich nehme Euch mit, Ihr zieht Euch diesen Umhang hier über und schlüpft mit mir durch die Lücken, die ich schaffen werde. Aber Ihr müsst Euch über Folgendes im Klaren sein: Nur, wenn Ihr jetzt mit mir flieht, haben wir drei – Leribin, Ihr und ich – eine Chance, den *Mann, der nicht geboren wurde*, aufzuhalten und allen, die bis jetzt noch am Leben sind, das Leben zu retten! Aber wenn Ihr flieht, kommt das einem Schuldeingeständnis gleich, und Ihr werdet steckbrieflich verfolgt werden für den Rest Eures Lebens.«

Rodraeg lachte bitter auf. »Na, großartig. Ihr wisst von dem *Mann, der nicht geboren wurde*?«

»Ich bin seit achtundvierzig Jahren hinter ihm her!«

»Und wieso habt Ihr dann nach so langer Zeit ausgerechnet jetzt eine Aussicht auf Erfolg?«

»Weil Riban Leribin, einer der mächtigsten und bedeutendsten Magier, die der Kontinent jemals gesehen hat, bereit ist, zusammen mit mir das Äußerste zu wagen.«

»Und wozu braucht Ihr dann mich?«

»Ihr seid der Kopf des *Mammuts.* Ihr seid das Nadelöhr, durch das wir an den argwöhnischen *Mann* herangelangen werden. Und da Leribin und ich diesen Vorstoß womöglich mit dem Leben bezahlen werden, brauchen wir Euch, um alles zu vollenden.«

»Das ist doch Wahnsinn! So etwas kann niemand von mir verlangen!«

»Stimmt. Aber überdenkt die Alternative. Ihr bleibt gefangen, und alle, die Ihr liebt, werden zugrunde gehen. Kann man *das* von Euch verlangen? Könnt Ihr Euch *dafür* entscheiden, bei vollem Bewusstsein?«

Erschöpft wie nach einem Lauf von einer Meile Länge sank Rodraeg auf die Pritsche zurück. In seinem Kopf rasten die Gedanken, stießen miteinander zusammen und erzeugten so Risse, Umwege, neue Möglichkeiten – aber nichts Greifbares. Keine weiteren Möglichkeiten als die zwei angebotenen.

Eine Stimme in Rodraeg sagte: *Riban Leribin muss mich hassen, sonst würde er mir so etwas nicht antun.*

Aber eine andere Stimme sagte: *Warum zögerst du eigentlich, Rodraeg Delbane? Hast du die Entscheidung nicht längst getroffen? Als du mitgingst mit Naenn, allzu bereitwillig, ja geradezu begierig, die unbehaglichen, niemals wirklich wohnlichen Zelte in Kuellen abzubrechen und endlich etwas zu finden, in dem man sich mit Herz und Seele einrichten kann? Das* Mammut *und* das Haus des Mammuts. *Der hölzerne, mit Igelstacheln bewehrte Schildkrötenpanzer eines ausgestorbenen Landsäugetieres. Aber auch: ein Rettungsschiff für Wale, Werwölfe,*

Riesen, Kaninchen, Magier, Stadtgardekommandanten, Schmetterlingsmenschen, Klippenwälder, Deserteure, Waldmädchen, Ritterinnen, Schemenreiter und anderes Strandgut des Kontinents. Mit Leben erfüllt und bis zum Tode verteidigt.

Er stand auf wie ein dreißig Jahre älterer Mann und schleppte sich zum Gitter.

Trenc Weraly wich unwillkürlich einen Schritt zurück, ein zittriger, faltenvernarbter Greis in einer schlecht sitzenden und albern wirkenden altmodischen Hauptstadtgardeuniform mit Heldenumhang. Er mochte an die hundert Jahre alt sein, zumindest machte er diesen Eindruck. Wie ein Bühnenschauspieler, der gegen Ende seines Lebens noch den jugendlichen Helden gibt und das Publikum damit peinlich berührt. Rodraegs Entscheidung wurde dadurch nicht gerade erleichtert. Mit einem Schaudern wurde ihm bewusst, dass er nun seine gesamte Zukunft in die Hände eines hundertjährigen Heldendarstellers und eines sich rückwärts entwickelnden Elfjährigen legte.

Aber Weraly schloss auf. Zumindest besaß er tatsächlich einen passenden Schlüssel.

Von hinten näherte sich der vom Schein einer Fackel ins Riesenhafte verzerrte Schatten eines kontrollgehenden Wachtpostens. Der Greis huschte vor Rodraeg in die Deckung einer massiven Mauersäule; Rodraeg schloss seine Zellentür so weit, wie es lautlos möglich war, und folgte Weraly. Dort verblieben sie, bis der Posten vorübergeschlurft war.

»Habt Ihr eigentlich daran gedacht, mir etwas zum Anziehen zu besorgen?«, fragte Rodraeg und zupfte an dem Kerkerhemd, das nur die schmutzigere und löchrigere Ausgabe eines knielangen Nachthemdes war.

»Hier. Zieht Euch einfach meinen Umhang um die Schultern. So.« Weraly zupfte an Rodraeg herum, bis er mit dessen dunkelblauem und samtig schimmerndem Umriss zufrieden war.

Lautlos schlichen sie weiter, durch Gänge, die Rodraeg noch nicht kannte, zu einer Treppe, die nach oben und draußen führte. Oben war ein weiterer Posten stationiert. Weraly ging zu diesem Posten und verwickelte ihn in ein kurzes Gespräch.

»Warum steht hier denn nur ein einziger Mann auf Wache? Ist dir denn nicht bewusst, Kerl, dass in dieser Stadt ein Zustand höchster Unruhe herrscht?«

»Aber … aber … aber … der Leutnant hatte gesagt, wir haben so viele Leute für Emmeron Uliseus eingeteilt, dass wir …«

»Wenn ich Entschuldigungen hören wollte, Kerl, wäre ich Steuereintreiber geworden und nicht Gardist! Und jetzt geh und melde deinem Leutnant, dass der alte Oberst Weraly aus Aldava einen zweiten Mann für diesen Posten fordert. Inzwischen werde *ich* hier Wache halten.«

»Ja … jawohl, Oberst Weraly.«

Der Posten eilte davon, während Weraly wieder eine heldisch wachsame Körperhaltung einnahm. Als der Posten außer Sicht war, winkte Weraly Rodraeg zu sich heraus.

So kam Rodraeg durch einen Nebeneingang unter freien Himmel. Die Exerzier- und Übungshöfe waren nächtlich verwaist. Bittsteller aus der Stadt gab es zu dieser Stunde auch keine. Dazu noch die Gardistenknappheit – all dies begünstigte Rodraegs Flucht.

Der alte Oberst ermahnte Rodraeg dazu, ganz normal und

langsam neben ihm herzugehen, dann würde niemand Verdacht schöpfen. Es gab etliche Menschen in der Stadt mit robenartigen Gewändern, Priester zum Beispiel. Außerdem war der Gardeumhang aus teurem Zwirn und sah eher Ehrfurcht gebietend als argwohnerregend aus, fand Weraly.

Während sie einen spärlich beleuchteten Innenhof nach dem anderen überquerten, rechnete Rodraeg dennoch die ganze Zeit über damit, kontrolliert, von einem oberen Stockwerk aus mit Armbrustbolzen beschossen oder auch einfach nur mit einem barschen »He, ihr da!« zum Halten gebracht zu werden. Doch Weralys Plan ging so weit auf. Blieb nur noch das nördliche Geländetor.

Aber auch hier stand lediglich eine einzige Gardistin, und Weraly wurde diese eifrig salutierende, schon ältere Frau mit demselben Trick los wie den jungen Burschen am Seiteneingang zu den Kerkern. Neben dem forsch ausschreitenden Veteranen durchquerte Rodraeg stolperig das gut befestigte Garnisonsgeländetor und gelangte tatsächlich unbehelligt ins Freie.

»Vorsicht jetzt, nicht übermütig werden«, warnte ihn Weraly. »Innerhalb der Stadtgrenzen wird gut patrouilliert. Behaltet Euren gemessenen Schritt bei.«

Als sie die Straße nach Uderun erreichten und auf dieser Warchaim hinter sich ließen, funkelte linkerhand das auch nachts stets emsige Helelehaus. Erst als das Dunkel der umgebenden Nacht die Lichter der Stadt hinter ihnen bis auf Faustgröße zusammengeballt hatte, wagte Rodraeg wieder richtig Atem zu holen.

»Jetzt bin ich also ein Geächteter«, stellte er fest.

»Fürs Erste«, erwiderte Trenc Weraly. »Ich werde Euch

einen schriftlichen Bericht aushändigen. Mein Testament, sozusagen. Bei sich bietender Gelegenheit könnt Ihr diesen dann mithilfe eines geschickten Advokaten zu Euren Gunsten vorbringen.«

Wer sollte dieser »geschickte Advokat« denn sein? Baladesar? Sollte Rodraeg auch ihn mit hineinziehen in das ganze Unglück, auch diese Familie mit sich hinabreißen in den klaffenden, schneeumtosten Abgrund?

Den Rest des Weges schwieg Rodraeg. Er brachte einfach gar nichts mehr heraus. Zu übervoll war sein Herz, zu schwer beladen seine Seele, um durch flüchtige Worte noch Entlastung schaffen zu können.

Ihm war, als hätte er einen Verrat begangen, indem er sich seiner Verantwortung entzog und lebte. Estéron, Ilde Hagelfels und auch Eljazokad waren tot. Welches Recht besaß Rodraeg, sie alle zu überleben?

Was würde Naenn, Cajin, Bestar und Nemialé noch blühen? Würde auch ihnen ein greiser Oberst erscheinen und sie hinunterführen von der Blutbühne hinter die nächtlichen Kulissen des großen Trauerspiels? Wohl kaum. Wieder einmal hatte Rodraeg sich als privilegiert erwiesen. Während Eljazokad, Estéron und die Hagelfels einfach nur so hingemordet wurden, wurde er, Sohn reicher Eltern, von einem Advokaten in die Lehre genommen, von einem Bürgermeister angestellt, von einem Schmetterlingsmädchen erweckt, von der Magie der Riesen aus jedem Tod geborgen, von einem Lichtmagier von der Brücke der Unentschiedenheit abgeholt, von Heleschwestern und Kräuterkundigen auf seinem Krankenlager gepflegt, von Leribin und Weraly aus dem Gefängnis gerettet. Sogar Gauden Endreasis war bereit gewesen, ihm zuzuhören, selbst nachdem Rodraeg versucht hatte, ihn zu erstechen. Nun war Endreasis tot und Rodraeg frei.

Wenn es die Götter tatsächlich gab: Was nur hatten sie mit Rodraeg vor?

Zwei Meilen vor Warchaim.

Ein dicht bewachsener Birkenhain in einer herbstlich kühlen Senke. Die Sonne immer noch Stunden entfernt. Die kühlste Zeit dieser Nacht.

Trenc Weraly führte Rodraeg durch den Hain. Die Landschaft veränderte ihr akustisches Gesicht. Der Fluss war nahe.

»Hier bin ich«, sagte Riban Leribin und trat aus seiner Deckung hinter einem mannshohen Wacholderbusch. Er sah noch jünger aus, als Rodraeg erwartet hatte. Ein bleiches, schmalschultriges, vornehm gewandetes Kind von höchstens acht oder neun Jahren. Augenblicklich erinnerte sich Rodraeg wieder daran, warum er Riban Leribin nie wirklich in sein Herz geschlossen hatte: Das Gesicht des Knaben trug einen Ausdruck ständiger Verächtlichkeit und Unzufriedenheit zur Schau. Die Augen, die als Einziges das wahre Alter von vierundsiebzig Jahren verrieten, verstärkten nur noch den Effekt, dass Riban von unten herauf zu einem herabsah.

»Ja, ich bin schneller verjüngt als geplant«, erläuterte Riban mit hoher Knabenstimme. »Zu viel Energie muss ich aufwenden, um einen Zauber zu wirken, der mich und Trenc für den Gegner unwahrnehmbar macht. Uns läuft die Zeit davon, Rodraeg. Gehen wir zum Fluss hinunter? Ich gebe mich zu gerne der Illusion hin, dass sein ewiges Fließen mir Kraft vermittelt und auch Zukünftigkeit.«

Zu dritt gingen sie noch dreihundert Schritte, dann sahen

sie die wolkenspiegelnde Masse des Larnus sich vorüberwälzen und fanden auf einer beinahe waagerecht wachsenden Trauerweide einen Platz zum Hinsetzen.

»Die Geschichte des *Kreises* bis zu diesem Punkt ist schnell erzählt«, begann der Knabe. »Zuerst waren es nur Zeichen und Drohungen. Ich habe die meisten Wortlaute vergessen, nur vier weiß ich noch: *Der magische Deuter nennt Glück Wahn*, *Damit man das Neue gezüchtigt weiß*, *Dadurch mag dein Name geläutert werden* und *Denn Macht dient niemals gewöhnlichen Wesen*. Alles schwirrte und brummte um mich her, in jedem Wasserglas, jedem Amselflügelschlag hörte ich Warnungen höhnen. Dennoch traf der Angriff uns völlig überraschend. Unser unterirdisches Versteck wurde verraten und verleumdet, die Garde machte plötzlich Jagd auf uns, und selbst aufgebrachte Städter mit Brieföffnern und Bratenmessern als Waffen sahen in Estéron ein Ungeheuer, das kleine Kinder nach drunten verschleppte, um sich an ihnen zu vergehen. Es war zu grotesk, um geordnet dagegen vorgehen zu können. Wir flüchteten, ich schickte Estéron zu euch, in Sicherheit, wie ich dachte – und irrte. Es gab noch einen oder zwei Vorstöße des Gegners, die für nichts als Chaos sorgten und von mir abgeschmettert werden konnten. Immerhin fand ich inzwischen heraus, wer unser Angreifer war: *Der Mann, der nicht geboren wurde*, ein verwirrter Knabe, mir selbst gar nicht unähnlich, der aus einem magischen Zeitversteck heraus Mordaufträge entgegennimmt und ausführt. Es gelang mir, Trenc Weraly ausfindig zu machen, der schon seit … seit …«

»Achtundvierzig Jahren«, half Weraly düster aus.

»… achtundvierzig Jahren hinter diesem Mörder her war. Mit Trencs Hilfe wollte ich den Mörder oder seinen Auftraggeber ausfindig machen, aber der hervorragendste Angriff ereilte uns eines Nachts, als wir in einem leer stehenden Stall untergekrochen waren und Trenc und ich dabei waren, einen Plan zu erarbeiten. Drei Männer waren es. Wie ich jetzt weiß: Einer von ihnen hieß Raukar, die beiden anderen waren ganz gewöhnliche Männer. Die beiden Gewöhnlichen waren in Brandöl getaucht und mit Fackeln bewehrt. Sie setzten sich selbst in Flammen und klammerten sich dann brüllend an uns. Ilde starb, weil Raukar einen ihrer Füße buchstäblich am Boden festnagelte und sie, weil sie nicht mehr wegkonnte, Flammen einatmete bis tief hinab in ihre Lunge. Trenc durchbohrte einen der Brennenden mit einer Heugabel. Den anderen Flammenmann vernichtete ich mit viel zu viel wütender Kraft. Ich verjüngte ruckartig um ein ganzes Jahr, während die Fetzen meines Gegners noch funkensprühend und weiterbrennend durch die Scheune prasselten, bis alles Holz und altes Stroh ein Raub der Flammen wurden. Raukar trat unbehelligt durch einen Schatten direkt an mich heran und attackierte mich mit seinem Nagelhammer. Wir entkamen mit Müh und Not, weil ich magische Barrieren aufzog, dennoch wurden Eria und Gerimmir verletzt. Unter Magie verließen wir alle die Stadt. Ich hatte vorgehabt, Trenc zu euch zu schicken, sobald ich mit ihm zusammen einen tragfähigen Plan entwickelt hatte – aber nun konnte ich ihn genauso gut begleiten. Gerimmir nahm Eria mit in den Targuzwall. Wir beide jedoch eilten nach Warchaim und wurden auch unterwegs noch einmal angegriffen, bis es mir endlich gelang, einen wirksamen Schutz zu errichten.«

»Das Problem ist«, schaltete Trenc Weraly sich ein, »dass *der Mann, der nicht geboren wurde* nie selbst in Erscheinung tritt.

Er kann jeden Menschen lenken, der vorher durch seinen Diener Raukar präpariert wurde. Dadurch ist es unmöglich, einen Angriff vorherzusehen. Jeder kann ein Mörder sein!«

»Wie wird man durch diesen Raukar präpariert?«, erkundigte sich Rodraeg.

»Es hat etwas mit Bäumen zu tun«, antwortete Weraly.

»Mit Bäumen?«

»Ja. Raukar foltert Bäume, indem er ihnen Nägel in die harzenden Stämme treibt. Und er trinkt ihre Schreie! Dadurch gewinnt er irgendeine Art von unbekannter Energie. Ich glaube, dass es schon genügt, dass er sich mit jemandem über Bäume unterhält, und schon springt ein Teil dieser Energie auf einen über.«

»Energie ist nicht das richtige Wort«, verbesserte Riban. »Es ist nichts, was man finden und messen kann. Es ist eher so etwas wie eine Kennzeichnung. Eine Kennzeichnung, die später die Übernahme erleichtert.«

Rodraeg grübelte. »Ich … habe mit diesem Raukar gesprochen. Kurz nachdem du uns nach unserem ersten Auftrag in Warchaim verlassen hattest. Kurz bevor Eljazokad kam. Ich weiß nicht mehr – ging es um Bäume? Ich weiß noch, dass er Stacheln erwähnte und Honig und verdrehte Namen von Gasthäusern. Es war alles so wirr, ich konnte mir das unmöglich merken.«

»Jedenfalls ist Raukar der Schlüssel«, nahm der greise Oberst einen neuen Anlauf. »Er ist sozusagen der Bodenbereiter für den Feldzug *des Mannes, der nicht geboren wurde.* Dieser Feldzug findet alle zwölf Jahre statt und dauert immer nur einen bis zwei Monde. Dazwischen zieht sich der *Mann* in sein Versteck zurück und altert dort nicht. Wenn man ihm nicht das Handwerk legt, kann er also – bei nur zwei Monden Alterung in zwölf Jahren – noch Jahrtausende so weitermachen.«

»Mit noch fünfzig weiteren Jahren Lebenserwartung noch 3600 Jahre«, ergänzte Riban trocken.

»Und warum gibt es nicht längst, nachdem er das schon seit mindestens achtundvierzig Jahren so treibt, so etwas wie eine Sonderermittlertruppe, die ihn abfängt und mit allen magischen und nichtmagischen Methoden verfolgt, die dem Kontinent zur Verfügung stehen?«, fragte Rodraeg.

»Weil das nicht so einfach ist.« Weraly setzte ein bitteres Lächeln auf. »Erstens übersteigt diese zwölfjährige Pause zwischen seinen Mordserien das Fassungsvermögen jedes herkömmlichen Gardeermittlers, sodass viele Spuren einfach im Sand verlaufen. Zweitens sind die Mordserien dermaßen uneindeutig, weil sie ja nicht vom *Mann* selbst, sondern von vielen verschiedenen Opfern durchgeführt werden, dass auch ich drei solcher zyklisch wiederkehrender Serien – vor achtundvierzig, vor sechsunddreißig und vor vierundzwanzig Jahren – brauchte, bis ich dahinterkam, dass hier ein Muster vorliegt. Drittens ist es, sogar wenn man weiß, womit man es zu tun hat, immer noch beinahe menschenunmöglich, irgendetwas Sinnvolles dagegen zu tun, wie ich vor zwölf Jahren in den Außenbezirken von Somnicke leider erfahren musste. Man weiß ja vorher nicht, in welcher Stadt er zuschlägt und wie.«

»Aber man könnte doch … man könnte doch allen Menschen einschärfen, sobald sie einen *DMDNGW*-Drohbrief erhalten haben, zur Garde zu gehen und das zu melden! Dann könnte man doch die Tatorte und angepeilten Opfer sinnvoll im Voraus absichern!«

»Das könnte man, wenn er immer diese *DMDNGW*-Drohbriefe verwenden würde. Aber vor zwölf Jahren zum Beispiel hat er mich mit diesen Briefen nach Somnicke gelockt, nur um unterdessen in Fairai zuschlagen zu können – ohne vorher dort auch nur einen einzigen Brief hinterlassen zu haben! Auch jetzt deuteten die ersten Briefe nach Warchaim, die ersten Toten jedoch gab es in Aldava. Riban zum Beispiel hat nie etwas Schriftliches erhalten, sondern nur Warnungen und Hohn auf magischer Ebene. Der *Mann* benutzt seine Bekennerschreiben mitunter also auch, um Verfolger in die Irre zu führen.« Weraly machte eine kurze Pause, um wieder zu Atem zu kommen. »Es gibt aber noch einen vierten Grund, weshalb er immer wieder durchkommt mit seinen Verbrechen: Er ist einfach so ein verflucht effizienter Auftragsmörder! Ich glaube, dass es mehrere hochrangige Personen gibt, die seine Dienste bereits in Anspruch genommen haben und beabsichtigen, das auch weiterhin zu tun. Ohne Auftraggeber gäbe es keine Mordserien. Man *schützt ihn*, womöglich sogar bei Hofe. Deshalb ist meine eigene Lage so isoliert, deshalb habe ich keine Truppe und keine Nachfolger, und wenn der Tod mich endlich dahingerafft haben wird, bleibt von meinen Nachforschungen nichts als Papier übrig. Die Papiere eines alten Narren! Am kommenden Tagesanbruch muss es uns gelingen – im Morgenlicht, wenn die Kräfte der Finsternis zu schwinden beginnen, setzen wir alles auf eine Karte, wir drei gemeinsam!« Der Alte hustete und brauchte eine Weile, bis er sich wieder beruhigt hatte. Sein Körper nahm ihm alle Strapazen doppelt übel.

»Wer ist dieser *Mann, der nicht geboren wurde*?«, fragte Rodraeg schließlich so behutsam wie möglich. »Ihr habt gesagt, er sei noch ein Knabe?«

»Wir wissen nicht, ob er einen Namen hat«, bekannte Riban. »Möglicherweise hat er nie einen bekommen, denn er wurde nicht auf herkömmliche Weise geboren, sondern aus dem Bauch seiner Mutter herausgeschnitten. Die Mutter kam dabei um. Der Säugling beobachtete, empfand und lernte. Wir vermuten, dass er das Zeug zu einem großen Magier hatte, aber aufgrund seiner fehlgeschlagenen Geburt und noch weiterer seltsamer Komplikationen in seinem Leben entwickelte er sich nicht, wie sich ein gewöhnlicher Magier entwickelt hätte. Er lernte, Hass zu kultivieren, sich einen Garten aus Hass anzulegen, in den er sich zurückziehen und lustwandeln konnte. Als er zwölf Jahre alt war, gelang ihm die Konstruktion der *Zeitnische*, wie Trenc sie bezeichnet. Ein Rückzugsort, an dem man sich erholen kann, ohne dass für einen selbst Zeit vergeht.«

»Ich habe eine alte Handschrift gefunden«, ergänzte Trenc Weraly, »die eine kleine Sekte, deren Meister sich *der Mann, der nicht geboren wurde* nannte, auf die Jahre 504 bis 506 nach Rinwe datierte. Dieser Meister soll im Jahre 504 erst unglaubliche zehn Jahre alt gewesen sein und bereits magisch unterstützte Mörder ausgebildet haben, die gegen gute Bezahlung Aufträge erledigten. Im Jahre 506 wurde diese Sekte ausgelöscht, möglicherweise sogar vom Meister selbst. Dort verliert sich seine Spur, taucht aber genau zwölf Jahre später am anderen Ende des Kontinents in einem mit kindlicher Schrift gekrakelten Bekennerschreiben wieder auf.«

»Seitdem sind 276 Jahre vergangen, eine Zahl, die durch zwölf teilbar ist«, sagte Riban.

»Ja«, fuhr der alte Oberst fort. »Und der Junge, der sich ein Mann nennt, ist in diesen 276 Jahren, wenn er alle zwölf Jahre immer nur für zwei Monde aktiv ist, kaum vier Jahre älter geworden, also immer noch ein Kind. Ich selbst bin, wie gesagt, seit achtundvierzig Jahren hinter ihm her, seit ich damals in Ferbst als junger Offiziersanwärter, noch nicht ganz trocken hinter den Ohren, mit Morden zu tun bekam, die jeglicher Beschreibung spotteten und die auch nie aufgeklärt werden konnten. Raukar wiederum, des Meisters gegenwärtig wichtigster Gehilfe, ist auch schon seit vierundzwanzig Jahren dabei. Raukar altert, weil sein Meister ihn nicht mit in die *Zeitnische* nimmt. Er dürfte also inzwischen in den Vierzigern sein. Seine Aufgabe ist es, die Aufträge zu sammeln und die späteren Opfer und die – ich nenne sie die *Unbewusstmörder* – vorzubereiten. Wir hätten gerne auch Raukar in unsere Überlegungen mit eingebunden, aber er ist das, was die Schmetterlingsmenschen einen *Heimlichgeher* nennen. Als Raukar jung war, war er nichts weiter als ein einfacher Holzfäller und Schlachtergeselle, der aus reiner Lust am Töten fällte und schlachtete. Dann ist etwas mit ihm passiert. Vielleicht hat er ein magisches Maß überschritten und so viel Blutzoll angehäuft, dass er nun seinen eigenen Schatten als Mantel tragen kann. Er wurde ein *Heimlichgeher*, ein Lautloser zwischen Orten. Man kann ihn nicht aufspüren und auch nicht verfolgen. Es geht einfach nicht.«

»Und wie sieht jetzt Euer Plan aus, den *Knaben, der nicht geboren wurde*, zu stellen?«, erkundigte sich Rodraeg.

»Es ist verhältnismäßig einfach«, sagte Riban, während er auf den stetigen Fluss hinunterblickte. »Du bist unser Schlüssel. Du als Anführer des *Mammuts* kannst ihn herbeirufen, um die vollständige Vernichtung des *Mammuts* zu erklären. Du gibst dich ihm geschlagen, um wenigstens deine eigene

Haut zu retten. Das müsste ihm eigentlich einleuchten. Trenc und ich befinden uns seit einigen Tagen unter einem Schutzzauber, der *Knabe* ahnt also nichts von unserer Anwesenheit. Wenn er dann auftaucht, werde ich ihn mit magischer Wucht bannen, und Trenc greift ihn an und tötet ihn. Du kannst ihm dabei zur Hand gehen, weil Trenc nicht mehr der Allerjüngste ist, aber das überlassen wir dir. Du bist von Naenn nicht als Kämpfer angeheuert worden. Niemand verlangt Dinge von dir, die dir fernliegen.«

Zur Überraschung des greisenhaften Kindes und des heldenhaft gewandeten Greises sagte Rodraeg: »Das wird nicht funktionieren. So einfach wird man ihn nicht überrumpeln können. Man kann ihn nicht so mir nichts, dir nichts herbeirufen und ihm eine Falle stellen. Dazu ist er doch viel zu vorsichtig und gerissen. Aber ich weiß, wie ich mit ihm in Kontakt treten könnte: Ich müsste ein neugeborenes Kind opfern, um meine eigene Verkommenheit zu besiegeln. So könnte ich die das *Mammut* betreffende Mordserie abbrechen. Das hat sein Auftraggeber uns verraten.«

»Sein Auftraggeber?«, schnappte Riban. »Du weißt, wer ihn beauftragt hat?«

»In Bezug auf das *Mammut*, ja. Ein Mann namens Wellingor Deterio. Er und die Fabrikation namens *Batis* haben zusammengearbeitet, um uns diesen fleisch- und zeitgewordenen Untergang auf den Hals zu schicken.«

»Deterio und *Batis*«, wiederholte Riban. »Verdammt. Wir hätten das ahnen können!«

»Jedenfalls passt das mit dem Kindsopfer«, nickte Weraly. »Schon vor zwölf Jahren hat mir ein Magier erzählt, dass *der Mann, der nicht geboren wurde* Schlupflöcher lässt für jene, die durch ihn bedroht werden. Schlupflöcher, die irgendetwas mit *Geborenwerden* oder *Totgeburt* zu tun haben, als Ehrung des *Mannes, der nicht geboren wurde*. Ein Kind zu schlachten, ein neues Leben ungeschehen zu machen – das könnte ihn tatsächlich erfreuen. Wenn eines seiner Opfer tatsächlich unter Beweis stellen würde, dass es noch weniger Skrupel kennt als der *Mann*, dann lässt er es vom Haken.«

»Wir können uns also freikaufen, indem wir Naenns Kind töten«, schlussfolgerte Riban. »So zumindest sieht es das düstere Genie vor. Wenn wir ihm ein Neugeborenes umbringen, lässt uns der Ungeborene weiterleben. Das ist nahezu poetisch.«

»Ihr erwägt doch nicht allen Ernstes …« Mit Befremden sah Rodraeg, wie Riban nachdenklich die Augen zusammenkniff und wenig Abscheu bei diesen Gedanken zu empfinden schien.

»Selbstverständlich nicht.« Riban schloss die Augen ganz, dann öffnete er sie wieder. Sie glänzten. »Aber das gibt uns einen ganz neuen Ansatzpunkt. Eine Möglichkeit, wie wir unseren etwas zu sehr auf Hoffnungen basierenden Plan wirklich in die Tat umsetzen können. Wir werden ein Kind opfern. Mich.«

Rodraeg und Weraly starrten den über siebzigjährigen Jungen verblüfft an. »Euch?«, fand Rodraeg schließlich als Erster die Sprache wieder. »Aber Ihr seid doch kein Neugeborenes!«

»Ich werde eines sein, wenn ich noch weiter verjünge. Ich kann das steuern und gleichzeitig magische Energie freisetzen, die ich auf einen von euch übertragen kann. So muss es gelingen. So *wird* es gelingen.«

Rodraeg konnte es immer noch nicht glauben. »Ihr … Ihr

wollt Euer Leben wegwerfen, um dieses … Mörders habhaft zu werden?«

»Es geht mir nicht um Vergeltung. Es geht darum, euch allen eine Zukunft zu ermöglichen. Ihr seid so unfassbar wichtig für den Kontinent – ihr habt noch nicht im Ansatz begonnen zu erahnen, wie wichtig. Mir bleiben doch ohnehin nur noch ein paar Jahre, in denen ich immer kindischer, alberner und ungeschickter werde. Nein, mir liegt nichts an diesen Jahren. Ich finde es gut, so, wie es sich nun andeutet. Und den *Mann, der nicht geboren wurde*, werden wir dadurch mit seinen eigenen Methoden schlagen.«

»Also, wie stellst du dir das genau vor?«, fragte ihn Weraly.

»Ich verjünge mich. Es ist keine besondere Anstrengung, eher ein Loslassen. Rodraeg tötet mich. Das ist kein Mord, sondern eine Gnade, denn ich werde auch als Neugeborener immer jünger, bis ich ohne Mutterleib nicht mehr lebensfähig bin und elend zugrunde gehe. Durch diese Tötung kauft Rodraeg das *Mammut* frei, und *DMDNGW* wird erscheinen. Diesen Augenblick nutzt du, mein Freund Trenc, um ihn anzugreifen und mit all der magischen Kraft, die ich dir vorher gegeben habe, zu vernichten.«

Trenc Weraly nickte heftig. Die Aussicht, seinen alten Erzfeind doch noch eigenhändig besiegen zu können, bevor das Alter ihn niederstreckte, ließ ihn völlig über die Grausigkeit der Kindstötung hinwegsehen.

Rodraeg schüttelte nur den Kopf. »Ich kann das nicht tun. Ich kann Euch nicht töten, Riban. Selbst wenn es ein Gnadenakt wäre. Ich kann keinen Säugling erschlagen.«

»Nicht irgendeinen Säugling. Mich. Komm mit mir, Rodraeg. Lass uns ein paar Schritte gehen. Ich werde dir unter vier

Augen einen guten Grund nennen, mich zumindest zu verachten.«

Verwirrt erhob sich Rodraeg und folgte dem lächelnden Knaben. Sie gingen, bis sie außer Hörweite des alten Obersts waren.

Der Fluss war ohne Schiffe. Ein paar Fische bewegten sich im Wasser. Leichter Nebel hob sich von der Oberfläche. Der Dunst roch nach feuchtem Stroh.

»Ich muss dir ein Geständnis machen«, sagte Riban. Sie standen nun auf einer kleinen Landzunge, die einige Schritte weit in den Fluss hineinragte. Auf drei Seiten waren sie beide von nachtschwarzem Wasser umgeben. Hinter Ribans Kopf jedoch verliehen bereits die ersten tastenden Strahlen der Morgensonne dem Himmel tiefgründige Schattierungen. Dunkelblaue Wolken zeichneten sich vor einem heller werdenden Himmelszelt ab. »Was Naenns Schwangerschaft angeht: Ich habe das Geschehen gelenkt. Ich habe ihr Ryot Melron zugeführt, einen Mann, den ich handverlesen hatte. Es war kein Zufall, dass er euch begegnete. Indem ich ihn Naenn schwängern ließ, kurz bevor ihr beide bei mir in Aldava ankamt, konnte ich mich gleich von der Wirksamkeit der Befruchtung überzeugen. Ryot Melron, Sohn des Barons der Roten Wand, hatte die idealen Anlagen, um mit Naenn ein herausragendes Kind zu zeugen. Ein Kind, das den alten Traum von der Vergöttlichung der Menschheit in sich trägt. Ein Brückenkind zum Himmel. Ich bin dafür verantwortlich. Aber ich habe Naenn keine Gewalt angetan. Ich lenkte nichts weiter als den Zeitpunkt und den Ort. Alles Weitere spielte sich zwischen einem hübschen Jungen und einem schönen Mädchen ab, so, wie es seit alters her geschieht. Du hättest es verhindern können, aber auch du konntest dieser Kraft nichts entgegensetzen. Ich sehe, es arbeiten Empörung und Wut in dir. Entrüstung. Doch ich bin noch nicht fertig. Was deine Schwarzwachsvergiftung angeht – sie kam mir zupass. Ich hatte sie nicht angeordnet, aber ich empfand sie als hilfreich.« Alles, was Riban erzählte, stand in eigentümlichem Kontrast zu seinem kindlichen Äußeren und seiner hellen Knabenstimme. »Es gab einen Zeitraum in der nur kurzen Geschichte des *Mammuts*, da hielt ich es tatsächlich für eine gute Idee, dich an dieser Vergiftung sterben zu lassen. Ich dachte darüber nach, jeden von euch vieren einer anderen Quelle zum Opfer zu bringen. Dich der Erde. Den Bogenschützen nach Möglichkeit der Quelle der Luft, weil dies seine Bewaffnung gespiegelt hätte. Den Klippenwälder der Quelle des Wassers, auch wenn das nicht so gut gepasst hätte, denn *du* hast diese Männer ausgesucht, nicht ich, und deine Beweggründe waren andere, als ein Opfer darzubringen. Einer jedenfalls fehlte noch, ein Lichtmagier für die Quelle des Feuers. So schickte ich Eljazokad einen Traum vom *Mammut* und nahm damit gleichzeitig Zarvuers Sohn als Geisel, damit Zarvuer mir nicht wieder – wie schon einmal – ins Handwerk pfuschen konnte.«

Rodraeg spürte, wie sein Leib schwerer und schwerer wurde unter der Last all dieses neu gewonnenen Wissens. Er musste sich räuspern, um vernehmlich sprechen zu können. »Deshalb … deshalb habt Ihr gewusst, wann Eljazokad bei uns eintreffen würde, in welcher Nacht. Weil Ihr es wart, der ihn herbeilockte.«

»So ist es. Es dürfte dich vielleicht interessieren zu erfahren, dass mein Plan in Bezug auf Eljazokad zumindest teilweise in Erfüllung gegangen ist. Er starb tatsächlich an der Quelle des Feuers, allerdings eher indirekt. Einer, der im Land der Affenmenschen beim Eröffnen der Quelle dabei war und beträchtlichen Schaden nahm, war an Eljazokads Überwältigung im Thostwald beteiligt. Aber das ist nur ein Detail. Es mag dir unwichtig und kleinlich erscheinen. Die Magie der Riesen zeigte mir andere Wege, als euch alle zu Opfern der Quellen zu machen. Mein Ziel war es, Naenns Magie zu vervielfachen. Dafür war ich bereit, Opfer zu bringen, mich selbst und auch andere. Aber die Riesen und ihre uralte Höhle wiesen mir eine andere, geheimnisvollere Richtung. Leben statt Abbrechen. Zukunft statt einer Beendigung der Gegenwart. Deine Heilung wurde möglich und sinnvoll. Auch ich bin alles andere als allwissend.« Riban seufzte. »Zu guter Letzt jedoch: Was das Giftigwerden der Sümpfe vor Chlayst angeht – *ich* bin dafür verantwortlich. Ich ganz allein. Ich suchte die Quelle der Erde vor der Königin und suchte sie am falschen Ort. Ich glaubte, Unheil abwehren zu können vom Kontinent, wenn ich die Quelle finden und geheim halten könnte, sodass die Prophezeiungen mit dem Angriff der *zweibeinigen Schatten* auf die *Hauptstadt des Glaubens* nicht so schnell wahr werden würden. Doch zum wiederholten Male in meinem Leben musste ich die schmerzliche Erfahrung machen, dass die Götter sich ihren Plan nicht aus den Händen nehmen lassen. In der brütenden Hitze des Feuermondes glitt mir der Sumpf unter den Händen weg, zerschellte und wurde zu Gift. Kurz danach – wie, um mich zu verspotten – entdeckte ein Schatzfinder der Königin die tatsächliche dunkle Quelle bei Terrek. Ich hatte am falschen Ort gesucht und nichts als Unheil damit bewirkt. Deshalb entschloss ich mich, den *Kreis* zu gründen und Naenn loszuschicken, um Verbündete zu gewinnen, die meine Torheiten vielleicht etwas im Zaume zu halten vermöchten.«

»Deshalb wurden wir niemals nach Chlayst geschickt. Weil wir, wenn wir gute Arbeit geleistet hätten, dahintergekommen wären, dass Ihr für das alles verantwortlich seid.«

»Ja. Was hättet ihr tun können, wenn schon ich nichts mehr ausrichten konnte?«

»Eine der Personen, die Naenn als denkbare Anführer des *Mammuts* aufsuchte, wohnte in Chlayst«, erinnerte sich Rodraeg.

»Ja. Eine Chlaysterin, die sich in der Not der giftigen Gasböen ausgezeichnet hatte. Ich wollte Wiedergutmachung zumindest ermöglichen. Dann standen noch zur Auswahl ein Bergführer aus Gerimmirs Heimatgebirge, dem Targuzwall, ein alter General, weil ich auch dem Militär nach der Katastrophe mit der Feuerquelle noch eine Wiedergutmachung einräumen wollte, dein alter Freund Baladesar, weil er ein politischer Visionär ist, der am Thron der Königin sägt, und ein Abenteurer namens Dar Seaf, von dem ich wusste, dass er mit Galin von Asteria, dem genialsten und unerbittlichsten aller kontinentalen Magier, verbunden war. Ich hoffte so, eine Brücke zu schlagen zu meinem neben Zarvuer wohl stärksten Kontrahenten, kam jedoch zu spät. Dar Seaf war bereits erschlagen worden, von einem Stallknecht im Suff. Ein weiterer kleiner Scherz, den sich die Götter mit mir erlaubten. Auch hoffte ich, Warchaim vor den *zweibeinigen Schatten*, die die Riesen *Tsekoh* nennen, retten zu können, indem ich das *Mammut* in Warchaim ansiedelte. Ich hoffte, Warchaim dadurch zu stärken. Letzten Endes habe ich es nun eher geschwächt, weil ihr in die Ermordung des Stadtgardekommandanten verwickelt wurdet. Nie hätte ich damit gerechnet, dass man euch alle umbringen und vertreiben würde.«

»Ihr seid auch niemand, der die Zukunft wirklich kennt. Ihr seid nur ein Ratender, wie wir anderen Sterblichen auch.«

»So ist es. Und ich habe so viele Fehler begangen, dass ich denke, es ist nun genug.«

»Ihr hättet uns allen viel früher reinen Wein einschenken können.«

»Möglich. Aber weißt du, was ich inzwischen glaube? Dass ich nie reinen Wein auszuschenken hatte. Ich war immer nur ein waghalsiger Ausprobierer. Ich habe Experimente gemacht, selbst, wie du sehen kannst, mit meinem eigenen Leib und Leben. Die Hälfte aller Gelegenheiten lag ich falsch, die andere Hälfte richtig. Das genügte wohl schon, um mich herausragen zu lassen.«

»Das ist wirklich alles kaum zu glauben! Ihr habt Naenn gepaart wie eine Zuchtstute und wolltet uns alle sterben lassen – um *was* zu erreichen? Ein magisches Monument zu errichten? Die Götter zu *beeindrucken*?«

Riban Leribin schwieg. Zum ersten Mal sah er wirklich wie ein Achtjähriger aus, der von einem Lehrer getadelt wird.

Sie schwiegen und schauten in unterschiedliche Richtungen. Beinahe fünf Sandstriche lang. Oberst Weraly, dessen Umrisse in der heraufziehenden Dämmerung langsam deutlicher wurden, schien am Ufer eingeschlafen zu sein.

Schließlich gelang es Rodraeg, seine Aufgewühltheit so weit zu zügeln, dass er eine Fortsetzung des Gespräches suchen konnte. »Und was sollen wir nun tun? Was ist die Aufgabe des *Mammuts*, wenn wir nicht nur Opfer sind? Wenn wir kein

Haus mehr besitzen? Wenn ich keine Ahnung habe, was es mit dieser Prophezeiung auf sich hat, die Ihr erwähntet?«

»Ich kann dir die Prophezeiung nennen, so, wie sie auch der Königin vorliegt. Sie stammt aus dem *Buch der Wahrung*, einem der vier magischen Kompendien der Delphiorpriesterschaft.

Im Jahr nach dem Jahre
wenn ein Sumpf quert die Schwelle,
wenn ans Tageslicht fahre
das Dunkel der Quelle,
wenn herab vom Gebirg im Nordosten,
die zweibeinig Schatten sich krallen,
wird wehren nicht Rüstung noch Posten:
Die Hauptstadt des Glaubens wird fallen.

Der Sumpf kippte im letzten Sommer, und kurz danach wurde die dunkle Quelle entdeckt. Gemeint ist also dieses Jahr, das Jahr der Gründung des *Mammuts*, das jetzt noch Nebelmond, Frostmond, Schneemond und Eismond umfasst, dann ist es vorüber. Innerhalb dieser folgenden vier Monde wird Warchaim fallen, geschliffen von jenen götterähnlichen Wesen, welche die Riesen *Tsekoh* nennen, denn Warchaim, nicht Aldava, ist die Hauptstadt des Glaubens. In Warchaim wurde der allererste Tempel errichtet, der Alte, der einzige, den die Götter mit ihren eigenen Händen erbauten.«

»Und was sollen wir dagegen machen?«

»Was fragst du mich das, Rodraeg Delbane? Nach allem, was ich dir eben erzählt habe, fragst du mich immer noch um Rat? Nein, nein. Inzwischen bist du mir längst über den Kopf gewachsen, weil du bedächtiger und vorsichtiger bist als ich und unbeeinflusst von eigenem magischen Potenzial die Dinge mit offenen Augen betrachtest und zusammenbringst. Du wirst geliebt und geachtet, anstatt – wie ich – gefürchtet zu werden. Jetzt bin *ich* es, der von *dir* lernt.«

»Aber ich wüsste nicht, wo ich ansetzen, wo ich anfangen sollte. Eure Aufträge haben uns immerhin zu bewältigbaren Zielen geführt.«

»Das mag sein. Das ist auch alles, auf das ich im Nachhinein stolz bin. Ein Fluss ist tatsächlich gereinigt worden, auch wenn ich eigentlich nur der Königin ihre unsachgemäß verwaltete Quelle wegnehmen wollte. Die Wale sind tatsächlich gerettet worden, auch wenn ich Ilde Hagelfels und Estéron bei diesem Auftrag nur einen Gefallen getan habe. Die Riesen haben tatsächlich das vergessene Zepter erhalten und werden sich in der Zukunft zu behaupten wissen, auch wenn dieser Auftrag von Gerimmir kam und ich ihn anfangs nicht gutgeheißen habe. Den Kaninchenmördern des Thostwaldes konnte tatsächlich das Handwerk gelegt werden – auch wenn ich eigentlich nur hoffte, mehr über die andere Welt zu erfahren, die sich dort gleich einer schwärenden Wunde öffnete und abbildete. Und heute, im ersten Licht des 29. Blättermondes des Jahres 682 nach der Königskrone, werden wir den *Mann, der nicht geboren wurde* zur Strecke bringen, sozusagen im Vorübergehen, nur weil jemand dumm genug war, diese Geißel der Menschheit auf uns anzusetzen.«

Rodraeg blickte auf den Larnusfluss, dessen Wasser nun im ersten Spiegeln des Sonnenlichts tänzelte. »Der *Kreis* war also groß, und es ist schade, dass er nicht mehr existiert.«

»Ja, der *Kreis* war groß. Viel größer als ich. Aber das *Mam-*

mut existiert noch immer. Du musst lediglich die einzelnen Mitglieder zusammensammeln wie die Bruchstücke eines kostbaren Gefäßes.«

»Und wohin mich dann wenden?«

»Dorthin, wohin dein eigenes Herz und dein eigener Verstand dich führen.«

Sie schwiegen wieder, während auf drei ihrer Seiten, wie bei einem nicht ganz geschlossenen Kreis, das Wasser im Tageslicht zu funkeln begann.

»Es hat nicht funktioniert«, sagte Rodraeg schließlich.

»Was hat nicht funktioniert?«

»Dass ich Euch nun so sehr hasse, dass ich es fertigbringen könnte, Euch zu ermorden. Auch nicht, wenn ihr ein sterbender Säugling seid. Ich kann so etwas einfach nicht tun. Tut mir leid.«

»Ich verstehe. Nun, vielleicht gibt es noch einen anderen Weg. Ich bin der Gründer des *Kreises.* Der *Kreis* wiederum begründete das *Mammut.* Ich bin also befugt, Trenc Weraly zum neuen Oberhaupt des *Mammuts* zu ernennen. Er wird keine Bedenken haben, mich zu töten, wenn er dadurch seinen Erzgegner in eine Falle locken kann.«

»Ja, das könnte gehen. Und es wäre sogar plausibel, dass ich dem *Mammut* gekündigt habe, nach allem, was geschehen ist, und nach allem, was Ihr mir, wie ich jetzt erfahren habe, zugemutet habt.«

Riban sah Rodraeg von unten herauf an. »Und wie, Rodraeg Delbane, steht es in Wirklichkeit?«

»In Wirklichkeit … bin ich noch entschlossener denn je, das *Mammut* in die Zukunft zu führen.«

»Dann machen wir es so. Komm, lass uns den alten Soldaten wecken, bevor ich die Hälfte unserer Absprachen wieder vergessen habe. Du kannst dir gar nicht vorstellen, wie anstrengend es ist, dieses achtjährige Hirn und dieses achtjährige Herz zu einer einheitlichen Konzentration zu zwingen.«

Trenc Weraly war tatsächlich eingenickt. Als Riban ihn wachrüttelte, sah er noch greisenhafter und eingefallener aus als während der nächtlichen Befreiungsaktion. Der Magier erläuterte ihm den Plan. Weraly nickte entschlossen. Seine von Flecken übersäten Hände umklammerten den Griff eines uralten Armeedolches.

Dann bereiteten sie die Stätte ihres Hinterhaltes vor, vielmehr: Riban tat dies. Rodraeg beobachtete unterdessen besorgt die Straße nach Warchaim, ob sich Gardisten zeigten, die ihn suchten, und der alte Oberst vervollständigte seine Notizpergamente.

Diese drückte er dann Rodraeg in die Hand. »Hier steht alles geschrieben, was ich im Laufe von achtundvierzig Jahren über den *Mann, der nicht geboren wurde*, in Erfahrung bringen konnte. Es mag dir helfen, dich und deine Leute vor Gericht zu entlasten, mein Junge.«

»Habt Dank.«

Wieder wurde Rodraeg von dem Gefühl beschlichen, dass er hier mit zwei wahnsinnigen Greisen, zwei Besessenen zusammen war. Vielleicht wäre es seine Aufgabe gewesen, sie von ihrem Plan abzubringen. Wie irrsinnig war es, ein Kind, das über siebzig Jahre alt war, von einem weiteren Siebzigjährigen umbringen zu lassen, nur um damit eines Knaben habhaft werden zu können, der 3600 Jahre lang Morde beging? Gab es wirklich keine Möglichkeit mehr, die Geschichte des *Mam-*

muts in nachvollziehbare, menschliche Bahnen zurückzulenken?

Nein. Denn die Toten blieben jetzt tot, und es führte kein Weg mehr zurück zum Gelächter am Abendbrottisch im *Haus des Mammuts.*

Riban hatte unweit des Ufers einen drei Schritte durchmessenden Kreis gezogen, diesen von Unkraut und Herbstlaub gereinigt und mit einem Stock magische Zeichen in diesen Kreis gezeichnet. Rodraeg glaubte, verschnörkelte Buchstaben zu erkennen, Symbole der Gottheiten, Tiere, selbst Konstellationen des Himmels.

»Wird der *Mann, der nicht geboren wurde* nicht argwöhnisch werden, falls er Euren magischen Zirkel bemerkt?«, fragte Rodraeg skeptisch.

»Der Zirkel ist nicht für ihn, sondern damit ich vorher meine Energie auf Trenc übertragen kann«, gab Riban beinahe gut gelaunt Auskunft. »Hier: Diese Linie führt durch alle Zeichen nach außen. In die Mitte muss ich. Ans Ende der Linie gehört Trenc.«

»Und wo soll ich mich aufhalten? Jetzt, wo Weraly alles erledigt, bin ich eigentlich ziemlich überflüssig.« *Und meine Flucht aus dem Gefängnis, die mich nun zum Geächteten macht, diente lediglich dazu, von Riban vor seinem Tod noch ein paar unangenehme Wahrheiten verraten zu bekommen.*

»Lass dir von Trenc eine Waffe geben«, antwortete Riban nur, während er die magische Linie mit Schraffuren verzierte. »Die Zeit, in der du überflüssig wirst, ist noch lange nicht gekommen.«

Trenc Weraly händigte Rodraeg ein breites Kurzschwert aus, das die Insignien der Garde eines längst verstorbenen Königs trug. »Ihr wollt wirklich nur den Dolch behalten?«, fragte ihn Rodraeg.

»Ja. Mein Arm ist nicht mehr so flink wie früher. Der Dolch behindert mich nicht und wird seinen Zweck erfüllen. In dieser Hinsicht bin ich sehr gut ausgebildet worden.«

Rodraeg gingen alle möglichen Entgegnungen durch den Kopf. *Wenn Ihr wirklich so sicher seid, weshalb habt Ihr mir dann Euer Testament in die Hände gedrückt? Warum schließen alle hier mit ihrem Leben ab und erwarten von mir, dabeizustehen und einfach weiterzumachen?* Aber er sagte nichts. Auf eine schwer zu beschreibende Weise fühlte er sich nicht berechtigt, diese beiden deutlich älteren und erfahreneren Männer dauernd infrage zu stellen.

»So«, ächzte Riban schließlich und erhob sich. Er lächelte, und da er selten lächelte, sah sein Gesicht jetzt merkwürdig verfremdet aus. »Nun noch einmal zu uns beiden, Rodraeg. Dies ist alles, was *ich* dir vermachen kann.« Er förderte aus seinen Jackentaschen ein Geldsäckchen und einen gläsernen Gegenstand zutage. »Dies sind noch vierzig Taler, mehr besitze ich nicht mehr. Benutze das Geld, um dein nächstes Ziel zu erreichen. Und nimm das an dich.« Er hielt Rodraeg das Glasgefäß entgegen. Es war eine verkorkte Phiole, bauchig, gut in den Handteller passend und augenscheinlich vollkommen leer. Ribans Lächeln vertiefte sich noch. »Du siehst richtig. Das Gefäß ist leer. Seine einzige Ungewöhnlichkeit besteht darin, dass es ziemlich schwer kaputt zu bekommen ist. Es könnte sein, dass du eines Tages eine Verwendung dafür findest und dann froh bist, so etwas zur Hand zu haben.«

Rodraeg nahm das Geld und die Phiole. »Ein weiteres Eurer Rätsel?«

»Deine Lösungen meiner Rätsel übertrafen nun schon mehrmals mein Vorstellungsvermögen. Lass es uns einfach wieder so machen. Jetzt verbirg dich dort hinter diesen Bäumen und beobachte, was geschieht. Wenn alles gut ausgeht, wirst du nichts weiter tun müssen, als das Ende dreier verschrobener Gestalten zu bezeugen. Vielleicht aber wirst du noch eingreifen müssen, wenn Trencs Kräfte doch nicht reichen. Ich überlasse das dir. Du bist – im Gegensatz zu mir – erwachsen und kannst so etwas selbst beurteilen.«

Riban verzichtete auf einen Händedruck. Eine solche Geste hätte auch kaum zu ihm gepasst. Rodraeg schlich sich, die Glasphiole noch immer in der Hand, aus der Nähe des Zirkels wie ein abgewiesener Gast. Er versteckte sich hinter der bezeichneten, dicht stehenden Baumgruppe und versuchte, das Zittern seiner Hände mithilfe des Kurzschwertgriffes und des leeren Glasgefäßes unter Kontrolle zu bekommen.

Man schrieb den 29. Blättermond. Die Sonne stand noch niedrig und herbstlich stumpf am blaugrauen Himmel.

Es war der vorletzte Tag vor dem Nebelmond.

Das *Mammut* war gefallen, pünktlich, wie prophezeit.

Die Ereignisse jedoch hielten nun inne und wandten sich ihrem Höhepunkt zu.

Riban Leribin setzte sich im Schneidersitz in den Mittelpunkt des Zirkels. Die Hände hielt er neben dem Körper in Waage, sodass beide Handflächen aufwärts zeigten, der Kopf war leicht gesenkt.

Der Kreis war vollständig geschlossen, wies keine Lücke auf.

Trenc Weraly legte sich alt und wackelig auf das Ende der magischen Linie an der Peripherie des Kreises.

Rodraeg duckte sich tiefer und wartete. Seine Zähne begannen zu klappern. Er wusste nicht, ob es Furcht war oder die beißende Kälte dieses Morgens, die ihn durch den Umhang und das zerschlissene Kerkerhemd hindurch anwehte.

Riban begann zu singen, mit hoher, klarer Knabenstimme. Die Worte, die er sang, waren dunkel und fremdsprachig.

Weralys Körperhaltung spannte sich.

Ein Wind brachte die fast laublosen Bäume zum Knistern.

Ein Reiter preschte auf der Straße nach Uderun vorüber, konnte jedoch aufgrund seines eigenen Hufgetrappels nichts von dem Gesang hören.

Schließlich beendete Riban das Lied.

Mit geschlossenen Augen sprach er laut und deutlich: »*DMDNGW* – höre mich an! Der *Kreis* liegt zerborsten, das *Mammut* zerschlagen. Ich, Riban Leribin, und der Nachlassverwalter des *Mammuts*, Trenc Weraly, bringen dir ein Kind als Opfer, auf dass du diejenigen, die deiner Wut entgehen konnten, verschonen möchtest.«

Rodraeg glaubte plötzlich einen Fehler in Ribans Plan festzustellen. Kannte *DMDNGW* nicht den Namen Trenc Weraly, nachdem dieser ihn achtundvierzig Jahre lang verfolgt hatte? Würde er nicht deshalb eine Falle wittern? Oder hatte er seine Feinde nie zur Kenntnis genommen, weil für ihn nicht achtundvierzig Jahre, sondern kaum zehn Monde vergangen waren?

Nein. Vielleicht war Riban doch schlauer als der *Mann*. Selbst wenn der *Mann* Weraly kannte, musste er ihn für alt und schwach halten, nicht ahnend, dass Riban ihm nun Kraft zuführen würde.

Ribans Worte zeitigten jedenfalls keinerlei Wirkung. Der

aufgekommene Wind erstarb wieder. Himmel und Zirkel blieben unverändert. Rodraeg wusste auch nicht, was er erwartete. Einen leibhaftigen Tsekoh, der gleißend und donnerberstend in einem Blitz zur Erde ritt?

Dann begann Ribans Verwandlung. Er fing tatsächlich an, kleiner zu werden. Seine Knochen und Gelenke knackten. Rodraeg konnte aus seiner Position Ribans Gesicht nicht sehen, aber er ahnte, dass es schmerzverzerrt war. Der ohnehin schon unnatürlich schnelle Verjüngungsprozess beschleunigte sich nochmals um ein Vielfaches, bis sich vor Rodraegs geweiteten Augen ein bizarres Wunder abspielte. Riban schrumpfte, wurde zum Sechsjährigen, zum Vierjährigen, zum Kleinkind, zum Krabbler. Der Krabbler riss beide Hände hoch, wie um sich zu schützen. Einer der *großen Zehn*, ein selbst ernannter Erbe der Götter, nahm so seinen ängstlich nach einer nicht vorhandenen Mutter greifenden Abschied von der Welt. Rodraegs Sicht wurde verschleiert, denn ihm standen Tränen in den Augen.

Gleichzeitig zuckte und bebte Weralys Greisenkörper, als würde er von Krämpfen geschüttelt. Der alte Oberst legte sich nun auf die Seite, in eine möglichst stabile Lage, um dem Eindringen unnatürlicher Kräfte, die durch die Verbindungslinie in ihn rasten, überhaupt standhalten zu können. Auch sein Gesicht verzerrte sich zu einem lautlosen, hässlichen Schrei.

Rodraeg begriff in diesen Augenblicken, dass Magie etwas Schreckliches war. Vielleicht war Magie der Anfang von allem Übel, das die Menschen je befallen hatte. Magie gehörte den Göttern. Waren Menschen überhaupt jemals befugt gewesen, über eine solche Kraft zu verfügen? Musste sie nicht verzerren, verstümmeln, verheeren?

Aber Rodraeg erinnerte sich auch an Eljazokad, den milden, wohlmeinenden Lichtmagier, der niemals eine Waffe getragen hatte, auch nicht in höchster Not. Zarvuers Sohn und somit so etwas wie Ribans Erbrivale. Aber irgendetwas war bei Eljazokad und Naenn und auch bei Estéron geglückt, das so in dieser reinen Form bei Riban niemals Halt gefunden hatte. Macht ohne Korruption. Kraft, die zu Verständnis führt, dazu, sich treiben und alles geschehen zu lassen, niemals zum herrischen Lenkenwollen.

Riban war nun ein Neugeborenes, er schrie krähend mit klaffendem, zahnlosen Mund. Wo waren die Zähne hin? Ausgefallen und zu Wasserdampf zerplatzt? Aufgelöst zu wucherndem Zahnfleisch? Hatte Riban sie verschlucken müssen? Rodraeg wusste es nicht und würde es auch nie erfahren. Alles, was er wusste, war, dass Oberst Weraly nun handeln musste, sonst würde Riban noch weiter schrumpfen, bis er sinnlos als Zellhaufen im Boden versickerte.

Doch Weraly rührte sich nicht, konnte sich wohl gar nicht mehr bewegen. Sein Körper zuckte und schlackerte unkontrollierbar, das Gesicht war eine einzige schlotternde Qual.

Alles war umsonst. Alles war schiefgelaufen.

Ribans Opfer ein schreckliches Schauspiel, das keinem anderen Zweck diente, als Rodraeg bis zum Ende seines Lebens Albträume zu bescheren.

Rodraeg ließ das Glasgefäß achtlos fallen und rannte hinter seiner Deckung hervor. Warum sollte er sich auch verstecken? Der *Mann* würde ja ohnehin nicht erscheinen. Er lief zum Oberst und berührte ihn. Die Berührung sandte ein leichtes Zittern durch Rodraegs Fingergelenke, ließ sich aber ertragen. »Oberst Weraly, Ihr müsst Euch jetzt beeilen!«, mahnte Rodraeg und packte den Alten fester. Ein Teil der magischen Energie lief wie Schauer durch Rodraegs Leib. Es fühlte sich schrecklich an, so, als würden alle Muskeln und Knochen zu weichem Brei. Dennoch gelang es Rodraeg, den Oberst vom Endpunkt der Linie wegzuschleifen und ihn dann unter den Achseln in eine sitzende Position hochzuziehen.

Riban weinte und winselte, verheddert sich in seiner eigenen viel zu großen Kleidung. Das Weinen war mehr als nur Hunger oder Unwohlsein eines Neugeborenen. Es war Furcht, Furcht vor dem unaussprechlichen Tod, der ihm nun bevorstand.

Rodraeg packte das Kurzschwert, das er die ganze Zeit in der Rechten gehalten hatte, nun mit beiden Händen. Dann schritt er rasch in den Zirkel.

»Das ist kein Kind«, sagte er sich immer wieder. »Das ist kein Kind, sondern ein über siebzigjähriger Magier, der eines furchtbaren Todes stirbt.«

Dennoch blickte Riban sabbernd und mit krebsrot geschrienem Gesicht zu ihm auf. Dennoch war Riban niedlich, kindlich und hilflos auf eine Weise, die tief im Herzen schmerzte. Dennoch hob Rodraeg das Kurzschwert und schlug Riban den Kopf ab, so wuchtig, dass die Klinge tief ins von Ribans Körperflüssigkeiten getränkte Erdreich drang. Alles Zittern und Beben verebbte. Angewidert ließ Rodraeg den Schwertgriff los. Er würde nie wieder eine Waffe anfassen können, nie wieder. Eljazokad hatte immer und für alle Ewigkeiten recht gehabt.

Doch Sprechen konnte Rodraeg noch. Sprechen und sich Aufrichten zu einem erbärmlichen Nachstellen von Stolz. »Ich, Rodraeg Talavessa Delbane«, sagte er, indem er Würgereize niederkämpfte, »Anführer des *Mammuts* vom ersten Tag an, gleich, was immer man dir anderes erzählen mag, bringe dir ein Neugeborenes dar, das gleichzeitig der Anführer des *Kreises* war. Dafür verlange ich dein Gesicht zu sehen, damit ich weiß … damit ich weiß … wen zu hassen bis ans Ende meiner Tage meine vordringlichste Aufgabe ist!«

Diesmal ereignete sich tatsächlich etwas.

Eine Armeslänge von Rodraeg entfernt flimmerte die Luft und begann sich zu drehen. Drehte sich in Kreisen innerhalb von Kreisen, ein mechanisches Werk von blassblauer Farbe. Scheiben, Räder mit Zähnen, Planetenbahnen, Tier- und Elementsymbole. Schriftzeichen, die umliefen gleich Pantherkatzen. In diesem vielfach in sich selbst rotierenden Wunderbild erschien ein Stuhl, ein einfacher, schmuckloser Holzstuhl, und auf diesem Stuhl ein bleicher Jugendlicher, so dürr und kraftlos und ausgemergelt, dass es aussah, als müsste er zusammenbrechen, wenn er sich auch nur einen einzigen Schritt weit von diesem Stuhl entfernen wollte. Die Haare wirkten schütter, obschon der Junge höchstens fünfzehn Jahre alt war. Die Lippen beinahe weiß, der Blick hohlwangig und blutunterlaufen, von bebendem Wahnsinn gezeichnet.

»Ich bin der Mann«, krächzte das kränkliche Kind, »der Mann, der nie geboren wurde«, und Rodraeg konnte nicht anders: Geringschätzig verzog er das Gesicht. Der furchtbarste Massenmörder des Kontinents war nichts weiter als ein schwächlicher, missratener und deshalb missgünstiger Bengel.

Rodraeg rührte sich nicht, als an ihm vorbei Trenc Weraly den Knaben ansprang wie ein rasender Flechtenwolf. Der Alte schien die Kräfte von zwei Männern zu besitzen, aber diese Kräfte nicht richtig lenken zu können – seine Bewegungen waren grobknochig und übertrieben heftig, so, als wäre er betrunken oder als kämpfte er gegen einen Schwindelanfall an.

Der Stuhl ging zu Bruch. Der Knabe brüllte. Weraly stach entsetzlich mit seinem alten Armeedolch auf ihn ein, doch der Knabe wehrte sich mit magischen Dornenhänden. Blut und Fleisch schimmerten auf, Schmerz wurde sichtbar. Für einen Moment verschmolzen die beiden miteinander zu einem einzigen hässlichen Leib mit acht Extremitäten und zwei Köpfen. Die schreienden, geifernden Köpfe schlugen gegeneinander und blieben klebrig ineinander hängen. Das mechanische Rad mit den unzähligen Unterkreisen und Schwungzirkeln blähte sich auf und verzerrte sich ins Längliche, und mit ihnen die Leiber der Ringenden. Auch sie wurden verzerrt und um vielfache Achsen gebogen. Zeit setzte ein, offensichtlich unkontrollierbar. Die beiden wurden alt wie Weraly, dann wieder jung wie der namenlose Mörderknabe. Dann wiederum schienen sie sich quer zu Zeit und Raum zu verhalten und Formen anzunehmen, die entweder durchscheinend und flüchtig oder massiv und ewigwährend wirkten. Rodraeg bewegte sich rückwärts aus dem Bereich des Geschehens, als der magische Kreisraum immer ausladender zu zucken begann. Risse wurden sichtbar. Ein Überbeanspruchen von mühsam aufrechterhaltenem Zusammenhalt.

Schließlich zerbarst das gesamte Gebilde mitsamt seinen Insassen. Bläulich, rötlich, violett sprengten halb durchsichtige Trümmerstücke auseinander. Rodraeg wurde von einer eigentümlichen, warm nach Hühnereiern riechenden Druckwelle erfasst und angehoben und erst beinahe im Bereich des Uferschlicks wieder zu Boden gelassen. Der Kinderkopf Riban Leribins kullerte in anderer Richtung davon. Ächzend prallte

Rodraeg auf, rollte sich, so gut er konnte, ab. An ihm vorüber trudelten Teile von Leibern und Rädern, Schwungfedern und weiteren, höchstens aus hauptstädtischen Fabrikationen geläufigen mechanischen Konstruktionen durch die Luft und platschten heiß zischend ins Wasser. Mit beiden Händen schützte Rodraeg seinen Kopf, bis das letzte Trümmerstück gelandet war. Dann blickte er sich um.

Die Bruchteile des magischen Radraumes lösten sich auf zu intensiv nach Rost riechendem und auch tatsächlich rötlichen Rauch. Die Trümmer des Stuhles, auf dem *DMDNGW* gesessen hatte, zerfielen zu weißgrauer Asche wie mürbe gewordene Knochen. Von den beiden Kontrahenten war nichts mehr geblieben. Auch von Riban war nichts mehr zu sehen, die Druckwelle hatte Leib und Kopf erfasst und außer Reichweite gepeitscht. Lediglich das Kurzschwert steckte noch dort im Sand, wo Rodraeg es hineingerammt hatte – wie ein bescheidenes Denkmal des gesamten unfassbaren Geschehens.

Der überlastete Trenc Weraly und der unreife *Mann, der nicht geboren wurde* hatten aufgehört zu existieren, hatten sich gegenseitig aus der Welt herausgekürzt.

Rodraeg sah ein Schiff auf dem Larnus und brachte sich, immer noch leicht benommen, tiefer im Uferwald in Sicherheit.

Später versuchte er, sich alles als einen Traum zu erklären. Aber er trug immer noch den blauen Umhang und darunter nichts als die Kerkerkluft, und er war immer noch ein Häftling, der seinem Prozess entflohen war und der deshalb im gesamten Kontinent verfolgt werden würde.

Vielleicht würde man eines Tages das Skelett eines geköpften Neugeborenen im Unterholz finden und ihm auch diese Ungeheuerlichkeit in die Schuhe schieben, aber das war ihm jetzt egal. Immerhin Naenn, Nemialé und Cajin waren jetzt sicher. Auch Tjarka hatte keinerlei Nachstellungen mehr zu befürchten. Des Weiteren Gerimmir, Eria, Emmeron Uliseus, Yoich Barsen und all die anderen unbekannten Opfer und Täter, deren Schicksale der *Mann, der nicht geboren wurde* zu einem bluttriefenden Gesamtkunstwerk verknüpft hatte.

Selbstverständlich war nicht alles gut. Bestar würde von der Garde durch den gesamten Kontinent gehetzt werden. Hellas würde man in Endailon aufknüpfen. Eljazokad, Estéron, Ilde Hagelfels, Trenc Weraly und Riban Leribin waren tot, desgleichen Gauden Endreasis, der nach dem wenigen, was Rodraeg über ihn erfahren hatte, ein guter und fähiger Stadtgardekommandant gewesen war. Raukar trieb immer noch sein Unwesen. Wellingor Deterio würde weiterhin an seiner Vergiftung zugrunde gehen, bis nichts mehr von ihm übrig war, das noch an einen vernunftbegabten Menschen erinnerte. Rodraeg war nun – wie Bestar – ein Geächteter auf der Flucht. Möglicherweise würde sogar Baladesar Divon durch ihre Freundschaft politische Nachteile erleiden. Das *Haus des Mammuts* war verloren, wahrscheinlich mitsamt allen Besitztümern darin von der Stadtgarde längst versiegelt.

Mehr als alles andere in der Welt wünschte sich Rodraeg, dorthin gehen zu können, um Naenns an ihn gerichteten Abschiedsbrief zu lesen. Aber das war nicht möglich, sondern würde ihn nur in die Arme der Garde zurückführen. Nicht einmal Tjarka konnte er jetzt noch gefahrlos erreichen, um ihr mitzuteilen, was geschehen war. Höchstens vielleicht, wenn sich eine Gelegenheit ergab, über einen Boten, den er in den *Würfelbecher* schickte.

Es würde schwierig genug werden, sich mit den nur vierzig von Riban erhaltenen Talern durchzuschlagen. Vielleicht würde er doch das Kurzschwert an sich nehmen müssen, wenn auch nur, um es zu Geld zu machen.

Zuallererst musste Rodraeg eine unverdächtigere Kleidung auftreiben, auch das würde schon schwer werden.

Und wohin würde er sich danach wenden?

Der Gedanke, zu Naenn, ihrem Kind und Cajin in den Larnwald zu gehen, war verlockend, zumal er dann Gelegenheit haben würde, zum ersten Mal in seinem Leben den sagenumwobenen Schmetterlingshain zu erblicken und zu betreten. Doch Naenn, Nemialé und Cajin waren dort in Sicherheit und brauchten ihn nicht.

Hellas brauchte ihn, doch diesen mitten aus der Gardestadt Endailon zu befreien, war schlicht ein Ding der Unmöglichkeit.

Blieb also nur noch Bestar. Mit dem Klippenwälder – das fühlte Rodraeg – stand und fiel die Gruppe namens *Mammut*. Bestar war das Herz. Er durfte nicht verloren gehen.

Wie Rodraeg ihn einschätzte, war Bestar nicht in die Klippenwälder oder woandershin geflohen, sondern auf möglichst schnellem Wege zu den Riesen. Sich dorthin zu wenden war auch für Rodraeg sinnvoll, waren doch die Riesen jetzt nach der Zerschlagung des *Kreises* abgesehen von den Schmetterlingsmenschen die mächtigsten Verbündeten, die das *Mammut* auf dem Kontinent noch besaß. Die Ritterin und ihre kleine Bande waren ebenfalls dort. Vielleicht konnte man aus denen ja doch noch etwas anderes formen als hübsch anzusehende Wegelagerer. Vielleicht würde sich sogar Gerimmir, der ohnehin ein Freund der Riesen war, in diese Richtung wenden, nun, da die Hauptstadt für ihn verloren war. Dann konnte man dort, in den verborgenen Höhlen des Wildbarts, besser als irgendwo sonst eine neue stoßzahnbewehrte Zukunft schmieden.

Zu den Riesen also! Auf dem Fluss oder nebenher.

Und unterwegs würde Rodraeg dann endlich Zeit finden, die vielen, vielen Toten angemessen zu betrauern.

Epilog

Der Thostwald lag ruhig und still und ohne Wind.

Die Bäume begannen erst zu rauschen und zu raunen, sich unruhig zu bewegen und einander Warnungen zuzuhauchen, als Raukar aus den Schatten trat und den Bienenmann an der Schulter berührte.

Der Bienenmann, der eingenickt gewesen war, fuhr auf. »Raukar! Endlich ... bist du wieder da! Ich habe die ganze Zeit Wache gehalten, bei den Brunnen, bei jedem einzelnen von ihnen, aber nichts hat sich ereignet, und ich mag den Wald und die Tiere nicht mehr, es gibt so viele Insekten, die mir Fragen stellen und voller Unverständnis sind, dass ...«

»Beruhige dich. Jetzt wird ja alles gut. Der Meister ist tot.«

»Der ... Meister? Tot? Aber ... aber ... aber was soll ... denn aus uns werden?«

Für einen Moment schien Raukars Gesicht sich zu verflüssigen, zu einer geschmolzenen Fratze zu werden, doch dann hatte er sich wieder in der Gewalt und setzte sogar ein schmallippiges Lächeln auf. »Er war doch ohnehin ein Narr. Wie lange hätte ich ihm denn noch dienen können, bevor ich zu alt und schwach geworden wäre, etwas zu bewirken? In zwölf Jahren noch einmal, in vierundzwanzig Jahren möglicherweise auch noch, aber in sechsunddreißig auf gar keinen Fall mehr. Er hat nicht richtig nachgedacht. Oder er hielt mich für austauschbar, und es machte ihm nichts aus, mich verfallen zu sehen. Nun, mein Freund, ich habe jedoch meine eigenen Ziele, und dazu brauchte ich ihn nur noch dieses eine Mal, um ihm seine letzten Geheimnisse abzuschauen.«

»Hast du ihn … hast *du* ihn umgebracht?«

»Ach, was! Vollkommen unnötig! Alles, was ich getan habe, war, einen Magier namens Leribin zu verschonen. Ich nahm ihm vor seinen Augen die Frau, die er früher liebte, und attackierte ihn mit der Weichheit eines erbärmlichen Weibes. So brachte ich ihn dazu, alles in die Waagschale zu werfen und sich selbst und den Meister in den Untergang zu reißen. Es war – verstehst du? – ein gar reizendes Puppenspiel, bei dem ich die Fäden in der Hand hielt.«

»Und nun? Was sollen wir jetzt machen?«

»Ich habe einen Traum. Den träume ich schon lange, seit ich ein kleines Kind war. Ich möchte den Schmetterlingshain vernichten, die gleißendste Bastion der hilfreichen Herzensgüte, der Naturverbundenheit und der steifen und eingebildeten Rechtschaffenheit auf unserem lästerlichen Kontinent. Ich möchte Nägel treiben durch sämtliche Schmetterlinge, alle Bäume des Larnwaldes Blut weinen lassen und die höhnischen Blicke der Götter blenden mit echtem, aufrichtigen Schmerz! Ich möchte König sein, ohne eine Krone tragen zu müssen, herrschen über nichts als den Zerfall der Zeiten und Gefühle – und Verantwortung tragen für noch weniger als nichts. Und dich, mein lieber, honigfarbener Freund, habe ich ausgesucht und in Uderun aus dem Kerker geführt, damit du mir zur Hand gehst, mit deinen ganz und gar beachtlichen Talenten.«

»Aber … ich habe gar nichts … gar nichts geleistet bisher.«

»Oh, wir werden uns etwas Zeit nehmen, ich hatte es dir doch versprochen.«

Raukar malte mit dem ausgestreckten Zeigefinger Zeichen in die Luft, und aus den Schatten der Gräser waberte ein bläulicher Dunst empor, der sich schließlich zu einem halb durchsichtigen Rad von der Größe eines hohen Wagens verfestigte. Das Rad drehte sich in vielerlei Verschränkungen um vielerlei Achsen. Zwei Stühle standen in dem Zimmer, das durch das Rad sichtbar wurde.

»Raukar!«, hauchte der frühere Bienenmagier entzückt. »Das … ist wunderbar!«

»Oh, ja. Zwölf Jahre Ruhe. Zwölf Jahre Frieden. Keine Bäume. Kein Gewimmel. Nur die sanfte Ehrlichkeit der Nägel. Und dann, mein Freund, kehren wir zurück, kaum älter als jetzt, und beginnen das, wozu dem Meister stets der Ehrgeiz fehlte: die Zerschmetterung des Mitgefühls!«

»Die Zerschmetterung des Mitgefühls«, plapperte der Bienenmann nach. »Das verstehe ich nicht, Raukar.«

»Du wirst es verstehen, denn es wird sehr schön.«

Kurze Zeit später war das blaue Rad verschwunden, und die beiden Männer mit ihm.

Anhang

Glossar

Zeitrechnung

Man schreibt das Jahr 682 n. K. (= nach der Königskrone, also dem Jahr, in dem König Rinwe die Provinzen und Herzogtümer des Kontinents unter einer Krone einte und eine neue Zeitrechnung einführte, die die bisherigen »provinziellen« Kalender ablöste).

Die jetzige Königin Thada wurde im Jahre 678 inthronisiert, ist also erst seit vier Jahren an der Macht.

Götter

Der Pantheon des Kontinents ist unterteilt in die vier Oberen Götter und die sechs Unteren Götter, welche den Oberen Göttern als Unterstützung entweder einzeln oder paarweise zugeordnet sind.

Die vier Oberen Götter repräsentieren die vier Elemente:

- Afr = Feuer, aber auch: Männlichkeit, Schmiedekunst, Leidenschaft, Kraft
- Tinsalt = Luft, aber auch: Wind, Sturm, Ideen, Geister, Vögel
- Delphior = Wasser, also Flüsse, Seen, Meer und Regen, aber auch: Weiblichkeit, Fische, Wandelbarkeit, Seefahrt
- Kjeer = Erde, aber auch: Ackerbau, Pflanzen, Landtiere, Familie, Heilkunde

Afr zugeordnet sind zwei Untergötter: Lun = Sommer, Senchak = Krieg; Tinsalt zugeordnet ist ein Untergott: Arisp = Frühling, Kinder; Delphior zugeordnet ist ein Untergott: Hendelor = Winter, Eis, Schnee; Kjeer zugeordnet sind zwei Untergötter: Bachmu = Herbst und Gold, Helele = Silber und das Alter.

Seit alters her gibt es einen Streit unter Priestern, Gelehrten und auch Gläubigen, ob diejenigen Oberen Götter, die zwei Hilfsgötter haben, mächtiger sind als die mit nur einem Hilfsgott oder weniger mächtig, da sie schließlich zwei Helfer benötigen statt nur einen.

Jedenfalls ist das Pantheon asymmetrisch, was für Bewegung sorgt und Energie.

Kalender

Das Jahr der Zeitrechnung n. K. ist in zwölf Monde und vier Jahreszeiten unterteilt. Jede Jahreszeit ist einer (unteren) Gottheit zugeordnet, sodass sich folgendes Schema ergibt:

1. Taumond	
2. Regenmond	Gottheit: Arisp
3. Blütenmond	
4. Wiesenmond	
5. Sonnenmond	Gottheit: Lun
6. Feuermond	
7. Rauchmond	
8. Blättermond	Gottheit: Bachmu
9. Nebelmond	
10. Frostmond	
11. Schneemond	Gottheit: Hendelor
12. Eismond	

Um den Kalender auf unseren umzurechnen, nimmt man einfach den Taumond als März, den Regenmond als April und so weiter bis hin zum Eismond Februar. Auf dem Kontinent beginnt jedes Jahr mit dem Frühlingsanfang und endet mit dem Ende des Winters, womit ein kompletter Lebenszyklus symbolisiert wird.

Jeder der zwölf Monate hat dreißig Tage. Zusätzlich gibt es einmal im Jahr eine fünf- oder viertägige Zeit, die *Sternentage* genannt und mit Fasten und Feiern verbracht wird. Die *Sternentage* wandern von Jahr zu Jahr nach hinten, d. h., wenn sie im letzten Jahr noch zwischen Wiesenmond und Sonnenmond lagen, so werden sie dieses Jahr zwischen Sonnenmond und Feuermond liegen und nächstes Jahr zwischen Feuermond und Rauchmond.

Da jeder Monat genau dreißig Tage hat, dauert eine Woche zehn Tage, was den Monat somit in drei Drittel unterteilt. Man spricht dann z. B. im Schneemond auch von *Anfangsschnee*, *Mittelschnee* und *Endschnee*.

So etwas wie ein gesetzlich festgelegtes Wochenende gibt es nicht. Man kann davon ausgehen, dass jedes Geschäft an sieben Tagen der zehntägigen Woche geöffnet hat und dass sich z. B. zwei Bäcker, die in derselben Gegend wohnen, aufeinander einspielen, sodass Bäcker B an den Tagen geöffnet haben wird, an denen Bäcker A Ruhetag hat. Der Vorteil dieses sehr freien und individuellen Systems liegt darin, dass man an jedem Tag einkaufen kann.

Die einzigen gesetzlich – oder besser: religiös – wirklich festgelegten Feiertage im Jahr sind die vier Göttertage jeweils in der Mitte ihrer Jahreszeiten: das *Arispfest* am 15. Regenmond, das *Lunfest* am 15. Sonnenmond, das *Bachmufest* am 15. Blättermond und das *Hendelorfest* am 15. Schneemond.

Darüber hinaus gibt es noch regional begrenzte Feiertage. So wird in Aldava der Geburtstag des derzeitigen Throninhabers gefeiert (momentan: 24. Feuermond), in den Sonnenfeldern der *Tag der Befreiung* (2. Nebelmond), in der Festungsstadt Galliko der *Tag der blutenden Stufen* (29. Eismond) und in der Provinz Hessely der Jahresanfang (1. Taumond).

Zeitmessung

Ein Tag hat vierundzwanzig Stunden, gemessen nach Sonnenuhren oder – in größeren Städten – auch nach kunstvollen Sand- oder Wasseruhren.

Der Begriff »Minute« ist unbekannt, man spricht von den Sandstrichen einer haushaltsüblichen Sanduhr. Fünf Sandstriche (ungefähr fünf Minuten) werden als *Zwölftelstunde* bezeichnet. Zehn

Sandstriche sind eine *Sechstelstunde.* Fünfzehn Sandstriche eine *Viertelstunde.* Zwanzig Sandstriche eine *Drittelstunde.* Dreißig Sandstriche eine *halbe Stunde.* Fünfundvierzig Sandstriche eine *Dreiviertelstunde.* Für Sekunden gibt es keine Messung. Für sehr kurze Zeiteinheiten sagt man Moment, Augenblick oder Sandstrichbruchteil.

Andere Maßeinheiten

Statt »ein Meter« sagt man ein *Schritt*; tausend Schritt sind eine Meile.

Kleinere Maßeinheiten als ein Schritt sind: ein *Fuß* (etwa 30 Zentimeter, also etwa ein Drittelschritt), eine *Handbreit* (etwa zehn Zentimeter), ein *Fingerbreit* (entspricht zwei Zentimetern) und ein *Haarbreit* (Millimeterbereich).

Flüssigkeiten werden wie bei uns in Litern gemessen. Die Bezeichnung »Kilogramm« dagegen ist unbekannt, stattdessen sagt man *Festliter.* 70 Festliter sind ein *Mannsliter*, zehn Mannsliter (also etwa 700 Kilogramm) ergeben einen *Ochsliter.*

Die Meere

Der Kontinent ist die einzige bekannte Landmasse im endlosen Ozean der Götter. Entsprechend den vier Himmelsrichtungen tragen die den Kontinent umgebenden Meere Namen, die den vier Elementen zugeordnet sind:

- im Westen, wo die Sonne untergeht und das Wasser feurig leuchten lässt, die *Glutsee*, in der die Piraten aus Skerb und Wandry einen seit etwa fünfzehn Jahren immer heftiger werdenden Krieg gegeneinander führen
- im Norden die von Eisschollen überwucherte *Eissee*
- im Osten die schwer befahrbare *Sturmsee*
- im Süden die *Sandsee* mit ihrem klaren blaugrünen Wasser und den herrlichen Stränden

Währung

Das gebräuchliche Zahlmittel auf dem Kontinent ist der *Taler*, eine versilberte Münze mit dem aufgeprägten Profil von König Rinwe. Wertvoller als der Taler ist der *Goldtaler*, der zehn Talern entspricht. Als Unterwährung benutzt man *Kupferstücke*, deren Wert ein Zehntel eines Talers ist.

Post

Zu den größten Errungenschaften von König Rinwes Regierungszeit gehört die Einführung eines Postsystems, das Kontakte innerhalb des gesamten Kontinents ermöglicht. Vorher konnte man höchstens private Boten anheuern oder Brieftauben züchten, seit König Rinwe gibt es jedoch in jeder nennenswerten Ortschaft eine königliche Postreiterstelle, in der regelmäßig Post aus allen Richtungen eintrifft und von der aus man Post in jede Richtung verschicken kann. Die Postreiter sind deutlich schneller als ein herkömmlicher Reisender und bewältigen 70 bis 100 Kilometer pro Tag. Oft wird nicht so dringliche Post auch Kutschen mitgegeben, die zwischen Städten verkehren.

Der Nachteil des Systems besteht in seiner Kostenintensität, weshalb sich nur betuchtere Bürger den königlichen Postreiterdienst regelmäßig leisten können.

Magier besitzen noch andere, zeitverlustfreie Möglichkeiten der Kommunikation, behalten diese aber in der Regel für sich.

Gruppierungsregister

Folgende Gruppierungen finden im Laufe der *Mammutlegende* immer wieder Erwähnung:

Axt Gottes, die – aus dieser Kriegerhorde rekrutierten sich vor eintausend Jahren die Schemenreiter

Batis – der Name einer Fabrikation, die von Aldava aus für die Königin arbeitet und unter anderem für die Schwarzwachsmine in Terrek verantwortlich zeichnete

Dämmerung, die – von Zarvuer gegründeter magiefeindlicher Geheimorden

Dreimagier, die – Ernur, Ering und Ettis Dulf aus Warchaim

Erdbeben – eine gewaltbereite Naturschützergruppe, geleitet von Ijugis

Geblendeten, die – eine Musikantentruppe, die von der Klangzauberin Ronith magisch verstärkt wird

Haarhändler, die – Glücksritter, die auf der Jagd nach Riesenskalps und -bärten den Wildbart durchstreifen

Haie, die – eine Jugendbande in Wandry, angeführt von Queckten

Heugabelmänner, die – anfangs nur eine Zusammenrottung rebellischer Knechte, inzwischen eine kleine Armee, die plündernd die Ostküste unsicher macht

Kreis, der – die vier Gründer und Vorgesetzten des *Mammuts*: der Magier Riban Leribin, die Bäuerin Ilde Hagelfels, der Schmetterlingsmann Estéron und der Untergrundmensch Gerimmir

Kruhnskrieger, die – eine Söldnergruppe, die in den Kämpfen um die Terreker Schwarzwachsquelle aufgerieben wurde

Mammut, das – ein vom *Kreis* gegründeter Geheimbund, der die speziellen Aufträge bearbeitet, die der *Kreis* vorgibt. Kopf des *Mammuts* ist Rodraeg Delbane, Sitz ist das *Haus des Mammuts* in Warchaim

Ritterin, die – die Bande der Ritterin besteht aus ihr selbst, der jugendlichen Bogenschützin Bhanu Hedji, dem Schwertkämpfer Seraikella und dem Doppeldegenfechter Jeron MeLeil Gabria

Schemenreiter, die – die inzwischen aufgelösten Leibwächter der Riesen

Schule der Vier Gründe, die – ein nur noch aus sieben Personen bestehender Orden, der in den vier Elementen die Schlüssel zur Zukunft und Vollendung des Kontinents sieht; herausragendster Schüler ist der für die Königin als Sonderermittler arbeitende Magier Akamas

Tsekoh – so nennen die Riesen ihre Erzfeinde: den Geisterfürsten und seine Leibgarde

Unsteten, die – eine Gruppe nichtsesshafter Familien, die in zweistöckigen Wagen durch das Land ziehen

Wilden Jäger, die – vier fremdartige Krieger auf der Jagd nach Traummammuts, Werwölfen und Walen; angeführt wurde diese in Wandry vom *Mammut* niedergerungene Gruppe von dem blauhaarigen Udin Ganija

Zehn, die (auch: die Großen Zehn) – ein Bund mächtiger Magier, der vor fünfzig Jahren die Götter beerben sollte, sich nach Streitigkeiten aber auflöste. Bekannte Mitglieder: Riban Leribin, die Gezeitenfrau und Zarvuer.

Namensregister

Abdecker, der – ein Gehilfe des Magisters Siusan in Warchaim
Adsar, Virad – ein Leutnant der Warchaimer Stadtgarde
Akamas – ein Schüler der Vier Gründe und Sonderermittler der Königin
Arevaun, Cruath Airoc – ein klippenwälder Kriegshandwerker
Aube – ein Mädchen aus den Dreifarbenländern, mit dem Bestar mehr als nur befreundet war

Baacla – ermordete Vorsteherin des Warchaimer Bachmu-Tempels
Baitz, Teff – Schmied und Waffenhändler in Warchaim
Barsen, Yoich – Warchaims wohlhabendster Händler und Stadtrat
Borgondi, Hellas – der frühere *Mammut*bogenschütze ist in Endailon verschollen
Breklaris, Samistien – er besitzt eine Kräuterhandlung in Warchaim
Brendo, Vetz – ein sogenannter »Landspurenführer« mit Warchaimer Schreibstube

Cajumery, Cajin – Verwalter und Hüter des Hauses des *Mammuts*
Casceda, Briun – ein Brandopfer
Cunis – ein Gehilfe des Magisters Siusan in Warchaim

Dasco – der einstmals zahme Wolf der Götter
Delbane, Rodraeg Talavessa – er scheint niemals irgendwo zur Ruhe kommen zu können
Deterio, Wellingor – er beaufsichtigte im Auftrag der Königin die Schwarzwachsmine von Terrek
Divon, Baladesar – Rodraegs Jugendfreund, der nun mit Frau und Töchtern in Aldava lebt
Durbas, Larza – Hauptfrau bei der Warchaimer Stadtgarde

Eimenhard, Uklas – ein ermordeter Kornspeicherbesitzer
Eljazokad – der Licht- und neuerdings auch Heilmagier vom *Mammut*
Endreasis, Gauden – Stadtgardekommandant von Warchaim
Eria – eine alte Frau, die dem *Kreis* in Aldava als Tarnung dient
Estéron – Schmetterlingsmann und Mitglied des *Kreises*

Figelius, Ortric – Baron, Schlossherr und Stadtratsmitglied von Warchaim
Fork, eigentlich: *Munsen, Forker* – Tjarkas Lehrmeister im Thostwald

Galin, auch: *Galin von Asteria* – der mächtigste Magier des Kontinents
Ganija, Udin – der blauhaarige Streiter einer anderen Welt
Gerimmir – der Untergrundmensch vom *Kreis*
Gezeitenfrau – sie half dem *Mammut* in Wandry, die Wale zu retten
Giffen – ein behäbiger Warchaimer Gardist
Gorik – ein Teilnehmer der allerersten *Mammut*sitzung
Grigol – ein gesuchter Verbrecher
Gudvin, Glauber – ein Selbstmörder

Hagelfels, Ilde – die Bauersfrau vom *Kreis*
Hallick, Nideon – Krämer und unmittelbarer Nachbar des *Mammuts*
Hebezie – eine Heleleschwester, die im Haus der Siechen Dienst tut
Hjandegraan – Aldavaer Advokat und Rodraegs Lehrmeister

Ijugis – Gründer und Anführer der Gruppe *Erdbeben*

Kjabram – ein Abt des Kjeer im Warchaimer Kjeertempel
Kohn, Dilljen – ein königlicher Sonderermittler
Korengan – legendärer Abenteurer und Buchautor aus dem Thostwald

Lundis – ein Gaukler
Leribin, Riban – Magier und Gründer des *Kreises*, der aufgrund eines Fluches rückwärts altert

Maeredi – eine Heilerin im Thostwalddorf Anfest
Meckin, Bestar – der Klippenwälder vom *Mammut*
Meldrid – eine Dienerin im Haus Figelius
Melron, Ryot – der Vater von Naenns Kind
Moju, Mewis – Besitzer des Warchaimer Bordells *Drachen & Höhlen*
Munsen, Forker – Tjarkas väterlicher Freund und Lehrmeister im Thostwald

Naenn – das hochschwangere Schmetterlingsmädchen vom *Mammut*
Nemialé – die Schmetterlingswölfin wird geboren

Onouk – die Sichelkämpferin vom *Erdbeben*
Oobo – ein Urwaldgeist mit den unzähligen hölzernen Köpfen
Oscodidan – der Provinzen- und Schmetterlingsmenschenname Dascos

Parn, Migal Tyg – ehemaliges *Mammut*mitglied, nun bei *Erdbeben*
Phardemim – ein gesuchter Verbrecher

Raukar – der Heimlichgeher
Ritterin, die – sie hat ihre Bande in den Dienst der Riesen gestellt
Ronith – eine Schauzauberin, mit der Eljazokad in Wandry eine Affäre hatte

Scela – ein trauriges Freudenmädchen
Seaf, Dar – ein verstorbener Abenteurer
Siusan, Carmaron – ein Magister aus Furbus
Slessing – eine Warchaimer Familie, die ein Haus zu vermieten hatte
Stahlert – Nachbarsfamilie vom *Haus des Mammuts*

Taulle – ein Junge aus dem Thostwalddorf Anfest
Timbare – ein Widerstandskämpfer des südwestlichen Regenwaldes
Tommsen, Iddan – Bürgermeister von Warchaim
Traló, Vinzev – ein ermordeter Bewohner des Adelsbezirkes

Uliseus, Emmeron – ein königlicher Verwalter, der in Warchaim lebt
Ulric – einer der beiden starken Schmiede von Warchaim
Unert – ein eifriger Warchaimer Gardist

von Heyden, Mirilo – Oberhaupt der Stoffhändlerfamilie von Heyden

Weraly, Trenc – Sonderermittler eines längst verstorbenen Königs
Winnfess, Tjarka – eine Wegkundige aus dem Thostwald

Yawak – Taulles Grauesel

Zarvuer – Eljazokads Vater, einer der legendären *Zehn* und Gründer der *Dämmerung*

Danksagung

den Begründern in der Reihenfolge ihres Auftretens: Jörg-Uwe Zuchold, Frank Herrgoß, Matthias Hagen, Carsten Belz und Thorsten Nalazek;

den Bewahrern in der Reihenfolge ihres Auftretens: Wolfgang Ferchl, Carsten Polzin, Lektor Hannes und besonders Sara, die mir immer das mühsame Korrekturlesen der Fahnen erspart und mir angesichts von Band 4 schonend beibrachte, dass Kaninchen gar keine Nagetiere sind;

den Begleitern ohne bestimmte Reihenfolge: Reinhard & Fil, Boris H. und Raffaela, Boris K. und Kathleen, Susanne und ihrer Runde, Markolf und Asysa, Noriko und Matthias, Kathrin T., Mathias und Kathrin B., Wolfgang, Esther & Sabine für die Humboldt-Bücher, die ich für Band 6 brauchen werde, Ian, Ilka, Bernie, Mitch und Anke, Christoph, Catherine, Sylvia & Janine, meinem Vater und Renate, meiner Mutter und Konni, den Gebrüdern Johannes & Tobias und ihrer Mutter Annette, Joachim, Simon, Georg, Tilman, Sakura, Nadja, Christian, dem GEE-Team und Samuel

sowie allen mir nicht bekannten Begeisterten in der Reihenfolge ihres Auftretens

für Melanie und Smuck Tomming, den Baumheiler